dtv

Wofür benötigt sie eigentlich Zahnpasta, wenn sie doch in den Westen zieht, um mit ihrem zukünftigen Mann zusammenzuleben? Und was ist mit dem Vater der Kinder? Nelly Senff ist schweißgebadet, als sie Ende der 70er Jahre endlich die Tortur der Ausreise hinter sich hat. Nichts hat man ihr erspart, man hat die Kinder von ihr getrennt, eine Leibesvisitation an ihr durchgeführt – aber nun ist sie drüben. Drüben, das heißt zunächst Notaufnahmelager Berlin-Marienfelde, ein Zwischenort. Drüben, das heißt erst einmal ein winziges Zimmer mit Stockbetten für Nelly und die Kinder und die erzwungene Nähe zu den anderen Bewohnern. Drüben, das heißt aber auch Demütigungen, stundenlange Verhöre durch verschiedene Geheimdienste, insbesondere durch CIA-Agent John Bird. Er interessiert sich nicht für die ungewisse Zukunft der Flüchtlinge, sondern für die verborgenen Geschichten ihrer Vergangenheit. Bis er an Nelly gerät, die selbstbewußt sein Spiel durchschaut.

»Einfühlsam, spannend und sprachlich souverän.« (Brigitte)

Julia Franck, 1970 in Ost-Berlin geboren, reiste 1978 mit ihrer Familie in den Westen aus und lebte anfangs im Notaufnahmelager Marienfelde. 1979–1983 Kindheit in Schleswig-Holstein. Danach wohnte sie wieder mit Unterbrechungen in Berlin. Zahlreiche Auszeichnungen, darunter der 3sat-Preis des Ingeborg-Bachmann-Wettbewerbs 2000 und der Marie-Luise-Kaschnitz-Preis 2004. Seit Anfang 2005 lebt sie als Stipendiatin der Villa Massimo mit ihren beiden Kindern in Rom.

Julia Franck

Lagerfeuer

Roman

Deutscher Taschenbuch Verlag

Von Julia Franck
sind im Deutschen Taschenbuch Verlag erschienen:
Liebediener (12904)
Bauchlandung (12972)

5C1099867

Ungekürzte Ausgabe
März 2005
Deutscher Taschenbuch Verlag GmbH & Co. KG,
München
www.dtv.de
© 2003 DuMont Literatur und Kunst Verlag GmbH & Co. KG, Köln
Umschlagkonzept: Balk & Brumshagen
Umschlagfoto: © photonica/Justin Hutchinson
Satz: Greiner & Reichel, Köln
Gesetzt aus der DTL Haarlemmer
Druck und Bindung: Druckerei C. H. Beck, Nördlingen
Gedruckt auf säurefreiem, chlorfrei gebleichtem Papier
Printed in Germany · ISBN 3-423-13303-1

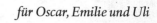

für Oscar, Emilie und Uli

Nelly Senff fährt über eine Brücke

Die Kinder ließen müde ihre Arme sinken, ausdauernd hatten sie gewunken, zuerst voller Begeisterung und trotz fehlender Erwiderung, dann wohl aus Gewohnheit und kindlichem Ehrgeiz, bestimmt eine Stunde lang hatten sie gewunken, die Münder an die Scheiben gedrückt, wo sie feuchte Kußränder auf den beschlagenen Scheiben hinterließen, die Nasen an den Scheiben gerieben, sie hatten gewunken, bis Katja zu ihrem Bruder sagte: »Ich kann nicht mehr, komm, wir hören auf«, und Aleksej nickte, als sei es gut, endlich aufzugeben, gut, dem Abschied ein Ende zu setzen. Der Wagen brachte uns erneut ein Stück voran, die Bremslichter des kleinen Lieferwagens vor uns erloschen. Unter dem flachen Überbau stand im Zwielicht ein Mann in Uniform, der uns bedeutete, näher zu kommen, um sogleich beide Arme in die Luft zu reißen. Ruckartig hielten wir, der Motor stotterte und soff ab. Seit vier Stunden ging es so voran, vielleicht hatten wir drei Meter zurückgelegt in diesen vier Stunden, vielleicht zehn. Wenige Meter vor uns mußte die Bornholmer Brücke liegen, das wußte ich, nur sehen konnten wir sie nicht, ein breites einfaches Gebäude, durch das die schmale Fahrbahn führte, verdeckte die Sicht auf alles Kommende. Der kleine Lieferwagen wurde zur Seite gewunken und in eine benachbarte Fahrbahn gelotst. Die Laternen flackerten und gingen eine nach der anderen an. In der rechten Reihe blieb eine dunkel. Ich fragte mich, wann an diesem Ort Zeit für Reparaturen wäre. Vielleicht nachts zwischen zwölf und zwei. Man konnte dem Schatten vor uns zusehen, wie er sich näherte, bis er unter der Motorhaube verschwand, kurz darauf die Motorhaube erklomm, über die Windschutzscheibe kroch, auf unsere Gesichter, und schließlich den Wagen verschluckte, rücksichtslos, wie er alles verschluckte, was vor ihm lag, der Schatten jenes breiten Daches, des Gebäudes, das die Fahrbahn überbrückte und uns die Sicht nahm. Ein Gebäude ganz aus Pappe und Wellblech. Bis die Sonne uns voran zwischen den Häusern versank und noch einmal in der Fensterscheibe des Wachturms hoch über uns aufleuchtete, als wolle sie uns locken und versprechen, daß wir sie schon morgen wiedersähen, im Westen, wenn wir ihr nur folgten, und weg war sie und ließ uns hier in der Dämmerung mit ein paar Feuerstreifen am Himmel stehen, und die Schatten schluckten nicht nur uns, sondern die ganze Stadt in unserem Rücken, als Gerd seine Zigarette ausdrückte, tief einatmete, die Luft anhielt und zu mir sagte, er habe sich schon vor zehn Jahren gefragt, wann ich endlich kommen würde, wie beiläufig pfiff er durch die Zähne, aber damals sei ich gerade erst auf diesen Menschen getroffen und heute könne er es mir sagen, jetzt, da ich in seinem Auto säße und mein Weg ja nur noch diese eine Richtung kenne, ich auch nicht mehr aussteigen könne, wobei er lachte, er habe sich immer vorgestellt, mich nackt in den Armen zu halten.

Gerd steckte sich eine neue Zigarette an, seine Zunge umfaßte von unten den Filter, er zündete den Motor, stellte ihn ab, zündete ihn erneut, der Aschenbecher quoll über, ich sammelte die Stummel mit der bloßen Hand heraus und stopfte sie in eine kleine Plastiktüte, die ich vorsorglich mitgenommen hatte, falls den Kindern schlecht würde. Schlecht war jetzt mir. In Gerds Armen wollte ich nicht nackt sein. Gegen die Vorstellung hatte ich mich erfolgreich gewehrt, bis zu diesem Augenblick, in dem er meine Bemühung mit einem leichten Pfeifen durch die Zähne und ein paar harmlosen Worten lächerlich machte. Selbst der Umstand, daß ich mich in seinem Auto befand, meine Kinder auf seiner Rückbank saßen, die Scheiben küßten und wir im Begriff waren, über diese Brücke zu fahren, machte es nicht aufregend.

Katja hielt sich die Nase zu und fragte, ob sie das Fenster öffnen könne. Ich nickte und überhörte Gerds Stöhnen. Lange hatte ich gedacht, Gerd erspare mir das Anhören seiner Wünsche aus Rücksicht und mit dem Wissen, daß ich keine Berührung von ihm wollte. Dann wieder hoffte ich, er habe meinen Körper vergessen, so gut es ging. Also schlecht vielleicht, aber immerhin ein Versuch. Ein Versuch, für den ich ihn geschätzt hatte, ein Versuch nun, den er gar nicht unternahm, oder der in diesem Augenblick scheiterte. Dieser Mensch, dessen Namen er ganz sicher nicht vergessen hatte, den er aber nicht in den Mund nahm, war der Vater meiner Kinder geworden. Aber das war nicht der Grund, warum mich Gerd plötzlich ekelte. Es ekelte mich, daß er nicht bemerken wollte, warum wir in seinem Wagen saßen. Nur, um diese Brücke zu passieren, saßen wir in seinem Wagen, vielleicht gab es noch einen anderen Grund, aber keineswegs den, mal ungestört auf kleinstem Raum beisammen zu sitzen. Von draußen zog kühle Luft herein, es roch nach Benzin und ein wenig nach Sommer, eher schon nach Nacht und bevorstehender Kälte. Dämmerung. Ein Mann in Polizeiuniform kam zum Wagen, er beugte sich an Gerds Seite herab, um besser ins Innere des Wagens schauen zu können. Seine Taschenlampe streute etwas Licht über unsere Gesichter, schwach glomm sie und flackerte, als wolle sie jeden Augenblick erlöschen. Der Reihe nach prüfte er Namen und Gesichter. Ich blickte zurück in ein fahles Gesicht mit einer niedrigen, breiten Stirn, die Augen saßen tief und wurden von den Wangenknochen ganz in ihre Höhlen gedrängt, ein pommersches Gesicht, das nicht mehr jugendlich aussah, obwohl es das noch war. Mit der Taschenlampe klopfte er an die hintere Tür und sagte, wir dürften hier nicht mit offenen Fenstern stehen. Die Fenster müßten aus Sicherheitsgründen geschlossen bleiben. Nachdem er auch die Dokumente von Katja und Aleksej überprüft hatte, sagte er: »Aussteigen.« Meine Tür klemmte, ich rüttelte an ihr, bis sie aufsprang, und stieg aus.

»Nein«, rief mir der Mann in Polizeiuniform über das Dach hinweg zu, »nicht Sie, nur die Kinder.«

Ich setzte mich wieder zurück ins Auto und drehte mich um: »Ihr sollt aussteigen«, wiederholte ich und faßte gleichzeitig nach Aleksejs Hand, hielt sie fest. Er machte sich los. Meine Hand rutschte ins Leere. Erst jetzt bemerkte ich mein Zittern. Die Türen schlugen zu. Der Mann sagte etwas zu meinen Kindern, was ich nicht verstand, er zeigte auf unser Auto, schüttelte den Kopf und klopfte Aleksej auf die schmale Schulter, dann sah ich, wie sie ihm folgten und in dem Flachbau verschwanden. Über dem dunklen Fenster brannte eine Neonlampe. Ich wartete, daß ein Licht anging, aber das Fenster blieb schwarz. Vielleicht gab es innen ein Rollo. Oder eine besondere Beschichtung verhinderte, daß man hineinsehen konnte. Nur von innen war es möglich, hinauszusehen – wie durch die kupfernen Scheiben im Palast der Republik. Der

König sah hinaus und konnte sein Volk beobachten, während die Menschen draußen auf blinde Scheiben blickten und geblendet von deren Glanz nicht hindurchsehen konnten. Wären sie auf einer Höhe mit dem König und seinen Scheiben, auf Augenhöhe der Spiegelung, hätten sie zumindest sich selbst sehen können, ihrem unverhohlen neugierigen Blick begegnen dürfen. Nur standen sie unten, die kleinen Leute, auf dem Platz. Und oben in den Scheiben spiegelte sich nichts als Himmel. Es gab keine Erwiderung des Blickes. Aber die Scheiben dieses Fensters hier waren besonders schwarz, tiefschwarz, kohlschwarz, rabenschwarz, je länger ich hinübersah, desto unnatürlicher schien es mir. Kein Glanz, kein Orange. Alles Licht längst aufgesogen. Kein Rabe, keine Kohle, keine Tiefe. Nur noch schwarz. Das Fenster würde nichts als Attrappe sein. Gerd drückte die Zigarette aus und zündete sich eine neue an.

»Schön, so eine Stille.« Er genoß die Minuten mit mir allein. Sie werden Katja und Aleksej fragen, warum wir rüber wollten, sie werden mit jedem einzeln in einen fensterlosen Raum gehen, das Kind auf einen Stuhl setzen und sagen: Wir wollen etwas wissen, und du mußt uns die Wahrheit sagen, hörst du? Und Katja wird nicken, und Aleksej auf seine Schuhe schauen. Sieh mich an, wird der Mann im Staatsdienst zu Aleksej sagen. Er wird ihm dabei auf den Rücken klopfen, wie einem Kumpel, einem Kollegen, einem Vertrauten. Und nicht wissen, daß Aleksej ihn, auch wenn er den Kopf hob, nur schemenhaft sehen konnte, weil seine Brille nicht mehr viel taugte. Er sah gerne auf seine Schuhe, sie waren dasjenige, das sich am weitesten von seinen Augen entfernt befand und dennoch zu ihm gehörte, von den Schuhen wußte er genau, wie sie aussahen. Vielleicht wird der Beamte ihm drohen, vielleicht an seinem Arm reißen, damit Aleksej nicht vergißt, um wieviel stärker einer wie er war. Vielleicht standen sie zu dritt vor Aleksej, zu fünft, der ganze Raum könnte voll sein von Staatsdienern in Uniform, Volkspolizisten, Angehörigen der Staatssicherheit, Grenzsoldaten, Oberen, Lehrlingen, Helfern – aber dann verlöre der einzelne an Autorität. Was will eure Mutter drüben? Kennt sie den Mann schon lange? Liebt sie den Mann? Habt ihr gesehen, ob er sie küßt? Und sie ihn? Wie küssen sie sich? Wollt ihr so einen Vater aus dem Westen? Hat er euch Geschenke mitgebracht? Welche? Also ist er ein Kapitalist. Nicht wahr? Schweigen. Was konnte Aleksej darauf schon antworten? Es gab nur falsche Antworten. Etwas züngelte am Ende meines Rückgrats, ich könnte es Furcht nennen, aber es war nur ein Züngeln. Falsche Antworten. Nicht einmal das wußte Aleksej, vielleicht ahnte er es. Werden sie uns festhalten? Was zählte schon das Papier, die Genehmigung, wenn sie mich einfach verschwinden ließen, ganz und gar, und die Kinder in ein Heim steckten? Zwangsadoption. Darüber gab es Gerüchte. Insbesondere Feinde des Landes, aber auch Feinde der sozialistischen Demokratie und ganz besonders solche, die sich davonmachten, flohen, das waren diejenigen, deren Kinder in den Schutz des Staates geholt wurden. Unwiederbringlich und unauffindbar. Später könnten sie immer behaupten, ich sei an einer Lungenembolie verstorben. Sie können es behaupten, von wem sie wollen. Die Geschichten wichen kaum voneinander ab – nur trugen die Helden unterschiedliche Namen. Für wen sollte hier auch mit Phantasie etwas erfunden werden? Keiner wird es ihnen nachweisen, da Wahrheiten auch nur Erfindungen sind, konsensfähige, daß ich nicht randaliert habe und nicht krank war – einzig Gerd könnte es. Sofern er nicht zu ihnen gehörte, war es gut, daß er hier mit im Wagen saß, daß es sein Wagen war. Das Züngeln klein halten, bloß nicht brennen. Er könnte nicht ohne weiteres verschwinden, da bekäme der König Schwierigkeiten, große Schwierigkeiten, so wichtig waren wir ihnen nicht, auch Aleksej nicht, auch Katja nicht. Kleine Fische. Klitzekleine Fische. Zwar waren sie vom Schwarm abgekommen, schwammen nicht mehr recht im Strom, aber sie waren so winzig, daß man sie übersehen konnte. Was glaubt ihr, was euch im Kapitalismus erwartet? Das hatte Katjas Lehrerin schon vor wenigen Wochen gefragt, als sie Katja für ein Gespräch unter vier Augen nach dem Unterricht im Klassenzimmer behielt. Glaubt ihr denn nicht an den Frieden? Katja, du erinnerst dich doch noch? Wolltest du nicht auch den armen Kindern in Vietnam helfen? Hast Reis mitgebracht und Rohstoffe gesammelt? Wer ist denn schuld am Elend in Vietnam? Na, wer ist schuld? Wer läßt die Kinder der Erde verhungern? Hast du in der Schule denn gar nichts gelernt? Im Kindergarten? In der Krippe? Wißt ihr nicht, daß der Kapitalist euer Feind ist? Katja war mit verquollenen Augen nach Hause gekommen. Sie wollte nicht, daß andere Kinder hungern, wegen uns, sie wollte nicht mitkommen zu denen, die andere Kinder hungern ließen. Die halbe Nacht hatte sie geweint. Bestimmt wurden sie jetzt auch auf diese Weise verhört. Euer zukünftiger Vater, was war der noch gleich? Nein, Tischler, das trifft es nicht ganz. Er ist ein Kapitalist. Ja, ein Feind. Wie war das mit eurem richtigen Vater? Was geschah mit dem?

Ich klopfte gegen die Scheibe.

»Warum klopfst du gegen die Scheibe? Hör auf, gegen die Scheibe zu klopfen.« Gerd lehnte sich zurück und mied meinen Blick, so sehr fürchtete er wohl, die Nerven zu verlieren.

Ich klopfte gegen die Scheibe.

»Hör auf.«

Ich klopfte zweimal, klopfte seinen Befehl nach.

Er stöhnte, und ich wischte mit der flachen Hand über die Scheibe.

»Wie lang sind die schon da drinnen?« fragte ich und starrte auf das schwarze Fenster der Baracke.

»Weiß nicht, ich hab nicht auf die Uhr gesehen, zwanzig Minuten vielleicht.«

»Länger.«

Gerd antwortete mir nicht, er rauchte. Seit der Mann in Polizeiuniform mit meinen Kindern verschwunden war, hatte sich die Tür kein einziges Mal geöffnet. Niemand war reingegangen, keiner kam heraus. Die Tür blieb so verschlossen, daß ich überlegte, ob ich mich getäuscht hatte und meine Kinder in einer ganz anderen Baracke verschwunden wären, eine, deren Tür ich die ganze Zeit außer acht gelassen hätte. Oder aber, sie wären zwar in die beobachtete Baracke hinein, längst aber unbemerkt an anderer Stelle wieder hinausgelangt. Durch eine Hintertür. Vielleicht führte ein unterirdischer Gang in ein entlegenes Polizeilager, direkt ins Zentralkomitee, in die dunklen blaugrünen Gewölbe der Staatssicherheit. Von dort aus gäbe es nur noch einen möglichen Weg – den ins Verlies des kupfernen Palastes. Womöglich befand sich unter dem Schloßplatz ein weitverzweigtes Labyrinth mit speziellen Verliesen, in denen die Kinder der Flüchtlinge und Flüchtigen eingesperrt und zur Besserung genötigt wurden. Bis sie bereit waren, von staatstreuen Bürgern in sozialistische Familien aufgenommen zu werden. In

Familien womöglich, die es gar nicht geben konnte. Und ich wartete hier vergeblich auf meine Kinder.

»Hast du auch gesehen, wie sie reingegangen sind? Da. Siehst du die Baracke? Da sind sie drin.« Eine Unsicherheit lag in meiner Stimme, aber ich zeigte hinüber auf die Baracke mit der Fensterattrappe.

Gerd folgte meinem Finger. Er lachte, indem er nur einmal kurz und heftig Luft ausstieß, und zuckte müde mit den Achseln. »Weiß ich nicht«, er blickte sich um, »die sehen doch alle gleich aus.«

Die Hütten standen in einer geraden Reihe, alle hatten links eine schmale Tür, rechts eine Fensterattrappe und darüber Neonlicht. Bis auf die äußeren. Soweit ich erkennen konnte, handelte es sich bei ihnen nicht um Fensterattrappen, aus ihren Fenstern leuchtete Licht herüber. Gerd schnaufte, als er ausatmete. »Glaubst du etwa, die wollen deine Kinder dabehalten?«

Dabehalten. Nicht hier. Gerd war in Gedanken schon drüben, auf der anderen Seite der Brücke. Ich nicht. Gerd lachte. »Du bist ja lustig, du glaubst wirklich, die haben nichts Besseres zu tun, als kleine Kinder festzuhalten.«

»Nicht nur kleine Kinder«, ich versuchte mit ihm zu lachen, es gelang nicht wirklich, »bei uns weiß man nie.«

»Bei uns?« Gerd lachte wieder, und plötzlich stiegen mir Tränen in die Augen, ich drehte mich weg, damit er sie nicht sähe.

»Bei uns lad ich euch erst mal zum Essen ein, große Portion Pommes. Hab ich 'nen Hunger.«

Ich wischte mir gerade mit dem Ärmel Tränen aus dem Gesicht, hatte mich zum Fenster gedreht, damit Gerd nicht auch noch über meine Tränen lachte, als ein teigiges Gesicht dicht vor meinem auftauchte. Ein anderer Mann in Uniform klopfte von außen gegen die Scheibe.

»Fenster«, hörte ich ihn sagen, sein Daumen zeigte beharrlich nach unten. Ich drehte an der Kurbel. Die Scheibe quietschte in der Fensterscheide.

»Kofferraum öffnen.«

Ich sah zu Gerd, der nur noch grinste und den Schlüssel vom Zündschloß abzog. »Hier, bitteschön.« Er streckte den Arm vor mir entlang und dem Mann entgegen. Der griff den Schlüssel aus der offenen Hand und verschwand. Obwohl die Luft angenehm und leicht und lau war, kurbelte ich das Fenster wieder hoch. Man hörte, wie der Kofferraum geöffnet wurde. Gegenstände wurden angehoben, von unten klopfte es gegen das Auto. Kurz darauf sah ich zwei Beamte mit unseren Koffern in einer der Baracken verschwinden.

Eine Fliege surrte in der unteren Ecke der Windschutzscheibe, wieder und wieder flog sie gegen das Glas, dumpf und schwer schien ihr kleiner Körper aufzuschlagen, aber sie ließ nicht ab, surrte, hielt einen Augenblick inne, surrte, rammte die Scheibe, blieb stumm. Und surrte von neuem. Ich tastete mit der Hand über die Armatur und fühlte bald den erschöpften surrenden Fliegenleib unter der hohlen Hand. Langsam ließ ich die Hand flach auf die Armatur hinab, bis die Fliege mich zwischen dem Zeige- und dem Ringfinger kitzelte, unaufhörlich die zarten Flügelchen in Bewegung hielt, surrte, mich dermaßen kitzelte, daß ich die beiden Finger zusammendrückte und so fest wie möglich auf das Armaturenbrett preßte. Sie krabbelte eifrig, ohne sich befreien zu können. Der Zwischenraum von Fingern und Kunststoff schien zu groß, noch immer spürte ich in großen Abständen ihren Flügelkampf. Ich mußte an die weißliche

Flüssigkeit denken, die austrat, wenn man zudrückte. Plötzlich klopfte etwas laut an die Scheibe, ich konnte nur die Faust sehen, kein Gesicht, eine Uniform, die Tür wurde geöffnet. Fast fiel ich dem Mann entgegen. Er fing mich auf.

»Muß man Sie bitten?«

»Wie?«

»Mitkommen.« Unsanft griff der Beamte meinen nackten Oberarm und zog mich neben sich her. Ich stolperte über die flache Stufe. Innen erstreckte sich ein Flur vor mir, der viel zu lang für die Baracke schien, vielleicht streckte er sich durch das Innere zweier oder dreier Baracken. Nach links wurde ich in einen Raum gestoßen, wo man bereits auf uns zu warten schien. Hinter dem schmalen Tisch saßen zwei fast identische Männer. Auch sie trugen Uniformen, allerdings keine Uniformen der Volkspolizei. Es war nicht der Mühe wert, darüber nachzudenken, welchem Staatsdienst sie zugeordnet waren. Versteckspiel und Täuschung gehörten unmittelbar zur Kostümierung mit Uniformen. Sie mußten Zwillinge sein, so groß war ihre Ähnlichkeit miteinander, mindestens Brüder.

»Setzen. Sie reisen aus, um Herrn Gerd Becker zu heiraten?«

»Ja.«

»Sie beziehen eine gemeinsame Wohnung in West-Berlin, was?«

»Natürlich.«

»Und Ihr künftiger Mann hat schon alles eingerichtet, was? Wohnt schon länger in der Wohnung, was?«

Ich nickte zuversichtlich. »Natürlich, ja.«

Während der rechte der beiden die Vernehmung führte, blätterte sein Bruder in Akten, er schien etwas zu suchen.

»Sagen Sie, das alles wurde doch schon in den Anträgen aufgenommen. Letzte Woche erst war ich bei der Staatssicherheit, da ging es ausschließlich um Herrn Becker.«

»So? Welche Vernehmung, Fräulein – Frau Senff. Nelly Senff. Sie waren schon verheiratet?«

»Nein, das wissen Sie doch.«

»Auch nicht mit dem Vater Ihrer Kinder?«

Ich schüttelte den Kopf.

»Was?«

»Nein.«

»Aber ausgerechnet jetzt versuchen Sie es mal, was?«

Ausgerechnet jetzt? Geduld, sagte ich zu mir, Geduld, nur nicht die Nerven verlieren, und ich antwortete: »Ja, das will ich.«

»Und der Vater Ihrer Kinder?«

Ich sah den rechten Bruder unverwandt an. »Das wissen Sie.«

»Was? Was wissen wir? Wollen Sie nicht antworten?«

Sie wollen dich ärgern, dachte ich, nichts Böses, sie wollen dich nur ärgern. Welche Genugtuung für diesen kleinen großen Beamten wohl in solchen Fragen und Antworten steckte?

»Eignet sich besser, ein West-Mann, was?«

Ich nickte, zuckte mit einer Schulter. Was wußte ich schon über West-Männer und den West-Mann als solchen, was über deren Eignung für welche Zwecke? Gerd half mir bei der Täuschung, darin war er ganz gut.

»Ihre Mutter hat auch schon nicht geheiratet. Das scheint in Ihrer Familie üblich zu sein, was? Wilde Ehe. Uneheliche Kinder. Wir sollen wirklich glauben, was, daß Sie drüben heiraten?«

»Das war nicht ohne weiteres möglich.«

»Bitte was?«

»Bei meiner Mutter. Das war nicht ohne weiteres möglich. Andere Gesetze, andere Sitten. Zuerst durften sie nicht, dann wollten sie nicht mehr.«

Die Zwillinge sahen mich verständnislos an. Bis der Rechte, ohne den Kopf zu wenden, zum Linken sagte: »Juden.« Der Linke blätterte in den Unterlagen, klopfte mit einem Zeigefinger auf eine Seite und murmelte etwas, das klang wie »Gibt's doch gar nicht … gar nicht mehr.«

»Ihre Mutter war Jüdin?« Der Rechte starrte mich mit offenem Mund an.

»Ist sie noch immer. Ja. Nein. Sie ist nicht gläubig. Nicht mehr. Zumindest nicht an Gott. Sie glaubt an den Kommunismus, aber das wissen Sie.«

»Wußtest du das? War die berühmt?« Sobald ein Deutscher von einem lebendigen Juden hört, glaubt er, der müsse berühmt sein. Die zugesprochene Berühmtheit erschien als einzige Möglichkeit, den eigenen Tötungsstrategien zu entrinnen. Wer entkam, mußte berühmt sein, nicht zuletzt, weil er entkam. Der Linke blätterte in der Akte und zeigte mit dem Finger auf verschiedene Seiten. »Ihre Mutter ist vierundzwanzig geboren, der Vater zweiundzwanzig, er ist aber 1950 noch in Frankreich gestorben. Was steht hier? Während der Rückkehr aus dem Exil?« Der Linke blätterte die Seite um, der Rechte sah mich unverwandt an: »Ihre Großmutter ist dann mit Ihrer schwangeren Mutter nach Berlin zurückgekehrt? Und hier wurden Sie geboren.«

Ich antwortete nicht, schließlich mußten diese Dinge in den Akten stehen.

»Warum nach Berlin?«

»Das habe ich doch gesagt, sie glaubt jetzt an den Kommunismus.«

»Der Kommunismus ist keine Glaubensfrage«, stellte der Rechte fest.

»Nicht?«

»Nein, das ist eine Frage der Überzeugung, der richtigen Gesinnung. Sie haben keine sozialistische Schule besucht? Auf welche Schule sind Sie dann gegangen?«

Auf welche Schule hätte ich gehen sollen? Glaubte er, es gab noch immer Schulen für Juden, oder glaubte er, Juden besuchten keine Schulen?

»Marschall I. S. Konew«, sagte der Linke, lachte und boxte seinen Bruder in die Seite.

Der Bruder vergewisserte sich mit einem Blick in die Akte, wollte es offenbar nicht glauben.

»Fünf Jahre vor uns«, flüsterte der Linke dem Rechten zu.

Urkunde für gutes Lernen in der sozialistischen Schule. Vielleicht gab es die zu meiner Zeit noch nicht. Katja besaß jede Menge solcher Urkunden, *für gutes Lernen und vorbildliche gesellschaftliche und außerunterrichtliche Arbeit* und hatte darauf bestanden, die Urkunden mit in den Westen zu nehmen. Auch wenn sie dort wohl kaum mehr kindliche Meilensteine in der möglichen Karriere einer Heldin waren. Schließlich hatte sie das Altpapier nicht für nichts gesammelt, erklärte sie mir, konnte aber auf mein Nachfragen nicht sagen, wofür sonst. Nicht einmal die Schulzeugnisse durften sie im Original mitnehmen, Abschriften wurden ihnen ausgehändigt, damit im Staat blieb, was dem Staat gehörte.

Ich schlug die Beine übereinander und antwortete nicht.

»Wie eine Jüdin sehen Sie aber nicht aus.«

»Wie bitte?«

»Sie sehen nicht wie eine Jüdin aus. Oder, na, sagen wir, nicht typisch. Sie müssen ja auch Jüdin sein, wenn Ihre Mutter Jüdin ist.«

»Wie sieht denn eine typische Jüdin aus?«

»Das müßten Sie doch am besten wissen, Fräulein Senff. Senff – das ist jüdisch, ja?«

Ein Stöhnen konnte ich nicht unterdrücken. »Das ist der Name meiner Mutter.«

»Klingt irgendwie deutsch«, murmelte der Linke und vertiefte sich weiter in ein rotes Blatt der vor ihm liegenden Akte.

Ich biß mir auf die Lippen und atmete so lang wie möglich aus. Wenn man keine Luft einatmete, versuchte ich mir glauben zu machen, sich gewissermaßen luftleer zusammenfaltete, wäre eine Explosion nahezu ausgeschlossen, zumindest entschieden erschwert. Der Linke stand mit der Akte auf und verließ den Raum, zurück blieb der Rechte, der nun nicht länger der Rechte, sondern der Einzige war, der einzige mir am Tisch Gegenübersitzende, während drei von Rang und Funktion vermutlich Unbedeutende an der Seite standen und Wache hielten. Ohne den Kopf zu wenden und ohne die kleinste Rührung verfolgten sie aus den Augenwinkeln jede Bewegung. Wenigstens meine. Der Einzige schlug die Akten zusammen, machte eine bedeutungsvolle Pause, genoß das von ihm diktierte Schweigen, lächelte schließlich mit seinen rotgeäderten Augen, die nun gänzlich verschwanden, und sah mich an.

»Frau Senff, was ich hier nicht verstehe, ist, warum packen Sie Zahnpasta und Seife ein, wenn Sie doch heute abend in der Wohnung Ihres Zukünftigen ankommen – Ihrer beider gemeinsamen Wohnung. Wir verplaudern hier noch unsere

Zeit, wenn Sie uns weiter mit diesen Geschichten aufhalten. Hat er keine Seife? Ihr Verlobter Becker?«

Ich sah den Mann mit seiner nicht identifizierbaren Uniform an, spürte, wie mir das Blut in den Kopf schoß, und schloß meinen Mund. Die Zunge klebte am Gaumen.

»Verschlägt Ihnen das die Sprache, Senff? Jetzt kommen Sie mal mit.«

Ich stand auf und folgte dem Einzigen durch einen schmalen Gang in einen anderen Raum. Die Räume hatten keine Fenster. Spitz und entfernt süßlich roch es nach dem Plasteboden, auf dem die Sohlen quietschten. Ein Geruch, der mich an die Schulmappen von Aleksej und Katja erinnerte. Lederimitat. Geprägter Kunststoff. Seit Jahren dieselben drei Modelle, meist gab es nur zwei. Braun und Blattgrün, die Kombination von Gelb und Orange war selten. Vor Jahren mußte es mal Rot gegeben haben.

Ich hörte meine Absätze auf dem Plasteboden, spürte, wie ich, völlig unerwartet und wenig passend zur Situation, plötzlich mit einem gewissen Schwung einen Fuß vor den anderen setzte, einem Schwung, dem man eine fröhliche Regung hätte unterstellen können, der Rock spannte um meine Schenkel, fast tänzelte ich, ganz so, als sei ich auf dem Weg zu einem Ball und freute mich auf das bevorstehende Ereignis. Ein Uniformierter öffnete die Tür, ich nickte ihm höflich und beschwingt zu, ein anderer schloß sie hinter mir.

Drinnen fand ich mich mit ungefähr zehn Beamten wieder, der Rauch stand dicht, einer der Beamten musterte mich von oben bis unten, der Rock kam zur Ruhe. Ich verschränkte die Arme.

»Setzen Sie sich.«

»Danke, ist nicht gerade gemütlich bei Ihnen.«

»Setzen«, bekräftigte der vielleicht Dienstälteste. Ich lächelte ihn vertraulich an. Im Raum gab es außer mir keine einzige Frau. Ich dachte daran, daß ich meinen Onkel Leonard in Paris besuchen würde. Er lebte mit seiner dritten Frau am Rande des Marais. Mit der zweiten hatte er in Amerika gewohnt, nördlich von San Francisco, auf einem kleinen Hügel, mitten im Wald. Morgens kamen Kolibris zu seinem großen Terrassenfenster geflogen und tranken das Zuckerwasser, das er in kleinen Behältern unters Dach gehängt hatte. Ihr Flügelschlag ginge so schnell, daß einem die Kurzweiligkeit der Zeit deutlich wurde. Das empfand er als beruhigend. Wenn er aus dem Fenster sah, war da nur Wald, und etwas weiter unten konnten sie im Winter hinter den Zedern das östliche Ufer des kleinen Sees erkennen, im Sommer stand häufig Nebel im Tal. Das letzte Mal, als ich meinen Onkel vor drei Jahren gesehen hatte, erzählte er, mit der dritten Frau zurück in Paris könne er alles noch besser vergessen, in günstigen Augenblicken auch seine Vergangenheit und manchmal sich selbst. Vielleicht würde sich Onkel Leonard freuen, mich zu treffen. Er würde mir von Paris zeigen, was auf keiner Postkarte zu finden war, die Fleischerei Panzer und die Gerüste, die nicht wie bei uns vor den Häusern standen, sondern in Seilen von den Dächern hingen. Frische Muscheln wollte er mit mir essen. Seine beiden amerikanischen Söhne würde ich kennenlernen, die mehrere Berufe hatten, von allem etwas und nichts zu genau verstanden, wie er sagte. Was Freiheit so mit einem Menschen macht, sagte er immer wieder und sah mich halb mitleidig, halb neidisch an, wo ich doch gar keine Freiheit zu haben schien und mir nichts anderes übriggeblieben war, als eine wissenschaftliche Karriere zu beginnen. So kurz vor dem

Ziel verspürte ich nicht die geringste Lust, noch Befehle entgegenzunehmen. Aber ich wollte nicht dumm sein. Ich setzte mich.

»Sie sind Chemikerin?«

»Das wissen Sie.«

»Sie waren vier Jahre für die Akademie der Wissenschaften tätig?«

»Nach dem Studium habe ich dort angefangen, ja. Aber ich arbeite seit zwei Jahren nicht mehr dort. Ich arbeite auf dem Friedhof.«

»Auf dem Friedhof?«

»Zuletzt, ja. Wegen der Ausreise«, ich wunderte mich, wie wenig diese Grenzbeamten zu wissen schienen. Diese Fragen hatte man mir in den letzten Monaten mehrfach gestellt – und auch andere Menschen in meiner Umgebung waren dazu befragt worden, von manchen wußte ich es, von anderen konnte ich es nur ahnen.

Der Uniformierte blätterte.

»Stehen Sie wieder auf.«

»Ich soll wieder aufstehen?«

»Das haben wir gerade gesagt, ja. Und stellen Sie keine Fragen. Die Fragen stellen wir.«

Ich stand auf. Der Rock klebte an meinem Hintern.

»Die Ausreise wurde im April vorletzten Jahres beantragt. Ab Mai hätte eine Kontakteinschränkung für Sie gegolten. Sie waren Geheimnisträgerin?«

»Nein. Ich meine, doch, ein weiteres Verbot sollte gelten, aber Geheimnisträgerin war ich noch nicht.«

»Wir haben da andere Informationen. Wollen Sie uns belügen?«

»Nein.«

»Woran haben Sie in der Akademie der Wissenschaften gearbeitet?«

Meine Schuhe drückten, ich stellte mich von einem Bein auf das andere und sah in die Runde.

»Wird's bald?«

»Was soll ich Ihnen dazu sagen? Ich habe es vergessen. Und was ich nicht vergessen habe, darüber muß ich schweigen, und worüber ich nicht schweigen muß, das würden Sie ohnehin nicht verstehen, Sie sind nicht vom Fach, meine Herren.«

»O je, 'ne ganz Schlaue«, der Beamte klappte die vor ihm liegende Akte zu und flüsterte mit dem Dienstältesten, der schräg hinter ihm saß.

»Abführen.« Der Dienstälteste nickte einem großgewachsenen Mann mit unverhältnismäßig kleinem Kopf zu. Der Mann war so groß, daß man offensichtlich seine Hosen hatte auslassen müssen, die dunkelgrüne Farbe am Saum der Hosen wirkte wie eine Borte. Der Große packte mich am Oberarm und brachte mich in einen benachbarten Raum. Auch dieser ohne Fenster.

»Wo sind meine Kinder?«

»Haben Sie nicht gehört, wir stellen hier die Fragen.«

Hier hätte ich mich gerne gesetzt, aber in dem Raum gab es keinen Stuhl und keinen Tisch, und vor dem Staatsdiener wollte ich mich nicht im Rock auf den Boden setzen. Ich sah auf meine Uhr. Es war kurz nach sechs. Aleksej und Katja würden langsam Hunger bekommen. Warten, ohne zu wissen, worauf.

Als ich wieder auf die Uhr blickte, war es zehn nach sechs, und ich sah ungefähr alle drei Minuten auf die Uhr, zum letzten Mal um fünf vor sieben, bevor ein Beamter mit einer Frau in Uniform hereinkam.

»Vorkommnisse?« Der Beamte sah den Großwüchsigen fragend an.

»Keine Vorkommnisse«, kam es von oben. Zum Gruß hielt der Großwüchsige die Hand an den kleinen Kopf.

»Ausziehen.« Wohlgefällig nickte mir der ältere Beamte zu.

»Wie bitte?«

»Die Anziehsachen können Sie der Kollegin hier geben.« Die Kollegin blickte mich stumpf an. Namen fielen keine. Einen Augenblick dachte ich darüber nach, wie so ein junger, zwar großer, aber doch kleinköpfiger Beamter heißen konnte, welcher Abteilung er angehören und welchen Dienstgrad er besitzen mochte. Vielleicht hieß er Hauptmann, trotz kleinem Haupt und niedrigem Dienstgrad. Aber ein solcher Zufall des Namens müßte vermeidbar sein, gesetzlich angreifbar und auflösbar, da dem kleinköpfigen Beamten mit Namen Hauptmann eindeutig ein beruflicher Nachteil aus diesem Zufall erwüchse, ein Nachteil, der ihn lächerlich erscheinen ließe, ein Nachteil, der in einer Welt von Rang und Ordnung einfach untragbar war. Der ältere Beamte herrschte mich an:

»Wird's bald?«

»Warum soll ich mich jetzt ausziehen?«

»Wir stellen hier die Fragen, nicht Sie«, wiederholte der Großwüchsige und grinste mir aufmunternd entgegen.

»Vor Ihnen?« Wahrscheinlich lernten die Grenzbeamten hier nur vier, fünf Sätze, die sie je nach Gelegenheit anbrachten. Sätze, die ihre Identität verschwiegen, aber für die notwendigen Anweisungen genügten. Fast mußte ich lachen.

»Sehen Sie vielleicht noch andere?« Der kleinköpfige Große strich über die feine schwarze Pistole, die fest an seinem Körper klebte. Das Lachen, das jetzt aus mir herausplatzte, war nicht zu unterdrücken. »Sie wollen, daß …?«

»Los, los, wir sind auch nur Menschen.« Der ältere Beamte tat gelangweilt.

»Menschen?« Ich lachte nervös.

Die Tür ging auf, ein weiterer Mann in Uniform kam herein. »Was jetzt? Wo sind die Sachen?« Seine Stimme klang heiser.

»Die ziert sich.«

»Sollen wir Verstärkung holen?«

»Nein«, ich zog zuerst die Schuhe aus, »nein«, dann das Kleid. Die Beamtin hielt die Hand auf, und ich mußte ihr die Sachen bringen.

»Alles.«

Noch ein *wird's bald* wollte ich nicht hören. Ich beschloß, für einen Augenblick nicht zu denken, zog die Strümpfe und die Unterwäsche aus und brachte auch die der Beamtin. Die Strümpfe legte ich zusammen, bevor ich sie ihr über den Arm legte.

»Den Schmuck auch.«

Ich nahm die Kette vom Hals und reichte sie der Beamtin, sie blieb völlig teilnahmslos. Und woran hätte sie teilnehmen sollen?

»Die Uhr.« Der Großwüchsige mit dem kleinen Kopf streichelte inzwischen seine Pistole, »und die Brille.«

Ich sah noch einmal auf die Uhr, es war zehn nach sieben. Viel Zeit hatten sie nicht mehr. Plötzlich war ich mir sicher, daß sie die Auflage hatten, uns vor Mitternacht über die Grenze zu lassen. Sonst verstießen sie gegen ihre eigenen Regeln. Sicherlich gab es Abkommen zwischen beiden Staaten, die diese Verfahren festschrieben.

»Der Ring.«

Als hätte ich ihn nicht verstanden, sah ich den Uniformierten an, er zeigte auf meine Hand. Ich besah meine Hand und schüttelte den Kopf.

»Der Ring.«

»Das geht nicht, der geht nicht ab.«

»Jeder Ring geht ab. Seife!«

Ich schüttelte noch heftiger den Kopf. Ein Beamter verließ den Raum, wohl um Seife zu holen.

»Wenn keine Seife hilft, gibt es hier noch andere Methoden«, flüsterte der Mann in Uniform mir zu. Ich tat, als hörte ich ihn nicht. Ich hatte den Ring seit Wassilijs Tod nicht abgenommen, nicht beim Schlafen, nicht beim Schwimmen, nicht beim Abwaschen, nicht, wenn ich auf dem Friedhof in der Erde wühlte und das Unkraut zupfte, nicht beim Händewaschen danach. Nie.

Der andere Beamte kam mit einem Stück Kernseife zurück.

»Wird's bald?«

»Bitte nicht.«

Der Beamte griff nach meiner Hand und rupfte an dem Ring.

»Bitte nicht.« Meine Stimme blieb seltsam ruhig, als gehörte sie nicht zu mir. Ich ballte die Hand zu einer Faust. Der Beamte versuchte, die Faust aufzubrechen, klemmte jeden Finger einzeln auf.

»Bitte. Nicht.«

In Zeitlupe sah ich zu, wie der Ring Stück für Stück den Finger emporgedrückt, gepreßt, geschoben wurde und in der Hand des Beamten verschwand. Die Seife wurde nicht verwendet. Ich spürte weder den Ring noch meine Hand. Etwas weiter weg hörte ich eine Stimme: »Bitte nicht. Bitte nicht. Bitte nicht.« Der ältere Beamte, der noch an der Tür stand und sonst Befehle gab, äffte mich wohl nach.

»Sie bleiben hier«, ordnete er an, damit der Junge auf mich achtgäbe. Dann winkte er der Kollegin, die ihm mit meinen Sachen folgte. Nicht einmal einen Abdruck hatte der Ring am Mittelfinger hinterlassen. Der Junge lehnte neben der Tür und sah aus, als freue er sich. Unvermittelt mußte ich an meinen Bruder denken, der sich in den Jahren der Vorpubertät nichts sehnlicher gewünscht hatte als eine Uniform, am liebsten waren ihm die der Polizisten und der Soldaten, aber auch Feuerwehrleute, Piloten und Matrosen faszinierten ihn. Er mochte goldene Sterne lieber als silberne und rote. Seine Berufswünsche waren ausschließlich in diese Richtung gegangen. Ich bin mir sicher, er wäre ein schlechter Polizist geworden. Nicht, weil er keine Befehle erteilen und nicht spontan in eine Situation hätte eingreifen können, diese Dinge fielen ihm leicht, nur unterordnen konnte er sich schwer, außer von meiner Mutter duldete er von niemandem einen Befehl. So mußte er ein ungeschickter Fräser werden. Dieser Junge hier erfüllte nur zu gerne Befehle, und sei es, eine unbekleidete Frau zu beaufsichtigen. Seine Augen flackerten unruhig über meinen Körper und dessen Umgebung, sie waren so angestrengt wachsam, daß ich nicht einmal unbemerkt vor Scham hätte im Boden versinken können. Mit den Blicken nahm ich Maß. Kleinköpfig. Jung. Großwüchsig. Mehr Details wollten mir nicht auffallen, nichts Eigenes, Individuelles. Vielleicht war seine Haut blaß, aber in diesem Licht mochte jedermanns Haut blaß wirken. Nicht einmal seinen Namen durfte ich kennen, ich würde ihn verraten können. Der Dienstgrad blieb geheim, die Kenntnis hätte mir Orientierung verschafft. Allein sein Äußeres, dem ich seit geraumer Zeit ausgesetzt war, schuf eine gewiß nicht beabsichtigte Vertrautheit. Ihm schien meine Nacktheit peinlicher als mir. Plötzlich wurde es stockfinster, dann ging das Licht wieder an.

»Tschuldigung«, der große Junge konnte seine Belustigung kaum verbergen, offenbar war er mit dem Rücken gegen den Lichtschalter gekommen. Ich verschränkte wieder die Arme.

Nach einer Weile wurde die Tür geöffnet, und der ältere Beamte sagte: »Mitkommen.« Im Türrahmen erschien die Beamtin, vermutlich begleitete sie uns aus Anstand. Damit Zucht und Ordnung gewahrt würden. Sie hatte ein Handtuch für mich mitgebracht, das zu klein war, um alles zu bedecken, Brust und Scham, und am liebsten noch den großen Leberfleck, der sich dicht über meiner Kniekehle ausbreitete, den ich haßte und der mir peinlich war und den sie noch weniger sehen sollten als Brust und Scham. Über den Gang führte der Weg in einen weiteren Raum, wo uns ein Mann mit einer taubenblauen Schürze und einer Brille empfing. Er legte das Knie eines Rohrs auf ein Regal, er war wohl Handwerker, vielleicht kümmerte er sich um die Instandhaltung und führte Reparaturen aus. Über mich sagte der Ältere: »Das ist sie.«

Der Mann in der taubenblauen Schürze sah mich nicht an, er deutete nur müde mit dem Kopf zu dem Stuhl und befahl mir, mich dort hinaufzusetzen.

»Warum das?«

»Routine.«

Der Stuhl erinnerte an einen Thron, breite Armlehnen hatte er, einen festen und hohen Sockel.

»Rauf da.«

»Ich muß mal pinkeln.«

»Jetzt?«

»Ja.«

»Die Toiletten sind am anderen Ende, da können Sie jetzt nicht hin«, der Beamte sah gedankenverloren auf meine Brust, die sich vom Handtuch nicht bedecken ließ.

»In der Ecke steht ein Eimer«, sagte der Mann in der taubenblauen Schürze und zeigte auf einen weißen Wischeimer aus Emaille.

Ich hockte mich über den Eimer, das Handtuch rutschte zu Boden, mit einer Hand umklammerte ich den nächsten Zipfel, als ändere diese Verbindung etwas an meiner Nacktheit.

Mein Blick fiel auf den Einzigen, der für mich unbemerkt in den Raum getreten war. Ich konnte nicht entscheiden, ob es der ursprünglich Rechte oder Linke war. Das machte es leichter, seine Anwesenheit nicht persönlich zu nehmen. Die Beamtin reichte mir Zellstoff.

»Und jetzt rauf da.«

Das Polster des Throns war an mehreren Stellen aufgerissen, Schaumstoff quoll aus seinem Inneren. Es verlor seinen Zusammenhalt, löste sich an der Oberfläche und nahm Kontakt zu Luft und Flüssigkeiten auf, Reibung förderte die Ablösung kleiner Schaumflocken. Das Denken wollte nicht aufhören. Also dachte ich mir, es gibt Frauen, die haben ganz anderes erlebt. Im Krieg. Ich sah mich in dem Raum um, gegenüber befand sich eine der schwarzen Scheiben, deren Rahmen so flach in der Wand saß, daß es sich kaum um ein Außenfenster handeln konnte. Auch befand es sich im rechten Winkel zur Tür und dem Gang, den wir entlanggekommen waren, so daß es wohl eher in einen Nebenraum zeigen mußte.

Wie schwarz sollte die Nacht auch geworden sein? Andere Fenster hatte der Raum nicht. Keine Uhr konnte ich entdekken, kein noch so kleines und grobes Instrument für die Messung von Zeit, geschweige denn zur Ortung des Raumes. Auf der Ablage neben mir, mehr als eine Armlänge entfernt, lagen unterschiedliche Instrumente angeordnet, sie sahen aus wie Spritzen, leere Spritzen in verschiedenen Größen, Spritzen mit einer durchsichtigen Flüssigkeit, Spritzen mit einer bläulich schimmernden Flüssigkeit, eine kleine Zange, eine Art Messer, das an ein Rasiermesser erinnerte, zwei Scheren, von denen eine vorne stumpfe Enden hatte, schließlich etwas, das aussah wie eine Eiskelle, wohl ein wenig kleiner, Nadeln. Nur hatten wir keinen Krieg. Zumindest hatte ich das Wort Krieg bislang nicht so ganz geglaubt. Auch mit dem Zusatz kalt nicht. Was hieß das schon, kalt? Gänsehaut hatte ich. Aber kalt? Mir war nicht kalt. Ich spürte nichts. Selbst die Füße, die in die Luft ragten, waren taub. Unter Krieg stellte ich mir das andere vor, das, was ich nicht erfahren hatte und dessen Worte nur seltsam zerstückelte Bilder entstehen ließen. Mein Blick ruhte auf der schwarzen Scheibe. Dahinter konnte nichts sein. So wie der kupferne Palast eine Kulisse sein konnte, die Hülle eines Traums, der das große Nichts barg, einen großen leeren Raum, gefüllt nur mit Luft und einigen eisernen Verstrebungen, die der Aufrechterhaltung dieser Kulisse diente. Sand am Boden. Wenn rote Teppiche ins Innere führten und Staatsminister darauf aus der sichtbaren Welt verschwanden, so gelangten sie über unterirdische Gänge an keinen besseren Ort als den der blaugrünen Gewölbe der Staatssicherheit. Dort blieben ihre Gesichter fahl, und der Schreck saß ihnen so tief, daß sie auch bei der Rückkehr in ihr eigenes fernes Land nicht über das

Innere des Palastes sprechen wollten. Die Erinnerung versagte. Hier funktionierte der Verband noch im Gegensatz zu dem des Schaumstoffes, der an meinem Schenkel klebte.

Daß wir im Krieg lebten, hatte ich bislang nicht so recht bemerkt. Ich schämte mich dafür. Aber es war sicher nicht die Scham, nach der da in mir gesucht wurde. Instrumente wurden vor und zurück geschoben. Sollte es einen heißen Krieg geben? Ich mußte an meine Großmutter denken, die man mit siebenundachtzig Jahren und nach etlichen Grenzübergängen ohne Zwischenfall, plötzlich, vor drei Jahren, einen Tag vor Chanukkah, an der Grenze in einer kleinen Kammer sich ausziehen hieß und den Mund öffnen, um ihr unter einem ähnlichen Vorwand, den man nun für mich gebrauchte, sämtliche Kronen und Brücken zu entnehmen. Nur hofften sie bei ihr wohl, Material eines westlichen Geheimdienstes zu entdecken, das sie mutmaßlich einschleusen wollte, während sie bei mir gewiß fürchteten, ich könnte ihre lächerlichen Forschungsergebnisse für die westliche Wissenschaft ausspioniert haben. Das Kunstwerk von Prof. Dr. dent. Schumann wurde in weniger als zwei Stunden Stück für Stück zerstört, anschließend ließ man meine Großmutter mehrere Stunden warten, um sie schließlich ohne Prothesen und mit einer Schachtel voller Kronentrümmer nach Hause zu schicken. Das andere hatte mir meine Großmutter vielleicht verschwiegen. Ein brennender Schmerz mußte es sein, zumindest meldete mein Gehirn etwas in der Art. Brennend, ohne daß ich das Brennen spürte. Warum sollte dieser Mann in der taubenblauen Schürze auch vorsichtig sein? Er war ein Handwerker, kein Liebhaber. Und da er offenbar sicher war, wonach er suchte, es aber nicht fand, brauchte er eine ganze Weile für seine Untersuchung. Das Brennen erlosch, aber so, wie man meinen Kopf in eine metallene Zange gelegt hatte, war es mir unmöglich, einen Blick auf irgend etwas unterhalb meines Nabels zu werfen. Es war keine Suche, die der Handwerker hier verfolgte. Er bastelte etwas in mir, er fügte etwas ein und machte mich zur Hülle seiner Bastelei. Nicht gehen ließen sie mich. Als Trojanisches Pferd wollten sie mich schicken.

Onkel Leonard hatte seiner Mutter nach jenem Vorfall einen kurzen Brief geschrieben. Er drückte darin im ersten Satz sein Entsetzen über den Vorfall aus. Die folgenden wenigen Sätze widmete er seiner Ratlosigkeit darüber, warum sie nach Deutschland zurückgekehrt und ausgerechnet in den russischen Sektor gezogen sei. Hier könne sie, die im Bayerischen Viertel aufgewachsen war, nicht einmal mit einer Suche nach den Orten der Kindheit argumentieren, obwohl sie es immer wieder versuche. Nein, er könne ihren Schritt nicht verstehen. So lasse man sich nicht behandeln. Und er biete ihr erneut an, zu ihm nach Paris zu kommen, er werde ihr ein kleines Appartement kaufen. Er freue sich, wenn sie ihn anrufe und die Ankunftszeit durchgebe, damit er sie vom Flughafen abholen könne.

Aber meine Großmutter rief nicht an. Sie zeigte uns den Brief und lächelte müde. Er verlernt das Schreiben. Sagte sie erschöpft. Seht ihr, nicht mal mehr das große Du beherrscht er. Seine Muttersprache, einfach weg. Hmm. Was soll ich in Paris? Fragte sie uns. Wir wußten darauf keine Antwort und suchten keine, insofern war es einfach für sie, jedes Gespräch über ihr Dasein hier und dort mit diesem Satz zu beenden. Seit jenem Brief hatte ich Onkel Leonard nicht mehr gesehen. Und wenn ich es mir so richtig überlegte, glaubte ich kaum, daß er noch einmal nach Berlin kommen würde.

Der Abstand zu seinem letzten Besuch war groß geworden, größer als alle vorherigen. Mag sein, er hatte Angst, daß man auch ihm körperlich naherücken könnte. Obwohl meine Großmutter noch am Leben war, würde sie nie wieder den Weg zu ihrem Sohn zurücklegen. In den ersten Monaten nach dem Vorfall nutzte sie jede Gelegenheit, um nach Wilmersdorf in den Westen zu fahren, wo Dr. Schumann junior unter Anweisung seines greisen Vaters versuchte, das nachzubauen, was sein Vater über Jahrzehnte als sein Kunstwerk begriffen hatte, bis er aufgab und meiner Großmutter ein Gebiß anfertigen ließ. Ich dachte über den Satz nach, den Onkel Leonard an meine Großmutter geschrieben hatte: daß man sich so nicht behandeln lasse.

»Locker«, herrschte mich der Mensch an, dessen Kopf zwischen meinen Beinen auftauchte, »machen Sie mal locker hier, sonst wird das nie was.«

Ich wollte nicht herausfinden, was hier etwas werden sollte. Vielleicht hatte der Herr, der in mir auf der Suche war, nur das Züngeln gesucht und gefunden und herausgerissen, daher das Brennen, das ich nicht mehr fühlen konnte. Ich hörte ein Schaben und ein Ratschen, dumpf klang es zu mir herauf. Zwischen meinen Beinen sah ich die kahle Stelle vom Hinterhaupt des Mannes, bis er sich erhob, ein Lächeln stand in seinem Gesicht, kein diebisches, nein, geklaut hatte er nichts, eher schien er etwas vollbracht zu haben, er klappte meine Beine zusammen und wandte sich ab, um sein Besteck zu ordnen, versunken wirkte er, vielleicht war es Zufriedenheit, die ich in seinem Gesicht entdeckte, vielleicht Enttäuschung, schweigend und mit langsamen Bewegungen legte er Bestecke in Behälter, ordnete neue an, ganz so, als warte er auf den nächsten Menschen, an dem er seine Routine erproben konnte, zupfte drei Wattebausche aus dem Packen mit hellem Einschlagpapier, der sich unten im Regal befand, legte die Wattebäusche in eine gerade Reihe unter die Zangen, ordnete zwei kleine Behälter mit Flüssigkeiten und zwei geschlossene Dosen in größerem Abstand dazu, rückte sie wieder und wieder zurecht, bis ich ihm einfiel, mit einem Blick gegen meine Knie, die ich noch immer auf dem Stuhl saß, nackt, mit zusammengeklappten Beinen, und offensichtlich auf einen Befehl wartete, den er mir somit erteilte: »Abtreten.« Vielleicht meinte er die Beamten, die mit mir abtreten sollten. Meine Arme und Beine, selbst ein Teil des Gesäßes und der Schamlippen waren eingeschlafen. Ein Beamter half mir aus der zangenförmigen Schale, die meinen Kopf nach hinten gehalten hatte.

Zurück in dem Raum ohne Fenster, Tisch und Stuhl, stand ich wieder mit dem grinsenden Jungen. Es hätte nicht viel gefehlt, und er hätte sich mir vorgestellt: Hauptmann, mein Name, hätte sich dabei leicht nach vorn geneigt, nicht, ohne seinen Kopf noch kleiner erscheinen zu lassen, und ich hätte seine Annäherung mit Schweigen belohnt. Eher noch mit Taubheit. Aber für ihn wäre es ein Schweigen gewesen. Ich sorgte mich nicht mehr um die Ordnung und die Nachteile, mit denen er kämpfen konnte. Der junge Beamte hatte Spaß an seinem Beruf. Nicht ganz unschuldig an diesem Spaß schien die Pistole zu sein, deren Griff er tätschelte, mit gewiß feuchten Händen. Nach einer Weile brachte man mir meine Sachen. Ein Kleid mit großen Blüten, helle Sandalen, deren kleine Absätze sich schon nach außen bogen, einen BH mit Spitze, den mir meine Großmutter vor einigen Jahren aus dem Westen mitgebracht hatte, ein einfaches Höschen, eine Strumpfhose aus Nylon, die ich von Onkel Leonard geschickt bekommen hatte, aus Paris, und die ich aus Angst, sie könnte kaputtgehen, bis zum großen Einpacken in der Schublade mit den Strümpfen aufbewahrte, um sie schließlich heute morgen zum ersten Mal überzustreifen, vorsichtig, entgegen der Eile, mit der ich aufgestanden war. Die Beamtin hielt mir eine weißliche Plasteschüssel entgegen, in der sich eine Uhr, eine Kette, Ohrringe und Ringe befanden. Ich zog alles an. Den Ring spürte ich nicht. Die Uhr nicht. Die Strümpfe nicht. Mich nicht. Ich sah auf die Uhr. Es war zwanzig nach acht.

»Meine Kinder haben Hunger.«

Niemand antwortete mir.

»Folgen.« Ich folgte.

Die beiden Beamten führten mich in einen Raum mit einer kleinen Kammer. Dort wartete ein Mann in einem weißen Kittel. Seine Befehle waren knapp. Kleid, Strümpfe, Unterwäsche. Wieder sollte ich mich ausziehen. Als störten organische Fasern die Wellen. Schuhe, Uhr, Schmuck. Hineinstellen sollte ich mich, in die winzige Kammer, mit den Fersen an die rote Linie. Die Tür wurde geschlossen. Sehen konnte ich nichts, keine Strahlen, keine Bilder. Vielleicht wollten sie prüfen, ob der Handwerker alles richtig gemacht hatte. Ich dachte an die geheimen Berichte von den großen Strahlenmengen, die in solchen Kammern verwendet wurden. Aber ich spürte nichts als den Plasteboden unter den nackten Sohlen. Die Tür wurde geöffnet. Auf dem Arm der Beamtin lagen meine Kleider. Ich stellte keine Fragen mehr. Ich folgte den Anweisungen, bis man mir ein weiteres Mal sagte, ich solle folgen. Wir traten an die Luft.

Es war merklich kühler geworden. Dunkel. Ich versuchte das Auto von Gerd zu erkennen. Das Wasser um meine Augen war lauwarm. Ich wischte es weg. Meine Schuhe drückten. Auch die Uhr spürte ich wieder, und den Ring. Alles schien an seinem Platz. Gerd saß im Auto, hatte das Fenster runtergekurbelt und blies mir Rauch entgegen. Auf der Rückbank sah ich Katja und Aleksej, sie stritten sich. Beide seufzten theatralisch, als ich einstieg.

»Na endlich, Mama, immer müssen wir auf dich warten.«

»Jetzt aber Pommes«, sagte Gerd.

Ich drehte mich zu meinen Kindern um und hätte sie am liebsten fest umarmt, aber der Abstand zwischen uns war zu groß.

»Seid ihr in Ordnung?«

»Ja, jetzt aber Pommes«, sagte Katja, sie imitierte Gerds Tonfall ganz gut, nur klang ein Stolz mit, wie ich ihn in den letzten Tagen oft an Katja bemerkt hatte, vermutlich wußte sie nicht einmal, was Pommes waren, benutzte aber gerne das Wort.

»Mama, die haben echt lauter komische Fragen gestellt, die wollten wissen, ob wir Gerds Nachnamen bekommen.« Katja zeigte einen Vogel.

»Und?«

»Ich hab nichts gesagt, du?«

Aleksej schüttelte den Kopf, »Nee.« Mit dem Zeigefinger drückte er die Brille wieder fest auf die Nase. Da kann man wenig machen, hatte der Optiker bedauert, die Modelle sind in den letzten Jahren so, und von den Modellen sei seines noch das passendste, früher gab es mal ein Modell, das hätte vielleicht gepaßt, die Friedenstaube, aber die gibt's schon seit Jahren nicht mehr, wirklich schade, und mit einer so kleinen Nase. Nein, das Gestell für Mädchen habe keine schmalere Öffnung, nur rosa sei es, ansonsten unterscheide es sich nicht.

»Wir haben einfach gar nichts gesagt und gesagt, daß wir auch gar nichts wissen. Geheimnis, stimmt's?«

»Geheimnis, ja.« Ich lächelte.

»Aber heiratet ihr denn wirklich?«

»Wer weiß«, versuchte sich Gerd an dem Gespräch zu beteiligen.

»Nein, das habe ich euch doch schon gesagt«, schließlich hatte ich nicht umsonst mit Katja und Aleksej über falsche und bessere Antworten gesprochen.

»Die wollten, daß ich mich ausziehe.«

Mit einem Ruck drehte ich mich um und griff wieder nach Aleksejs Hand. »Was?«

»Ja«, sagte er gelangweilt, »die meinten, wir dürften nicht die ganze neue Unterwäsche mitnehmen. Wollten wissen, ob wir noch extra schön viel am Strausberger Platz eingekauft haben.«

»Ach ja, stimmt. Meine Unterwäsche wollten sie auch behalten. Die meinten, drüben gäb's bestimmt genug für uns.« Katja glückste.

»Haben die euch untersucht?«

»Untersucht? Wir sind doch nicht krank.« Beide schüttelten den Kopf.

»Nein, die fanden das einfach komisch, daß wir zweimal Unterwäsche anhatten. War's ja auch. Das eine Paar haben sie dabehalten.«

»Bei mir beide«, Aleksej hob seinen Pullover hoch, damit wir den nackten Bauch sehen konnten.

Gerd fuhr im Schrittempo an den Grenzsoldaten vorüber, die einer nach dem anderen mit ihren Gewehren zu verstehen gaben, daß wir weiter dürften. Wir durchfuhren das Grenzgebäude, und wie erwartet tauchte vor uns die Brücke auf. Eine einfache Konstruktion, sehr viel kleiner und auch kürzer war sie, als ich sie mir vorgestellt hatte.

»Sind die Koffer wieder drin?«

»Klar, meinst du, die behalten sie da?« Gerd lachte über mich.

Die Schranke wurde aufgeschoben, ein Soldat winkte uns vorbei. Trapp, trapp machte der Wagen, wenn die Räder über einen Teerstreifen fuhren, ein hohles trapp, trapp. Ich ahnte die Tiefe. Als ich rechts aus dem Fenster sah, entdeckte ich die Lichtkegel von Scheinwerfern, die über dem schwarzen Wasser pulsierten. »Ob das Wasser tief ist?«

»Da ist kein Wasser unten. Gleise sind da.« Gerd stellte das Radio an, *when the wicked carried us away in captivity, required from us a song. Now how shall we sing a lord's song in a strange land.*

Ich blickte mich um, hinter uns zog ein Soldat die Schranke wieder zu.

Auf der anderen Seite der Brücke waren hell erleuchtete Häuschen, ein Grenzbeamter, der wohl eine westliche Uniform trug, trat aus der Tür und bedeutete uns anzuhalten. Gerd drehte das Radio leise. Auch dieser Beamte wollte unsere Papiere sehen.

»Schönen Abend. Danke, ja. Das sind die Papiere der Kinder?« Der Beamte blätterte. »Wo werden Sie sich anmelden?«

»Melden?« Ratlos sah ich Gerd an.

»Marienfelde, wir fahren zuerst ins Notaufnahmelager.« Gerd hielt den Daumen hoch, als müsse er dem Beamten ein geheimes verabredetes Zeichen geben.

»Trotz Familienzusammenführung?« Der Beamte konnte sich ein Lächeln nicht verkneifen, verschwörerisch wirkte es. »Also bleiben Sie erst mal in Berlin?«

Der Gedanke, Gerd könnte mit den Männern hier und denen von der anderen Seite der Brücke unter einer Decke stecken, erschien mir plötzlich sehr naheliegend. Dazu paßte es, daß Gerd so vertrauensvoll erzählte, wir führen ins Lager. Als Gerds echte Familie hätten wir das wohl kaum nötig. Gerds Haus stünde uns offen, samt Seife, alles zur freien Verfügung. Aber Gerd wohnte in einer kleinen Wohnung in Schöneberg, keine zwei Zimmer, wie er betonte, um anzudeuten, daß man ein Durchgangszimmer nicht als volles Zimmer werten dürfe, er mich zwar gerne, keinesfalls dagegen meine Kinder aufnehmen könnte. Der Beamte trat einen Schritt zurück.

»Warten Sie, könnte ich wohl mal bei Ihnen aufs Klo?«

»Aber klar doch«, der Beamte öffnete Gerd die Wagentür und ließ sie hinter ihm zufallen. Ich sah, wie der Beamte im Weggehen seinen Arm auf Gerds Schulter legte. Die beiden verschwanden in einem der Häuschen. Ich rutschte etwas tiefer in den Sitz. Der Zeiger von Gerds Autouhr zuckte auf der Stelle, offenbar erhielt er einen Impuls, doch irgend etwas hinderte ihn daran, voranzukommen. Der Beamte kam mit Gerd zurück, die beiden unterhielten sich und lachten, dann blieben beide stehen, steckten die Köpfe zusammen, und eine kleine Flamme erhellte ihre Gesichter. Als sie ihre Hälse wieder streckten, zogen beide kräftig an ihrer Zigarette und setzten ihren Weg zum Wagen fort. Der Beamte schaute von meiner Seite in den Wagen, nickte mir freundlich zu und reichte mir die Papiere: »Na denn, viel Glück und eine gute Ankunft«, er hielt die Hand zum Abschied in die Luft, und gerade als ich dachte, es fehlte nicht viel und er würde winken, da bewegte er seine Hand, klopfte auf die Motorhaube und hielt auch Gerd noch einmal die offene Handfläche zum Gruß hin.

Gerd zündete den Motor. »Verrückt, mit dem bin ich in Wiesbaden zur Schule gegangen, und jetzt trifft man sich so am Grenzübergang.« Er drehte das Radio auf volle Lautstärke, suchte einen neuen Sender und sang mit: *Where we sat down, ye-eah we wept, when we remembered Zion.* Mich überkam eine große Müdigkeit, Schwindel, ich versuchte, die Augen offen zu halten, und unterdrückte das Gähnen ein ums andere Mal. *By the rivers of Babylon, where we sat down,* alle Sender schienen dasselbe Lied zu spielen.

»Mama, ich hab Hunger.«

Krystyna Jabłonowska hält die Hand ihres Bruders

Von der oberen Etage des Bettes hörte ich das vertraute Grunzen, gleichmäßig atmete mein Vater, nur manchmal schien er sich an der Luft zu verschlucken. Selten setzte sein Atem für einige Zeit aus und ließ mich glauben, er könne das Atmen sein lassen. Mit achtundsiebzig muß man nicht mehr regelmäßig atmen, man muß gar nichts mehr. Draußen war es noch dunkel. Aber der Lichtschein der Laternen, die in kurzen Abständen zwischen den Blöcken standen, damit das Lager auch bei Nacht und Dunkelheit überschaubar blieb, reichte aus, damit ich mich anziehen und Jerzys gewaschene Unterhosen in den Beutel packen konnte. Viel konnte ich nicht für Jerzy tun, Essen durfte ich ihm ins Krankenhaus nicht bringen und zu trinken auch nichts. Einmal hatte ich heimlich etwas von unseren Wurstrationen abgezweigt, doch er wollte die Wurst nicht essen und die Schwestern wurden ärgerlich, als sie sie in seinem Schrank fanden. Die Unterhosen benutzte er nicht, aber ich wusch sie trotzdem von Woche zu Woche. Leise, damit mein Vater nicht aufwachte und vom Bett runter »Krystyna, du Trampeltier« schimpfte, öffnete ich die Tür. Die meisten Menschen in der Wohnung schienen noch zu schlafen. Auch auf dem Weg zum Pförtner begegnete ich keinem Menschen. Für die Schulkinder war es noch zu früh, kaum einer verließ so früh das Lager.

Als ich im Krankenhaus ankam, dämmerte es.

»Kannst du nicht wenigstens einen richtigen Schlafanzug anziehen? Wozu habe ich dir die gewaschenen Sachen mitgebracht?« In Jerzys Kleiderschrank herrschte ein einziges Chaos. Ich legte die gebügelten Unterhosen ins Fach. Zwischen den Hemden und Schlafanzügen, die er bisher kein Mal angehabt hatte, fand ich ein Päckchen Zigaretten und eine deutsche Frauenzeitschrift.

»Liest du so was?«

»Ha, wie sollte ich das lesen? Die lag im Aufenthaltsraum, da habe ich sie mitgenommen.«

»Und warum?« Ich drehte mich zu ihm um und hielt die Frauenzeitschrift in die Luft.

»Da sind schöne Frauen drin, darum.«

»Schöne Frauen«, sagte ich und legte die Zeitschrift in ein leeres Fach unter die Schlafanzüge. Mir sah es eher nach Geheimnis aus, und Jerzy hatte keine Geheimnisse vor mir. Vielleicht damals, in den vier Jahren seiner Ehe, aber seit er wieder zu Vater und mir gezogen war, hatte er kaum etwas verbergen können.

Wie er mit einem Fingernagel unter die anderen fuhr und seine Nägel reinigte, wollte ich nicht sehen.

»Komm mal her.« Das Nageletui lag in der Schublade des Nachttischs, ich setzte mich zurück auf den Stuhl neben seinem Bett und griff nach seiner Hand.

»Nicht.« Jerzy versuchte die Hand wegzuziehen, aber ich hielt sie mitsamt dem Zugang fest, über der Kanüle klebte ein Pflaster für den besseren Halt, ein Ziehen würde ihn so schmerzen, daß er still hielt. Seine Haut war weiß und rissig, sie erinnerte an die Borke eines alten Baumes. Über den Adern war die Haut von Einstichen übersät.

»Was ist mit dem Schlafanzug?«

»Niemand trägt hier einen Schlafanzug, sieh dich um, Krystyna. Hat einer der Männer einen Schlafanzug an?«

Ich drehte mich und schaute zu den Männern, die in ihren Betten saßen und einer wie der andere dasselbe weiße Nachthemd trugen.

»Und?« Mit der Schere schnitt ich Jerzys Nägel bis auf die Haut. »Nur weil die anderen sich so gehen lassen, mußt du das nicht auch machen.«

Jerzy schwieg, er kaute auf einem Zahnstocher und betrachtete die Nägel seiner anderen Hand. Aus dem Augenwinkel sah ich, wie eine Schwester dem Bettnachbarn das Nachthemd wechselte. Sie rieb den Rücken mit Franzbranntwein ein und massierte den etwas jüngeren Mann, dessen Adern am ganzen Körper bläulich vortraten. Ihre Hände ließen ihn leise wimmern.

»Darum, ja?« flüsterte ich zu Jerzy, aber er schien ganz versunken in die Betrachtung seiner Nägel.

»Willst du deshalb keinen Schlafanzug anziehen, ja? Jerzy, antworte mir.«

Jerzy sah mich mit leerem Gesichtsausdruck an. »Was hast du gesagt?«

»Jetzt tu nicht wieder so, als ob du nicht richtig hörst. Du hörst gut, Jerzy, sehr gut. Du möchtest, daß sie dich umzieht, deshalb willst du dieses alberne Nachthemd vom Krankenhaus tragen. Damit sie dich umzieht, aus keinem anderen Grund.«

»Was macht Vater?«

»Was soll er schon machen? Er ruht sich den ganzen Tag aus. Von morgens bis abends.«

»Du solltest mit ihm spazierengehen.«

»Findest du? Lieber besuche ich dich, Jerzy. Wenn er sich nicht von allein bewegt, will ich ihm nicht helfen.«

»Au! Paß doch auf.«

»Ich passe auf, Jerzy, der Nagel ist eingewachsen.«

»Du sollst aufpassen, hab ich gesagt.« Jerzy versuchte mir seine Hand wegzureißen, aber ich hielt fest.

»Der Nagel«, sagte ich und schnitt den kleinsten ab. Dann bemühte ich mich um Milde in der Stimme. »Ich kann dich auch umziehen, Jerzy, wenn du Hilfe brauchst.« Er hatte schwere bläuliche Augenringe, seit er hier war, schien sein Gesicht eingefallen zu sein. Als ließen sie ihn hungern. »Ich mache das, sag ein Wort, und ich ziehe dich um. Du brauchst diese Schwestern nicht, Jerzy, du hast doch mich.« Hinter mir hörte ich das hölzerne Klappern der Pantinen, die Schwester durchquerte den Raum, mit heller Stimme rief sie zu einem Greis: »Na, wie geht's uns heute?« Wie sie eine Decke schüttelte, hörte ich, und ich sah, daß Jerzy sie mit seinem Blick durch den ganzen Raum verfolgte, an mir und meinem Angebot vorbei.

»Du drückst dich«, sagte er, ohne mich eines Blickes zu würdigen.

Ich schnitt den Nagel so dicht an der Fingerkuppe entlang ab, daß es ihm weh tun mußte. »Wovor?«

»Das weißt du ganz genau.« Aufmerksam verfolgte er die klappernden Pantinen in meinem Rücken.

Ich fragte nicht weiter, schließlich wußte ich, daß er nicht die Sorge um Vater meinte. Er meinte, seine Schwester verschwende sich und ihr Leben. Jede Form der Verschwendung mißbilligte er. Es wurmte ihn, daß ich mein Cello verkauft hatte und nicht das aus mir machte, wozu ich in seinen Augen fähig war. Nicht nur fähig sei ich, wie er immer wieder gesagt hatte, vielmehr sei ich aufgrund meiner Fähigkeit verpflichtet. Aber sowenig er meine Sorge um sich ertrug, so wenig wollte ich seine um mich. »Wir haben Stettin nicht verlassen, um …«

»Warum gehst du nicht, Krystyna? Laß mich allein. Schau, die Schwestern bereiten schon das Abendbrot vor.«

»Ich bleibe noch. Einen Augenblick«, fest hielt ich Jerzys schmale und kalte Hand, auch wenn er sie wegziehen mochte. Zum ersten Mal in unserem Leben war ich stärker als er. »Sie geben dir kein richtiges Essen, Jerzy, das merke ich doch. Sie lassen dich hungern. Wie du aussiehst.«

»Geh, bitte. Geh. Meinetwegen geh zu Vater ins Lager, er fürchtet sich bei Dunkelheit.«

»Ich weiß, aber im Herbst ist es immer dunkel. Wenn ich ihn nicht allein lassen wollte, könnte ich dich im Winter gar nicht mehr besuchen«, sagte ich und versuchte, nicht drohend und nicht bittend zu klingen, und spürte meine eigene Furcht, Jerzy hier im Krankenhaus den Schwestern und dem Tag und der Nacht und dem Tropf zu überlassen, an den sie ihn Anfang der Woche gehängt hatten, die Furcht vor dem Heimweg in Dunkelheit und dem neonbeleuchteten Doppelstockbus, nach Hause ins Lager, weil es das andere Zuhause für uns nicht mehr gab. Auch wenn das Haus mit Sicherheit wohlbehalten und aufrecht, völlig unbeeindruckt von unserer Abwesenheit an seinem Ort stand. Es war jetzt unzählige Kilometer entfernt und hinter zwei Grenzen im Osten auf der anderen Seite der Oder. Zuhause war unerreichbar. Ich müßte es ihm sagen, damit er sich erinnerte, und dazu ein bißchen weinen.

Jerzy seufzte.

»Warum seufzt du immer so laut?« fragte ich, ich wollte sein Seufzen nicht hören.

Jerzy seufzte wieder.

»Nicht, bitte«, ich hielt seine Hand fest.

»Ich seufze nicht, ich stöhne. Dazu bin ich da. Dann fällt das Atmen leichter.« Jerzy lachte. »Was ist das?« Erschrocken sah er auf unsere Hände, mit aller Kraft zog er seine Hand zurück, und ich öffnete meine. Zum Vorschein kamen seine abgeschnittenen Nägel. Gelbe Halbmonde. Ich nickte und zog mir den Pelzmantel über. Nach den vielen Jahren, in denen ihn erst meine Mutter und dann ich getragen hatte, war sein Schimmer ermattet. Feine schwarze Haare ließ er auf dem Leinen von Jerzys Bett zurück. Mit einer Hand klaubte ich die Haare von der Decke, mit der anderen hielt ich wieder Jerzys Finger umschlossen.

»Wünschst du dir was?« Ich strich ihm über die kalte, glänzende Stirn.

»Daß du gehst.« Jerzy drehte den Kopf zum Fenster. In der Scheibe spiegelten sich die Betten der sieben Zimmergenossen. Ich ließ seine Hand fallen.

Als ich die Tür zum Flur öffnete, stand die blonde Schwester mit dem Rücken zu mir in der Nische vor einer großen Doppeltür, das grünliche Licht für den Notausgang ließ ihr Haar leuchten, sie zupfte sich unter dem Schwesternkittel die Unterwäsche zurecht.

»Guten Abend«, wünschte ich.

»Ebenfalls«, murmelte sie, sie bückte sich und richtete ihre Strümpfe. Nur ungern ging ich den Flur entlang und die Treppe hinunter, das Geländer klebte unter meiner Hand. Unten im Eingangsbereich hatte das kleine Café schon geschlossen, sonst hätte ich mich hineingesetzt und ein Eis gegessen, ein buntes Eis am Stiel, und noch einen warmen Kakao getrunken. Zu guter Letzt hätte ich eine kleine grüne Flasche Zitronenlimonade aus dem Regal genommen, wie jeden Abend, wenn das Café noch offen war, und mir die Süße durch die Kehle rinnen lassen. Den letzten Tropfen hätte ich mit der Zungenspitze aus dem Flaschenhals getrunken.

Die Lichter im Café waren aus, nur aus dem Kühlregal und über der Kasse schien Licht. Durch die dicke Scheibe hörte ich das Brummen des Kühlregals. Meine Füße waren schwer. Die Zunge fühlte sich pelzig an, noch schmeckte ich den Kaffee, den die Schwester vorhin mir statt Jerzy angeboten hatte. Jeden Nachmittag trank ich Jerzys Kaffee. Ich ließ mir zwei Stück Zucker extra geben. Ein Quietschen hallte den Gang herauf. In gleichmäßigem Abstand hörte ich ein Stoßen, Holz auf Holz. Die Putzfrau schlurfte den Gang entlang, ihr Schrubber stieß abwechselnd links und rechts an die Scheuerleisten, dann quietschte ihr Wagen, wenn sie ihn ein Stück nach vorne schob. Ziellos ging ich eine der hinteren Treppen wieder hinauf in den ersten Stock. Vor manchen der Türen stand gegenüber auf dem Fensterbrett ein Tablett mit Tellern und Teekannen. Um nicht in der Nähe von Jerzys Tür entdeckt zu werden, ging ich in die andere Richtung den Gang hinunter. Eine Tür könnte sich öffnen und ein Arzt herauskommen. Ich würde ihn anhalten und fragen können, wie es um Jerzy stand. Die Stationsärzte waren in Gedanken woanders, doch sie antworteten immer so etwas wie: Zu Weihnachten haben Sie Ihren Bruder wieder. Für diese Hoffnung waren wir in die Bundesrepublik gekommen und hatten angebliche deutschstämmige Vorfahren nachgewiesen. Aus keinem anderen Grund. Die Papiere waren teuer gewesen.

Vorne öffnete sich eine Tür, die Schwester stieß sie mit dem Ellenbogen auf und trug ein Tablett aus dem Zimmer. Sie stellte es auf das Fensterbrett und beugte sich darüber. Einen Deckel hob sie hoch. Mit spitzen Fingern nahm sie eine Handvoll Weintrauben aus der Schale und steckte sie in die Tasche ihres Kittels. Dann riß sie eine Tüte auf, legte den Kopf in den Nacken und schüttete sich den Inhalt in den Mund. Sie beachtete mich nicht. Ich hätte gewünscht, ein Arzt wäre aus einer der Türen gekommen und ich hätte ihn fragen können. Aber solange ich den Flur auf und ab ging, wollte sich kein Arzt zeigen. Erschöpft zog ich das Tuch fest um den Kopf.

Der Nieselregen ließ die Autos langsam fahren. Im Doppeldecker saß eine Schulklasse mit Schlittschuhen. Noch hatte es nicht gefroren, sie würden zu einer künstlichen Eisbahn fahren. Die Kinder schubsten sich gegenseitig, manchmal auch in meine Richtung, aber ich sah aus dem Fenster. Ein Kind sagte zu einem anderen, es sollte auf die Alte achten. Da außer den beiden Lehrern und den Kindern niemand im oberen Busteil saß, mußte es mich gemeint haben. Das Kind öffnete eine Tüte mit Bonbons. Sie kullerten durch den Bus, und die Kinder stürzten sich für die glitzernden Bonbons auf den Boden. Ohne Eile bückte ich mich und angelte eins, das unmittelbar neben meinem Fuß liegen geblieben war. Das Bonbon war weich und klebte an den Zähnen und am Gaumen.

Allein der Gedanke, ohne einen Umweg ins Lager zu fahren und dort meinen Vater zum Abendessen zu bewegen, machte mich unruhig. Geld hatte ich keines, nur ein Zweimarkstück für den Notfall lag in meinem Portemonnaie.

Als ich an der Marienfelder Allee ausstieg, überquerte ich die Straße zum kleinen Edeka-Markt. Ich sah mir die Zeitschriften an, bis eine Verkäuferin sagte, ich solle sie erst kaufen, dann lesen. Vor dem Regal mit den Haushaltswaren blieb ich stehen und verglich zwei Flaschenöffner. Einer hatte einen Griff aus Kunststoff und war teurer. Das Partygeschirr, Teller aus Pappe und weiße Kunststoffbecher, erschien mir viel zu teuer für die Qualität. Plötzlich brach die Musik ab.

Es war kurz vor sechs, ich stellte den leeren Einkaufskorb in den Turm mit den anderen Körben und trat wieder in den Nieselregen.

Wie eine moderne Burg wirkte das Lager von außen. Orangefarbene Straßenlichter beleuchteten den Neubau, kleine Fenster saßen in der glatten Fassade. Um diese Zeit waren die meisten Bewohner in ihren Wohnungen. Sie aßen Abendbrot. Ihre Teller waren weiß, ihre Tassen hatten kleine Röschen an der Seite, die Teekannen waren aus silbrigem Metall.

An der Schranke hielt mich der Pförtner auf. Es war ein neuer Pförtner, den ich zum ersten Mal sah.

»Wohin wollen Sie?«

»Ich wohne hier.«

»Ihr Name?«

»Jabłonowska, Krystyna Jabłonowska.«

Er blätterte in seinem Karteikasten und wollte meinen Ausweis sehen.

Ich zeigte ihm den behelfsmäßigen Ausweis, nicht ohne Stolz, ein farbiges Paßbild schmückte ihn. Bei der Meldestelle hatte man mich darauf hingewiesen, daß ich den Namen ändern könne, wenigstens die Schreibweise des Vornamens. Junge Leute machten das. Doch mit über fünfzig fühlte ich mich zu alt für solche Änderungen. Krystyna schien mir gerade richtig.

Der Pförtner wollte wissen, was ich in der Tüte hatte.

»Das wollte noch keiner wissen«, gab ich zur Antwort und sagte, es befinde sich die dreckige Wäsche meines Bruders darin, der im Krankenhaus liege und den ich besucht hätte. Der Pförtner nickte. Dann mußte ich meinen Weg fortsetzen, vorbei an den ersten zwei Blöcken, den zweiten Aufgang hinauf. Die feuchte Luft im Treppenhaus roch nach Menschen.

Bevor ich in unser Zimmer trat, suchte ich Zuflucht in der Küche. Die Kunststoffbeklebung der Hängeschränke sollte wohl an Holz erinnern, es war dieselbe wie auf Herd und Spüle. Der Kühlschrank war leer, wieder hatte jemand meine Vorräte geplündert.

»Krystyna!« Als hätte er trotz seiner Schwerhörigkeit mein leises Betreten der Wohnung gehört, als röche er mich oder lauerte seit Stunden auf mein Erscheinen und riefe in Abständen immer wieder meinen Namen, drang dumpf seine Stimme aus unserem Zimmer. Tief atmete ich durch.

Mein Vater lag auf dem Bett wie Oblomow auf dem Ofen. Im Dunkel des Zimmers hörte ich das metallene Doppelstockbett quietschen, ich betätigte den Lichtschalter. Seit ich ihn heute morgen verlassen hatte, schien er sich nicht von der Stelle gerührt zu haben.

»Da bist du ja«, er wälzte sich auf die Seite, um mich besser sehen zu können. »Hast du etwas zu trinken mitgebracht?«

»Limonade«, ich nahm die Flasche aus dem Beutel und stellte sie auf den kleinen Tisch, der sich zwischen den beiden Doppelstockbetten befand. Den Beutel hängte ich über die Stuhllehne.

»Die mag ich nicht«, sagte mein Vater, erstaunt und verwundert sagte er das, als sagte er es zum ersten Mal und als wüßte ich nicht, daß er keine Limonade trinkt.

Der Schraubdeckel ließ sich nur schwer lösen, in der Nase kribbelte das feine Sprühen, und ich atmete tief den Duft nach süßer Zitrone ein, dann setzte ich die Flasche an den Mund und nahm einen kräftigen Schluck.

»Du dickes Mädchen«, grunzte mein Vater hinter mir, und ich wollte ihn daran erinnern, daß ich schon alt war und es ihm egal sein mußte, wie dick oder dünn ich war. Doch ich sagte nichts. Mein Vater konnte froh sein, daß wir ihn nicht einfach in unserem großen Haus in Stettin gelassen hatten.

»Hast deinem Bruder alles weggefressen, deshalb ist er so krank.« Ernstnehmen konnte ich meinen Vater schon lange nicht mehr. Er glaubte, Krebs sei eine Hungerkrankheit, die Menschen bekämen, wenn sie zu wenig zum Essen hätten.

Später lag ich unter ihm im Etagenbett und starrte in die Dunkelheit über mir. Leise hörte ich ihn sagen: »Was bist du für ein dickes Mädchen«, und noch bevor er das Wort Mädchen zu Ende gesprochen hatte, schlich sich ein seltsames Lachen in seine Gurgel, ein teuflisches Lachen, mit dem er mich beschwören und in die Hölle stoßen wollte. Er träumte und redete im Schlaf. Weit aufgerissen waren meine Augen, als die Zimmertür geöffnet wurde und jemand das Licht anknipste. Über mir sah ich die Metallfedern und die braune Matratze mit den beigefarbenen Streifen. Für einen Augenblick zweifelte ich, ob mein Vater dort oben lag und ob er gesprochen hatte. Ich drehte mich zur Wand und blickte auf die winzigen Erhebungen in der Ölfarbe. Direkt in Augenhöhe hatte ein vorheriger Bewohner mit einem dicken schwarzen Stift ein männliches Geschlecht gemalt. Im Laufe der vergangenen Wochen hatte ich auf der Arbeit verschiedenste Reinigungsmittel abgezweigt, ich hatte sie in meine Tasche gesteckt und hier versucht, das Gekritzel zu entfernen.

»Tschuldigung«, lallte die Stimme eines Nachbarn, der sich offenbar in der Tür geirrt hatte. Er verließ das Zimmer, und ich mußte aufstehen, um das Licht zu löschen.

Wie John Bird seine eigene Frau
belauscht und einer anderen zuhört

Schon von der Garage aus konnte ich durch das geöffnete Fenster ihr Lachen hören, dann blickte ich durch die Spalte zwischen Fensterrahmen und Vorhang, Eunice hatte die nackten Füße auf dem niedrigen Couchtisch abgelegt, den Hörer hielt sie zwischen Schulter und Kinn geklemmt, Tempotaschentücher waren zusammengerollt zwischen den Zehen verstaut. Neuerdings trug sie schwarze Nägel. Vor ihr auf dem flachen Tisch lag Papier. In ihrer rechten Hand hielt sie drei Stifte gleichzeitig. Eunice saß mit dem Rücken zu mir, sie sah mich nicht. Mein Schlüssel hakte im Schloß. Ich mußte klopfen. Ihr Lachen war heftig, als stürzte etwas aus ihr heraus, etwas, das sie mit Mühe festgehalten hatte, ein wildes Tier, ein gefangenes Tier, und ich kam nicht umhin, stärker zu klopfen, gegen ihr Lachen anzuklopfen, bis ich hörte, wie hinter mir ein Fenster geschlossen wurde und ich aus dem Augenwinkel die ältere Nachbarin erkannte, ein Schatten nur, aber ich wußte, daß sie mich beobachtete, auch wenn sie nichts verstehen konnte. Meine Knöchel schmerzten, ich zündete mir eine Zigarette an und drückte auf den Klingelknopf. Eunice hörte mich nicht, sie lachte und sagte zu jemandem, sie könne das nicht glauben, einfach nicht glauben. Sicherlich sprach sie mit Sally oder ihrer Schwester, fast jeden Tag telefonierte sie mit einer von beiden und versicherte ihnen, daß sie bald zurückkehren würde, manchmal weinte sie dann, wenn ich nach Hause kam, saß auf der Couch und weinte. Erst letzte Woche hatte ich ihr gesagt, sie sei jetzt siebenundzwanzig und müsse nicht mehr warten, bis ihre Mutter oder ich eine Entscheidung für sie träfen, sie könne nach Knoxville zurückkehren, wann immer sie wolle. Mit ihrem Blick hatte sie mich weit von sich gewiesen. Wie ich nur auf so etwas käme, hatte sie geschrien, und daß ich mich irrte, wenn ich annähme, sie erwarte Befehle anderer. Mit dem Fuß hatte sie dem Couchtisch einen Tritt verpaßt.

Doch heute lachte sie wieder, so laut, daß sie mein Klingeln und Klopfen nicht hörte und ich ein zweites Mal klingeln mußte. Hemmungslos lachte sie, völlig unkontrolliert. Der Schlüssel wurde gedreht, sie hatte von innen abgeschlossen, ließ mich herein, antwortete in den Telefonhörer und kehrte mir den Rücken zu. Eunice verschwand im großen Zimmer. Ein schwarzer Nagel blieb auf dem hellen Teppich kleben. Leise fragte ich hinter ihr her, was es zu essen gebe, und wie erwartet reagierte sie nicht, lachte nur von neuem in den Telefonhörer, plötzlich schrie sie auf, zeigte auf den Fernseher, dem der Ton abgestellt war, und berichtete in den Hörer, was sich dort vor ihren Augen abspielte.

Während ich meine Schuhe auszog, sagte ich: »Ich gehe in die Küche, Eunice.« Ich sagte es nicht zu ihr, ich sagte es, um es gesagt zu haben. In der Küche nahm ich mir ein Bier aus dem Kühlschrank und steckte einen angetrockneten Toast in den Toaster. Sie lachte und lachte. Der Vergleich mit dem wilden Tier hinkt, stellte ich leise fest, so viele wilde Tiere hätten in Eunice wohl niemals Platz, nicht eines paßte in sie hinein, nicht eines. Große Ruhe breitete sich in mir aus. Befriedigung. Da stand ich und kaute das trockene Weißbrot und sagte mir, daß ich selbst schuld war, ich hätte auch einfach hineingehen und ihre Nägel bewundern können oder die wilden Tiere, die aus ihr herausgeflohen waren, über die Hände und die Buntstifte, und von ihr auf das Papier gebannt wurden. Mir fiel ein, daß ich mal ihre Füße in die Hand genommen hatte, vor Jahren wahrscheinlich, kleine, weiche Füße. Einmal war ein Nagel abgefallen, und es war ihr so peinlich gewesen, daß sie sich sofort im Bad eingeschlossen hatte, um ihn wieder anzukleben. Milchweiße, weiche Füße. Hatte ich sie geküßt? Ich müßte nur so tun, als gehörte ich dazu, zu ihrem Leben, zu dem Paar, das wir dann wären.

Ich überlegte, wann es angefangen hatte, dieses Gefühl zu stören, ein Fremdkörper zu sein. Vielleicht hatte es begonnen, als wir das neue Haus bezogen. Ihre Zeichnungen lösten Unbehagen in mir aus. Am Anfang waren ihre Tiger bunt und die Schmetterlinge schwarz-weiß, dann wollte man in der Tattooszene Fledermäuse sehen, und Eunice zeichnete Fledermäuse mit Flügeln zart wie Spinnenweben, mit den Gesichtern kleiner Teufel, und schließlich verlangte man ihre Bilder, egal, was andere an Motiven erfüllen mußten, Eunice konnte zeichnen, was sie wollte, und was immer sie zeichnete, wollte man mit Nadeln in der Haut verewigen. Sie zeichnete Drachen mit blutenden Flügeln, und ich fühlte mich schuldig am Blut, sie zeichnete Leoparden, deren weiße Augen wie ausgestochen wirkten und deren Zähne keinen anderen als mich zerfleischen wollten.

Sie steckte den Kopf zur Küchentür hinein, sah mich und zog die Tür wieder zu.

»He, warte«, ich öffnete die Tür, sie blickte sich fragend nach mir um.

»Hallo«, sagte ich, aber so sicher wie meine Stimme war ich nicht.

»Hallo?« Verwundert sah sie zu mir herauf. Dann drehte sie sich um, und ich folgte ihr durch den Korridor zur Treppe, die ins obere Stockwerk führte.

»Wollen wir was essen?«

»Oh, das habe ich vergessen, dir zu sagen – wir sind eingeladen, Kate und ihr Mann feiern den Abschied. Ich dachte, wir gehen später hin, Liebling, ich habe schon Blumen gekauft. Zum Essen hättest du's sowieso nicht geschafft. Kate ist froh. Tom auch. Sie haben Deutschland so gehaßt, und jetzt sind sie froh, Liebling. Sie gehen zurück. Wußtest du, daß sie aus Baton Rouge kommen? Alle beide. Hört man gar nicht, den Süden. Stell dir vor, von Baton Rouge nach Berlin. Schlimmer kann es wohl nicht kommen. Also dachte ich, wir gehen später hin und trinken etwas.«

Eunice redete wie aufgezogen, mit der Geschwindigkeit von Mickey Mouse, auch ihre Stimme wurde immer höher, je schneller sie sprach. Ich bekam ihren Arm zu fassen, aber sie wand sich aus meinem Griff.

»Ich mach mich fertig, Liebling.«

»He, hast du schon gegessen?«

»Nichts merkst du dir. Ich esse seit Sonntag nur Rotes.«

»Rotes?«

»Erst Grünes, jetzt Rotes.«

»Ich dachte, das war am Sonntag vor zehn Tagen?«

»Ja, es sind zwei Wochen diesmal, hab ich das nicht gesagt? Nein? Also, ich mach mich fertig, Liebling.«

Sie nannte mich Liebling, als sei das ein Name, oder der Punkt ihrer Sätze. Punktum. Liebling. Sie verschwand im Bad, die Tür blieb angelehnt, und im Spiegel konnte ich sehen, wie sie sich die Brauen zupfte. Neben den Spiegel hatte sie mit Tesafilm ein Blatt Papier gehängt und zeichnete alle paar Sekunden einen Strich, zupfte sich ein Haar aus, zeichnete einen Strich, zupfte das nächste Haar aus und zeichnete den nächsten Strich.

Ich nahm den letzten Schluck Bier aus der Flasche.

»Was ist?« Über den Spiegel sah sie zu mir.

Ich lächelte sie an.

»Dir ist nicht nach Lächeln, das merk ich doch.«

In der Sichtungsstelle hatten wir heute eine Frau. Die nannte uns keinen Grund.

»Ich will dein falsches Lächeln nicht mehr sehen. Verstehst du? Du siehst todunglücklich aus und lächelst mich an.« Eunice streckte das Gesicht, der Mund öffnete sich nur kurz. »Kannst du dir vorstellen, wie es ist, mit einem Fremden zu leben?« Sie zeichnete einige Striche hintereinander. »Kannst du nicht.«

»Deine Zeichnungen sind größer geworden«, bemerkte ich und dachte an diese Frau, Nelly Senff. Sie hatte uns keine politischen Anhaltspunkte nennen wollen. Ein seltsamer Stolz. Obwohl sie seit dem Ausreiseantrag nicht mehr hatte arbeiten dürfen. Aus unseren Akten ergaben sich Unmengen möglicher Begründungen. Keine davon nutzte sie.

»Über meine Zeichnungen sprichst du, John, wie beruhigend für dich, daß mein Beruf so sichtbar ist, was? Immer weißt du, was ich mache. Immer.« Eunice drehte sich zu mir um und sah mir in die Augen. »Ich weiß von dir nichts.«

»Eunice, das wußtest du von Anfang an.«

»Nicht von Anfang an.«

»Sobald ich es dir sagen konnte.«

»Ha, sobald du es mir sagen konntest. Daß ich nie mehr

von dir wissen würde.« Tränen traten ihr in die Augen. »Da war es doch schon zu spät.«

»Zu spät?«

Eunice schob mich zur Seite und suchte im Hängeschrank nach der richtigen Creme. »Ich hatte mich schon verliebt. Zu spät, weil ich mich schon verliebt hatte. Wie hätte ich ahnen sollen, daß du kein Handelsreisender warst, hmm? Ich war doch nicht darauf gefaßt, daß du eines Tages sagen würdest: *Es stimmt alles nicht. Ich arbeite für den Geheimdienst, aber mehr wirst du nie von mir erfahren.*«

»Du hättest noch nein sagen können.«

»Denkst du. Aber ich hatte es nicht gewußt, verstehst du? Ich hab's auch nicht geglaubt. Wie auch? Wie soll man sich vorstellen können, daß man vom anderen nie etwas erfahren wird?«

»Das stimmt doch nicht, Eunice. Du weißt, daß ich Rühreier mag, du weißt, daß ich Ella Fitzgerald mag. Alles Persönliche weißt du doch.«

»Alles Persönliche? Was ist denn das?« Eunice schrie, sie schrie, um mir ihre Verzweiflung zu zeigen, aber obwohl ich sie sah, berührte sie mich nicht. Sie berührte mich weniger als die stille Verzweiflung dieser Nelly Senff, die ich in ihrer Verweigerung, uns Auskunft zu geben, zu erkennen geglaubt hatte. »Hör auf mit diesen Vorwürfen, Eunice. Das führt doch nirgends hin.«

Eunice weinte. Dann putzte sie sich die Nase und sah mich an, als müsse sie tapfer sein. »Liebling, kannst du mir die Wäsche von der Leine holen, die lachsfarbene.«

Ich ging auf die Terrasse und untersuchte die Kleidungsstücke, die ich heute morgen aufgehängt hatte. Eunice besaß ausschließlich lachsfarbene Wäsche aus Nylon mit Spitze.

Ihrer Meinung nach durfte die Wäsche nicht in die Maschine. Also wusch ich ihre Nylonwäsche. Sie hatte eine Allergie gegen Waschmittel. Meinen Vorschlag, die Wäsche ohne Waschmittel zu waschen, akzeptierte sie nicht. Und ich wusch seit Jahren ihre Wäsche, leidenschaftslos, aber pflichtbewußt, als sei ich ihr diesen Dienst schuldig. Schuldig, nach allem, was ich ihr in unserer Ehe versagen mußte, und noch schuldiger nach allem, was ich nicht versagen mußte, ihr aber dennoch zunehmend vorenthielt.

»Hier.« Ich hielt ihr die Wäschestücke entgegen.

»Findest du, ich sollte mir die Haare glätten?« Ihre Hand huschte über das Papier, ich erkannte den Kopf eines niedlichen Kätzchens, erstaunt lehnte ich mich vor, ihre Hand rutschte zur Seite und entblößte die offene Brust des Kätzchens, Gedärme hingen heraus und quollen mir entgegen.

»Du hast doch schöne Wellen.«

»Wie alle Neger, Liebling, krause Locken, wie wir alle. Wellen sind etwas anderes.« Sie fuhr sich durch die Haare und prüfte im Spiegel, ob ich sie auch tatsächlich ansah, dann schweifte ihr Blick wieder zu dem niedlichen Kätzchen und seinen schier endlosen Eingeweiden.

Hätte sich Nelly Senff auch nur ein wenig kooperativ gezeigt, sie hätte sofort einen einwandfreien Flüchtlingsstatus bekommen können. Aber offensichtlich hatte sie Gründe, uns keine Gründe zu nennen. Das machte uns mißtrauisch.

»Oder färben?«

»Färben ist gut«, sagte ich und überlegte, ob es möglich war, daß Nelly Senff über den Verbleib ihres Wassilij mehr wußte als wir.

»Rot, weil ich nur Rotes esse?«

»Rot.« In der Regel wußten wir mehr von den Befragten

als sie selbst. Nur manchmal, nur in Fällen wie dem von Nelly Senff erschien es so, als könnten wir noch etwas herausfinden.

»Bist du verrückt, John? Du hörst mir gar nicht zu. Rot? Das habe ich im Spaß gesagt.« Eunice schluchzte. »Und du sagst, rot. Wie sieht denn das aus? Eine schwarze Frau mit roten Haaren?«

»Entschuldige, Eunice.«

»Entschuldige, entschuldige. Da gibt es doch nichts zu entschuldigen.« Sie packte mich und wollte mich aus dem Badezimmer schieben. »Sei froh, daß ich noch da bin. Aber nicht mehr lange, hörst du, nicht mehr lange.« Die Tränen stürzten ihr aus den Augen. »Was für ein Leben hättest du dann, Liebling?«

»Du bleibst nur wegen mir.« Ich stellte es fest, ich fragte nicht. Sie wollte, daß ich ihr dankbar war, daß ich sie liebte, weil sie blieb. Ich stand in der Tür und beobachtete, wie sie sich umdrehte und weinend ihr Kätzchen zeichnete.

»Was denkst du?«

Über den Spiegel sah ich, wie Eunice ihrem Kätzchen zulächelte und ihm die Pfote in die Brust zeichnete. Das niedliche Kätzchen mit den Kulleraugen riß sich selbst die Gedärme aus dem Leib.

»Scheiße, ich habe gerade die neuen Wimpern getuscht«, Eunice schneuzte in ein Stück Toilettenpapier. »Erinnerst du dich noch, Liebling, am Anfang, als wir hierherkamen?« Eunice schluchzte und bemühte sich scheinbar um Fassung. Sie kämpfte, sie wollte, daß ich ihren Kampf anerkannte. Nelly Senff war ein innerer Kampf kaum anzusehen gewesen. Acht Stunden hatten wir sie heute in der Mangel gehabt. Sie war immer wortkarger geworden und bat schließlich um eine

Pause, sie wollte raus, um die versprochenen Essensmarken abzuholen und das Essen für ihre Kinder zu besorgen. Aber raus hätte sie ohnehin nicht gedurft. Raus durften nur die Aufgenommenen. Sie mußte sich in unserem Gespräch noch für eine Aufnahme bewähren. Ihre Kinder wurden während des Aufnahmeverfahrens tagsüber vom Pfarrer betreut. Erst nach Abschluß, wahrscheinlich ab Montag, durften ihre Kinder in die Schule. Eunice schluchzte.

»Mein Herz.« Ich legte meine Hände auf ihre kräftigen Schultern, aber Eunice klammerte sich am Stift fest, als sei das ihr einziger Halt.

»Wessen Herzen interessieren dich?« Eunice ließ das Kätzchen sein Herz in die Krallen nehmen. Plötzlich erfaßte mich der Gedanke, sie könne mich zeichnen.

»Ich hab gestern auf die Kilometeranzeige von deinem Auto gesehen.« Verdrossen sah mich Eunice an.

»Was hast du?«

»Ich wollte wissen, wie weit du wohl zur Arbeit fährst. – Wenn ich schon nicht weiß, wohin.«

»Du spionierst mir nach? Meine eigene Frau?«

Eunice begann eine neue Zeichnung, sie schluchzte.

»Es macht mich einfach verrückt, verstehst du das nicht? Nichts weiß ich, gar nichts. Zweihundertsieben Kilometer an einem Tag. Wie sollen die innerhalb der Stadtmauer zusammenkommen? Das frage ich mich. Vielleicht fährst du jeden Tag über die Grenze und arbeitest da drüben.«

Ich schüttelte den Kopf. Eunice sprach wie eine Besessene. Manchmal schien es mir für Wochen, als vergesse sie mich und meinen Beruf. Aber immer häufiger kam es zu Ausbrüchen wie diesem. Ausbrüche grenzenlosen Mißtrauens.

»Vielleicht ist der Kilometerzähler ja nicht in Ordnung«, sagte sie leise wie zu sich selbst.

»Hör auf, Eunice.« Ich legte meine Hände links und rechts auf ihre Oberarme.

Eunice schüttelte den Kopf. »Wie du mich anfaßt, John, wie eine Zange, als hätte ich eine ansteckende Krankheit – merkst du das?«

Ungeduldig ließ ich meine Hände fallen. Eunice drehte das Blatt mit dem Kätzchen um, und auf der Rückseite erkannte ich zwei Schlangen, die sich gegenseitig fraßen. Jede hatte den Schwanz der anderen im Maul. Eunice klebte das Bild fest und nahm eine Schminkdose in die Hand.

Nelly Senff hatte zwei Kinder, und der Vater ihrer Kinder, jener Wassilij Batalow, sollte sich vor drei Jahren umgebracht haben.

Ich berührte das Haar von Eunice, es war borstig und steif. »Es ist doch schön so«, sagte ich und ließ ihr Haar fallen.

Als Grund für ihre Übersiedlung hatte uns Nelly Senff einzig den Ortswechsel genannt. Nach Batalows Tod habe sie das Gefühl gehabt, dort nicht weiterleben zu können. Sie sei lebendig begraben gewesen, mit all ihren Erinnerungen. Deshalb habe sie hergewollt. Um ihre Erinnerungen loszuwerden. Aber für solche Gründe gab es keine große Anerkennung. Sie konnte von Glück sagen, wenn man sie überhaupt hierbehielt und in der Bundesrepublik aufnahm.

»Fertig. Wir können gehen.« Für meinen Geschmack hatte Eunice zuviel Rouge aufgetragen.

»Ich bin müde, du hättest mir früher sagen sollen, daß wir eingeladen sind.«

Eunice riß die geschwollenen Augen auf. »Du verdammter Hund.« Fassungslos schüttelte sie den Kopf. Diesen Umschwung großer Traurigkcit und Verzweiflung und puren Selbstmitleids in Wut kannte ich an ihr. Ich zuckte mit den Schultern.

Sie drückte mir die Tür vor der Nase zu, und ich hörte sie drinnen fluchen. »Müde, von was?« Ich ging zur Treppe und hörte sie schreien: »Immer nur geht es um dich. Dein großes unbekanntes Leben, dein Hunger, dein Sex, dein Schlaf. Mensch, bist du wichtig.« Sie stieß einen schrillen Ton aus. Ihre Vorwürfe waren mir vertraut. Aber ich konnte mich vor Müdigkeit kaum auf den Beinen halten. Mit jeder Frage, die wir den Übersiedlern stellten, mußten wir aufpassen, nichts zu verraten. Keine Andeutung, kein Mitgefühl, das strengte an.

Merkte Eunice nicht, daß wir schon seit Monaten nicht mehr miteinander schliefen? Woher nur ihr Vorwurf zum Sex kam? Die Idee, sie zu berühren, lag mir völlig fern. Alles an ihr hatte sich zu einem Schema aufgelöst, ein Schema der Bilder, die ich vor Jahren wohl einmal gesehen hatte, die ich mir aber nicht mehr genau ansah und auch nicht erneuerte, weil ich wußte, wie sich das Schema anfühlte, und weil mir die Neugier abhanden gekommen war. Langsam ging ich die Treppe hinunter. Der Fernseher lief ohne Ton. Ich konnte unseren Präsidenten erkennen, der Berlin besuchte und hier im Jubel noch ein paar Wähler gewinnen wollte. Die Fernsehzeitung lag aufgeschlagen auf dem Tisch. Im West III würde gleich eine Sendung mit dem Titel *Was kann ein Mann tun?* beginnen. Die Deutschen entdeckten unseren Sozialkritiker und Moralisten Upton Sinclair wieder. Das hätte mich interessiert, aber den Sender bekamen wir nicht rein. Unser Präsident winkte, und amerikanische Flaggen flatterten über den Bildschirm. Es dauerte nicht lange, und ich schloß die Augen und sah wieder diese Nelly Senff vor mir. Seltener Name, Nelly. Paßte zu ihr. Wie sie vorhin gedankenverloren eine Hand unter den Träger ihres Kleides gesteckt hatte, die weiße Haut über dem Schlüsselbein rieb und vergaß, sich die Hand vor den Mund zu halten, als sie gähnte. Irgend etwas an dieser Frau hatte mich von Anfang an erregt, schon als ich den Raum betrat, in dem Harold mit ihr gewartet hatte. Ein fruchtiger Geruch lag in der Luft, süß und spitz. Als ich später um ihren Stuhl herumgegangen war, hatte ich bemerkt, daß sie es war, die diesen Geruch ausgeströmt hatte.

Eine Tür knallte, Eunice lief oben den Flur entlang. Ich hatte ihr den Abend verdorben. Soviel ich wußte, war sie noch nie allein ausgegangen. Vermutlich ging sie ins Schlafzimmer und schloß sich dort ein. Auf meiner Bettseite lagen mit Sicherheit große Papierbögen, ich würde sie zur Seite schaffen müssen, wenn ich ins Schlafzimmer wollte, um mich hinzulegen.

Ich ließ meinen Kopf über die Lehne zurückfallen, atmete aus und streifte mit dem rechten Fuß den linken Slipper ab, mit dem linken den rechten. Ich genoß die Ruhe und das Alleinsein. Mir fehlte das Alleinsein. Bei aller Einsamkeit, mir fehlte es, mal einen Augenblick ohne Menschen zu sein. Ich genoß die Fahrten im Auto morgens und abends – aber an vielen Tagen wäre ich auch gerne in diesem Haus allein gewesen. Sobald ich Eunice und eine ihrer Zeichnungen sah, war ich der ungebetene Gast. Vielleicht glaubte diese Nelly Senff tatsächlich, daß es ein einziger schwarzer Augenblick gewesen war, der ihren Freund ins Jenseits gelockt hatte, oder die paar kleinen Streitigkeiten, die sie vielleicht miteinander gehabt hatten. Worüber konnten sie sich schon gestritten haben?

Der Geruch von Gras stieg in meine Nase. Stechend. Was wußte ich, woher Eunice das Zeug hatte. Sie verriet es mir nicht. Es zu wissen hätte wohl auch wenig genützt. Seit über einem Jahr saß sie fast jeden Abend da oben. Sie zeichnete und qualmte unser Schlafzimmer voll. Glaubte sie vielleicht, mich reizte das? Die Augenblicke, in denen ich dachte, es wäre gut für sie und angenehm für mich, wenn sie endlich nach Knoxville zurückginge, ohne mich, häuften sich.

Wir hatten Nelly Senff Marlboro angeboten, und Camel. Diese Senff, Nelly Senff, rauchte nicht einmal Zigaretten. Wir hatten ihr welche angeboten, in der Hoffnung, es ginge dann leichter, aber sie lehnte ab. Sie stand auf und bat, zur Toilette zu dürfen. Ihr Geruch brachte mich um den Verstand. Ich mußte mich für einen Moment entschuldigen. Als ich zurückkam, saß sie schon wieder auf ihrem Stuhl, nippte an der Dose Coca-Cola, die wir ihr gegeben hatten, und sah mich so unverwandt an, als ahnte sie, welche Wirkung sie auf mich hatte. Dabei konnte sie es wohl kaum ahnen. So ungeschminkt, wie sie sich präsentierte, die Haare nachlässig nach oben gesteckt. Das brachte ihren Hals zur Geltung, ein weißer, langer Hals, makellos. Ihre Haut schimmerte leicht. Als Harold den Raum verließ, um eine neue Thermoskanne zu holen, setzte ich mich ihr gegenüber an den Tisch und sagte:

»Sie haben keine Angst mehr, Frau Senff, nicht wahr, Sie wissen, daß Sie hier in Sicherheit sind?«

»Sicherheit?« Fragend sah sie mich an, dann fügte sie leise hinzu: »Darum geht es doch gar nicht«, sie schüttelte den Kopf, und ich glaubte, ein seichter Windhauch trage diesen Geruch geradewegs zu meiner Nase. »Wissen Sie, was eine Frau mal zu mir gesagt hat? Es gibt auf der ganzen Welt keinen sichereren Ort als ein kommunistisches Land mit einer

Mauer wie der unsrigen.« Nelly lachte. Ihr Lachen kam so unerwartet, leicht und platzend, daß ich erschrak.

Ein heftiges Ziehen zwang mich aufzustehen, eher im Reflex als überlegt, ich machte einen Schritt um den Tisch herum, blieb vor ihr stehen und sagte: »Wir wollen nur das Beste für Sie«, meine Stimme klang heiser.

»Kommunistisch«, lachte sie, »stellen Sie sich vor, meine Mutter denkt tatsächlich, das hätte etwas mit ihrer kommunistischen Idee zu tun. Als hätte sich das Land nach ihren revolutionären Vorstellungen entwickelt«, langsam verebbte das Lachen in ihrer Stimme, »dabei war es doch sozialistisch, nicht, und der Sozialismus hat mit dem Kommunismus nichts zu tun.«

Ich nickte heftig, dann schüttelte ich den Kopf. »Nein, hat er nicht.«

Hinter mir hörte ich die Tür auf- und zugehen, Harold stellte die Thermoskanne auf den Tisch und hielt Nelly einen Mars-Riegel entgegen.

»So teure Sachen, die geben Sie Ihren Opfern?« Ihre Hand umklammerte noch die Cola-Dose. Sie trank kaum, es wirkte eher, als tue sie uns zum Gefallen so und fange in Wirklichkeit an der kleinen Öffnung nur Tröpfchen ab. Die Möglichkeit, die Dose festzuhalten, schien ihr wohl wichtiger als die, daraus zu trinken.

»Opfer?« Harold sah sie fragend an, ließ den ausgestreckten Arm sinken und blickte dann noch fragender zu mir. »Sie sind doch nicht unser Opfer. Wir unterhalten uns mit Ihnen, damit wir einschätzen können, ob Sie unter Verfolgungen zu leiden hatten. Also, der Name dieses Freundes? Sie erwähnten, Batalow habe diesen Freund gehabt.«

»Nein, ich bin nicht verfolgt worden.« Entschieden schüttelte sie den Kopf und wickelte sich eine Haarsträhne um den Finger. »Nein, ganz und gar nicht. Ich durfte nicht mehr arbeiten, seit dem Ausreiseantrag, aber das war doch üblich, zumal wenn man in der Forschung arbeitete. Oder in der Öffentlichkeit. Oder in der Bildung, oder was weiß ich. Das war ganz normal.«

»Der Name des Freundes?«

»Welches Freundes?«

»Sie haben vorhin einen Freund erwähnt, den er hin und wieder wegen seiner Übersetzungen getroffen haben soll.«

»Habe ich? Nein. Ich kenne keinen Freund von Wassilij.«

»Hören Sie, verkaufen Sie uns nicht für blöd«, Harold verlor wieder die Geduld. Wenn er gereizt war, wurde er laut. »Sobald wir Sie nach Namen fragen, kennen Sie keinen.«

Nelly schwieg.

»Wenn Sie nicht kooperativ sind, können wir Ihnen nicht helfen.«

Nelly griff wieder nach einer Haarsträhne und wickelte sie sich um den Finger. Aufmerksam beobachtete sie Harold.

»Die Frage ist, wer hier wem helfen soll«, sagte sie ganz ruhig und ließ die Haarsträhne los.

Harold atmete schwer, dann drehte er sich zur Protokollantin um, senkte seinen Blick in ihren gewohnt tiefen Ausschnitt und herrschte sie an: »So etwas müssen Sie nicht notieren.«

Die Protokollantin schaute auf: »Soll ich es streichen?«

»Ach.« Harold setzte sich auf seinen sicheren Platz hinter dem Schreibtisch zurück. »Wir wollen noch mal auf Ihre Zeit vor dem Ausreiseantrag zurückkommen. Sie sagten, Sie wollten ausreisen, weil … weil es da bestimmte Probleme zwischen Ihnen und Ihrem Freund gab.« Harold schlug wieder seinen Aktenordner auf und wartete auf ihre Antwort.

Nelly sah Harold fragend an. Ihre Haut erschien mir so weiß wie Marmor, ihre Augen waren gerötet, auch die Tränensäcke, die etwas geschwollen waren, schimmerten rosa.

»Probleme? Ich habe Ihnen doch gesagt, er hat sich das Leben genommen. Für mich ergab es keinen Sinn mehr, dazubleiben. Die Orte sind alle von ihm besetzt, sie lassen sich für mich nicht neu sehen. Ein anderes Land mit derselben Sprache, aber ohne diese Orte – das ist es, warum ich hier bin. Verstehen Sie das nicht?«

»Tut mir leid«, sagte Harold sachlich. »Aber hier werden Sie Ihren Freund doch auch nicht wiederbekommen.«

In Nellys Augen traten Tränen, sie schluckte hörbar und atmete tief, ihre Nasenflügel zitterten, sie weinte nicht, wenigstens nicht richtig, nicht wie Eunice. Nelly schien nicht ums Nichtweinen kämpfen zu müssen, eher passierte es ihr, daß ihr die Tränen in die Augen sickerten, sich aber nicht lösten. Harold warf mir einen bedeutungsvollen Blick zu.

»Sie hatten gesagt, Wassilij Batalow habe sich von einem Haus gestürzt und Ihnen keinen richtigen Abschiedsbrief hinterlassen. Aber Sie fanden doch in seinen Unterlagen eine Notiz. Die war offenbar neueren Datums?«

»Vielleicht ein Entwurf, ja.«

»Die Notiz haben Sie nicht mitgenommen? Die letzte Notiz, das letzte Lebenszeichen, das haben Sie einfach dagelassen?«

»Habe ich vorhin nicht gesagt, mich interessieren solche materiellen Dinge nicht? Nein, ich habe es wohl drüben gelassen.«

»Das nennen Sie materiell? Das muß doch einen ideellen

Wert für Sie gehabt haben.« Harold schob ein Blatt Papier zu Nelly über den Tisch. »Hier, schreiben Sie mal auf, was da draufstand.«

»Das kann ich nicht.«

»Doch, das können Sie. Wenn Sie nicht kooperativ sind, können wir Ihnen nicht helfen.« Harold tat beleidigt, dann änderte er den Tonfall und sagte ungeduldig: »Verstehen Sie mal, es geht hier um Ihre Aufnahme in die Bundesrepublik. Sie wollen doch aufgenommen werden?«

Nelly nickte, zweifelnd sah sie zu mir, dann wieder zu Harold.

»Na los«, Harold hielt ihr den Kugelschreiber hin.

Nelly ließ die Hände in ihrem Schoß. Wieder sah sie mich unschlüssig an. Mir war, als erwarte sie meine Unterstützung.

Harold stieß jetzt die Spitze des Kugelschreibers auf das Papier. »Hier. Er hat angedeutet, daß er die Hoffnung verloren hat. Hier, schreiben Sie. Und geendet mit dem Satz, Sie mögen das nicht persönlich nehmen. Hier.«

Nelly sah wieder zu mir.

»Hier.«

Die Erwartung in ihrem Blick ließ mich etwas fragen, von dem ich selbst erst im Augenblick des Sprechens hörte, was es war. »Wie interpretieren Sie diesen Satz, daß Sie es nicht persönlich nehmen dürften?« Ich bemühte mich darum, meine Stimme einfühlsam klingen zu lassen. Schließlich mußte ich fragen.

Nelly verschränkte die Arme vor der Brust und sah mich aus weiten, hellen Augen an. Sie antwortete nicht.

»Hier«, Harold bohrte den Kugelschreiber ins Papier. Er lehnte sich vor. »Frau Senff?«

»So etwas hat auf keinem Zettel gestanden.«

»Wie bitte?« Harold faßte sich an sein Ohr. »Sie haben uns angelogen, ja?«

»Nein, ich habe das so nicht gesagt.«

Harold blätterte in dem Aktenordner, »Frau Senff, wir stellen die Fragen nur, um ermitteln zu können, welchen Repressalien Sie ausgesetzt waren.«

Nelly nickte. »Das haben Sie bereits gesagt, ja.« Sie sprach so leise, daß ich sie kaum verstand. »Ich bin ganz schön erschöpft, wissen Sie, vielleicht fällt mir einfach gar nichts mehr ein«, sie legte den Kopf schief und befeuchtete ihre Lippen. »Sehen Sie, ein halbes Leben lang hat mich die Staatssicherheit befragt, heute sind Sie dran, morgen die Briten, und übermorgen wollen die Franzosen – es sei denn, Sie sind noch nicht fertig mit mir. Wann darf der bundesdeutsche Geheimdienst ran? Das hab ich schon vergessen. Und an der Grenze haben mich unsere Staatsdiener, keine Ahnung, vielleicht die Staatssicherheit in polizeiähnlicher Uniform, befragt. Mein Kopf ist leer, so leer, das können Sie sich gar nicht vorstellen, ich weiß gar nicht mehr, was ich Ihnen erzählt habe und was ich den anderen erzählt habe. Das ist ein Kreuzverhör, nichts anderes. Vielleicht versuchen Sie es morgen noch mal mit mir?« Ihre Frage klang fast flehend.

»Sind Sie verhört worden?« Harold ließ sich von ihrer Erschöpfung nicht beeindrucken. Ich sah auf die Uhr, wir befragten sie jetzt in wechselnden Schichten seit sieben Stunden, und so, wie ich McNeill und Fleischman kannte, würden sie sie nicht vor fünf rauslassen.

Nelly lachte hysterisch. »Ob ich verhört worden bin? Ist das ein Witz? Ununterbrochen werde ich verhört, Sie verhören mich, andere verhören mich, alles ist draußen, verstehen

Sie, da ist nichts mehr in meinem Kopf, leer, ausgehört, alles rausgehört.« Nelly klopfte mit der Faust gegen ihren Kopf. Davon hätte ich sie abhalten wollen, wenn ich gekonnt und mich nicht lächerlich gemacht hätte. Dabei war ihre Stimme freundlich und fest. Tatsächlich stand ihre Stimme in einem merkwürdigen Gegensatz zur angeblichen Erschöpfung.

»Aber vorher, vor dem Ausreiseantrag, hat man Sie da auch immer wieder verhört?«

»Natürlich, es gab bestimmt sieben oder zehn oder fünfzehn oder einfach unendlich viele solcher Treffen mit der Staatssicherheit, manche fanden bei der Volkspolizei statt. Ich mußte zu diesen Treffen erscheinen, um mein Studium aufnehmen zu können, später dann, um die Arbeitsstelle an der Akademie der Wissenschaften anzutreten. Auch zwischendurch fanden sich Gelegenheiten zur Vorladung.«

»Wo genau fand das statt? Wer hat die Verhöre geleitet?«

»Wie ist Ihr Name noch gleich?«

»Warum meiner? Ich frage Sie gerade nach den Namen der Verhörer von der Staatssicherheit.« Harold hatte seine Geduld längst verloren, er bemühte sich nicht mehr um einen Schein von Freundlichkeit.

»Meinen Sie, da fallen Namen? Wenigstens das müßten Sie doch wissen. Keine Namen. Und selbst wenn sie sich vorgestellt haben sollten. Wie merkt man sich in so einer Situation schon Namen? «

»Wo wurden Sie verhört?«

»Wo bin ich hier?«

»Ach, wo bin ich? Waren Sie gerade ohnmächtig, Fräulein? Haus P, hier sind Sie.«

»Haus P. Das waren unterschiedliche Orte.«

»Und welche?«

»Ich weiß es nicht mehr.«

»Hier«, wieder stieß Harold auf das Blatt Papier und bohrte mit dem Kugelschreiber ein Loch in das Blatt. »Schreiben Sie die Namen der Orte und Personen auf. Malen Sie eine Skizze der Orte.«

Nelly rührte sich nicht.

Harold atmete schwer durch, zündete sich eine Marlboro an und klopfte auf die Schachtel, damit eine weitere Zigarette herauskam. »Wollen Sie nicht doch eine?«

»Danke, nein.«

»Hmm. Oder eine Camel?« Harold holte aus seiner Hemdtasche eine Schachtel Camel. Er hielt ihr die Schachtel hin. »Sie können die ganze Schachtel haben. Camel. Echte amerikanische Zigaretten.« Nelly schüttelte den Kopf. Schnell hintereinander nahm Harold drei Züge. »Sind Sie um Mitarbeit gebeten worden?«

»Auch das, ja. Haben Sie das nicht schon gefragt? Man hat mir verschiedene Tätigkeiten angeboten. Aber sie sagten mir nicht zu«, Nelly lachte. Sie lachte wie ein junges Mädchen, das einen zweideutigen Scherz verstanden hat, sich aber unsicher darüber ist, ob sie ihr Verstehen kenntlich machen soll, und schließlich schweigt, um sittsam zu erscheinen und so wenigstens ein mögliches Verständnis zu leugnen. »Sehen Sie, ich hatte immer ein gutes Argument, mich vor der Staatssicherheit zu schützen. Ich habe gesagt, ich käme aus einer jüdischen Familie. Und außerdem war mein wissenschaftlicher Ehrgeiz nicht groß genug. Sie konnten mir nur kleine Steine in den Weg rollen.«

»Aber was hatte die Zugehörigkeit zum jüdischen Glauben für eine Wirkung? Können Sie das spezifischer erklären?« Harold zündete sich an der noch nicht ganz zu Ende gerauchten eine neue Zigarette an und blies Nelly den Rauch ins Gesicht. So etwas macht er nicht absichtlich, es entspringt seiner Konzentration auf das zu Hörende, das zu Fragende, das zu Verschweigende.

»Das weiß ich auch nicht. Es ging ja auch nicht um den Glauben. Ich habe einfach gesagt, ich käme aus einer jüdischen Familie, und es hat wie eine Entschuldigung gewirkt. Als sei es verständlich, daß man nicht mit ihnen zusammenarbeiten wollte, wenn man aus einer jüdischen Familie kam. Oder vielleicht auch, als hätten sie selbst kein Interesse, mit Menschen wie mir in engere Zusammenarbeit zu treten. Mit Glauben hat das wenig zu tun. Aber das interessierte die Staatssicherheit nicht. Wissen Sie, ich bin nicht politisch, ich bin nicht religiös, ich bin einfach leer im Kopf und wollte nicht länger in diesem Gefängnis bleiben.«

»Wenn Sie von Gefängnis sprechen, was meinen Sie damit?«

»Na, all die Orte.«

»Welche Orte?« Wieder bohrte Harold den Kugelschreiber in das Blatt. Inzwischen wies es mehrere Löcher auf, ohne daß Nelly die geringsten Anstalten machte, ihre Hand auch nur in Richtung Kugelschreiber zu heben.

»Den Müggelsee. In Friedrichshagen haben wir keine zehn Minuten entfernt gewohnt. Wassja war ein fantastischer Schwimmer, die Gaststätte unten im Haus, wo Wassja mir eines Abends gesagt hat, daß er mich heiraten möchte. Am nächsten Tag hatte er's dann vergessen. Er hat behauptet, er sei nur betrunken gewesen.«

Harold verdrehte die Augen, stützte den Kopf in die Hand und sah an die Decke. Nelly schien seine Enttäuschung nicht zu bemerken, sie sprach unverdrossen weiter.

»Verstehen Sie nicht, ich war umzingelt, es gibt hier, ich meine, drüben, nur Orte, die mich erinnern lassen. Und jede Erinnerung heißt lügen, mir fällt es manchmal auf, wenn ich meine Kinder höre oder andere Menschen. Nur lüge ich jetzt allein, wissen Sie, und das ist ein Unterschied, ob man sich zu zweit weiß, mit den Erlebnissen und der Lebendigkeit, die sie uns als Lügen, als schöne oder häßliche, erscheinen lassen, oder ob man sie alleine aufrechterhalten muß. Das wiegt schwer. Wiegen. Ja, stellen Sie sich vor, Erinnerungen wiegen wie ein Kind. Was meinen Sie, wie schwer so ein Kind werden kann, wenn Sie's alleine tragen.«

Neugierig beobachtete ich diese Nelly Senff. Ein Anzeichen ihres Unglücks wollte ich sehen, ein Anzeichen des Schmerzes in dem glatten jungen Gesicht. Nichts. Sie strich sich jetzt die Haarsträhne hinters Ohr. Das war alles.

»Sie haben sich nicht aufgrund der Mauer gefangen gefühlt?« Harold wagte sich weit vor. Auch ihm schien etwas daran zu liegen, ihr einen guten Flüchtlingsstatus zu verleihen.

Aber Nelly Senff lächelte unbeschwert und schnitt seine Frage. »Sie meinen, weil wir nicht reisen durften und nicht studieren konnten, was wir wollten? Gott sei Dank, kann ich da nur sagen, Gott sei Dank steht da die Mauer, sonst gäbe es womöglich auch in Ihrer Hälfte der Stadt tausend Orte der Erinnerung. Meine Großmutter darf reisen, das durfte sie immer. Verfolgte des Naziregimes hielt man nicht fest. Sie schienen freiwillig gekommen zu sein und zu bleiben. Meine Mutter sagt, sie hatten gar keine Wahl. Wer nach dem Krieg zurückkehren wollte, mußte in den Osten. Aber ich glaube, das war eine Fata Morgana. Eine Utopie. Ungefähr das, was für viele von uns, also im Osten, heute der Westen ist. Das bessere Ich eines verwüsteten Landes, eines gescheiterten. Ich würde eher sagen, sie wurde aus der Ferne von der sozialistischen Idee betäubt.«

»Warum sagen Sie betäubt?«

»Ist das etwa keine Betäubung? Stellen Sie sich vor, Sie werden aufgrund Ihrer Herkunft verfolgt und mißhandelt, leben in Lagern oder im Exil, immer in Angst. An Gott ist da doch nicht mehr zu denken. Keine Zeit, hat meine Großmutter immer gesagt, sie habe schlicht keine Zeit und wohl auch nicht mehr die notwendige Geduld gehabt, an ihn zu denken. Und schließlich entdecken Sie Gegenbewegungen, Revolutionäre, eben feurige Kommunisten – solche, die schlicht die Begabung haben, ihre Hoffnung nie zu verlieren, weil sie die Hoffnung aus sich selbst ausgelagert haben und einem ganzen Volk aufzwingen …«

»Langsam, langsam, Frau Senff, wir kommen nicht ganz mit«, ich sah, daß die Protokollantin ratlos vor ihrer Schreibmaschine saß und angesichts des Wortschwalls das Tippen aufgegeben hatte. Wie erstarrt lagen ihre Finger auf den Tasten.

»Haben Sie etwa keine Abhörgeräte?« Nelly blinzelte uns entgegen.

»Abhörgeräte?« Harold schüttelte den Kopf. »Sie meinen Aufnahmegeräte? Fühlen Sie sich von uns verfolgt?«

»Solange Sie auf Ihrem Platz sitzen bleiben, nicht, nein, und hinter was sollten Sie her sein? Hinter meinem leeren Kopf?«

»So leer ist Ihr kleiner Kopf doch gar nicht«, sagte Harold und meinte wohl klein nur im Sinne von hübsch, denn ihr Kopf war alles andere als klein, »nur etwas langsamer bitte, Frau Senff. Sie meinen, die sozialistische Taubheit, wie Sie es nennen, sei eine Folge der Verfolgung der Juden gewesen? Oder des Scheiterns der Nazis?«

»Ach, so einfach ist das nicht. Es gab doch kaum noch Juden hier, auf die das zutreffen würde. Ich glaube nur, daß es sich beim Kommunismus um einen Ersatz für die Religion handelt.« Leise fügte sie hinzu: »Vielleicht auch für die Weimarer Republik. Aber das wäre eine andere These.«

»Ja?« Harold konnte sich sein ungläubiges Grinsen nicht verkneifen. Nur gut, daß Nelly ihm keine Beachtung schenkte.

»Er traf insbesondere solche Menschen, die nicht nur mit der Fähigkeit ausgestattet waren, an eine Idee zu glauben, sondern für die das Glauben eine Art innere Notwendigkeit war und denen der Glaube auf die eine oder andere Weise abgejagt wurde. Wie die Verwandten abhanden kamen, kam eben auch der Glaube abhanden. Von anderer Perspektive aus betrachtet, trifft dieser Verlust sicher auch auf die Nazis zu. Der Kriegsausgang muß sie gekränkt haben. Sehen Sie, die hatten auch mit Leib und Seele an die nationalsozialistische Idee geglaubt. Der Kommunismus als Vereinnahmung und Vergemeinschaftung ist nur scheinbar das Gegenteil zur Ausgrenzung. Fressen und Töten. Ist nicht beides Symptom der Angst? Angst vor dem Fremden?«

Harold lachte ihr offen entgegen: »Soviel Philosophie hat sie auch noch studiert. Drehen Sie es um. Was halten Sie von der Lust? Lust an der Macht?«

»Keine Angst?« Nachdenklich blickte Nelly Senff auf ihr übergeschlagenes Knie. Ihre Augen leuchteten, als sie zu Harold aufsah: »Nehmen Sie einem Menschen nur weg, woran er glaubt. Dann hinterläßt der Schmerz und das Gefühl der Ungerechtigkeit eine große Sehnsucht nach Wiedergutmachung, nach dem Aufgehen in einer neuen Ideologie, die dem Niedergang der alten gewachsen ist. Der Kommunismus war das für kurze Zeit – und als keiner mehr so recht hinschauen wollte, aus Angst vor neuen Verletzungen und dem wohlbekannten Schmerz, hat sich der Kommunismus in den Sozialismus verwandelt. So wurde er zumindest genannt. Auch der ist ja nur dem Schein nach, was seine Benennung verspricht. Narben sind häufig taub, wußten Sie das nicht?«

Harold und ich saßen gleichermaßen mit geöffnetem Mund da und lauschten dieser Frau, die bei aller Leere, an die sie in ihrem Kopf glaubte, lauter wirres Zeug redete. Ehe ich es recht bemerkte, strich ich über die lange Narbe auf meiner Stirn. Sie hatte recht, die Narbe selbst fühlte nichts, nur meine Finger fühlten sie, als sei sie ein Fremdkörper mitten in meiner Haut.

»Eine letzte Frage, Frau Senff. Begreifen Sie die Frage als Chance, oder meinetwegen als Hinweis: Sind Sie sicher, daß Sie von der Regierung hier aufgenommen werden wollen?« Harold zündete sich eine Zigarette an und lauerte auf ihre Reaktion, die ausblieb. »Ihnen sollte bekannt sein, daß so ein Antrag auf Aufenthaltserlaubnis auch mal abgelehnt wird? Wissen Sie, wie es in den Lagern für Nichtanerkannte zugeht?«

Müde sah uns Nelly Senff an. Nicht eine Wimper zuckte. Fast schien es, als bemerke sie Harolds Versuch einer Drohung nicht. Ihr Schweigen und der darin zum Ausdruck gelangende Unwille, uns Auskunft zu erteilen, schienen ihr wichtiger zu sein als eine sichere und bequeme Aufnahme in der Bundesrepublik.

»Das Notaufnahme-Verfahren wird entscheiden, ob sich bei Ihnen für die Übersiedlung eine Zwangslage oder ein Gewissenskonflikt finden läßt. Wie es aussieht, kann es mit Ihnen Schwierigkeiten dabei geben. Ja, wir sind zwar in Deutschland, aber Ostereier suchen wir nicht. Damit das klar ist. Und andernfalls, das verrate ich Ihnen, andernfalls können Sie Ihre Ansprüche vergessen.«

Nelly Senff zuckte mit der Schulter, sie unterdrückte ein Gähnen.

»Wenn Sie uns entschuldigen. Unsere Kollegen werden gleich zu Ihnen kommen und weitere Fragen stellen.« Harold klopfte die mehr als drei Zentimeter Asche von seinem Filter und ließ den ausgehöhlten Filter in den überfüllten Aschenbecher fallen. Der Verschlußmechanismus konnte nicht mehr funktionieren, die Kippen hatten die scherenartige Öffnung verstopft. Harold riß das Papier eines Schokoladenriegels auf, schob sich den halben Riegel in den Mund und biß zu. Scheinbar mühsam erhob er sich. Ohne Aufforderung folgte ich ihm. Im Vorbeigehen nickte ich ihr zu. Sie schaute auf den Boden, und ich sog ihren Duft ein.

Draußen sagte Harold zu mir: »Also wirklich, so eine hat mir noch gefehlt, da will die uns über irgendwelche Taubheitsgefühle belehren. Ist die noch ganz dicht? Hast du ihre Beine gesehen? Nicht mal rasieren können die sich, diese deutschen Frauen, sind sich alle gleich, was, ob im Osten oder im Westen.«

»Vielleicht kriegen sie hier außer Essensmarken nichts anderes.«

»Wo lebst du, Mann, John, hast du den deutschen Frauen noch nie auf die Beine geschaut? Ich verrat's dir lieber gleich, die rasieren auch nichts anderes. Da muß man sich schon an ganz Süße wenden, wenn man ein bißchen glatte Haut haben will.«

Statt einer Antwort fragte ich ihn, ob er wirklich glaube, daß Nelly Senff etwas über unseren Verdacht gegen Batalow wisse. Ohne zu zögern sagte Harold, das könne er sich nicht vorstellen. Zickig sei die, und dumm, sonst nichts. Die anderen sollten vielleicht diesen Anwerbungsversuchen der Staatssicherheit nachgehen, noch mal fragen, wann das genau war und was sie denen gesagt haben könnte.

Wir kamen ins Besprechungszimmer und begrüßten unsere Vorgesetzten, die schon informiert zu sein schienen: »Harte Nuß?«

»Eher taub«, Harold lachte und ging zur Toilette.

McNeill klopfte mir auf die Schulter. »Wir werden sie ohnehin morgen rausholen. Das gehört in höhere Hände.«

Manchmal kränkte es mich, daß die Elite vom CIA, die nie einen Fuß ins Lager setzte, glaubte, sie sei soviel besser als diejenigen, die fast täglich im Lager Dienst hatten. Dann hoffte ich, selbst eines Tages zu dieser Elite zu gehören und nicht mehr die Schranke passieren und aufs abgeriegelte Lagergelände ins Haus P zu müssen. Schon jetzt gab es Tage, an denen sie sagten, sie brauchten mich draußen in der Argentinischen Allee. Offiziell als Verbindungsglied, aber die Vermutung lag nahe, daß sie unsere Arbeitsweise beobachteten und sich mögliche Kandidaten zur Mitarbeit aussuchten. Wie morgen, wenn der Kollege frei hatte und ich dem weiteren Verhör jener Nelly Senff beisitzen sollte.

»Sag mal, ich rede mit dir, schläfst du jetzt schon im Sitzen?« Eunice boxte mich in den Oberarm. Sie wirkte zerschlagen, ihre Augen waren rötlich und klein. Wohl eher vom Gras als vom Weinen. »Die Dunkelheit hier bringt mich um.« Sie ließ sich neben mich auf die Couch fallen und stieß den Kopf in meine Schulter. »Meinst du nicht, die hätten auch drüben in den Staaten einen Job für dich?« Ihr Atem war taub, ganz so, als hätte sie ihren Mund seit einem Jahrhundert nicht mehr geöffnet.

»Ich will zurück, ich will zurück, du bist doch kein Baby mehr, Eunice, das war eine Chance, auch für dich, du hättest hier Deutsch lernen können, du hättest ein Studium beginnen können.«

»Hätte, hätte, hätte. Warum studieren? Ich zeichne. Deutsch lernen? Lieber werde ich Kannibale. Warum sollte ich Deutsch lernen, wenn es niemanden gibt, mit dem ich reden kann.«

»Reden willst, Eunice. Bitte verdrehe es im nachhinein nicht. Als hätte ich dich gezwungen.«

»Aber du hast mich gezwungen, das weißt du ganz genau.«

»Womit?«

»Du hast mich gar nicht gefragt, du hast einfach gesagt, die Situation ist die und die, wir ziehen nach Berlin, Deutschland.«

»Wir sind nicht in Sibirien.«

»Nein, in Deutschland, Liebling. Meine Freundin Sally hat ihren Mann nur ein Mal bitten müssen, und schon ist er mit ihr zurück nach New Orleans gezogen.«

»Bitte, Eunice, fang nicht wieder mit Sally an. Ohne sie kein Dutch Morial. Daß ich nicht lache.«

»Immerhin, ein schwarzer Bürgermeister. Wie sind hier am Ende der Welt. Meine Freundinnen …«

»Die sind auch unglücklich, das sagst du selbst. Außerdem bin ich müde. Ich dachte, du willst allein schlafen?«

»Will ich auch.« Stolz und trotzig drehte sie sich um und ging die Treppe wieder hinauf. Undeutlich sagte sie etwas, das klang wie: Ist dir aufgefallen, daß ich dich nicht mehr brauche? Aber ich hörte nicht länger zu, und ihr Murmeln verschwand mit ihr im oberen Stockwerk. Aus dem Bad hörte ich ein Rauschen. Am Ende der Couch lag die rosa Decke, in die sich Eunice tagsüber hüllte, wenn sie fernsah und zeichnete. Ich breitete sie über mir aus und versuchte mich an Nellys Geruch zu erinnern. Wäre ich Wassilij Batalow, dachte ich mir, ich hätte ihr auch nichts gesagt. Eine so schräg denkende Person wie diese Nelly Senff, die weiht man nicht ein, wenn man noch bei Sinnen ist. Aber vielleicht war er nicht mehr bei Sinnen gewesen. Vielleicht hatte sie ihm längst alle Sinne geraubt. Und schließlich sagte mir mein Instinkt – schon nachdem ich erfahren hatte, welche Fragen der britische Geheimdienst stellen wollte, und daraus ableiten konnte, was die von uns oder den Franzosen wußten –, daß die Spionagetätigkeit dieses Wassilij Batalow nichts als eine Windhose war. Wir hätten davon gewußt, zumal wenn er als Doppelagent auch für uns gearbeitet hätte, wie die anderen argwöhnten. Aber wir wußten von nichts. Soweit ich jedenfalls wußte, wußten wir von nichts. Unter meine Gedanken legte sich ein gleichmäßiges Summen, das Summen eines kleinen Motors. Ich schlug die Augen auf und starrte ins Dunkel. Vielleicht putzte sich Eunice die Zähne mit der elektrischen Zahnbürste, die wir aus den Staaten mitgebracht hatten. Was auch immer. Dann hörte ich ihr leises Stöhnen. Ich wollte nicht darüber nachdenken, ob Eunice vor Lust oder aus Schmerz stöhnte. Vielleicht weinte sie wieder. Ich schnaubte durch die Nase. Wenn die Schlangen sich gegenseitig auffraßen und sich Stück für Stück die andere in ihren Leib würgten, stellte sich die Frage, welche übrigblieb. Diejenige, die jünger und kräftiger war und schneller würgte, oder diejenige, die mehr Ausdauer besaß und ein größeres Fassungsvermögen? Meine Ohrstöpsel lagen oben im Bad im Spiegelschrank, aber ich wollte jetzt nicht mehr hinauf und sie in ihrer Einsamkeit stören. Ich zögerte, nahm dann aber doch eins von den Tempotaschentüchern und zupfte es zurecht, bis es in die Ohren paßte.

Hans Pischke im Glück

Das Baby schrie. Jede Ritze meiner Zimmertür hatte ich zugestopft, das Schlüsselloch rund um den Schlüssel mit einem Kaugummi abgedichtet, es schrie, eine Decke vor die Tür gehängt, das metallene Doppelstockbett auf die andere Seite der Wand geschoben, obwohl das gegen die Vorschriften war, und schrie, mir die Ohren zugehalten, und schrie, mir die Decke über den Kopf geschlagen, und schrie, nur durch kleinste Luftlöcher im Deckengewölbe geatmet, flach geatmet, kaum geatmet, weil das Geschrei meine Nerven zerlegte, mich morgens roh in den Tag warf.

Ich stieg vom Bett, summte ein Lied gegen das Babygeschrei und nahm die Wasserflasche vom Tisch, um hineinzupinkeln.

»Halt's Maul«, knurrte es aus dem unteren Bett. Erschrokken drehte ich mich um. Im unteren Bett bewegte sich die Decke, und ich erkannte den Haarschopf des neuen Zimmergenossen.

»Verzeihung. Ich hatte Sie vergessen«, flüsterte ich, stellte die Flasche ab und streifte meine Hose über.

»Du sollst einfach dein Maul halten, Mensch, die ganze Nacht redest du, den ganzen Morgen«, er zog sich die Decke noch weiter über den Kopf, nicht einmal mehr seine Haare waren zu sehen. Blutspuren zierten seine Decke, den Boden und schließlich das Taschentuch, das auf dem Boden vor unserem Bett lag. Die meiste Zeit der vergangenen zwei Tage hatte ich ihn auf einem Stuhl sitzen gesehen, mit nach hinten gelehntem Kopf, um das Bluten seiner Nase zu stillen. Aber offenbar war es nicht zu stillen, nicht im Sitzen, nicht im Liegen, weder im Wachen noch im Schlaf. »Sie müssen sehr leiden.«

»Halt einfach dein Maul, Mann«, brüllte er unter seiner Decke hervor.

Damit ich morgens nicht aus dem Zimmer gehen mußte, hatte ich mir einen Tauchsieder gekauft, den ich nur kurz in die Tasse hielt, bis das Wasser heiß genug schien, um das braune Instant-Pulver hineinzuschütten und zu verrühren. Das Baby schrie durch die Wand, ich beobachtete die kahlen Wände, ob sie zitterten, sich ein wenig krümmten unter dem Schmerz des Schreiens. Aber da zitterte nichts und krümmte sich nichts, nur in mir, bis mir übel wurde. Von einem Baby ließ ich mich nicht vertreiben, ganz gewiß nicht, auch auf die Toilette ging ich nicht, nach Möglichkeit nicht, so selten wie möglich, dort hätte ich die Mutter des Babys treffen können oder den Vater oder einen von der russischen Bande, drei Männer und eine Frau, Geschwister, behaupteten sie, schliefen in den zwei Doppelstockbetten im zweiten großen Zimmer, und ich im kleinen am Rande, rollte mich zusammen, versuchte, nicht austreten, nicht kotzen zu müssen, mich in keinster Weise mehr jemals zu veräußern. Aber vertreiben ließ ich mich nicht mehr. Wenn ich es mir recht überlegte, war Nescafé die beste Errungenschaft der westlichen Welt.

»Hast du Schlumpf gesagt?« Plötzlich setzte sich der Zimmergenosse unten im Bett auf und starrte mich an. »Sag das noch mal.«

»Verzeihung. Wie bitte?«

»Du sollst das noch mal sagen. Schlumpf?«

»Ich? Nein, ich habe nichts gesagt, wirklich nicht.« Ich zog den Kopf ein, wandte ihm den Rücken zu und hoffte, daß das Rumpeln hinter mir bedeutete, er habe sich wieder hingelegt.

Häufig sprach ich, erzählte vor mich hin und merkte es nicht. Vom Schlumpf mußte ich erzählt haben, den Birgit und Cesare mitgebracht hatten, als sie mich zum Geburtstag hier im Lager besuchten. Zuvor hatten sie keinen Fuß hierher gesetzt, gewiß scheuten sie den Pförtner, die Kontrollen. Bis zum Geburtstag, als ob ich mir aus dem was machte. Cesare holte aus der Jackentasche ein Glas Nescafé, schüttete den Inhalt auf meinen kleinen Tisch, und Birgit zauberte aus ihrer Tasche eine daumengroße blaue Kinderfigur mit einer Schlappmütze und einer Trompete, um den Hals trug das plastene Etwas ein Stück roten Stoff, ein Tüchlein, das sie ihm offenbar nachträglich angefertigt hatte. Der Oberkörper der sonst blauen Figur war rot lackiert, in derselben Farbe wie Birgits Fingernägel. Birgit nannte ihn den Rotgardistenschlumpf, sie setzte ihn auf die Spitze des Kaffeeberges und strahlte mich an. Wohl eher unbewußt drückte sie beide Brüste zusammen und sagte im Singsang, als spreche sie eine Zauberformel: *Hänschen klein ging allein in die weite Welt hinein. Stock und Hut stehn ihm gut, ist ganz frohgemut.* Statt der Zeile der Mama, die sehr weinet, hatte sich Birgit auf die Lippen gebissen.

Das Baby kannte keinen Singsang. Es sprach kein Wort. Es kannte nur eine Äußerung: Es schrie.

Birgit war meine Cousine. Ihre Tante hatte meinen Onkel kennengelernt, als ich sechzehn war. Flugs beschlossen die beiden damals, mich aus dem Heim, in dem ich bis dahin gelebt hatte, zu holen und mir zwei volle Jahre wahre elterliche Fürsorge angedeihen zu lassen. Seit jener Zeit hatte ich Birgit in großen Abständen bei Zusammenkünften ihrer Familie getroffen, zu denen ich stets aufs neue als frisch dazugehörig vorgestellt wurde und bei denen ich mich bis zuletzt fremd fühlte. Aber nicht nur daher. Birgit war Künstlerin und sorgte dafür, daß man dies unter keinen Umständen vergaß. In Cesare hatte sie offenbar einen Freund gefunden, der sich nicht nur von ihrem Künstlerdasein beeindruckt zeigte, sondern ihr auch noch stolz bei dem einen oder anderen Happening Hilfe leistete. Er nannte sich Kommunist, und die Vermutung lag nahe, es gefiel ihm, daß seine deutsche Freundin aus dem Osten kam. Als ich Birgit mit ihm in der Weltlaterne traf, kurz nach meiner Ankunft, nutzte er ihren Toilettengang, um mir zu eröffnen, welches Glück er mit ihr habe. Richtig geflohen sei sie, mutig, sagte er mit strahlenden Augen, während ich an meine eigene, mißglückte Flucht dachte und sein Strahlen als Demütigung empfand. Schließlich war ihre Flucht eine erfolgreiche gewesen, wenn auch eine andere als die, für die ich sie bislang gehalten hatte. Cesare aber klärte mich auf, Birgits Ideen seien kommunistischer, zumindest aber revolutionärer als die sozialistischen. Das Lenindenkmal habe sie rot angemalt, von oben bis unten – er schnaufte –, und ohne erwischt zu werden. Ich nickte und dachte an jene Nacht, in der ich mich dort – mutterseelenallein – in drei Metern Höhe an Lenins Kopf geklammert und gleichzeitig versucht hatte, den Farbeimer, der an einem Seil von meiner Hüfte baumelte, am Kippen zu hindern – bis ich rutschte und genau in dem Augenblick, als die Scheinwerfer aufleuchteten, den Halt verlor, entlang Lenins bronzener Rüstung zu Boden glitt, die Füße in der Angst vor dem Aufprall krümmte – was sicherlich ein Fehler war, denn so brachen sie alle beide – und wie ein Dilettant am Boden zusammenklappte. Wie ein Dilettant. Gewiß war ich keiner. Auch wenn nur Lenins Kopf rot war, denn ich wollte natürlich oben anfangen, und bis unten war ich nicht gekommen – insofern war »von oben bis unten« eine blanke Übertreibung, und es hatte mich mehrere Monate im Gefängnis gekostet, die Birgit in ihrer angeeigneten Heldengeschichte leichterhand unterschlug. Vielleicht erschien es ihr zu schwierig, sich ein Gefängnis auszudenken. Daß Birgit nun meine Erfahrung zu ihrer Geschichte gemacht hatte, konnte ich ihr nicht übelnehmen, schließlich zeigte sie offenbar die gewünschte Wirkung. Cesare lag ihr zu Füßen. Ich nahm einen Schluck Bier und nickte. »Stark, unsere Birgit, stark.« Birgit kam von der Toilette zurück, hatte schwarzen Lippenstift aufgelegt und blickte Cesare auffordernd an: »Mamma mia, störe ich euch?« Woraufhin sie sich auf seinen Schoß setzte und in seine Wange biß. Insofern ergänzten sie sich hervorragend, sie fand es wohl schick, daß ihr Freund Italiener war – wenigstens deutete ich ihre derzeitige Lieblingswendung »Mamma mia« so.

Mit Sicherheit war Birgits obligatorische Frage gefolgt, ob ich endlich einen Job oder eine Wohnung gefunden hätte. Dieses Ziel erschien mir wie eine Illusion.

»Verdammt«, brüllte es in mein Ohr, und zwei Hände umschlossen meinen Hals, »ich bin ein friedliebender Mensch, ein friedliebender. Verdammt.«

»Entschuldigen Sie.« Ich versuchte mich aus seiner Umklammerung zu befreien, aber der Zimmergenosse drückte mir die Hände an die Gurgel.

Ohne Vorankündigung ließ er los, und ich mußte mich am Stuhl festhalten.

»Ein anderes Zimmer will ich«, fluchte der Zimmergenosse, er band seine Schuhe zu. »Das ist eine Zumutung, eine Zumutung.«

»Verzeihen Sie«, sagte ich noch einmal, bevor er aufsprang, seine Jacke vom Stuhl riß und die Tür hinter sich zuknallte.

Birgit und Cesare waren die einzigen Bekannten, die ich in Berlin hatte, bei genauerer Betrachtung waren sie die einzigen Bekannten, die ich im Westen besaß, auch wenn ich mir eingestehen könnte, daß es im Osten nicht viel mehr von der Sorte gegeben hatte. Zumindest wenn man dem Wort Bekannte eine gewisse freundschaftliche Gesinnung nicht absprechen wollte.

Wir hatten Geburtstagskaffee getrunken, meinen ersten Nescafé überhaupt, und auch dem damaligen Mitbewohner etwas davon angeboten, aber der war gerade dabei, in Hemd und Krawatte zu einem Vorstellungsgespräch aufzubrechen. Birgit lobte den Ausblick auf den identischen Neubau gegenüber und in die Zimmer der anderen Lagerbewohner. Man müsse eben im Leben etwas riskieren, wiederholte Cesare zum zweiten Mal, wobei er bewundernd das Doppelstockbett ansah und die Enge des Raums, in dem ich jetzt schon seit, er zählte an den Fingern, mehreren Monaten vor mich hin vegetierte, mit der Enge eines Raubtiergeheges verglich – das er offenbar von innen zu kennen glaubte.

»Geschafft«, lachte der Zimmergenosse, als er ins Zimmer stürmte, sich ein Taschentuch unter die Nase hielt und mit einer Hand seine Kleider in die Tasche stopfte. »Die kannst du behalten«, sagte er, er schob mir eine angebrochene Schachtel Zigaretten über den Tisch. »Mach's gut.« Der Mann verschwand, und ich hatte das Zimmer wieder für mich allein.

Schließlich hatte Birgit nach Cesares Hand gegriffen, als müsse sie Mut für ihre Frage schöpfen. Sie wollten mich zu einer Feier entführen, sagte sie. Allerdings beginne die erst um Mitternacht, ergänzte Cesare.

»Zu spät«, sagte ich, meine Erleichterung ließ ich mir nicht anmerken, »aber um diese Zeit und für eine ganze Nacht kriege ich jetzt keine Erlaubnis mehr.« Mit dem Daumennagel versuchte ich den Lack von der Kinderfigur abzukratzen.

»Erlaubnis?« Cesare blickte sich um, lachte und sagte: »Mensch, ich dachte, du gehst auf die Vierzig zu, Mensch, wo ist deine Mutter? Erlaubnis?«

Erstaunt sah ich Cesare an. Da kniff ihn Birgit in die Hand und erklärte ihm, unentschlossen, ob sie in ihrer Entrüstung laut werden oder lieber leise sprechen sollte: »Er muß sich bei der Leitung des Lagers abmelden, Cesare, wenn er 'ne ganze Nacht nicht hier sein will.« Birgits moralischer Unterton schien noch im Raum zu klingen, als sie längst ihren Satz beendet hatte. Ich stand auf und tat, als müßte ich mein Bett machen, die Decke zog ich zurecht und schämte mich, eher für die Unnötigkeit meiner Handlung als für die offensichtliche Erbärmlichkeit meiner Situation.

In meinem linken Ohr rauschte es sanft, Schweigen stand zwischen uns dreien, bis Birgit sagte: »Wir gehen dann mal«, und die beiden gingen.

Ich öffnete das Fenster und sah sie unten aus dem Hauseingang treten. Um nicht entdeckt zu werden, setzte ich mich nicht wie gewohnt mit meiner Zigarette auf das Fensterbrett, ein Fuß im Rahmen. Das fahle Neonlicht, das ihnen vom Eingang her Licht spendete, war zu schwach, um ihre Gesichter zu erkennen.

»Verlassen?« hörte ich Cesare ungläubig fragen. »Einfach

so? Wie soll ich mir das vorstellen? Niemals würde eine Frau das tun können, niemals.«

Sie blieben stehen, und ich sah, wie Birgit sich an Cesare klammerte. »Mamma mia, es ist auch nicht zu verstehen«, flüsterte sie, »keiner weiß, warum, er hat sie nie wiedergesehen.«

»Sie war bestimmt krank«, warf Cesare ein.

»War sie nicht.«

»Sie hatte einen Liebhaber!«

»Prima Idee. Aber reicht das?«

»Wann war das?«

Das Geräusch in meinem Ohr wurde lauter, über dem Schlagen und Rauschen, das mich an die Kolben von Motoren in einem Schiffsbauch erinnerte, klang ein singendes, klingelndes Rascheln, ein scheuerndes Kitzeln, das ich mit Ruhe ertragen sollte – solange kein metallenes Klicken und Klacken wie das Schließen von Schlössern und keine Stimmen hinzukämen, *bewahren Sie Ruhe, Herr Pischke, sonst verschwindet es nicht.* Dabei gab es Augenblicke wie diesen, in dem ich das Geräusch durchaus genoß, das Schrappen und Säuseln, das mich vor den lauten Stimmen draußen schützte, sich ihnen in den Weg stellte, den Gehörgang zu sehr füllte, um Birgits Antwort zu hören, sie einem Fremden erzählen zu hören, was mein Leben bewegte, was mich ausmachte, und ich sah, wie Birgit seine Hand griff und ihn zog, während er den Kopf schüttelte und im Weggehen etwas sagte wie: Vielleicht ist er deshalb so. Und: Ich glaub's nicht, ich glaub's nicht.

Ich drückte die Zigarette auf dem Fensterbrett aus, das Geräusch hatte sich zurückgezogen, und warf sie hinunter. Selbst das Auftreffen der Zigarette konnte ich hören, als läge mein Ohr auf dem Pflaster. Die Luft war feucht. Fast meinte ich, ein leises Zischen zu hören, als werde ein letzter Funken Glut gelöscht. Ich drehte mich um, griff meinen Stellvertreter vom Tisch und warf den kleinen Rotgardistenschlumpf eilends in den Müll. Nicht, daß ich mich über die Kinderfigur ärgerte, gewiß nicht, ich wollte sie nur auf keinen Fall in meinem Zimmer haben. Wirklich geärgert hatte mich der lose Nescafé, den ich zwar so gründlich wie möglich zu beseitigen versuchte, aber von dem ich noch Tage später winzige Brocken unter dem Tisch und an meinem Pullover, selbst vor der Toilette hatte entdecken müssen.

Das Baby hinter der Wand schrie ohne Unterlaß, hinzu kam jetzt ihre Stimme, sie klang schrill, und obwohl ich meine Ohren verschließen und nichts verstehen wollte, erfuhr ich von ihr, daß er kein einziges Mal in der Nacht aufgestanden war, um das Baby zu beruhigen. Seine Stimme konnte ich nur als tiefes Grummeln erkennen, der Versuch einer Antwort, nicht lang genug, um eine Erklärung zu sein, ganz sicher nicht beruhigend, denn sogleich hörte ich wieder sie, die einen Satz wiederholte, den ich seit sieben Tagen von ihr hörte.

»Ich halte es nicht mehr aus, hörst du, ich kann nicht mehr.«

»Dann hau doch ab«, flüsterte ich in meine Tasse, und vielleicht hatte ihr Mann etwas ähnliches gesagt, zumindest fing sie an zu weinen, sie weinte wie ein Glockenspiel, hoch und mit kurzen stoßartigen Lauten, »ein Gefängnis«, hörte ich sie japsen. Es folgte ein Poltern, ein Rums, Geräusche, als werde das Baby an die Wand geworfen oder zumindest ein Stuhl zertrümmert und ein nackter Arsch versohlt. Dann war es sonderbar still, nicht einmal einen Aufschrei, kein

Wimmern konnte ich von ihr hören, und also malte ich mir aus, wie sie mit entstelltem Gesicht zu Füßen ihres Mannes lag und er sich erschöpft neben sie kniete, erleichtert, ihre Vorwürfe zum Schweigen gebracht zu haben, und übermannt von einer Kälte, die seine Tat erträglich machte. Das Baby schien sich erholt zu haben und schrie aus vollem Hals los. Der letzte Schluck Kaffee war kalt. Ich setzte meine Mütze auf, zog sie wie Scheuklappen links und rechts über die Schläfen, so daß man mir möglichst nicht ins Gesicht sehen konnte, und lauschte einen Augenblick an der Zimmertür, bevor ich sie öffnete. Der Korridor war leer, die Tür zum Nachbarzimmer war nur angelehnt, aber außer dem Säugling schien niemand mehr in der Wohnung zu sein. Trotzdem trat ich auf Zehenspitzen hinaus, schloß die Zimmertür behutsam, damit kein, aber auch kein einziges Knarren von ihr ausging. Ich riß mir ein Haar aus, vom Hinterkopf, dort waren sie am längsten, und klemmte es in die Ritze der geschlossenen Tür. Wie sonst hätte ich feststellen können, ob während meiner Abwesenheit jemand die Tür zum Zimmer geöffnet und sich darin umgesehen haben könnte? Eilig verließ ich die Wohnung.

John Bird wird Zeuge

Am nächsten Morgen fuhr ich in meinem Mercedes hinaus in die Argentinische Allee. Ich drehte am Lautstärkeregler. *Take a chance on me*. RIAS Berlin. Acht-Uhr-Nachrichten. Nelly. Noch immer hörte ich den Song in meinem Kopf, passierte die Sicherheitsbeamten, ließ mir die Jacke abnehmen, nickte freundlich der Sekretärin zu und begrüßte die Oberen.

So saß ich wieder dabei, als Nelly Senff weitere Fragen gestellt wurden. Diesmal führte Fleischman das Verhör. Er war einer der ältesten und erfahrensten. Sie trug dasselbe Kleid wie gestern. Ihr Stuhl stand hier frei im Raum, kein Tisch vor ihr, keine Coca-Cola, an der sie sich festhielt.

»Sind Ihre Kinder gut untergebracht?« Fleischman begann mit einem kleinen Umweg. Seine Stimme war warm und rauchig.

»Meine Kinder sind im Lager, beim Pfarrer. Sie malen.«

»Malen sie gern, ja?«

»Die Schule beginnt erst in einer Woche. Aber das wissen Sie bestimmt. Erst muß ich Ihre Fragen beantworten und Sie müssen herausfinden, ob einer von uns eine ansteckende Krankheit hat, nicht? Dann dürfen wir uns unter die Menschen draußen mischen.« Nelly Senff berichtete uns unsere Bedingungen. Dem Klang ihrer Stimme fehlte jegliche Enttäuschung und Bitterkeit, auch Selbstmitleid schien ihr fremd. Möglich, sie spottete ein wenig über die Sicherheits-vorkehrungen, mit denen sie hier empfangen wurde, aber verstimmen ließ sie sich nicht.

»Ah ja, richtig.« Im Stehen blätterte Fleischman in ihrer Akte. »Gestern haben die Kollegen Harold und dieser John Bird hier«, er winkte mir zu, »Sie zu Ihrem Lebensgefährten befragt, Wassilij Batalow. Sie haben ihn in Berlin kennenge-lernt?«

»Zusammengelebt haben wir nicht.«

»Aber er ist der Vater Ihrer Kinder. Haben Sie ihn in Ber-lin kennengelernt?«

»Ja.« Nelly sah aufmerksam von Fleischman zu mir und lächelte plötzlich.

Fleischman machte einen kleinen Schritt auf sie zu. »Ja?« Seine Stimme war fast freundlich, sie lockte mit Wärme, mit dem Verständnis eines älteren Mannes.

»Nichts, ich mußte an was anderes denken.«

»Und an was?«

»Das möchte ich lieber nicht sagen. Ich muß doch nicht, oder?« Sie strich sich eine Haarsträhne aus dem Gesicht und lächelte wieder. Vielleicht hatte sie in mir einen alten Bekannten entdeckt, weil wir uns schon gestern begegnet waren – und das zur Zeit wohl eine ungewöhnliche Nähe für sie erzeugen dürfte. Ich war ihr alter Vertrauter. Ihr Schuh wippte unruhig auf und ab. Die dunkel behaarten Beine wirkten stumpf, leicht ockerfarben waren sie und im Ver-gleich zu ihrer sonst sehr hellen, ja fast weißen Haut schienen sie getönt, so daß es nur eine Möglichkeit gab: Sie trug zu diesem Blumenkleid aus leichtem, ich möchte fast vermuten gegen Sonnenlicht durchsichtigen Stoff, dessen Grundton ein helles Zitronengelb war, eine ockerfarbene

Nylonstrumpfhose. Auch die blauen Sandalen paßten nicht recht.

»Nein. Sie müssen gar nichts.« Fleischmans scheinbare Freundlichkeit wich keinen Millimeter zurück, eine mögliche Enttäuschung über ihre Verschlossenheit war ihm nicht anzumerken. »Aber ich kann Ihnen sagen, woran Sie gedacht haben. Daß Sie Batalow keineswegs in Berlin kennengelernt haben.«

»Nicht?« Ein Ruck ging durch Nelly, das Bein hörte auf zu wippen. Erstaunt, fast neugierig, sah sie Fleischman an.

»Sie haben ihn in Ahrenshoop kennengelernt. Hohes Ufer 29. Erinnern Sie sich?«

»Wie bitte?« Nelly hustete.

»Die Tochter des Hauses hatte Sie und einige Freunde eingeladen. Dort trafen Sie Batalow zum ersten Mal.«

»In Ahrenshoop?« Nelly wurde rot.

»Ein blaues Haus, Reetdach. 11. April 1967. Sie kamen vormittags an, mit dem Zug sind Sie bis Ribnitz gefahren, von dort mit dem Bus nach Ahrenshoop. Ein sandiger Weg, Pappeln, Sanddorn. Es waren mehrere Menschen aus Ost-Berlin versammelt, Karin, die Tochter des Ferienhausbesitzers, mit ihrem Mann Lehnert, Elfriede, eine Übersetzerin, Robert und Peter, zwei Berliner Künstler. Sie selbst, Sie machten gerade erst das Abitur. Aus Leipzig war da Frank Nause, ein Hochbauingenieur, mit seiner Freundin Bärbel, einer Medizinstudentin, und schließlich der Übersetzer Batalow aus Leningrad.«

Nelly schwieg, die roten Flecken in ihrem Gesicht waren bis in den Ausschnitt gewandert, sie betrachtete angestrengt ihre Schuhspitzen.

»Vergessen Sie nicht, daß wir Ihnen helfen wollen. Wir

möchten Ihre Situation richtig einschätzen können. Sie wissen, was davon alles abhängen kann?« Fleischman lehnte sich an den Schreibtisch. Er genoß es sichtlich, Nelly in die Enge zu treiben, indem er ihr vorführte, wieviel mehr er wußte, als sie und andere glaubten. Die Akten des CIA umfaßten Informationen, von denen die anderen Geheimdienste träumen konnten. Die scheinbare Freundlichkeit Fleischmans mußte jetzt auf Nelly unberechenbar und gefährlich wirken. »Wie gut kannten Sie diese Freunde, über die Sie Batalow kennengelernt haben?«

»Wie gut ich sie kannte?« Nelly Senff stotterte.

Einen Augenblick sahen sich Nelly Senff und Fleischman erstaunt an, als hätte ein Dritter ihnen Fragen gestellt und sie wüßten beide keine Antwort darauf.

Miss Killeybegs öffnete vorsichtig die Tür, sie trug ein Tablett mit Thermoskanne und Tassen herein. Kaffeeduft strömte in den Raum. Als sie eingießen wollte, nahm Fleischman ihr die Kanne aus der Hand. »Darf ich? Ach, und wären Sie so freundlich, Miss, und bringen uns noch eine Tasse?« Miss Killeybegs verschwand, und Fleischman goß Kaffee in eine Tasse. »Zucker? Milch?«

»Danke, schwarz.« Nelly räusperte sich, sie nahm ihm die Tasse ab und pustete.

»Stellen Sie sich nicht dumm, Frau Senff. Wenn Sie meine Fragen mit Fragen beantworten, werde ich andere Methoden anwenden und Sie schließlich in aller Freundlichkeit zurückschicken lassen.«

»Karin habe ich gekannt, die anderen nicht.« Nelly wollte die Tasse auf ihrem Knie abstellen. Nach kurzem Versuch gab sie auf und hielt sie in der Luft.

»Sprach Batalow von Anfang an fließend deutsch?«

Fleischman goß Milch und Kaffee in eine zweite Tasse, legte drei Würfel Zucker auf den Tellerrand und stellte die Tasse Frau Schröder auf den Tisch.

»Er hatte einen leichten Akzent, aber den hielten manche für süddeutsch. Seine Mutter war gebürtige Deutsche, er ist mit der Sprache aufgewachsen.« Nelly rührte in dem Kaffee und blickte zu Fleischman auf. »Richtig?« Ihre eigenen Aussagen mußten ihr nun gering und jederzeit prüfbar an Fleischmans Wissensstand erscheinen.

Fleischman nickte. Für mich gab es Kaffee mit wenig Milch, dieser Fleischman merkte sich zu jedem Gesicht den passenden Kaffee. Solange Fleischman die Vernehmung führte, würde ich keine einzige Frage stellen können. Dabei würde ich mich zu gern bei ihr erkundigen, wie lange Batalow ihrer Meinung nach schon im Land gelebt hatte und wie sie seine russische Identität beschrieben hätte. Ob es nicht tatsächlich ein süddeutscher Akzent und keineswegs ein russischer gewesen sein konnte. Wobei sie letzteres ja noch nicht wirklich behauptet hatte. Herkunft machte sich bemerkbar, und über seine wußten wir noch längst nicht alles. Die bestehenden Zweifel waren der Grund, warum wir Nelly als wichtig einstuften. Es war durchaus möglich, daß sie uns Hinweise geben konnte, die den einen oder anderen Verdacht stärkten oder schwächten. Batalow sollte als Übersetzer ins Land gekommen sein und gearbeitet haben, aber wir hatten keine einzige Veröffentlichung von ihm finden können. Wir hatten sämtliche Listen der staatlichen Stellen geprüft. Auch unter den Namen der sonstigen Übersetzer und Angestellten tauchte der seine nicht auf. Die Legende des noch nicht abgeschlossenen Einbürgerungsverfahrens, die als Grund angeführt worden war, Nelly nicht heiraten zu können, war sehr wahrscheinlich eine Lüge. Zumindest hatten wir unter seinem Namen kein Einbürgerungsverfahren finden können.

Als Miss Killeybegs die vierte Tasse brachte, dankte Fleischman höflich, winkte sie aber gleichzeitig mit einer ungeduldigen Handbewegung wieder hinaus. Er rührte in seinem Kaffee, blickte Nelly an, seine Brillengläser beschlugen, und er hielt die Tasse etwas weiter von sich weg, bis sich der Nebel vor seinen Augen auflöste. In seinem Blick war weder Ratlosigkeit noch eine Frage zu erkennen, so, als kenne er Nellys Antworten und stelle die Fragen nur der Höflichkeit und Ordnung zuliebe.

»Haben Sie und Batalow am 11. April im Blauen Haus übernachtet und sind sich nahegekommen?«

»Darauf antworte ich nicht.« Bedauernd schüttelte Nelly den Kopf.

»Sie haben dort übernachtet. Auf dem Dachboden, die beiden unteren Schlafzimmer waren von den anderen Gästen belegt.« Fleischman nahm einen kräftigen Schluck Kaffee.

Das Weiß von Nellys Augen wirkte rot. Vielleicht waren über die Anstrengung, Fleischmans Informationen zu folgen und vor Angst und Schrecken nicht zu weinen, Adern geplatzt.

»Nahegekommen sind Sie sich erst zwei Wochen später in der Wohnung eines anderen Freundes.« Fleischman lächelte unverwandt. »Wie hieß der?«

Nelly ließ ihre Kaffeetasse fallen. Sie beachtete die Scherben nicht und auch nicht die braunen Spritzer, die der Kaffee auf ihrem Kleid und den Strumpfhosen hinterließ. Ob sie die Tasse absichtlich oder versehentlich hatte fallen lassen, war ihrer Reaktion nicht anzumerken. Sie sah Fleischman nicht an, sondern geradewegs an ihm vorbei, sagte aber: »Ihr Kollege hat gestern viel Zeit mit der Frage nach Namen verschwendet. Ich möchte keine Namen nennen. Sie behandeln mich wie die Staatssicherheit. Namen, Namen, Namen. In Ihren Augen ist der Mensch nichts als Informationsträger. Der Staatssicherheit habe ich keine Namen genannt – Ihnen werde ich auch keine nennen.«

Fleischman blickte sie halb amüsiert, halb interessiert an, dann nickte er, als habe sie ganz recht, Frau Schröder stand auf und schenkte ihm Kaffee nach. Niemand rührte sich, die Scherben von Nellys Kaffeetasse zu beseitigen. Neuer Kaffee wurde ihr nicht angeboten. Aus Fleischmans Tasse dampfte es. Er probierte einen winzigen Schluck, der Kaffee war offenbar noch zu heiß. Dann hob er den Finger, als falle ihm gerade erst die nächste Frage ein. »Sie sagten gestern, Wassilij Batalow habe sich von einem Haus gestürzt.«

Nelly schüttelte den Kopf.

Das Klappern der Schreibmaschine setzte aus, aber Frau Schröder konnte keine Erinnerungen an gestrige Aussagen haben, sie war nicht dabeigewesen, sie kannte das Lager nicht von innen, sie verrichtete ihren Dienst ausschließlich in den vornehmen Hallen und Räumen des CIA. Teilnahmslos, als höre sie den Sinn der gesprochenen Worte nicht, starrte sie in den leeren Raum vor sich.

»Nein, Ihr Kollege sagte das. Ich habe ihm nicht widersprochen. Aber er ist von keinem Haus gestürzt. Das glaube ich nicht. Wassilij hatte Höhenangst und würde nicht aus lauter Spaß auf ein Dach steigen und sich hinunterstürzen.«

»Spaß ist es ja auch nicht, wenn sich einer umbringt.« Liebevoll blickte Fleischman in seine Tasse und trank den heißen Kaffee ohne jedes Pusten und Schlürfen. Frau Schröder klapperte, zog auf die nächste Zeile, klapperte, korrigierte und hielt inne.

Nelly wechselte das übergeschlagene Bein und biß auf ihren Fingernagel. »Sie haben keine Nagelschere, oder? Mir ist vorhin ein Nagel eingerissen, und ich finde meine Nagelschere nicht, vermutlich habe ich sie vergessen.«

Fleischman und ich sahen Frau Schröder an, die erst nach einigen langen Sekunden aufmerksam wurde. »Wie? Entschuldigen Sie, aber was haben Sie gesagt? Eine Nagelschere – das ist jetzt eine echte Frage, ja? Die muß ich nicht notieren?«

»Meine Liebe, wir stellen hier nur echte Fragen – aber diese müssen Sie in der Tat nicht notieren. Vielleicht können Sie sie beantworten.« Fleischman unterhielt ein beinahe fürsorgliches Verhältnis zu dieser Frau Schröder, die sicherlich nicht wußte, daß sie ohne seine beständige Fürsprache längst nicht mehr für uns arbeiten würde.

»Ich, also, da müßte ich nachsehen, ja, einen Augenblick – nein, warten Sie, meine Handtasche ist ja hier.« Sie nahm ihre Handtasche von der Stuhllehne und prüfte den Inhalt.

Tatsächlich brachte sie ein kleines Etui zum Vorschein und schob es behutsam neben ihre Schreibmaschine. Nelly stand auf, nahm das Etui, dankte und setzte sich mit dem Nageletui auf ihren Stuhl zurück. Sie öffnete den Reißverschluß. Die Schere hatte einen goldenen Griff. »Auf dem Totenschein stand: Tod durch Genickbruch nach Selbstmord durch Herabstürzen vom Dach. Das Feld, wo der Name des Arztes eingetragen werden sollte, war mit einem Strich versehen.« Sie zog Luft zwischen die Zähne, offenbar hatte sie sich geschnitten, oder der Nagel war tiefer eingerissen als erwartet, und die Nagelhaut riß.

Fleischman warf mir einen triumphierenden Blick zu.

Nelly blickte auf ihre Schuhe, dann hob sie den Kopf und sah mir geradewegs in die Augen. Ich lächelte, selbstverständlich lächelte sie nicht zurück. Sie steckte die Schere wieder in das Etui.

»Was wollen Sie damit sagen?«

»Ich will genau das sagen, was ich gesagt habe. Das war der Inhalt des Totenscheins, den ich unterschreiben mußte. Merkwürdig ausführlich, insbesondere wo es keine namentlich bekannten Zeugen zu geben schien.« Sie schloß den Reißverschluß des Etuis. »Um die weiteren Beerdigungsformalitäten durfte ich mich nicht kümmern, weil er noch kein Staatsbürger war. Das wissen Sie doch bestimmt alles? Die Ausrichtung seiner Beerdigung war gewissermaßen Behördensache. Immerhin hatten sie einen Strauß Nelken auf den Sarg gelegt, und es gab ein opulentes Gebinde – wissen Sie, mit Blumen, die es seit Jahren nicht mehr gibt. Drüben nicht gegeben hat, meine ich. Weiße Rosen, riesige Lilien, die fast künstlich aussahen, und gefüllte Nelken. Nicht geschmackvoll. Beeindruckend war das Gebinde trotzdem, zumal auf der Schleife nur *Dem treuen Kameraden. Zum Abschied* stand und niemand herausfinden konnte, von wem es war.« Nelly stand auf. Sie mußte einen Augenblick warten, bis das Klappern verstummte und Frau Schröder das Etui entgegennehmen konnte.

»Vielleicht vom Künstlerverband?« Fleischman schlug Haken.

»Das fragen Sie mich? Ich kann mir vorstellen, Sie wissen, von wem.«

»Von wem?« Fleischman beharrte auf der Frage, so daß mir selbst nicht mehr klar war, ob er es wußte oder nicht.

»Ich weiß es nicht.« Nelly schüttelte den Kopf, sie rieb sich die Augen und wechselte das übergeschlagene Bein. Unter ihren Schuhsohlen knirschte eine Scherbe. »Vom Künstlerverband bestimmt nicht. Da war er ja gar nicht drin. Meinen Sie, da kam man als Übersetzer und Russe so ohne weiteres rein?« Nelly hob einen Arm, um sich die Haare aus dem Gesicht zu streichen. Erst jetzt fielen mir die großen Schweißflecken auf, die sich auf ihrem Kleid gebildet hatten. »Wissen Sie, was mich gewundert hat? Seine Eltern kamen nicht. Ein junger Mann stirbt, und kein einziger Verwandter kommt. Sein Vater muß zu der Zeit schon sehr hinfällig gewesen sein. Er war lange krank, das hatte Wassilij mir erzählt. Sie hatten wohl engen Briefkontakt. Die Behörden haben mir dann versprochen, daß sie seine Eltern benachrichtigen würden. Ich kam ja an nichts ran, keine Adresse und nichts, seine Wohnung war versiegelt – ich hatte da keine Rechte.« Nelly schüttelte den Kopf, fuhr sich mit den flachen Händen über das Gesicht und sah mich hilfesuchend an. »Haben Sie vielleicht ein Wasser für mich?«

Gerade wollte ich aufstehen, um ihr ein Wasser zu holen, als Fleischman, der meine Regung noch nicht bemerkt zu haben schien, streng sagte: »Na, wir machen bald eine Pause. Jetzt reden Sie erst einmal weiter, Frau Senff. Sie hatten keine Rechte?«

Man hörte, wie trocken Nellys Mund war. »Unverheiratet. Später hat man mir und den Kindern ein paar persönliche Dinge zugestellt. Aber weder der Vater noch die Mutter sind zur Beerdigung gekommen. Ich habe mich immer gefragt, ob man sie wohl nicht ausreisen ließ.«

Spätestens jetzt hätte ich Nelly gefragt, wie sie sich erklärte, daß sie noch immer getrennt gewohnt hatten, der Geliebte Batalow und sie. Bestimmt hätte sie gesagt, es habe sich um seine Arbeitswohnung gehandelt. Aber um so erstaunlicher war, daß sie über keinerlei Adressen von Verwandten verfügte – es nie zuvor ein Treffen gegeben hatte. Da konnte es doch gut möglich sein, die ganze gebürtig deutsche Mutter, die in Rußland verheiratet gewesen sein sollte, war nichts als Erfindung. Ich stellte mir vor, wie entsetzt Nelly Senff sein mochte, wenn wir ihr derartige Vermutungen unterbreiteten, wie sie sich alle Haarsträhnen auf einmal um die Finger drehen und mit dem Schmatzen des austrocknenden Mundes gar nicht mehr aufhören würde, wie sie schließlich zusammenbrechen und von einem von uns aufgefangen werden müßte. Lange zögern würde ich nicht. In diesem Fall würde ich nicht versäumen, ihr schönes Kleid zu bewundern. Für den Bruchteil einer Sekunde dachte ich daran, ihr das Kleid auszuziehen, um sie der Schweißflecken zu entledigen, die ihr unangenehm sein mußten. Und über die Strumpfhose könnte ich schweigen, wie auch über vieles andere, was ihr sicher als Wohltat und unverhoffter Schutz erschiene.

Aber Fleischman schienen Anziehung und Mitgefühl fremd. Er war durch und durch professionell, nicht die geringste persönliche Regung konnte ich an ihm erkennen. Er würde Nelly Senff keine wichtigen Einzelheiten wissen lassen, die sehr wahrscheinlich nur der CIA kannte. Schließlich kamen nach uns noch die anderen Geheimdienste an die Reihe, und es wäre unvorsichtig gewesen, Nelly mehr wissen zu lassen.

Fleischman seufzte. »Wenn der Arzt auf dem Totenschein nicht benannt wurde, was konnte das heißen?«

»Das hieß, daß ich keinen Namen erhalten sollte, keine

Adresse, an die ich mich hätte wenden können, um nachzu-
fragen, wie es genau passiert sein konnte. Das hieß, daß es
niemanden gab, der mir sagen würde, daß er mit Sicherheit
von diesem Dach gefallen war, sich hinuntergestürzt hatte.
Und was heißt es noch?« Nelly warf einen Blick auf ihre
Armbanduhr. »Ich träume nachts, daß er wiederkommt, daß
er hinter einem Haus auftaucht und mich in eine Ecke zieht.
Er gesteht mir, daß er noch am Leben ist, daß es nur für alle
besser wäre, zu glauben, er sei tot.«

»Und könnte das der Wahrheit entsprechen?«

Nelly lachte, ein Kinderlachen, sofern ich das als kinderlo-
ser Mensch beurteilen konnte.

Fleischman sah sie herausfordernd an.

»Meine Mutter sagt, das habe man oft, in ihrer Generation. Ihre Freundinnen, junge Mädchen noch, sofern sie
überlebt haben, hatten allesamt den einen oder anderen –
und manchmal alle – verloren. Das Träumen, so einer kehre
wieder, das ist fast allen gemein. Nichts Ungewöhnliches,
wissen Sie, man tröstet sich wohl damit, man erzeugt im
Traum diese Fata Morgana, den Ort, aber auch die Zeit, die
eine andere ist, wieder eine gemeinsame. Als befinde man
sich im gemeinsamen Koordinatensystem irdischer Him-
melsrichtungen.«

»Da haben Sie vielleicht recht«, Fleischman legte den Kopf
schief und kratzte sich. »So habe ich darüber noch gar nicht
nachgedacht. Tatsache ist doch, daß Sie nicht wissen, ob
stimmt, was auf diesem Totenschein steht.«

»Was wissen wir nicht alles nicht.«

»Er könnte noch am Leben sein.«

»Wenn sie seine Eltern an ein leeres Grab laden konnten,
ja. Er könnte auch tot sein. Von ebendiesem Dach gestürzt.

Nur, daß er sich wohl kaum selbst gestürzt hätte, sondern gestoßen wurde.«

»Wer sollte ein Interesse haben, ihn vom Dach zu stoßen?« Fleischman stellte sich blöd.

Nelly zuckte mit den Schultern und gähnte.

»Was bringt Sie auf so eine Idee? Spricht etwas dafür?«

»Daß er keinen Abschiedsbrief hinterlassen hat.«

»Ein sehr persönliches Motiv für eine solche Unterstellung.«

»Nein, ein Motiv wäre etwas anderes«, belehrte ihn Nelly. »Es ist eine Idee, nichts als eine Idee. Wir sprechen doch über unsere Ideen.« Sie beugte sich vor, hielt die Hände vor das Gesicht und atmete tief. Ich hatte mich schon gewundert, wie lange wir brauchten, bis sie weinte. Fleischman sah mich an, und ich glaubte Zufriedenheit in seinen Augen zu erkennen. Genugtuung. Bisher hatte Nelly Senff völlig unbeteiligt gewirkt, so leicht wie ein Mädchen, das von Gerüchten erzählt, die zwar auf eine Art grausam sind, aber nicht berühren, keinerlei Spuren in Aussehen oder Verhalten des Mädchens hinterließen. Sie verharrte in der gekrümmten Haltung.

»Sie haben Batalow tot nicht mehr gesehen?«

Fleischmans Unnachgiebigkeit, eine Härte, die in solchen Augenblicken in Erscheinung trat, in denen ich eher zur Verhörten hingehen und ihr einen Arm über die Schulter legen wollte, hatte ihn in seiner Laufbahn manche Hürde nehmen lassen, vor der eifrige Mitstreiter stehen blieben, unschlüssig, ob ihr Hals oder der eines anderen nicht doch einmal brechen könnte. Nellys Atem war die einzige Lebensäußerung, die von ihrem durch und durch erfrorenen oder in Schmerz erstarrten oder einfach nur müden Körper ausging. Fast glaubte ich, sie habe ihn nicht gehört.

»Hätten Sie ihn sehen können? Wurde Ihnen angeboten, ihn ein letztes Mal zu sehen?«

»Nein. Was hätte das bringen sollen? Er soll entstellt gewesen sein. Meinen Sie, sie hätten ihn betäuben und schminken und ihn betäubt und geschminkt vor mich legen können, und ich hätte ihnen geglaubt? Ich würde annehmen, er sei tot, und ich hätte dieses Zerrbild, ein Trugbild, als letztes vor Augen?« Ihre Stimme kam aus der Tiefe ihres Schoßes, aus dem leichten Sommerkleid, in dem sie sicherlich fror.

Sie sah uns nicht an und richtete sich nicht auf. »Würden Sie mich jetzt gehen lassen? Ich kann nicht länger mit Ihnen sprechen. Sie haben Wassilij nicht gekannt, was geht Sie jetzt sein Tod an?«

»Das alles haben Sie damals schon gedacht? Daß sein Tod ein Schaustück sein könnte, eigens für Sie inszeniert?« Fleischman fiel ihr ins Wort, ihre Bitte, sie gehen zu lassen, galt ihm nichts.

Sie hob den Kopf und den Oberkörper, strich, noch immer gebeugt, das Kleid auf ihren Beinen glatt und fuhr mit dem Daumen über den Stoff, wo sich ein größerer Kaffeespritzer befand. Sie sprach zu diesem Fleck, nicht zu Fleischman oder zu mir. »Solche Gedanken drängen sich auf, wenn man in einer Situation wie unserer gelebt hat, wo es keinen Hinweis auf einen möglichen Selbstmord gab. Wassilij hat sich nicht in seiner privaten Umgebung umgebracht. Der Tote wird nicht von Freunden oder Verwandten gefunden, sondern von Unbekannten aufgelesen.«

»Der Tote. Sie sprechen, als gebe es diesen Fall häufig.«

»Es gibt solche Fälle, ja. Wollen Sie sich unwissend stellen?« Jetzt richtete sie sich auf. Sie hatte nicht geweint. Sie blickte uns an, erst Fleischman, dann mich, dann wieder Fleischman. »Sie wissen doch, daß Menschen auf sonderbare Weise verschwinden. Die einen tauchen in einem Gefängnis wieder auf, andere sollen Selbstmord begangen haben. Die Kombination von Gefängnis und sogenanntem Selbstmord ist auch nicht selten.«

»Angenommen, Ihr Verdacht trifft zu, nur mal angenommen, Batalow hat sich nicht umgebracht, sondern er wurde verschleppt oder ermordet. Welche Motive könnte der Staat hierfür gehabt haben?«

»Was wollen Sie von mir hören? Ich habe Wassilij gekannt, und ich glaube zu wissen, daß er keine Selbstmordabsichten hatte. Aber meinen Sie, ich kenne einen Staat? Vielleicht paßte denen seine russische Nase nicht. Sie haben mich falsch verstanden, wenn Sie glauben, ich hätte den Verdacht, daß er verschleppt oder umgebracht wurde.«

»Sagten Sie das nicht eben?«

»Nein. Ich habe nur zu bedenken gegeben, daß es viele Möglichkeiten gibt. Was blieb mir anderes übrig, als darüber nachzudenken. Wie könnte ich über einen mutmaßlich Toten entscheiden, wie könnte ich mir anmaßen, über Wassilij zu entscheiden, ob er aus eigenem Willen, also in eigener Verantwortung, gestorben ist – oder ob ein anderer, eine undefinierbare graue Masse namens Staat schuld sein soll. Ich kann das nicht entscheiden.« Nellys Augen wurden naß. »Es gibt Augenblicke, in denen ich glaube, er war es selbst – und dann bin ich froh und stolz und denke mir, zumindest hat er selbst entschieden, er hat gern Verantwortung getragen, keine graue Masse stand dazwischen. Aber dann wieder zäumt es den Schmerz in mir auf, und ich spüre, daß sich dieser Stolz gegen mich und unsere Kinder richtet, und ich denke mir, so verrückt, so verantwortungslos, so müde, das war er nicht. In solchen Augenblicken hasse ich das ganze Land und sehe in jedem Menschen auf der Straße einen potentiellen Mörder, der still seiner alltäglichen Wege geht, um eines Tages seinen Dienst zu tun. Ich sehe einen Vater, der sein Kind von der Schule abholt, und denke unwillkürlich, er könnte im Dienst eine Uniform tragen, er könnte derjenige gewesen sein, der Wassilij umgebracht hat, vielleicht mit einem Schlag ins Genick, vielleicht mit einem Schuß. Ich sehe, wie der Mann sein Kind in die Luft wirft, und dann wende ich den Blick ab, sehe meinen eigenen Sohn und packe ihn und versuche ihn in die Luft zu werfen, aber er ist zu groß und zu schwer – und hat keinen Vater, der ihn in die Luft wirft, nur eine Mutter, die ihn an sich preßt …«

Nellys Augen schwammen. Fleischman ließ sich keine Genugtuung anmerken.

»… und ich vermeide es, diesen anderen Vater anzusehen. Schließlich könnte er ein Bäcker sein und ich jeden Morgen seine Brötchen essen, verstehen Sie, was ich meine? Dann werde ich selbst verrückt. So ist das. Und im erschöpften Augenblick sage ich mir, du machst es dir einfach. Ein undefinierbares Etwas hat die Schuld – auch wenn es keine Verantwortung trägt. Und spätestens da ist der Augenblick gekommen, wo ich gehen muß und nicht länger bleiben kann. Deshalb bin ich gegangen und sitze hier.«

»Sie glauben, eine solche Vergangenheit werden Sie hier so einfach los?« Fleischman lächelte, ein gekonntes Lächeln, gelernt, ein schneidend scharfes Lächeln, und Nelly hielt diesem Lächeln stand, als schmerze es nicht, sie schüttelte den Kopf, Verachtung sprühte aus ihrem Blick.

Krystyna Jabłonowskas Bruder schmiedet Pläne

Einmal, am Tag nach Jerzys Operation, ging ich ins Krankenhaus und stand vor einem leeren Bett.

Die junge blonde Schwester kam herein.

»Bitte, Schwester, wo ist er?«

»Keine Sorge, Frau Jabłonowska, er hat alles bestens überstanden. Wir mußten ihren Bruder kurz in den Waschraum bringen. Er hat einen leichten Anfall gehabt und sich völlig schmutzig gemacht. Setzen Sie sich und warten Sie einen Augenblick, der Pfleger bringt ihn gleich zurück.«

Um meinen Stuhl herum fielen dicke Wassertropfen von meinem Pelz auf den Linoleumboden. Kleine Seen entstanden. So saß ich und wartete. Ich spürte den Blick des Bettnachbarn. Er verschlang mich. Ich schaute aus dem Fenster, und er sagte in meine Richtung: »Schön kalt heute, nicht?« Ich schaute auf den regenschwarzen Baum, an dessen Ästen nur noch wenige Blätter und viele Tropfen hingen. »Noch ganz schön knackig«, sagte er und schnalzte mit der Zunge. Dann hörte ich, wie er aus seiner Schnabeltasse schlürfte, und wagte aus dem Augenwinkel einen Blick zu ihm, er sah in meinen Ausschnitt, und ich drückte den Pelz zusammen und beobachtete einen schwarzen Vogel, der draußen auf dem Baum saß und krächzte. »Sahnehäubchen«, hörte ich Jerzys Bettnachbarn sagen und »Fettröllchen«, und beobachtete, wie ein zweiter schwarzer Vogel ankam, sich neben den ersten hockte und der erste davonflog. Als mein Bruder gebracht wurde, hob ihn der Pfleger vom Rollstuhl aufs Bett, die kurz vor der Pensionierung stehende Schwester Hildegard klopfte das Kissen auf und ordnete Jerzys Nachthemd. Durch das Umsetzen schien er sich völlig in das Nachthemd verwickelt zu haben, sie mußten ihn von links nach rechts drehen, und für einen kurzen Moment fiel mein Blick auf das dunkle und weiche Stück Fleisch, das faltig an seinem Oberschenkel lag, klein war es, wie mein kleinster Finger, und ich brauchte einen weiteren Augenblick, um mir zu erklären, worum es sich handelte. Aus dem Nachbarbett kam ein Schnalzen, das niemand außer mir zu hören schien. Der glasige Blick meines Bruders traf mich, als bemerke er meine Beobachtung. Schnell schaute ich weg und sagte mir, daß ich es kaum gesehen haben konnte. Die Blickmöglichkeiten schränkten sich weiter ein. War es ein Wurm, den der Vogel da draußen im Baum in seinem Schnabel hielt? Schwester Hildegard zog noch die Strümpfe meines Bruders nach, bevor sie ihn mit dem Nachthemd bedeckte.

»Fünf Mark, ja«, sagte der Pfleger zu ihr, »und das nach drei Wochen Rundumpflege. Das nenn ich großzügig.«

Sie schnaubte durch die Nase. »Laß man, daran gewöhnt man sich.«

»Nicht ich. Da fang ich lieber mit der Abendschule an.« Mit sonderbar schlanken Händen zupfte der Pfleger an Jerzys Decke, bis sie unter seinen Füßen eingeschlagen und darüber glatt war.

»Das erzählst du auch schon, seit ich dich kenne, mein Lieber, mindestens seit vier Jahren.«

Die blonde Schwester kam hinzu. »Kann ich helfen?«

»Du hebst ihn hoch, und wir ziehen beide am Laken, da sind noch Falten drin.« Der Pfleger folgte Schwester Hildegards Anordnung, hob Jerzy oben an, und die blonde junge Schwester und Schwester Hildegard zogen das Laken unter ihm glatt.

»Da wäscht man sie tagein, tagaus, versorgt sie, wo keiner sie mehr anfassen will – ja, und fünf Mark als Dank.« Der Pfleger redete wie ein Wasserfall.

»Keinen Anstand, diese Leute, ja, keinen Anstand.« Offenbar wußte die blonde Schwester genau, wovon er sprach.

»Dann sollen sie lieber gar nichts geben, hab ich recht, Doro?« fragte der Pfleger, und die junge Schwester nickte und lachte ungehörig. »Wo du recht hast«, sagte sie, »hast du recht« fielen die anderen ein, und zu dritt zupften sie an der Decke, achteten darauf, daß sich trotz richtigem Umschlag keine Falte zeigte, und zogen sie wieder und wieder nach.

In meiner Pelztasche fühlte ich den Geldbeutel, darin waren nur noch wenige Mark und niemals ausreichend, um bloß einem von ihnen fünf davon zu geben. Die junge Blonde, die der Pfleger Doro genannt hatte, klopfte meinem Bruder wie einem Kind auf die Wange und sagte: »Na, geht's uns wieder besser?« Kichernd entfernten sie sich. Ihre Respektlosigkeit war mir peinlich, noch mehr, als ich wußte, wie wenig mein Bruder sie bemerken konnte.

Wieder hörte ich das Schnalzen, und jetzt, wo Jerzy sicher in seinem Bett gelandet war, ich seine schmale und kühle Hand in meiner fühlte, schaute ich ganz selbstbewußt zum Bettnachbarn hinüber. »Je oller, desto doller«, sagte er schnalzend. Er lächelte mich verblüfft und zugleich freundlich an.

Die Operation war geglückt, Jerzy war wieder aufgewacht. Auf polnisch fragte er, ob ich seine Mutter sei.

»Nein, Jerzy«, antwortete ich und überlegte, ob ich ihm sagen mußte, daß unsere Mutter vor siebzehn Jahren gestorben war, vermutlich an derselben Krankheit, die er jetzt hatte. »Krystyna bin ich.«

»Das ist gut.« Er nickte gedankenverloren, und mir kamen Zweifel, ob er wußte, wer Krystyna war. Vielleicht verbarg er einfach seine Unwissenheit hinter dem Nicken. Im Nicken fühlte er Orientierung, und so nickte er in regelmäßigen Abständen immer wieder.

»Ja.« Ich zeigte ihm das Foto von unserem Vater, wie er im Lager auf dem Doppelstockbett saß und Jerzy zum Gruße winkte. »Vater läßt dich grüßen.«

»Wo ist er?«

»Im Lager. Du weißt doch, er bewegt sich ungern, er liegt den ganzen Tag im Bett, und vor einer Woche, kurz vor deiner Operation, hat er sich hingesetzt und wollte, daß ich jemanden hole, der ein Foto von ihm macht. Damit du ihn nicht vergißt, hat er gesagt. Dabei ist er es, der immer wieder vergißt, daß du im Krankenhaus bist. Er beschwert sich, wie selten du kommst. Dann denkt Vater, du bist arbeiten und besorgst uns eine Wohnung, und manchmal ist er ganz ungeduldig, und fragt, wann du uns endlich aus dem Lager holst.«

»Im Lager?«

»Hmm«, ich gab Jerzy das Foto in die Hand.

Jerzy drehte an dem Infusionsschlauch und schüttelte ratlos über das Foto den Kopf. »Das ist schon länger her, nicht? Die Zeit mit dem Lager, dachte ich, die ist vorbei. Vater und ich wurden befreit, Krystyna. Wir haben doch keinen Krieg mehr?« Jerzy sah mich verunsichert an, dann lachte er, als habe er mich bei einer Lüge ertappt. Nicht nur unser Vater vergaß, wo sich sein Sohn befand und daß wir wegen ihm nach Deutschland gekommen waren, damit er eine gute Behandlung bekam. Der Arzt hatte mich gewarnt, das Fortschreiten der Erkrankung, aber auch die Operation und die damit verbundene Narkose könnten Verwirrungen hervorrufen, deren Verschwinden zwar wahrscheinlich, aber nicht mit Sicherheit vorhersagbar seien.

»Welches Jahr haben wir, Jerzy?«

»Warum fragst du mich das? Meinst du, ich wüßte es nicht?« Beleidigt sah Jerzy aus dem Fenster. Ich ging zum Schrank und holte die Frauenzeitschrift heraus. Er konnte das Erscheinungsdatum ablesen und mir und sich die Peinlichkeit der Frage nehmen.

»Schau, deine Zeitung, Jerzy.« Auf dem Deckblatt war eine blonde Frau mit rosa Lippen im seidenen Unterhemd abgebildet. *Agneta sucht sich ihre Kleider selbst aus*, stand in kleinen Buchstaben darunter.

Jerzy warf mir einen bösen Blick zu, dann hellte sich sein Gesicht auf. »Nein, Krystyna, du täuschst dich, das ist nicht meine Zeitung.«

Wir schwiegen.

»Du siehst so blaß aus, Krystyna. Bist du traurig?« Selbst weiß wie die Wand, sah mich mein Bruder besorgt an.

»Es ist nichts.«

»Dieser Liszt macht dir das Leben schwer, hab ich recht? Du übst immer noch das Solo. Zu expressiv für dich, Krystyna. Da gehört Leidenschaft rein, Leidenschaft.«

Ich schüttelte den Kopf. Er schien sich nicht einmal mehr daran zu erinnern, daß ich das Cello für die deutschen Papiere verkauft hatte. »Ich spiele Liszt nicht mehr.«

»Du hast mit Brahms angefangen, mit der Sonate No. 2 in F-Dur, Opus 99?« Er schien es selbst nicht zu glauben.

»Nein, Jerzy.«

»Krystyna, sag nichts. Sonate für Cello und Piano in g-moll, Opus 65, Chopin. Krystyna.« Begeisterung trat in sein Gesicht.

Mein ganzes Leben hätte ich für Jerzy geben können. Allerdings nur auf dem Cello spielend, wenn er es bemerken sollte.

»Ich wußte es, Krystyna. Ach, ich habe es gewußt. Daß du eines Tages damit anfangen würdest! Du denkst dabei an den jungen Mann, hab ich recht? Den rothaarigen. Wie heißt er noch gleich? Du spielst in Gedanken mit diesem jungen Pianisten.«

»Gar keine Gedanken, Jerzy. Was für ein junger Mann? Jeder junge Mann könnte mein Sohn sein.«

»Dein Sohn? Du bist doch nicht einmal verheiratet, Krystyna, wie sollte er dann dein Sohn sein?«

»Eben.«

»Von welchem Sohn sprichst du, Krystyna?«

»Ich spreche von keinem Sohn. Ich spreche von dem Sohn, den ich nicht habe«, langsam verlor ich die Geduld.

»Warum bist du dann so wütend?«

»Pah, von wegen wütend.«

Als hinter mir die Tür aufging, riß Jerzy an meiner Bluse. »Pssst, schnell, versteck dich, Krystyna.«

Ich ließ die Zeitschrift sinken und blickte mich um. Die junge blonde Schwester kam mit einem Zimmergenossen herein und führte ihn zu seinem Bett.

»Versteck dich«, ungeduldig rupfte Jerzy an meinem Ärmel.

»Ich muß mich doch nicht verstecken«, sagte ich und befreite mich aus seinem Griff. Ich mußte seine Finger einzeln aufklemmen, so fest hielt er meinen Ärmel.

»Duuu, wird's bald.« Jerzy war wütend, und ich sah ihn verwundert an. Noch nie hatte ich mich verstecken sollen. Mein Widerstand schien ihm wahre Qualen zu bereiten, er verdrehte die Augen, atmete tief und versuchte schließlich, mich ein Stück zur Seite zu schieben. Dann erkannte ich in seinem Gesicht ein Lächeln, ein sanftes, verzaubertes Lächeln. Aber es galt nicht mir, er lächelte an mir vorbei in den Raum. Ich drehte mich um und sah, wie die Schwester ein paar welke Blumen aus der Vase des anderen Patienten zog und mit diesen den Raum verließ. Als ich meinen Bruder wieder ansah, lächelte er abwesend mit Blick auf die Tür. Selbst das Nicken schien er vergessen zu haben.

»Jerzy?« Ich hob die Zeitschrift hoch. »Jerzy?«

Wie erstarrt wirkte mein Bruder in seinem Lächeln. »Das ist Dorothea. Wir lieben uns.«

»Wer ist Dorothea?«

»Das hübsche Mädchen. Hast du es nicht gesehen? Es trägt ein weißes Kleid, nur für mich, jeden Tag. Do-ro-the-aaa.«

Ich schaute in seinen weit geöffneten Mund, nicht einmal die Zähne putzten sie ihm hier ordentlich.

»Wir lieben uns«, er schloß seinen Mund und schmatzte genüßlich, als esse er eine Süßspeise.

Ich nickte.

»Morgen ist es so weit«, flüsterte Jerzy.

»Ja?«

»Der zwanzigste Oktober, das ist ein gutes Datum.«

»Ja?«

»Ich werde sie fragen, ob sie mich heiraten möchte.«

»Ja.« Erschöpft ließ ich mich auf den Stuhl neben seinem Bett sinken. Wir schwiegen eine Weile, er lächelte und nickte, und ich blickte aus dem Fenster, um seinem Lächeln zu entgehen. Kein Vogel saß mehr im Baum.

»So etwas passiert nicht oft im Leben, Krystyna. Wahrscheinlich nur ein einziges Mal. Und dann darf man diese Gelegenheit nicht an sich vorbeiziehen lassen.«

»Warum sollte ich mich verstecken?«

»Wer weiß? Vielleicht wäre sie eifersüchtig geworden. Sie ahnt doch nichts von dir.«

»Sie ahnt nichts von mir?«

»Pssst.«

Einen Augenblick zögerte ich, dann klopfte ich auf die Zeitschrift. »Sieh mal, Jerzy, diese Zeitschrift …«

»Tja, meine ist das nicht«, er versuchte, sich auf die Seite zu legen, »du hast den Zug verpaßt, Krystyna, jetzt wirst du wohl keinen Mann mehr bekommen.« Jerzy hob den Kopf. »Aber für eine Cellistin ist es ohnehin besser, keinen Mann zu haben. Keine Kinder, keinen Mann, höchstens eine …«, es gelang ihm nicht, sich zu drehen, »… eine unglückliche Liebe.«

Ich stand auf, um ihm zu helfen.

»Laß das. Das macht Dorothea, wenn sie wiederkommt. Keinen Sohn, hörst du, Krystyna, dafür bist du eh zu alt. Und mein Bettnachbar sagt, dick. Aber was weiß der schon von einer Cellistin.«

»Laß mich in Ruhe, Jerzy.« Ich setzte mich wieder hin.

»Ich sage dir, du solltest es auch mit der von Mendelssohn versuchen. No. 2, Opus 58.«

»Hab ich schon. Die ist nichts für mich.«

»Eben drum. Man muß sich immer an dem versuchen, was man noch nicht kann.«

»Jerzy, ich mag die Sonate No. 2 nicht.«

»Das macht nichts, Krystyna. Bei manchen kommt die Gelegenheit zur großen Leidenschaft nicht von allein, man muß sie suchen.«

»Das könntest du für dich auch gelten lassen«, sagte ich und schlug die Zeitschrift auf.

»Was?«

»Den wievielten haben wir heute, Jerzy?«

»Den neunzehnten Oktober, das ist doch klar, Krystyna, wenn morgen der zwanzigste ist.«

»Und welches Jahr?«

»Nichts weißt du«, besorgt sah Jerzy mich an und schüttelte den Kopf.

»Ich weiß es, nur du vielleicht nicht.«

»Wolltest du nicht gerade gehen, Krystyna?«

»Nein, warum?«

»Du bist aufgestanden.«

»Ja, aber jetzt sitze ich wieder«, sagte ich und dachte mir, so schnell gehe ich heute nicht. Im Lager gab es für mich auch nichts anderes zu tun, als rumzusitzen. Da saß ich lieber hier. Das Schnalzen aus dem Nachbarbett machte mich angenehm nervös. Manchmal ergab sich ein kleines Gespräch mit einem von Jerzys Zimmernachbarn. Wieder hörte ich den Bettnachbarn »Fettröllchen« flüstern, es klang sanft und kosend. Ich würde im Lager im Wörterbuch nachschlagen und mich vergewissern, bevor ich noch einen Blick in sein verblüfftes Gesicht wagte.

Ich könnte mein ganzes Leben für Jerzy geben, wenn ich nur Cello spielte. Statt dessen hatte ich ihn nach Deutschland und in dieses Krankenhaus gebracht, hatte das Cello verkauft, und alles, was ich jetzt noch konnte, war, seine Hand zu halten. Ich streichelte diese Hand und sagte: »Bis morgen.«

Nelly Senff wird zum Tanz aufgefordert

Aleksej an der rechten und Katja an der linken Hand, klingelte ich einen Stock tiefer bei der Polin, die ich erst gestern im Treppenhaus kennengelernt hatte. Ihr Vater sollte den ganzen Tag im Bett liegen und schlafen, so mußte sie zu Hause sein.

»Entschuldigen Sie, ich hoffe, Sie haben nicht mehr geschlafen?«

Die Polin wischte ihre nassen Hände an der Schürze ab und reichte mir ihre fleischige Hand. »Es ist Sonntag, nicht?«

»Ja, erst neun Uhr. Tut mir leid, daß ich so früh«, vielleicht hätte ich besser nicht geklingelt, »ich dachte, ich versuche es mal. Sonntags ist keine Schule. Ich muß weg, aber ich kann die Kinder nicht mitnehmen.«

»Kommen Sie nur herein.«

Aleksej schüttelte sich unter ihrer Pranke, und Katja wich einen halben Meter zurück, sie klammerte sich an meine Hand. Der dichte Geruch von Kohl und Schweinefleisch schlug uns entgegen. Wir traten ein.

»Mein Vater schläft noch«, sagte sie entschuldigend und bot uns trotzdem Platz an ihrem kleinen Tisch, der genauso aussah wie unserer oben. Überhaupt war das ganze Zimmer unserem zum Verwechseln ähnlich. Dieselben metallenen Etagenbetten, dieselben Stühle aus Preßholz, derselbe Boden. Nicht nur die Aufstellung der Möbel schien identisch. Der grüne Papierkorb stand wie unserer gleich zwischen Tür und Schrank. Sogar die Bettwäsche, blau-weiß kariert, war unserer zum Verwechseln ähnlich, was kein Wunder war, schließlich gingen wir alle zur selben Wäscheausgabe.

»Früher sind wir jeden Sonntag in die Kirche. Aber die katholische ist hier ganz anders und ein ganzes Stück weit weg. Mein Vater kann nicht mehr so, wissen Sie. Wir sind gläubig. Sehen Sie«, sie zündete eine Kerze auf dem Tisch an und rückte das kleine Marienbildchen, das an der Kerze lehnte, zurecht. »Sie sind neu hier?« Die Polin zog die Stühle nach hinten, ließ erst mich und dann die Kinder Platz nehmen.

»Ja, seit Montag sind wir da.«

»Möchten Sie Kaffee? Entschuldigen Sie, aber ich bereite schon das Mittagessen vor, ich muß nur eben etwas Wasser aufgießen und umrühren, warten Sie.« Ich warf einen Blick auf die Uhr, aber die Polin reichte schon von hinten über meine Schulter und stellte mir eine Tasse hin. »Ganz schwarz, da braucht man viel Zucker«, sie lachte freundlich, und ohne mich zu fragen, löffelte sie einen Teelöffel Zucker nach dem anderen in meine Tasse.

»Halt, das reicht, danke«, ich hielt meine Hand über die Tasse.

»Na, einer noch«, sagt sie, während der Zucker zwischen meinen Fingern in die Tasse rieselte. »Ach, habe ich mich vorgestellt? Jabłonowska, Krystyna. Mein Vater«, sie zeigte nach oben auf das Bett, »wie Sie hören, schläft er noch friedlich.« Gerade als sie das sagte, verschluckte sich der Vater im Schnarchen, räusperte sich und wälzte sich oben auf dem Bett.

»Cola für die Kinder?« Ehe ich den Mund aufmachen

und sie darauf aufmerksam machen konnte, daß es nicht nur sonntags, sondern auch noch morgens war, verschwand sie Richtung Küche. Freudig und betreten knabberten meine Kinder in Erwartung der Cola auf ihren Lippen.

»Neu hier?« Der alte Mann beugte sich aus dem oberen Bett.

»Guten Morgen. Entschuldigen Sie, wir wollten Sie nicht wecken.«

»Ach was, niemand weckt mich. Ich bin Frühaufsteher, schon immer.« Der Vater der Polin setzte sich in seinem Bett auf und strich mit der flachen Hand über sein schlohweißes Brusthaar.

»Mögen Sie Musik?« Er zeigte uns ein kleines Radio, das er offenbar oben im Bett aufbewahrte, und stellte es an, *where we sat down, ye-eah we wept, when we remembered Zion. By the rivers of Babylon*. Er wiegte seinen Kopf und drehte mit dem Daumen am Rädchen des Radios. Kaum fand er ein neues und schnelleres Lied, stellte er es laut und kletterte vom Bett. »Mögen Sie tanzen, ja?« Und er griff nach meiner Hand, um mich vom Stuhl hochzuziehen, gerade, als seine Tochter mit der Flasche Cola das Zimmer betrat.

»Vater, laß das.« Frau Jabłonowska hielt sich die Ohren zu.

»Ich war der beste Tänzer, wissen Sie, im ganzen Viertel konnte keiner tanzen wie ich«, der alte Mann roch nach Schlaf und schubste mich mit seinem Bauch durch das Zimmer. »Es gab große Tänze«, seine Augen leuchteten, »wissen Sie, und die Mädchen, ach, die standen da, eine anmutiger als die andere. Wissen Sie, alle warteten nur darauf, von mir aufgefordert zu werden.«

»Vater.« Angesichts ihres tanzenden Vaters war Frau Jabłonowska rot geworden und versuchte, ihn am Schlafanzug zu erwischen. »Vater, hör auf. Die Dame ist unser Gast.«

»Eben drum, mein dickes Täubchen, eben drum«, er tanzte um seine Tochter herum, als wäre sie nichts als eine Säule im Ballsaal, »und eins, zwei, drei – sehen Sie, es ist doch ganz einfach«, sein Bauch stieß mich voran und sorgte dafür, daß ich ihm nicht auf die Füße trat, seine Hände hielten uns beide im Gleichgewicht.

»Władysław«, flüsterte er, »und darf ich Sie nach Ihrem Namen fragen?« Die Lippen des alten Mannes berührten mein Ohr.

»Nelly.«

»Wie?«

»Ich heiße Nelly.«

»Was für eine wunderbare Hüfte Sie haben. Sie müssen oft tanzen.«

»Nein, gar nicht.«

Seine Höflichkeit war rührend, schließlich mußte er als guter Tänzer längst bemerkt haben, daß ich keinen einzigen seiner und erst recht keinen meiner eigenen Schritte kannte.

»Vater, die Dame möchte gern weg, laß sie los.«

»Die Dame möchte weg? Das glaub ich nicht«, er hielt mich fest und drehte mich, daß mir schwindelig wurde. »Der beste Tänzer. Einmal habe ich den großen Preis von Stettin getanzt – raten Sie, mit wem? Nein, nicht mit Krystynas Mutter«, er macht eine bedeutungsvolle Pause. »Es war keine andere als Cilly Auerbach. Was für eine Tänzerin!« Wie ein Schild führte er mich durch das Zimmer.

Ein lautes Klopfen an der Wand ließ Frau Jabłonowska die Musik leiser stellen.

»Vater, bitte.« Doch Frau Jabłonowska wurde von ihrem

Vater mit mir und seinem Ellenbogen von einer Ecke des Zimmers in die nächste gescheucht. »Die Nachbarn, Vater. Es ist Sonntagmorgen.«

»Und wissen Sie was? Sie wollte mich heiraten«, er lachte auf, »ein halbes Kind noch, gerade die ersten Filmerfolge, und wollte mich heiraten! Und eins und eins und eins!«

Das Lied endete, und die Sprecherin begann einen längeren Vortrag über die wachsende Zahl der Arbeitslosen.

Er setzte sich neben Katja und faßte an ihr Kinn. »Was für ein hübsches kleines Mädchen ist denn das?« Doch er wartete nicht auf ihre Antwort, wandte sich wieder mir zu und sagte: »Was hat man uns bewundert, nicht, nach dem Ersten Weltkrieg. Wir waren ja Kinder, da staunen Sie, was? Der Herr, mit dem Sie eben getanzt haben, was glauben Sie wohl, wie alt er ist?«

Kränken wollte ich ihn nicht und obwohl ich mir sicher war, daß er weit über siebzig sein mußte, hob ich unentschlossen die Schultern. Er hustete. »Na, Sie kommen nicht drauf, mein Kind. Ach. Gibt es für mich keine Tasse, Krystyna?« fragte er, und seine Tochter, die ohnehin keinen Platz mehr an dem kleinen Tisch mit den vier Stühlen fand, machte, daß sie rauskam, ihm eine Tasse zu holen. Kaum war sie aus der Tür, holte er aus der Tasche seines Schlafanzugoberteils eine tiefrote Zigarettenschachtel und zündete sich hustend eine der filterlosen Zigaretten an. »Cellistin war sie«, sagte er mit Blick auf die Tür, »aber damit ist es jetzt Gott sei Dank vorbei. Wir haben das Cello für die Papiere verkauft. Schlecht war sie außerdem. Lehrerin am Konservatorium, für mehr hat's nicht gereicht.« Der alte Mann fuhr sich durch das schüttere Haar, er schien verbittert über die fehlende Begabung und den Mißerfolg seiner Tochter. »Wissen Sie, wie es ist, wenn

Sie den ganzen Tag dieses Gequietsche ertragen müssen? Die Nerven hat sie mir zersägt.« Das letzte Wort flüsterte er, als sich die Tür öffnete und seine Tochter wieder erschien.

»Hier sind Kinder, Vater«, Frau Jabłonowska wedelte hektisch mit der Hand, stellte ihm die Tasse hin und löffelte auch ihm den Zucker in den Kaffee. Wieder kam Musik im Radio. Władysław Jabłonowski stand auf, drehte am Rädchen und zog mich an der Hand vom Tisch.

»Kinder, ja, ich hatte ja schon Kinder. Aber das schien eine Cilly Auerbach nicht zu stören. Wissen Sie, daß ich der beste Tänzer im ganzen Viertel war?« Im Vorübertanzen hielt er am Tisch einen Augenblick inne und schlürfte seinen Kaffee. »Einmal habe ich den großen Preis von Stettin getanzt. Es waren alle da. Alle.« Er machte eine große Geste.

»Vater, die Dame hat es vielleicht eilig. Sie wollte ihre Kinder hierlassen, hab ich recht?« Frau Jabłonowska trat unruhig von einem Bein aufs andere.

»Es stimmt«, wollte ich sagen, aber schon fuhr Władysław Jabłonowski fort.

»Weit und breit nur Mädchen. Aaah, da hatte sich die Zahl der Männer im Krieg ja auch verringert, wissen Sie, und schon standen die Chancen von so jungen Burschen, wie ich einer war, nicht schlecht. Sie ahnen ja gar nicht, wie viele der Frauen das Warten auf ihre Männer satt hatten. Und ein paar kamen dann ja auch nie, nicht? Aber ich konnte tanzen, sag ich Ihnen.«

»Zigeuner!« Die Stimme aus dem Nachbarzimmer dröhnte so laut, als stünde der Sprecher hier im Zimmer. »Scheiß Polacken! Zigeunergesindel«, wieder polterte etwas gegen die Wand, es hörte sich eher nach einem Gegenstand als nach einer Faust an.

»Vater, sie muß gehen, hast du gehört, sie muß jetzt gehen.« Frau Jabłonowska griff nach meiner Hand und zog mich von ihm weg. »Paßt auf euch auf«, rief ich meinen Kindern zu, während der alte Vater weitererzählte.

An der Wohnungstür gab mir Frau Jabłonowska ihre weiche Hand. »Entschuldigen Sie bitte, sonst ist mein Vater ganz ruhig. Er liegt seit Wochen im Bett. Und dann kommt eine junge Frau, da dreht er auf, erzählt immer dieselben Geschichten, wie er zum Held wurde, na, da kann ich ihn gar nicht aufhalten. Und was für ein Held.«

»Tja, ich danke Ihnen jedenfalls. Meine Kinder wollten oben nicht allein bleiben. Gegen eins bin ich bestimmt zurück. Sie passen auf, ja?«

»Natürlich, ich passe gern auf Kinder auf.« Halb glücklich und halb abwartend sah sie mich an. Vielleicht war sie froh, daß ich nichts über ihren Vater sagte, sondern sie brauchte. Vielleicht hoffte sie auch, ich würde ihr sagen, wohin ich so dringend am Sonntagmorgen mußte und warum ich meine Kinder nicht mitnehmen konnte. Aber ich dankte ihr einfach und ging.

Hans Pischke stellt sich an,
fast wunschlos

Draußen nieselte es. Die Blätter der Birken wirkten regenschwer und farblos. Kein Wind bewegte sie, so schwer lastete
der Nieselregen auf ihnen. Auf dem eisernen Klettergerüst,
dessen rote Farbe an den meisten Stellen abgewetzt und ab-
geplatzt war, saßen zwei Kinder und aßen Süßigkeiten. Die
Papiertüte, in die sie abwechselnd griffen, war aufgeweicht,
so daß sie kaum ihre Hände hinein und heraus bekamen.

Vor der Lebensmittelausgabe standen drei Frauen in
der Schlange. Ich stellte mich an. Die zweite Frau in der
Schlange, eine sehr umfangreiche Person mit gelbem Regencape, schimpfte nach vorn, sie verliere gleich die Geduld, sie
habe keine Zeit, eine Stunde für ihr Essen anzustehen, oben
warteten fünf hungrige Mäuler, aber die erste in der Schlange, hager und gewissenhaft, ließ sich nicht beirren und erklärte der Dame in der Ausgabe, langsam und in gestoche-
nem Hochdeutsch, daß sie keine Wurst möge, sie wolle jetzt
keine Debatte darüber beginnen, ob Wurst ein Grundnah-
rungsmittel sei, sie möge Wurst einfach nicht, diese schon
gar nicht und daß sie lieber mehr Käse hätte und nicht verstehe, warum sie nicht statt der Ration Wurst diesen Käse haben könne, der doch sicherlich nicht wertvoller sei, schließlich handele es sich, wenn man mal über den Schmelzkäse,

der zur Wahl stehe, hinwegsehe, um einen stark riechenden Tilsiter der einfachsten Sorte.

Die Dame in der Ausgabe sagte freundlich, sie habe ihre Anweisungen und müsse sie befolgen, sie könne auf eine Wurstmarke keinen Käse ausgeben. Aber die erste in der Schlange ließ nicht locker, bis die umfangreiche Zweite sich mit hochrotem Gesicht zu uns umdrehte und mich und die junge Frau zwischen uns um Beistand bat. »Das gibt's doch nicht. Auch noch Extrawünsche. Wo gibt's denn so was. Die steht jetzt seit zehn Minuten hier und ich seit neun, na, so ungefähr jedenfalls.«

Die junge Frau zwischen uns trat unruhig von einem Bein auf das andere, sie trug ein hellgelbes Sommerkleid mit großen Blüten und hatte offenbar nicht mit dem Regen gerechnet. Das Kleid klebte an ihren Waden. Sie biß sich auf die Lippen und wirkte verlegen, so daß ich vermutete, sie könnte aus Rußland oder Polen kommen und nichts verstehen.

Die Hagere drehte sich ebenfalls um. Sie hielt ihre Wurstmarke in die Höhe. »Vielleicht möchte jemand tauschen?«

»Tauschen?«

»Wurst gegen Käse.« Ihr gestochenes Hochdeutsch war auf das nötigste bemessen.

»Na, das hätten Sie doch gleich sagen können, nicht, wir essen Wurst gern, meine fünf hungrigen Mäuler und ich, Teewurst und Bierschinken, ach, wir essen eigentlich alles gern. Na also.« Und bevor ihr ein anderer zuvorkommen konnte, riß die Umfangreiche im gelben Regencape ihrer Missetäterin die Marke aus der Hand.

Sie bestellten ihre Lebensmittel und gingen im sicheren Abstand von fünf Metern ihrer Wege.

»Als ob wir nicht genug zu tun hätten«, die Dame in der

Ausgabe nickte den beiden hinterher und sprach laut vor sich hin, damit wir sie hören konnten. »Fünf hungrige Mäuler, daß ich nicht lache. Fast viertausend waren das im letzten Jahr, wenn man die Polacken dazurechnet, ja, fast viertausend, allein in dem Lager hier.«

Die Frau im Sommerkleid vor mir trat an die Ausgabe.

»Guten Tag«, sagte sie und hielt einen kleinen Stapel Marken in die Durchreiche, »vielleicht können Sie mir helfen? Was bekomme ich für so eine Marke?« Sie zupfte die oberste Marke aus dem Bündel. Sie sprach akzentfrei, Ostberliner Melodie. Als sie sich auf den Zehenspitzen vorbeugte, rutschte der nasse Saum des geblümten Sommerkleides hoch und blieb in ihrer Kniekehle haften.

»T, das ist 'ne Ration Tee. Hier, M, das ist 'ne Ration Milch. B ist Brot. Da können Sie sich aussuchen, ob Sie Mischbrot oder Knäckebrot wollen.«

»Ja, dann, dann nehme ich doch – geht nicht von beidem etwas?« Sie strich sich eine Haarsträhne hinters Ohr. Der Nieselregen hatte feine Tröpfchen in ihr Haar gesprengt, schillernder Haarschmuck, von der Seite erkannte ich ihr feines Profil, wie eine tschechische Märchenprinzessin sah sie aus.

»Na, wenn Sie zwei Marken haben. Eine Marke, eine Ration.«

Die Dame in der Ausgabe half ihr beim Durchblättern und Sichten der Marken.

»Hier ist Marmelade, keine Auswahl, gibt's nur Erdbeer, das ist Butter oder Margarine, und die hier gibt's nur einmal in der Woche, die ist für Kaffee. Haben Sie Kinder, ja?«

»Woher wissen Sie das?« Sie strich sich über das Haar und wischte die feinen Tröpfchen weg, ihr Haar war nur noch naß und nicht mehr das einer Prinzessin. Eine Prinzessin hatte keine Kinder.

»Wegen der Milchmarken, ein Erwachsener allein bekommt nicht soviel Milch.« Die Dame in der Ausgabe schnaubte zufrieden, sie drehte sich um und packte die Lebensmittel zusammen. »Teewurst oder Bierschinken?«

»Teewurst bitte.«

»Brauchen Sie Zucker und Salz?«

»Ja, bitte, wir haben gar nichts oben.«

»Öl?«

»Ja.«

»Können Sie das alles tragen?«

»Doch, bestimmt.«

»Wenn nicht, hilft Ihnen der junge Mann.« Die Dame zwinkerte mir aus der Durchreiche zu, und die junge Frau wandte sich um. Ein Lächeln flog über ihr Gesicht. »Ach, nein, das brauchen Sie nicht, bestimmt nicht nötig.«

»Hier, ich habe Ihnen alles in einen Karton gepackt, dann können Sie's besser tragen.« Die Dame in der Ausgabe schob einen Karton hinüber, und die Frau nahm ihn entgegen, sie bedankte sich mehrmals, wie ich es auch gemacht hatte, als ich zum ersten Mal da gewesen war. Als sie ging, sah ich, wie das Sommerkleid regenschwer an ihren Waden klebte und die Beine seltsam zusammenband, sie konnte nur ganz kleine Schritte machen. Den Dank ließ ich inzwischen weg. Schließlich war es nicht die Dame in der Ausgabe, die uns beschenkte, sie wurde für ihre Arbeit bezahlt, nahm ich an. Sie hatte Arbeit und das siegesgewisse, gönnerhafte Lächeln einer Angestellten, die Nützliches mit Gutem verband und neben dem monatlichen Gehalt immer wieder Danksagungen der Neuankömmlinge einsteckte. Ich gab meine Marken ab.

»Extrawünsche?«

»Danke, nein.«

»Wollen Sie Mischbrot oder Knäcke?«

»Was Sie mehr haben.«

»Wollen Sie wirklich zwei Portionen Butter? Sie haben hier zwei Marken«, die Dame hielt die entsprechenden Marken hoch.

»Muß wohl ein Versehen sein, keine Ahnung, nein.«

»Käse statt dessen?«

»Danke, nein.«

»Wurst?«

»Nein, nein, behalten Sie sie einfach.« Ihre Fragen überforderten mich. Was ich an den Essensmarken schätzte, war, daß auf ihnen stand, was man dafür bekam, und es keine großen Entscheidungen zu treffen gab. Ich nahm die Lebensmittel entgegen und verzichtete auf die Linsen, die es heute als Konserve gab.

»Brechbohnen hätte ich noch«, rief mir die Dame hinterher, aber ich drehte mich nicht nach ihr um und verkniff mir eine Danksagung. Ich wollte ihr nicht noch mehr das Gefühl der großen Bedeutung verleihen, von dem ohnehin viel zu viel in ihrer Stimme lag.

Die Frau im Sommerkleid stand am Klettergerüst vor den beiden Kindern. Offenbar hatten sie ihre Süßigkeiten aufgegessen oder versteckt. Die Frau stellte den Karton zwischen die Kinder auf das Gerüst und zeigte ihnen ihre Beute: Knäckebrot, Teewurst, Zucker. Sie zündete sich eine Zigarette an und sah zu, wie sie ein Päckchen nach dem anderen herausholten, es in der Luft drehten und wendeten und etwas dazu sagten.

Ich versuchte einen Blick der Frau im Sommerkleid aufzufangen, gern wollte ich sie anlächeln und ihr Lächeln sehen, aber sie schaute nicht zu mir, und so ging ich, zögernd bei jedem Schritt, ihn verlängernd, den Kopf immer wieder zu ihr drehend, falls sie sich doch umsehen sollte, vorbei und öffnete die Tür zu meinem Aufgang.

Der Säugling hatte aufgehört zu schreien, vermutlich war er eingeschlafen oder die Eltern schöpften mit ihm frische Luft, zumindest war die Tür zum Nachbarzimmer geschlossen. Das Haar klemmte nicht mehr in der Ritze. Doch war so ein Zeichen nicht eindeutig genug, schließlich konnte ein Windzug die Tür klappern lassen und Haare davonwehen. Und selbst wenn das Haar noch geklemmt hätte – wer sagte mir, daß nicht noch andere Menschen auf diese Idee gekommen waren und schlau genug sein konnten, eine verschlossene Tür auf eingeklemmte Haare zu untersuchen. Für sie wäre es ein Leichtes, das Haar wieder paßgenau in die Tür zu klemmen. Ich strich mir die Butter auf das Knäckebrot und stellte mich ans Fenster. Die neue Frau saß am Fuß des Klettergerüsts und rauchte, sie sah hinauf zu ihren Kindern und sagte etwas. Ihre Kinder lachten. Sie rieb sich die nackten Waden, sie mußte frieren. Ich streichelte mit den Handflächen über meinen Pullover und flüsterte etwas. Die Frau im Sommerkleid stand auf und holte aus ihrer Manteltasche einen kleinen Gegenstand, den sie dem Jungen mit der Brille entgegenhielt. Aber der Junge schüttelte den Kopf, seine Schwester griff zu. Dann stieß sich der Junge ab und sprang seiner Mutter auf den Rücken.

Das rhythmische Knarren der Metallfedern, begleitet von einem Wimmern, ließ mich vermuten, daß der Nachbar inzwischen eine andere Taktik verfolgte, mit der er wohl mehr sich selbst als seine Frau zu beruhigen hoffte. Ich faltete die

Packung Knäckebrot an der offenen Seite zusammen und achtete darauf, daß der Falz genau mit dem oberen Rand der Schrift zusammenstieß. Auf diese Weise sollte es möglich sein, zu erkennen, ob sich jemand in meiner Abwesenheit für das Knäckebrot interessierte. Nachdem ich die Krümel mit der einen Hand in die andere geschoben hatte, holte ich aus der Küche den Geschirrlappen und wischte den Tisch ab. Der Lappen roch modrig, ich mußte mir die Hände mit Seife waschen, um den Geruch nicht mehr an meinen Fingern wahrzunehmen. Wenn ich etwas haßte, waren es Krümel, gleich welcher Art. Das Knäckebrot brachte ich in die Küche und stellte es mit einem Abstand von einem Zentimeter zur vorderen Kante sowie zur rechten Wand in mein Fach des Küchenschranks, auch die anderen Lebensmittel verstaute ich sorgsam.

Als ich mich umdrehte, stand der Nachbar nackt vor mir und sah mich entgeistert an. »Oh, ich habe gedacht, Sie sind nicht da.« Er faßte sich an den Kopf.

»Tut mir leid.«

Sein Schwanz stand noch etwas vor, er bedeckte ihn flüchtig mit der Hand, aber es sollte wohl eher eine Geste sein, die andeutete, daß er sich seiner Nacktheit bewußt war, eher eine Geste als Scham.

»Ich hab 'nen Mordsdurst.« Kameradschaftlich klopfte er mir auf die Schulter und drehte den Wasserhahn auf. Ich machte einen Schritt rückwärts, und er beugte sich vor, um in tiefen Zügen Leitungswasser zu trinken. Dann öffnete er den Kühlschrank und holte eine Flasche Bier heraus. Im Kühlschrankfach der jungen Familie befand sich ausschließlich Bier. Ich fragte mich, wovon die junge Mutter lebte. Ich fragte mich, ob das Kind noch gestillt wurde. Vermutlich nicht, das

Baby schrie vor Hunger. Vielleicht mißtraute mir die junge Familie und verstaute ihre Lebensmittel in ihrem Zimmer. Mein früherer Zimmergenosse, der getrunken und laut onaniert hatte, hinterließ bei seinem Auszug nebst etwa fünfundvierzig leeren Flaschen, die er liegend gestapelt hatte, mehrere Pakete Knäckebrot und ein schimmliges Käsepäckchen in seinem Spind.

Ich machte, daß ich aus der Küche kam. Das Baby schrie wieder, und ich hörte die Frau zu ihrem Mann sagen: »Das ist die Hölle, bitte laß mich …, sonst muß ich … rennen.« Ich überlegte, was sie gesagt haben konnte. *Bitte laß mich in Ruhe. Bitte laß mich gehen. Bitte laß mich sterben.* Sonst muß ich … rennen. *Wegrennen? Sonst muß ich mich trennen? Sonst muß ich verbrennen?* Was sollte sie gesagt haben? Sosehr ich auf die Antwort des Mannes lauschte, ich konnte sie nicht hören. Auf meinem Bett sitzend unterdrückte ich etwa eine Stunde lang den Drang, pinkeln zu müssen, der Säugling schrie, ich unterdrückte den Drang aus Angst, ausgerechnet an der Toilettentür erneut auf den Nachbarn oder seine Frau zu treffen. Die Flasche für den Notfall war voll. Erst als ich nicht mehr konnte und in meinem Zimmer kein anderes Gefäß fand, das mir vorübergehend Erleichterung verschafft hätte, nachdem ich eine Weile auf die Geräusche aus dem Nebenzimmer gelauscht und sie für unverdächtig gehalten hatte, traute ich mich aus dem Zimmer. Der Riegel an der Toilettentür war abmontiert worden. Die Schraubenlöcher waren noch voll winziger heller Späne. Ich konnte nicht pinkeln, sosehr ich mich konzentrierte, es funktionierte nicht. An der Essensausgabe hatte ich jemanden sagen hören, daß in den fünfziger Jahren Schilder an den Wänden hingen. Man solle mit den Zimmer- und Wohnungsgenossen nicht sprechen. Sie hätten Spione sein, der Staatssicherheit oder einer anderen Vereinigung angehören können, eingeschleust, um Überzeugungen und Lebensgewohnheiten der Flüchtlinge auszukundschaften. Heute gab es diese Schilder nicht mehr. Man hatte sie entfernt und glaubte wohl, ihre verunsichernde Wirkung sei größer als die durch sie erzielte Sicherheit. Aber ich wußte, daß sie noch immer da waren, die Spione, gewiß nicht mehr so zahlreich wie in den fünfziger Jahren, aber immerhin genügend, um einen von ihnen unsere Wohnung beobachten zu lassen, in die Wohnung schleichen, das Schloß abmontieren, Briefe und Notizbücher inspizieren zu lassen oder mit kleinen Kameras fotografisch festzuhalten.

Noch immer konnte ich nicht pinkeln. Vielleicht war der Riegel defekt und mußte vom Blockwart ausgetauscht werden. Das Säuglingsgeschrei hörte für einen Augenblick auf. Die Stille wirkte fast unnatürlich. Nur das leise Rauschen im Toilettenrohr kündete von anderen Bewohnern des Hauses. Ein Knarren im Flur ließ mich vor Schreck die Hose schließen. Draußen war niemand. Oder der Nachbar hatte seiner Frau keine einsame Minute auf der Toilette vergönnt, ihr Lamentieren nicht mehr ertragen und kurzerhand gegen die Tür getreten, wobei das Schloß herausgebrochen war. Nur sollten die Schraublöcher dann nicht mehr intakt sein. Der Säugling schrie sich heiser. In der Küche entdeckte ich im Mülleimer leere Bierflaschen, vermutlich wußte die junge Familie nicht, daß es sich um Pfandflaschen handelte. Ich nahm eine Flasche heraus und schlich in mein Zimmer. Ein Blick aus dem Fenster. Die neue Frau und ihre Kinder waren verschwunden. Ich hatte verpaßt, zu beobachten, zu welchem Haus und welcher Tür sie gegangen waren. Endlich konnte ich pinkeln.

Die Müdigkeit übermannte mich, schon einmal habe ich mich vertreiben lassen, dachte ich, kein zweites Mal. Und dann fielen mir trotz Säuglingsgeschrei die Augen zu.

Ich träumte von der Frau im Sommerkleid. Sie schüttelte ihr Haar, weiches, volles Haar, bis die Regentropfen von ihr sprühten, auf meine Haut trafen und mich kühlten und wärmten, nackt wie ich war, ich wollte ihr sagen, daß ich keine Frau berühren konnte und wollte, aber mein Mund formte nur Luft, kein Laut entstand, sosehr ich mich bemühte, die Stimmbänder schienen verschwunden, ich wollte ihr Zeichen geben, um mich verständlich zu machen, aber sie streckte ihre Hand aus, ich wich zurück, und der Blick, der sich in der Luft zwischen uns traf, war einer, nicht meiner, nicht ihrer, ein gemeinsamer, ein Blick, für den ich Sehnsucht und gleichzeitig Scham empfand, ein schwacher, ein starker, ein Blick, der verstand und keine Berührung verlangte, und der abfiel, als ich in einem Strandkorb meine Mutter erkannte, die ihren Sonnenhut so tief ins Gesicht gezogen hatte, daß ich nicht hineinsehen, sondern nur wissen konnte, daß sie es war. Schließlich stand sie auf und ging davon, ich folgte ihr, bis ich nicht einmal mehr ihren Schatten sehen konnte, und als ich im Sand nach ihren Fußspuren suchte, fand ich nichts als handtellergroße Vogelspuren.

Am Nachmittag mußte ich in den Block mit den Amtszimmern gehen, Raum 201. Ein Termin in der Arbeitsvermittlungsstelle. Der fünfzehnte oder zwanzigste, ich zählte nicht mehr mit. Kam eine Aufforderung, ging ich hin. Wie immer war der Flur voll mit Wartenden. Feucht war die Luft und schwer, als hingen Anstrengung und Geduld darin. Die wenigen Zeitschriften wurden von den Wartenden festgehalten. Als der Mann neben mir aufgerufen wurde, drückte er mir seine Zeitschrift in die Hand. Ein altes Heft vom August. Kein einziges Mal fehlte in den Zeitschriften ein Artikel über das Land, aus dem ich kam. Diesmal: *Häftlinge. Psychoschock treibt Gefangene zum Rechtsradikalismus.* Der dazugehörige Artikel war rausgerissen worden, ich schlug die Zeitschrift zu und gab sie nach links weiter. Die Frau bedankte sich mehrmals.

»Pischke!«

Ich stand auf.

»Na, wie geht's dir?« Lüttich klopfte prüfend mit der rechten Hand auf seine Lederweste, griff mit der linken hinein und beförderte ein Päckchen Tabak zutage.

Ich schloß die Tür hinter mir. »Danke, und Ihnen?«

»Pfff. Wenn ich ehrlich bin, kotzt mich der Job hier an, ja, aber wer gibt schon so leicht 'nen Beamtenposten auf. Beim jetzigen Arbeitsmarkt.« Ob sein Augenzwinkern mir galt oder von einem Tabakkrümel oder ähnlichem verschuldet war, wollte ich nicht entscheiden. »Also, leicht haben wir's alle nicht.« Er zog ein Blättchen heraus und drückte den Tabak fest.

»Nein?«

»Nee.« Er rollte die Zigarette, leckte, klebte und steckte sie sich hinters Ohr, dann klopfte er die Zeitung über dem Papierkorb aus. »Willst du dich nicht hinsetzen?« Tabakkrümel rieselten und blieben rund um den Papierkorb liegen, er faltete seine Zeitung zusammen, stand auf und wandte sich der Kaffeemaschine zu. »Auch einen?«

Ich nickte. Er hielt mir eine Tasse hin und schob den Karteikasten über den Tisch, dabei schwappte ein Schluck Kaffee aus der Tasse, traf aber nicht mehr den Tisch, sondern mein Hosenbein. Ich nahm ihm die Tasse ab.

»Danke«, sagte ich, bevor er etwas sagen konnte, und öffnete den Kasten.

»Brauchst eigentlich gar nicht reingucken, Schauspieler werden immer noch nicht gesucht. Und wenn ich dir die Wahrheit sagen soll: In meinen zehn Jahren hier wurde erst einmal einer gesucht. Der sollte einen KZ-Insassen spielen.«

Lüttich erzählte immer wieder von diesem einen Fall, der einzigen in zehn Jahren für Leute wie mich ausgeschriebenen Arbeit, die schließlich keiner seiner arbeitsuchenden Schauspieler hatte annehmen können, weil das Gesuch zurückgezogen worden war – man hatte den Kandidaten wohl längst über eine andere Vermittlungsstelle oder in der eigenen Filmgesellschaft gefunden und wollte sich lieber keinen der unzähligen unbekannten arbeitslosen Schauspieler ansehen, angeblich, um ihnen keine unbegründete Hoffnung zu machen, in Wirklichkeit aber, das hatte ich Lüttich schon gesagt, als er mir die Geschichte vor Monaten zum ersten Mal erzählte, weil man vermutete, ein arbeitsloser Schauspieler sei nicht umsonst arbeitslos, sondern schlechterdings unbegabt und erfolglos, also nicht vermittelbar, nicht einsatzfähig, nicht des Ansehens wert. Meine Begründung hatte Lüttich offenbar schon nach dem ersten Hören vergessen, da er mir fortan immer wieder seine Geschichte erzählte, allerdings ganz offensichtlich ohne sich zu erinnern, daß er sie mir bereits erzählt und was ich ihm ergänzend geantwortet hatte. Übel nahm ich es Lüttich nicht, schließlich mußte er hin und wieder mal arbeitslose Schauspieler bei sich sehen. Er wollte wohl sichergehen, daß er jedem die Geschichte erzählt hatte, damit unsereins ihm nicht jedesmal aufs neue mit beschämend hoffnungsvollen Augen entgegensah. Ihm zuliebe schlug ich die Augen nieder, wenn ich ihn begrüßte, und wich einem direkten Blick fürs erste aus – er sollte mich nicht für dumm oder vermessen halten, für hoffnungslos hoffnungsvoll, was ich auf diese Weise ungestört bleiben konnte.

Lüttich zündete sich die Selbstgedrehte an und inhalierte. Ich wartete darauf, daß er ausatmete, doch wie so oft schien er nicht auszuatmen, weder konnte ich ein Ausatmen hören, noch sah ich den Qualm, der früher oder später aus seinem Mund oder der Nase dringen mußte. Unauffällig versuchte ich, ihn zu beobachten. Es sollte zu keinem Blickkontakt kommen. Aber es war nichts zu erkennen, Lüttich schien den Rauch mitsamt dem eigenen Atem verschluckt zu haben, der Rauch mochte sich in ihm auflösen oder meinetwegen aus einer mir abgewandten Öffnung den Körper verlassen. Mit dem zweiten Zug ließ sich Lüttich Zeit.

»Und wenn du's noch mal mit deinem ersten Beruf versuchst? Ich hab immer wieder Anfragen für Elektriker. Hier ist zum Beispiel ein freier Posten«, er deutete mit der Zigarette auf eine Karte.

»Ja.« Unschlüssig nahm ich die Karte in die Hand.

»Was ist denn aus dieser letzten Sache geworden, da wolltest du dich doch auch bewerben?«

Ich machte eine wegwerfende Handbewegung, um mir und Lüttich das Wort Absage zu ersparen. Doch Lüttich fixierte mich erwartungsvoll.

»Die hatten schon jemanden«, fiel mir ein, und ich spürte, wie meine Zähne wohl zu dicht aufeinanderklemmten, und erkannte an Lüttichs fühlendem Blick, daß er größeres Leid in mir zu sehen glaubte als ich selbst. Ich legte die Karte zwischen uns, und er nahm sie auf.

»Da mußt du durch, Mensch. Bloß nicht den Mut verlieren.« Die Karte in der Hand, musterte mich Lüttich. Dann strich er sich mit ihr durch den Vollbart. Ich spürte förmlich, wie seine Augen auf mein Gesicht trafen und mit einer Mischung aus Mitleid und Unverständnis über meinen Mißmut an mir herabsahen, bis der Blick wieder auf seinem ordentlich aufgeräumten Schreibtisch landete. Leichthin, als brauche man dafür keine Luft oder als habe er zu jedem Zeitpunkt seines Daseins genügend Luft, um sprechen zu können, sagte er: »Sollten wir nicht so langsam gucken, ob du was anderes machen könntest?«

Ich sah auf, überlegte und fragte mich, mit einem Blick aus dem Fenster, welche Ideen er heute für mich haben konnte.

»Zum Beispiel werden in Schleswig-Holstein Besamer gesucht. Kein Witz, da gibt es 'nen großen Hof, die suchen zwei Besamer.«

»Und solche Anfragen werden nach Berlin geschickt?«

»Die gehen manchmal ins gesamte Bundesgebiet, muß ja jeder gleiche Chancen haben.«

»Gleiche Chancen«, unschlüssig nickte ich.

»Was ist? Willst du das machen?«

»Ich weiß nicht, ob ich mich zum Besamer eigne. Sehen Sie mal, eins sechzig, wenn ich mich strecke.« Ich vermied es aufzustehen und streckte lediglich im Sitzen den Rücken.

Lüttich lachte. »Das hat doch mit Größe nichts zu tun, Mensch, Pischke, da gibt's Spritzen und ich weiß nicht was. Jedenfalls steht hier nichts von Körpergröße als Bedingung.«

»Sie sind in Berlin aufgewachsen, habe ich recht, Herr Lüttich?«

»Klar, mein ganzes Leben im Berliner Süden, aufgewachsen, zur Schule gegangen, gearbeitet, verliebt, verlobt, getrennt – alles in Berlin.« Er lachte zufrieden.

Ich schüttelte den Kopf. »Der Besamer muß mindestens

groß genug sein, um mit dem ausgestreckten Arm in die Kuh hineinzulangen.«

»Fachmann?«

Wieder schüttelte ich den Kopf. »Landwirtschaftliche Produktionsgenossenschaft.«

»Was? Dann nimmst du eben 'nen Hocker oder 'ne Leiter«, Lüttich konnte sich vor Grinsen kaum noch halten.

»Lieber nicht, ich habe Höhenangst und neige zur Unterkühlung. Schleswig-Holstein würde für mich den sicheren Kältetod bedeuten.«

Lüttich zog sich den Karteikasten wieder auf seine Tischseite und blätterte in den Kärtchen. »Gib's zu, der wahre Grund deiner Flucht war ausgeprägter Horror, tierischer Horror.« Er lachte und verschluckte sich am Rauch, der offenbar noch in den feinen Verästelungen seiner Lungen saß, »die Flucht vor dem kollektiven Landeinsatz, was?« Asche fiel von Lüttichs Zigarette in den Karteikasten, aber er schien es nicht zu bemerken.

Ich schüttelte den Kopf. Allein die Vorstellung, Lüttich ein richtigeres Bild von den Vor- und Nachteilen dieser Ernteeinsätze zu vermitteln, erschöpfte mich ebenso wie die, ihm ein rechtes Bild von meinen Beweggründen zur Flucht zu offenbaren. Die Augen fielen mir zu.

»Nicht einschlafen, Pischke, hier hab ich was für dich. Was hältst du von einer Umschulung: U-Bahn-Fahrer. Mensch, das würde 'ne sichere Beamtenkarriere bedeuten, ist dir klar, ja, bei den Berliner Verkehrsbetrieben kannst du im Grunde nicht mehr rausfliegen.«

»U-Bahn-Fahrer?«

»Nu guck doch nicht so blöd«, Lüttich drückte seine Zigarette aus und klopfte mir auf die Schulter, »mein Schwager ernährt als Fahrkartenverkäufer die ganze Familie, Rente sicher, die haben sogar angefangen zu bauen.«

»Zu bauen?«

»Haus. Verstehst du, *Haus*.« Er fuhr mit einer ausladenden Handbewegung durch die Luft, gewiß, um mir die Größe des Hauses anzudeuten.

»Ich soll ein Haus bauen?« Erstaunt sah ich in Lüttichs Richtung. Noch nie in meinem Leben war ich auf die Idee gekommen, mir ein Haus zu bauen.

»Ach, ich seh schon, das ist nichts für dich. Für'n Haus braucht man ja gleich 'ne ganze Familie. Und wo sollst du die herkriegen, was?« Er zog an seiner Zigarette, das vermeintliche Mitgefühl hatte sich in wohliges Selbstgefallen aufgelöst. »Tsetsetse, das ist gar nicht so einfach. Will ja auch nicht jeder.« Während Lüttich weiter in den Karteikarten blätterte, fehlte ihm offenbar ein passender Gesprächsstoff, doch getreu seiner Vermittlungstätigkeit gab er nicht auf, einen zu finden. »Aber 'nen Kredit kriegst du als U-Bahn-Fahrer.«

»Ich möchte keinen Kredit. Schulden hab ich noch nie gehabt.«

»Wie edel«, in Lüttichs aufmunternde Stimmung mischte sich ein Unterton. »Ob das wohl so bleiben kann, Pischke? Mal im Ernst, 'nen Kredit nimmt doch fast jeder. Wir sind hier nicht im Osten. Und wenn du mich fragst, bist du schön blöd, wenn du's nicht machst. Überleg mal, du willst doch nicht ewig im Lager bleiben, oder? Das ist doch kein Leben hier, in eisernen Doppelstockbetten, mit 'nem großen Zaun drumrum und lauter fremden Menschen in einer Wohnung.«

Lüttich klappte entschlossen den Karteikasten zu. »Sag mal, stimmt es, daß ihr die erste Woche hier nicht rausdürft? Daß ihr in 'nem extra Haus wohnt?«

Unsicher blickte ich mich um und zuckte mit den Schultern. Meinte er seine Arbeitsvermittlungsstelle? Das Lager? Die Stadt?

»Mußt du doch wissen.«

»Ist schon eine Weile her, die erste Woche. Ich erinnere mich nicht gern an alles«, behauptete ich und mußte trotzdem an die ärztlichen Untersuchungen denken, das Auskleiden und Ankleiden, die rausgestreckte Zunge, die Stuhlprobe, das Heben und Senken von Armen, die Sichtungsstelle, die mich mehrere Tage aufgehalten hatte, weil den drei alliierten Geheimdiensten die Fragen zu meiner Person und meiner politischen Gesinnung und den von mir anzufertigenden und von ihnen überprüften Grundrissen der Gefängnisse einfach nicht ausgegangen waren, der CIA draußen im Grünen, die Weisungsstelle, die Bundesaufnahmestelle und der Antrag, den ich zweimal hatte ausfüllen müssen, weil der erste verlorengegangen war, die Vorprüfung und schließlich die Ausgabe des Aufnahmescheins – ein Laufschein, eine Fahrkarte durchs Lager, die nicht hinausführte, sondern immer tiefer hinein, in den Anspruch auf Obdach, auf Arbeitssuche, auf finanzielle Unterstützung, Essensmarken, mitten hinein in ein Lager des Übergangs, der Aufnahme, der Flüchtlinge und Übersiedler. Und doch, solange ich hier saß und nachdachte, warum ich hier war, fiel mir keine Antwort mehr ein. Ich hatte mal eine gewußt und wußte auch, wie sie lautete. Frei hatte ich sein wollen, und ich wollte denken und tun dürfen, was mir gefiel. Aber ich wußte nicht mehr, was es war, was mir gefiel, und gemessen daran war mir auch der Sinn für die Bedeutung von Freiheit, für einen möglichen Inhalt von Denken und Tun abhanden gekommen. So ungültig war die Antwort geworden, daß sie keine mehr war. Plötzlich mußte ich an warme Hände denken, an starke Hände. Die großen Hände lagen auf meiner Haut, und ich klebte an ihnen, wie sie an mir. Diese Hände konnten angenehm sein, aber sicher war ich mir nicht.

»Schon gut, Pischke«, Lüttich winkte ab. Er glaubte wohl, mich zu schonen. Dann lachte er auf. »Da fällt mir was ein, Pischke, nicht, daß ich hier 'nen Bedarf hätte, aber mir ist da mal was zu Ohren gekommen, von wegen Arbeitsvermittlung. Kriegst du was mit, daß hier Frauen anschaffen gehen?«

Verwundert blickte ich auf den Kalender an seiner Wand. Er stellte Fragen wie ein Geheimdienstler oder ein Polizist.

»Anschaffen? Verstehst du doch? Prostitution. Das gibt's doch in den Lagern«, Lüttich drehte sich hastig mit einer Hand die Zigarette, er lachte nervös, leckte das Papier an, schluckte, zündete sie an und zog schwer die Luft ein, »Geldknappheit, Gelegenheit und so, na ja, man kann's ja verstehen.«

Ich blies die Backen auf und zog die Augenbrauen hoch.

»Da klingelt's nicht, nee? Na, war nur so 'ne Frage.« Lüttich kämpfte mit dem Speichel in seinem Mund, schluckte und stand auf. Unerwartet heftig klopfte er mir auf die Schulter. »Willst du dir nicht auch mal 'ne Wrangler kaufen?«

»'ne Wrangler?«

»Na, 'ne richtige Jeans. So was hier«, er klopfte auf seine Hosen. »Du läufst die ganze Zeit mit diesen – ich will dir nicht zu nahe treten – mit diesen abgewetzten Cordhosen herum. Weißt du, ich mache hier ja nicht nur Arbeitsvermittlung. Ich verstehe mich auch, ich sag mal: als Berater. Mit so 'ner Cordhose, so 'nem Aufzug, da ist es für 'nen Arbeitgeber auch nicht leicht, sich vorzustellen, was für'n dufter Kerl du bist.«

»Das müssen die sich nicht vorstellen. Ich bin kein dufter Kerl. Ich mag Cord. Daß er abgewetzt ist, stört mich nicht.«

»Du willst gar nicht, Pischke. Weißt du, ich red mir hier seit Monaten den Mund fusselig. Und du willst in Wirklichkeit gar nicht. Du lachst wahrscheinlich über mich, sobald du auf der Straße stehst, was, gib's doch zu, Pischke. Du willst keine Arbeit. Du bist dir vielleicht zu schade, ja?«

So langsam schwand Lüttichs Freundlichkeit aus Stimme und Haltung. Erleichtert sah ich ihm zum erstenmal direkt ins Gesicht.

»Totalverweigerer.« Lüttich nickte mir zu. »Worauf wartest du?«

»Worauf ich warte?« fragte ich, um etwas Zeit zu gewinnen, dann sagte ich, bevor ich es denken konnte: »Auf das Glück«, und lächelte, weil mir die Antwort plötzlich so naheliegend und richtig erschien wie kaum etwas anderes in den letzten Monaten.

Lüttich hielt mich mit einem bohrenden Blick, der alles zu erfassen und zu erkennen trachtete, fest. Er schüttelte den Kopf:

»Ich faß es nicht«, sagte er leise und betont sanft, »da kommt ihr hierher, ja, ohne alles, ja, ohne Winterschuhe und ohne Waschmaschine, ja, nicht mal die Wäsche für 'ne Waschmaschine reicht, ja, ohne Dach überm Kopf und ohne jede Mark, ja, und haltet die Hände auf und nehmt und lehnt ab, stellt Ansprüche, ja.«

Lüttichs Worte hallten. Jedes einzelne klang in mir wider. Ich wog die Worte, einzeln, gemeinsam, legte die Winterschuhe auf die eine Seite, das Nichts auf die andere, legte die Waschmaschine auf die eine Seite und das Nichts auf die andere, entdeckte eine Spur von Spott in Lüttichs Augen, die durch all die Gaben und Mangelerklärungen hindurch starr an mir festhielten, und senkte die Augen. Auch hier, dachte ich: Nichts. Mir fiel kein einziges Wort ein, das ich ihm auf seine hätte antworten können. Ich zog den Reißverschluß des Anoraks zur Hälfte hoch, weiter ging er nicht, weil er klemmte, klopfte beim Aufstehen aus Verlegenheit auf Lüttichs Tisch und machte, daß ich aus der Tür kam.

»Mit nichts im Koffer«, hörte ich ihn hinter mir, vielleicht lag Ratlosigkeit in seiner Stimme, Ratlosigkeit, deren Adressat davonlief und die ein unangenehmes und aufwühlendes Gefühl in ihm hinterließ, Wut ähnlich, die zu groß war und also nicht gespürt sein wollte, und so rief er noch »Wer nicht will, der hat schon«.

Nicht jeder im Gang fand Platz, ich mußte mich an Wartenden vorbeizwängen, über Füße und ausgestreckte Beine steigen. Aus dem Augenwinkel entdeckte ich die Frau im Sommerkleid, die mal für den Bruchteil einer Sekunde eine tschechische Märchenprinzessin gewesen war, sie stand zwischen zwei überfüllten Bänken und studierte einen Aushang, der an eine Pinnwand aus Kork geheftet war. *Vorsicht, Schußwaffen!* las ich im Vorbeigehen. Die kleinen Schwarzweißbilder zeigten junge Gesichter, Terroristen. Schnell wandte ich mich ab, hier wollte ich ihr nicht begegnen. Ich schloß die Hände hinter meinem Rücken zu einer Faust und durchschritt die Menge. Als ich an der Treppe anlangte, hörte ich Lüttichs Stimme über den Flur brüllen: »Dein Stempel, Pischke.« Er stand in seiner offenen Bürotür, Licht fiel auf die Schals und Stoffe, helles Sonnenlicht durch das Innere seines Büros. Ich wandte mich wieder der Treppe zu und sagte mir vor, daß Lüttichs Stimme und seine Erscheinung auf Einbildung beruhten. Auch als ich ihn ein zweites Mal brüllen hörte, wollte ich nicht zurückkehren, für Lüttich nicht, der mit einem Zettel über den Köpfen der Arbeitssuchenden wedelte, für den Zettel mit dem Stempel nicht, den ich der Lagerleitung vorlegen sollte, für mich nicht. Vor mir lag nichts Geringeres als das Warten auf das Glück. Die Sonne war kurz durchgebrochen und verschwand wieder, Schneeregen trieb zwischen den Häuserblocks und wehte mir in den halboffenen Anorak. Unter den bedeckten Himmel treten, den Schneeregen im Gesicht spüren und nicht Folge leisten, das genoß ich.

Krystyna Jabłonowska paßt nicht auf

Mit einer Tasse schöpfte ich warmes Wasser aus der Schüssel und ließ es über das Haar meines Vaters rinnen. Auf dem Hinterkopf verteilte ich Seife. Er gab keinen Laut von sich, er preßte die Lippen zusammen, und ich sah mich vor, daß die Seife nicht in die Wunde hinter dem Haaransatz gelangte.

»Paß doch auf.« Mit der flachen Hand schlug er nach mir und erwischte nur den Saum der Schürze. Hauchzarte Seifenblasen schwebten in der Luft. Als ich ihm das Haar trocknete und er den Kopf hob, war das Wasser in der Schüssel rot. Vorsichtig strich ich über seine nackte, etwas haarige Schulter, der ganze Oberkörper war von roten Flecken übersät.

»Was machst du da?« Wieder schlug seine flache Hand nach mir aus.

»Nichts.«

»Das tut weh, au, laß das. Warum bist du nur so tolpatschig, deine Mutter war ganz anders. Unbeholfen bist du, au! Grob. Krystyna, laß das.«

Aber ich fuhr fort, seinen Rücken mit einer Salbe einzureiben, die mir die Dame in der Ersten Hilfe für ihn mitgegeben hatte.

»Kümmer dich um deinen Bruder und laß mich in Ruh«, schimpfte er. Ich verschwieg ihm, daß Jerzy mich nicht mehr erkannte. Trotzdem behaupteten die Ärzte, er solle zu Weihnachten entlassen werden. Nach Hause, sagten sie, und meinten das Lager, das er noch weniger als Zuhause erkennen würde als mich. Aus dem Bad holte ich frisches Wasser und nahm den letzten sauberen Zipfel des Handtuchs, um ihn in die kleine Schüssel zu tunken, strich vorsichtig um die Wunden und wischte das Blut auf und den Dreck, den es aus den Wunden spülte.

»Mach den Mund auf«, sagte ich ihm, aber er preßte die Lippen aufeinander und wartete den Augenblick ab, wo ich mich abwandte, um das Handtuch auszuspülen.

»Dick und grob.«

»Warum mußtest du auch einfach aus dem Bett klettern?«

»Dick und grob.«

»Kein Wunder, daß sie dich verprügeln.«

»Ich bin Tänzer, und was für einer.«

»Aber du kannst doch die Frau nicht zwingen.«

»Sie wollte tanzen.«

»Ach?«

»Ja, sie wollte. Ich wollte gar nicht. Au!«

»Und deshalb hat dich ihr Mann verprügelt?«

»Deshalb. Ja. Ich wollte oben bleiben.«

»Du mußt deutlicher sprechen, Vater, ich verstehe dich kaum. Du nuschelst immer mehr. Wenn du nicht stillhältst, kommt Seife in die Wunden.«

»Pah. Von wegen. Er hat mich vom Bett gezerrt. Eine Beleidigung sei es, wenn ich mit seiner Frau nicht tanzen wolle.«

»Eine Beleidigung.« Natürlich glaubte ich meinem Vater kein Wort, aber das mußte er nicht wissen.

»Seiner Frau schlägt man keinen Wunsch ab, sagt er.«

»Ach, Vater.«

»Sie war mir zu alt. Schlechterdings zu alt. Warum soll ich mit so einer alten Schachtel tanzen?«

»Sie ist bestimmt zwanzig Jahre jünger als du, wenn nicht dreißig.«

»Pah, zwanzig Jahre jünger. Was ist sie dann? Mitte fünfzig? Selbst wenn sie zwanzig wäre, mit so einer tanze ich nicht. Diese Nelly, mit der will ich tanzen. Will sie uns nicht mal wieder besuchen kommen?«

»Sie hat uns nicht besucht, Vater. Sie wollte weg und hat ihre Kinder bei mir gelassen.«

»Mit ihr tanze ich, mit keiner sonst.«

»Ach.«

»Das ist gut, kratz mich noch mal da unten. Ja, da.« Am Steißbein kratzte ich meinen Vater, bis er wieder »au« rief und ich das Handtuch holte, um ihn abzutrocknen.

Sein Gesicht tupfte ich ab. »Was ist mit deinem Mund, warum preßt du die Lippen so aufeinander? Kein Wunder, daß man bei dir nur jedes zweite Wort versteht. Du mußt den Mund aufmachen.« Mein Vater antwortete nicht.

»Was hast du da?« Ich klemmte meine Finger in seine Mundwinkel, drückte sie ins Innere, bis er nachgab.

»Au!«

Ein Schneidezahn fehlte, der andere war abgebrochen. »Vater?«

»Ich wollte nicht mit ihr tanzen.«

»Er hat deine Zähne ausgeschlagen.«

»Von wegen.«

»Doch. Er hat deine Zähne ausgeschlagen.«

»Weil ich nicht mit ihr tanzen wollte.«

»Er hat deine Zähne ausgeschlagen, weil du nicht mit seiner Frau tanzen wolltest?« Nicht zu fassen. Je älter mein Vater wurde, desto mehr erfand er sich seine Welt.

Mein Vater schwieg und preßte wieder die Lippen aufeinander, als ändere das etwas.

Die Tür wurde geöffnet, und der neue Zimmergenosse kam herein. In der Hand trug er eine schwarze Kunststofftüte, auf der mit roter Schrift »Beate Uhse« stand. Erstaunt blickte er meinen Vater an, womöglich sah er ihn zum erstenmal außerhalb des Bettes. Solange der Mann mit uns zusammenwohnte, trug er immer dieselbe Kunststofftüte mit sich herum. Er legte die Zigarette auf den Rand des Aschenbechers, der neben der Waschschüssel mit dem roten Wasser stand. Der Rauch brannte mir in den Augen. Er war Deutscher. Seine Schuhe hinterließen nasse Spuren von rötlicher Asche. Offenbar war endlich gestreut worden. Mit den schneematschigen Stiefeln, die nach Cowboy aussahen, stieg der Deutsche auf die untere Etage des Bettes, um auf seiner oberen etwas zu suchen. Ich war es leid, ihn darauf aufmerksam zu machen, daß es sich unten um das Bett meines Bruders handelte, das keine Fußabdrücke erhalten sollte, selbst wenn mein Bruder dieses Bett seit Monaten nicht benutzt haben mochte und es wohl erst zu Weihnachten wieder benutzen würde. Mit einem Satz schwang er sich auf das Bett. Die schwarze Tüte knisterte, und Papier raschelte. Der Zimmergenosse öffnete einen schmalen Karton. Zum Vorschein kam ein kleines Transistorradio. Er schaltete es ein und suchte nach einem Sender. Erst hörte man englische Stimmen, RIAS Berlin, dann fand er einen Musikkanal. *Let the words of our mouth and the meditation of our heart be acceptable in thy sight here tonight.* Jedes Wort konnte ich mitsingen, ohne ein einziges zu verstehen. Egal, wo ich mich befand, in der Kantine, im Waschhaus, selbst aus den großen Lautsprechern, die in Abständen zwischen den Blöcken standen und wohl für Anweisungen aufgestellt worden waren und auf Evakuierungsinstruktionen zu warten schienen, erklang das Lied mehrmals am Tag. Gute Laune schien es zu fordern, vergeblich. Der Deutsche beförderte einen Träger Bier aus der Tüte. Er öffnete eine Flasche und nahm einen Schluck. Im Takt der Musik klopfte er auf sein Knie und sang den Refrain mit. Mein Vater preßte noch immer die Lippen aufeinander und fragte, ob ich was gesagt hätte. Ich schüttelte den Kopf.

»Das Radio ist an«, ich deutete nach oben.

»Wie?«

»Das Radio.«

»Aah«, mein Vater legte den Kopf schief. »Musik, ja?«

»Ja.« Der Rauch brannte mir in den Augen. Mein Vater wiegte den Kopf, als könne er die Musik auf einmal hören.

»Ihre Zigarette«, sagte ich auf deutsch zu dem Mann. Aber die Musik war zu laut, als daß er mich hätte hören können. Die Zigarette glomm vor sich hin, eine lange Raupe aus Asche krümmte sich über den Rand des Aschenbechers und fiel schließlich hinein. Mein Vater wiegte seinen Kopf im Dreiviertel- statt im Viervierteltakt. Der glühende Stummel fiel zur anderen Seite auf die Tischplatte. Dort kokelte er und qualmte nur leicht. Es roch nach verbranntem Kunststoff.

»Wo sind sie, deine Zähne?«

Ausdruckslos blickte mich mein Vater an, ich war nicht einmal sicher, ob er gehört hatte, was ich sagte. Sein Dreivierteltakt ließ ihn den Kopf hin und her wackeln.

Moskau – fremd und geheimnisvoll, Türme aus rotem Gold, kalt wie das Eis, klang es aus dem Transistorradio, der Zimmergenosse brüllte: »Moskau, Moskau, Moskau.« Er brüllte über die ganze Melodie hinweg nur diesen einen Namen, bis ein neues Stichwort fiel und er zu »He, he, he, hebt die Gläser« wechselte. Seine Zigarette ließ er in die Bierflasche fallen und reckte den Arm mit der Flasche zur Deckenlampe. »He, he, he, auf die Liebe.« Mit den Zähnen öffnete er eine neue Flasche.

»Du mußt es mir sagen, hörst du?« Ich zog am Ohr meines Vaters. Er preßte die Lippen aufeinander. »Wo sind sie? Haare und Zähne, das weißt du genau, Vater, Haare und Zähne«, ich fuhr über sein Haar, berührte versehentlich die Wunde und spürte, wie er sich duckte. »Haare und Zähne«, sagte ich leise.

»Warum schreist du mich immer so an, Krystyna?« Empört und beleidigt sah mich mein Vater an, dann drehte er sich kopfschüttelnd zu dem Deutschen, der keine Notiz von uns nahm und oben auf dem Bett sitzend in einem Heft blätterte und die Lieder aus dem Radio mitsang.

»Ich bin doch nicht schwerhörig«, sagte mein Vater, ohne sich umzudrehen.

»Doch, bist du.«

Mein Vater wiegte den Kopf zu der Musik und hörte mich nicht, wenigstens tat er so.

»Haare und Zähne, die muß man aufheben, für immer«, sagte ich zu seinem Rücken. Doch mein Vater blieb wie eine Statue sitzen, als beschämte und belästigte ich ihn nicht nur mit meinen Fragen, sondern auch mit dem Aberglauben, über den er sonst so leicht hinweglächeln konnte. Es brachte Unglück, wenn Haare oder Zähne in unbefugte Hände gerieten. Allein ein Vogel, der ein Haar im Schnabel durch die halbe Welt trug, lockte Unglück von überall her, und

ich dachte daran, wie ich als Kind versucht hatte, mir vorzustellen, was das bedeutet, Unglück, und wie ich das Wort
mehrmals vor mich hinsprach, um seine Bedeutung wenigstens in einer der unterschiedlichen Betonungen zu erfassen.
Was mir nicht gelang. Trotzdem mußte ich immer an einen
Vogel denken, der über Glück und Unglück entscheiden
würde, wenn ich auch nur eines meiner Haare achtlos dem
Wind überließe.

Unter dem Bett standen meine Gummistiefel. Viel zu kalt
waren die Schuhe inzwischen. In der Altkleiderkammer am
Waschhaus vertröstete man mich von Woche zu Woche. Ob
ich nicht Verwandte hätte, die mir etwas schicken könnten,
hatte die Dame gefragt, und wie es denn mit anderen Kleider-
einrichtungen aussehe, ob ich nicht mal woanders fragen
wolle. Sicherlich sei das nächstemal etwas dabei, meine
Größe, vierunddreißig, komme einfach nicht so häufig. Dabei hatte ich schon zweimal beobachtet, wie die Dame von
der Altkleiderkammer Müttern mit Kindern Stiefel in die
Hand drückte, die mit hoher Wahrscheinlichkeit Größe vierunddreißig hatten. Natürlich hatte ich mich nicht aufgeregt,
schließlich waren die anderen Deutsche, zwar aus dem Osten
Deutschlands, aber immerhin. Beim letzten Mal hatte mir
die Dame von der Altkleiderkammer ein Paar Gummistiefel
in sechsunddreißig hingestellt. In dem einen Schuh war das
Gewebe innen gelblich verfärbt. Sie rochen streng und ungewohnt. Aber mit zwei Paar Strümpfen und einer dicken Lage
Zeitungspapier konnte ich einigermaßen in ihnen laufen –
obwohl es ein unschönes Geräusch beim Gehen gab. Nur
wollte ich die Gummistiefel nicht zu dem Pelzmantel anziehen. Selbst wenn mein Vater mich nicht genau ansah. Allein
die Vorstellung, ein anderer Mensch auf der Straße, im Bus

oder in der U-Bahn sähe mich im Pelzmantel mit Gummistiefeln, ließ mich erröten.

Nicht um meines Vaters Gebiß willen, sondern der eigenen Beruhigung wegen machte ich mich auf den Weg, seine Zähne zu finden. Hatte er vorhin etwas von der Arbeitsvermittlungsstelle gesagt? Warum sollte er so weit gegangen sein? Die Arbeitsvermittlungsstelle befand sich im letzten Block an der südlichen Seite des Geländes. Zwar brannte noch Licht, aber auf mein Klingeln wurde nicht geöffnet. Auf den Kieselplatten vor dem Eingang entdeckte ich einen dunklen Fleck, dann einen zweiten. Ich folgte den Blutflecken, die vom Weg abführten, und im Lichtschein der Laterne konnte ich gerade mal etwas Dunkles ahnen. Die wenigen verdorrten Halme waren eisumhüllt, auch das Rot war gefroren. Um im Halbdunkel besser fühlen zu können, zog ich die Handschuhe aus. Mit den bloßen Händen fuhr ich über den Boden. Schnee trieb mir ins Gesicht. Ich streckte die Zunge raus und fing eine Flocke auf. Vom langen Hocken schliefen meine Beine ein, also ging ich auf die Knie.

Meter für Meter suchte ich den Boden ab. Zigarettenstummel fand ich, Kronkorken, die im Eisboden eingeschlossen leuchteten wie Münzen. Bonbonpapier. Nur gut, daß im Lager keine Haustiere erlaubt waren, sonst hätte ich mich noch vor Katzen- und Hundehaufen vorsehen müssen. Ich kroch bis zu einem Strauch, an dessen Ästen statt Blättern Eistropfen wuchsen. Die gefrorenen Hüllen des Laubes knisterten und knackten unter meinen Knien. Etwas schnitt mir ins Fleisch, ich ertastete Scherben, legte sie beiseite und setzte vorsichtig die Knie auf. Meine Hand ertastete etwas Weiches, ein Stück Gummi, ein in die Länge gezogenes, schmutzigweißes Etwas, das an einen Luftballon ohne Luft erinnerte. Ich ließ es fallen und drehte mich nach rechts, wo die Scherben lagen. Dort entdeckte ich etwas, das wie Blutspuren aussah, sicher konnte ich mir bei dem schwachen Licht nicht sein. Es mochte mein eigenes Blut sein, das mir von den aufgeschürften Knien durch die Strumpfhose sickerte. Die vielen Scherben ließen mich wieder in die Hocke gehen. Unter den Gummistiefeln knirschte und krachte es leise. Trotz der Kälte glaubte ich, den stechenden Geruch aus den Stiefeln zu riechen. Eine Schachtel Zigaretten lag vor mir. An der weißen Verpackung konnte ich eindeutig rote Spuren erkennen. Die Schachtel war noch halbvoll, ich legte sie wieder zurück und tastete weiter. Die Zähne, dachte ich und versuchte, nichts mehr zu spüren und nichts mehr zu sehen, nur noch die Zähne, die ich finden wollte. Hinter mir hörte ich ein Lachen. Ich drehte mich um. Wenige Meter entfernt standen zwei kleine Kinder im Lichtkegel der Laterne, und wenigstens eins der beiden lachte.

»Wollt ihr mir nicht helfen?« Auf deutsch rief ich ihnen zu. Meine Stimme klang wie die einer Krähe.

»Was?«

»Ob ihr mir nicht helfen wollt?«

Die Kinder kamen näher. Das Mädchen kicherte. Der Junge schob sich mit dem Finger die Brille auf die Nase und beugte sich zu mir herunter. »Was suchen Sie denn?«

»Ach, ihr seid's, ich habe euch von ferne gar nicht erkannt.«

Nellys Tochter streckte mir ihre kleine Hand entgegen. »Warum kriechen Sie auf dem Boden?«

»Zähne, mein Vater hat seine Zähne verloren.«

»Verloren?« Katja kicherte.

»Hat er ein Gebiß?« Aleksej blickte neugierig auf mich herab.

157

Mit einer Hand stützte ich mich auf und erhob mich.

»Vorhin haben sich Männer gekloppt.« Die Kleine bückte sich und hob ein Bonbonpapier auf.

»Richtig schlimm sah das aus.«

Erst jetzt fiel mir auf, daß Aleksejs dicke und gewiß schwere Brille links keinen Bügel mehr hatte. Ein Gummi spannte zwischen Rahmen und Ohr.

»Ja, und ein paar Leute haben immer ›Aufhören, Aufhören‹ gerufen. Aber die haben einfach nicht aufgehört.« Katja vergrub die Hände in den Jackentaschen.

»Ja.« Mehr fiel mir nicht ein. Um nicht zu frieren, machte ich kleine Schritte, und ehe ich mich versah, begleiteten mich die beiden, links von mir das Mädchen, rechts der Junge.

»Der eine war Ihr Vater«, sagte Aleksej, und ich spürte, daß er meinen Blick mied, wohl aus Scham, vielleicht aus Rücksicht. Vielleicht hatte er es auch zu seiner Schwester gesagt: »Der eine war ihr Vater.«

»Kommen Sie aus der Sowjetunion?« fragte mich das Mädchen.

»Nein, aus Polen.«

»Ach so, Polen.« Enttäuschung klang aus der Stimme des Mädchens.

»Unser Vater ist nämlich aus der Sowjetunion. Und Polen liegt dazwischen, stimmt's, zwischen uns und der Sowjetunion?« Aleksej stolperte.

Mir fiel ein, daß es für ihn zumindest mal so gewesen war. »Dann sprecht ihr beiden Russisch?«

»Nein.« Wie aus einem Mund sagten sie das.

Ich öffnete die Tür zu unserem Treppenaufgang.

»Haben Sie vorhin gesagt, Sie suchen einen Zahn?« Aleksej nahm seine Hand aus der Jackentasche.

»Ach«, behauptete ich. Was sollten die Kinder von mir denken, wenn ich so beharrlich nach dem Gebiß meines Vaters suchte?

»Na, macht nichts. Sie können ihn trotzdem haben.« Der Junge streckte mir seine Hand entgegen, »bitte.«

»Ach.« Sauber sah der Zahn in seiner Hand aus, er leuchtete weiß wie eine Perle, ich nahm ihn und hielt ihn gegen das Licht. »Wo hast du ihn gefunden?«

Aleksej drückte sich wieder die Brille auf die Nase und zuckte mit den Achseln, »weiß nicht mehr genau, irgendwo hier im Treppenhaus.«

»Ich habe Geld gefunden«, sagte Katja, »drei Mark vierundzwanzig, alles zusammen.«

»Wirklich?«

»Ja, aber ich glaube, das muß ich behalten. Ich weiß ja nicht, wer es verloren hat.«

»Ich habe auch welches gefunden, aber nur einen Groschen. Den Zahn schenke ich Ihnen, den können Sie behalten. Vielleicht hat Ihr Vater ihn ja doch verloren, und Sie wissen es gar nicht.«

Der kleine Junge sprach wie ein erwachsener Mann. Mir war zum Lachen. Aber ich zuckte ernsthaft die Schultern und bedankte mich für sein Geschenk. Wir waren im zweiten Stock angelangt.

Wie angewurzelt blieben die Kinder vor mir stehen und betrachteten mich.

»Ich wohne hier«, sagte ich.

»Wissen wir doch«, antwortete das Mädchen, »wir waren doch schon bei Ihnen.«

»Wollt ihr für den Zahn etwas haben?«

»Etwas haben? Ach nein. Nein, nein.«

»Na dann«, ich schloß die Wohnungstür auf, »vielen Dank.«

»Hmm«, sagten die beiden, sie blieben wie angewurzelt stehen.

»Schlaft gut«, sagte ich und machte ihnen die Tür vor der Nase zu.

Im Zimmer war alles beim alten. Mein Vater lag auf seinem Bett, der Deutsche auf dem anderen, beide schliefen. Ich machte das Licht an und begutachtete den Zahn. Je länger ich ihn mir ansah, desto unheimlicher wurde mir zumute. Er schien einfach zu weiß und spurenlos für einen mehr als siebzigjährigen Zahn. Was für ein Unglück wohl den ereilte, der den Zahn eines Fremden in den Händen hielt? Ich öffnete das Fenster und warf ihn in hohem Bogen in die Nacht.

»Es zieht, verdammt, wer macht denn da das Fenster auf?« Mein Vater zog sich die Decke über den Kopf, er grunzte.

»Licht aus! Ruhe!« brüllte der Deutsche von seinem Bett.

Ich löschte das Licht. Schnell zog ich Rock und Bluse aus, streifte das Nachthemd über den Kopf und entledigte mich erst unter der Decke und mit einigen Umständen der Unterwäsche. Die Decken waren dünn, aber warm, ein bißchen kratzten sie durch die Bettwäsche. Ich stellte mir vor, das Unglück für ihn könnte sein, daß er starb. Aber wie mochte der Tod ein Unglück sein, wenn er selbst ihn nicht spürte? Bevor ich einschlief, erfand ich ein Unglück nach dem anderen, das meinen Vater und mich ereilen konnte.

Nelly Senff hört, was sie nicht hören will

Von einem Knuspern wachte ich auf. Es war noch dunkel. Die Kinder schliefen ruhig im Bett gegenüber. Katja hatte sich unten mit in Aleksejs Bett gezwängt, das tat sie häufig, seit wir hier waren. Sie sagte, allein friere sie oben und die Luft sei zu stickig. Das Knuspern und Rascheln über mir klang wie das eines kleinen Nagetiers. Es war so dunkel, daß ich nur schwer die weißen Streifen des Matratzenbezugs über mir erkennen konnte. Die Federn quietschten, und ich ahnte, wie sich etwas auf die Seite legte, um besser knabbern zu können. Einmal hatte ich mit Wassilij einige Wochen in einem Haus am Kreidesee verbracht. Über unserem Bett knabberte und knusperte es am Abend und in der Morgendämmerung. Wassilij sagte, der Marder nagt ums Überleben, wie alle Tiere, Mausebein um Mausebein, tagein, tagaus. Trotzdem hätte ich nichts mehr gewünscht, als daß es aufhörte.

Ich schlug wie zufällig gegen den Bettpfosten, nur kurz war es still, dann kam wohl die Wirbelsäule der Maus, ungerührt knabberte es weiter.

Oft wachte ich auf, wenn Susanne frühmorgens nach Hause kam. Sie bemühte sich, leise zu sein, aber ich hörte es schon, wenn sich nur der Schlüssel in der Zimmertür drehte, und manchmal beobachtete ich dann ihren Schatten, wie sie hereinkam, erst ihre Stiefel auszog, etwas aus dem Stiefel

herausnahm, ein Bündel Scheine, die sie zählte und anschließend in ihrem Schrankfach verstaute, dann erst zog sie die
gesteppte Jacke aus, und wie sie schließlich Schicht um
Schicht, ein Kleidungsstück nach dem anderen von sich
schälte, bis ihr nackter Körper in der Dunkelheit leuchtete
und ich ihre Frisur erkennen konnte. Die Augen hatten sich
an die Dunkelheit gewöhnt. Meistens trug sie einen Pferdeschwanz. Nie kam sie vor fünf, selten nach halb sieben.
Dann stieg sie auf ihr Bett und nagte, als nage sie ums Überleben.

Wenn der Wecker klingelte, hörte ich ein lautes Rascheln
und Knistern, dann verstummte das Knuspern, womöglich
hatte sie eilig Mauseschädel und anderes Eßzeug versteckt,
die Metallfedern quietschten noch einmal, und ich war sicher, sie drehte sich zur Wand. Ich schlüpfte in die Sandalen
und ging zur Toilette.

Bei meiner Rückkehr machte ich die kleine Leselampe an,
die ich vom Begrüßungsgeld gekauft hatte. Auf einem der
vier Stühle, die um unseren Tisch zwischen den beiden Betten standen, lagen ihre Kleider. Sie verströmten einen Geruch von Rauch und Schweiß, über der Stuhllehne lag zu-
oberst Unterwäsche, ein fast durchsichtiger Schlüpfer in
grellem Rosa, ein farblich passender BH mit Spitze und kleinen Pailletten am oberen Körbchenrand. Unter der Wäsche
sah ich eine Perlonstrumpfhose und irgendein Oberteil mit
künstlichem Fellbesatz. Den Minirock aus hellblauem
Kunstleder hatte sie auf die Sitzfläche gelegt. Darunter standen die Stiefel, sie hatten eine kleine Pfütze um sich gebildet.
Wie jeden Morgen nahm ich mein Handtuch und breitete es
über dem Stuhl aus, um es unbemerkt wieder fortzunehmen,
sobald die Kinder aus dem Haus waren.

»Aufstehen«, Katja hatte ihren Arm fest um Aleksej geschlungen, beide drehten mir den Rücken zu.

»Hey, ihr müßt aufstehen«, ich flüsterte, um Susanne nicht zu wecken.

»Ich will nicht.«

»Ich kann nicht.«

»Doch, ihr könnt, ihr müßt. Kommt«, ich hob Katja aus dem Bett und trug sie zum Stuhl. Leicht war sie, so schmal wie ein Junge. Die Haare hatten einen Abdruck auf ihrer schlafroten Wange hinterlassen. Ihre Augen tränten, die Ränder schimmerten rötlich. Sie hustete und zog die Nase hoch. Mit leerem Blick starrte sie auf den Tisch. Um nicht zu sagen »halt die Hand vor den Mund«, hielt ich ihr meine vor, als sie gähnte.

»Hier sind deine Sachen, Katja. Aleksej, du auch. Ich mache euch Frühstück.«

»Kein Hunger.« Katja wischte sich eine Träne aus dem Augenwinkel, zog die Nase hoch und bohrte mit einem Finger nach. Auf dem Tisch lag ihr Schulheft, ich schlug es auf und blätterte darin. Lauter rote Striche und Schnörkel bewiesen, wie wenig sie noch die westliche Schönschrift beherrschte.

»Doch, ihr müßt was essen«, sagte ich und las, was mit Rotstift unter ihren Zeilen stand: *Wir schreiben das große L mit Schnörkel, wie auch das S und das V. Das große Z unterscheidet sich vom kleinen durch den Strich in der Mitte. Bis morgen die drei Sätze zwanzigmal abschreiben.* Katja war der Aufforderung nicht nachgekommen. Nur leere Zeilen.

»Nein.« Katja schüttelte sich.

»Dann pack ich euch was ein. Komm, zieh dich an, kein Wunder, daß du so erkältet bist.« Ich blätterte in dem Heft nach vorne. Jedes noch so ordentlich geschriebene Wort wies oben und unten und an sämtlichen Rändern rote Ergänzungen auf.

Katja stöhnte. »Hier drüben machen die überall Schnörkel.«

»Hier drüben?«

»Na hier. Hier in der Schule«, sagte sie und riß den Mund weit auf. Wieder hielt ich ihr meine Hand davor. Sie nahm sie weg: »Nicht, deine Hand riecht komisch.«

»Es macht doch nichts, wenn da jetzt eine Drei oder eine Vier steht.«

»Nein, aber die Zeilen sind ganz anders, guck mal, wir hatten ganz andere vorgedruckte Linien, und der Bauch vom B stieß hier oben an und nicht da. Guck.«

»Ist doch nicht so wichtig, Katja«, ich schlug das Heft zu.

»Natürlich ist das wichtig. Du guckst gar nicht richtig hin.« Katja riß das Heft an sich und stopfte es in ihre Schulmappe.

In der Küche standen die Flaschen der Mitbewohner auf den Ablagen herum, der Boden klebte unter meinen Füßen. Zigaretten waren auf einem Konservendeckel ausgedrückt, im Abwaschbecken stand eine trübe Brühe, und auch in der Brühe schwammen Zigarettenstummel, aus denen sich der unverkohlte Tabak gelöst hatte. Ich fischte kleine Papiertütchen aus der Flüssigkeit, auf denen stand: Glühwein-Würzmischung. Die Küche war so dreckig, als hätte ich sie gestern nicht von oben bis unten geputzt.

»Mama, die Schuhe passen nicht mehr.« Katja war hinter mir in die Küche gekommen und hielt ein Bein hoch. »Hier, fühl mal.«

»Wie, so plötzlich?«

»Ich wachse eben.«

»Wir haben die Schuhe erst vor zwei Wochen bekommen.«

»Vor drei, mindestens. Außerdem haben sie Löcher an den Seiten, hier, die ganze Sohle löst sich ab. Guck. Ich hab den ganzen Tag nasse und kalte Füße.«

»Du vergißt auch, abends die Zeitung reinzustopfen«, ich streichelte Katja über den Kopf, sie hatte die Haare noch nicht gekämmt. »Ich habe dir doch gezeigt, wie man das macht. Kein Wunder, daß sie morgens noch naß sind.«

»Bäbäbäbäää«, maulte sie, und während sie aus der Küche ging, sagte sie: »Die anderen Kinder haben so Schneestiefel, weißt du, mit ganz dicken Sohlen und in rot und hellblau für Mädchen.«

»Hmm, aus Plaste.«

»Ja, die passen zu den Schulmappen.«

»Wir haben darüber schon geredet.«

»Aber wenn«, Katja schien nachzudenken, »wenn, ich meine, könntest du nicht welche kaufen, und wir kriegen dann ganz lange kein Taschengeld.«

Aleksej kam in die Küche. »Mama, du, Mama?«

»Ihr bekommt fünfzig Pfennige, davon kann ich euch keine Schuhe kaufen.«

In Katjas Blick lauerte die Frage nach der Schulmappe und der wollte ich zuvorkommen: »Alles schön bunt und aus Plaste. Feuerrote Schuhe aus Polyester, hellgelbe Schulmappen aus Polyester, himmelblaue Jacken aus Polyester. Um Himmels willen, warum wollt ihr unbedingt solche Mappen? Die sehen ganz albern aus. Alle Kinder haben dieselben, das ist doch lächerlich.« Erschrocken über meinen Versuch der Missionierung, fügte ich hinzu »Ihr habt was ganz Besonderes, richtig echte …« und schämte mich.

»… alte Mappen aus dem Osten.« Mitleidig sah mich Aleksej an. »Man merkt, daß du kein Kind mehr bist, Mama.«

In solchen Augenblicken fragte ich mich, woher Aleksej seine Gelassenheit mir gegenüber nahm. Fast überheblich wirkte sein Mitleid. Katja und Aleksej wichen meinem Blick aus.

»Lachen die Kinder über euch?«

Aleksej bückte sich und schnürte seine Schuhe zu. Katja verdrehte die Augen, als sei es besonders ungehörig von mir, so etwas zu fragen. Schon aus Stolz würden mir die beiden nicht sagen, wenn andere Kinder über sie lachten. Einen Moment lang war ich mir nicht sicher, ob meine Vermutung stimmte oder ihre Andeutung nichts als Erfindung war, um mich von der Notwendigkeit der unzähligen neuen Gegenstände zu überzeugen. Katja hatte nur nach Schuhen gefragt. Die anderen Wünsche standen allein in meiner Erinnerung zwischen uns und ließen mir meine Kinder fremd erscheinen. Die Fremdheit zwischen uns haßte ich, doch je mehr ich haßte, um so fremder wurden sie. Ich mochte sie nicht, wenn sie um Schulmappen oder irgendwelche modischen Stofftierchen bettelten. Erfüllen konnte ich keinen ihrer Wünsche. Ich wollte es auch nicht mehr. Ihre Gier war mir zuwider geworden. »Wenn die Schuhe nicht mehr passen, gehen wir eben noch mal rüber in die Kleiderkammer und bringen sie zurück, mal sehen, ob sie andere haben.«

Aleksej setzte sich auf den Küchenboden und verknotete das abgerissene Ende des Schnürsenkels mit dem im Schuh. Die Brille rutschte ihm von der Nase, sie fiel auf den Boden.

»Wir haben heute nachmittag einen Termin beim Augenarzt«, ich hob die Brille auf. Nur gut, daß sie so dickes Glas hatte, das schützte vor Zerbrechen. Ich setzte ihm das Gestell auf die Nase und zog an dem Gummiband. Es war so ausgeleiert und morsch, daß es kaum noch hielt. »Dann bekommst du eine neue Brille.«

»Muß das sein?«

»Ja, das muß sein.«

Eine Tür schlug zu, der Nachbar mit dem Bierbauch erschien in der Tür, sein Unterhemd bedeckte die obere Hälfte seines Bauches. Die Unterhose und was daraus vorguckte, wollte ich lieber nicht genau in Augenschein nehmen. Ich half Aleksej. Der Nachbar stand in der Küchentür und schüttelte fassungslos den Kopf. »Mensch, jeden Morgen hier so ein Krach. Könnt ihr nicht mal leise sein? Da kriegt man ja kein Auge zu.« Schimpfend ging er auf die Toilette, von wo aus man lautes Furzen und ununterbrochenes Schimpfen hörte.

An der Tür nahm ich beide in den Arm.

»Du bringst Aleksej bis zur Klassentür?«

»Klar.«

Ich sah ihnen nach, wie sie die Treppe runtergingen. Das Fenster im Treppenhaus war noch schwarz. Auf dem Absatz drehte sich Aleksej zu mir um und winkte. Sein Blick schien von der Fremdheit und meinem Haß und auch von der Scham zu wissen, die seine Aufmerksamkeit in mir auslöste. Er winkte und lächelte, als empfinde er Mitleid für mich.

»Macht's gut, ihr beiden.«

»Mama?« flüsterte er.

»Ja?«

»Was ist eine Ostpocke?«

»Eine Krankheit jedenfalls nicht. Es gibt Pocken und Windpocken, aber keine Süd- oder Nordpocken.« Ich mußte lachen.

»Aber Ostpocken«, sagte er und wurde von Katja die Treppe runtergezogen.

Der Schritt zurück in die Wohnung verschlug mir den Atem. Die Luft erschien so stickig, als schliefen hier keine zehn, sondern hundert Menschen, und als wäre nicht nur Winter, sondern als gäbe es schlichtweg keine Fenster, die man öffnen könnte. Es stank nach Alkohol und dem Schweiß anderer Menschen. Menschendunst. Und doch würde auch unser Geruch in diesem Dickicht enthalten sein, unkenntlich, aber vorhanden.

Um Susanne nicht beim Schlafen zu stören, wollte ich Erledigungen machen, mich um Arbeit kümmern und vorn am Pförtner nach Post fragen.

Später begann es zu schneien. Der Schnee tanzte aufwärts. Eine dünne weiße Schicht legte sich auf jedes Ding. An solchen Tagen kam das Licht von der Erde statt vom Himmel. Ich stand im Waschhaus, holte die nasse Wäsche aus der Maschine und packte sie in die Schleuder, als die Tür auflog und Katja hereinstürzte. Mitkommen, ich sollte schnell mitkommen, Aleksej sei übel.

»Warum seid ihr nicht mehr in der Schule?« fragte ich, es war jetzt elf Uhr und Schulschluß wäre erst um halb eins.

»Schnell, beeil dich, Mama, laß die Wäsche liegen.«

Ich folgte Katja durch den Schnee. Vor unserer Haustür saß Aleksej und kotzte auf den vereisten Rost des Fußabtreters.

»Die Lehrerin hat gesagt, er soll eine Stunde liegenbleiben, und hat mich geholt, damit ich im Krankenzimmer auf ihn aufpasse, aber es ging ihm so schlecht, Mama. Da sind wir weggelaufen.«

»Weggelaufen? Ihr seid einfach aus der Schule ...?«

»Mama, die haben ihn in der großen Pause hingeschmissen und sind auf ihm rumgetrampelt.« Katja war außer Atem, sie setzte sich neben ihren kleinen Bruder und legte einen Arm um ihn. »Mama, mach doch was, siehst du nicht, es geht ihm schlecht.«

»Wo ist denn die Brille?«

»Keine Ahnung, die ist bestimmt noch auf dem Schulhof.«

Aleksej wischte sich mit dem Ärmel den Mund ab, sein Gesicht war weiß. »Ein Fahrrad im Gesicht.«

»Was?« Offenbar konnte er nicht mehr klar denken.

»Ein Fahrrad, da haben die so gelacht, die Ostpocke hat ein Fahrrad im Gesicht.«

»Komm«, ich hob Aleksej auf meinen Arm und trug ihn die Treppe hinauf. Er kotzte über meine Schulter, nur noch wenig Flüssigkeit kam heraus.

»Hier, du bleibst jetzt mal ein bißchen liegen.«

»Nein, Mama, nicht, alles dreht sich, nicht, Mama, geh nicht weg.«

»Ich rufe einen Arzt, mein Kleiner, Katja bleibt bei dir.«

Ich rannte aus der Wohnung, den Weg entlang zum Pförtner.

»Ja?«

»Einen Arzt, bitte, rufen Sie einen Arzt, mein Kind hatte einen Unfall.«

»Einen Unfall?«

»Bestimmt eine Gehirnerschütterung. Schnell.«

»Was für einen Unfall? Wo denn?«

»Bitte, rufen Sie einfach einen Arzt, Block B, Aufgang zwei, zweite Etage links«

»Wollen Sie ein Taschentuch?« Er reichte mir ein Papiertaschentuch durch das Fenster, und ich ging den Weg zurück. Links und rechts suchte ich den Schnee ab, meine Augen schmerzten vom Weiß. Vielleicht hatte er die Brille doch erst im Lager verloren. Ich wischte mir die Tränen aus den Augen. *Where we sat down, ye-eah we wept, when we remembered Zion* schallte es. Eine Frau stand oben hinter einem geöffneten Fenster und putzte die Scheibe. Kein Wunder, daß die Kinder sich so wehrten, dachte ich, von Anfang an kommen Kinder in ihre Klasse, die in absehbarer Zeit wieder weggehen, mal bleiben sie zwei Wochen, mal vier Monate, und es gab auch solche, die zwei Jahre blieben. Niemand wußte, wie lange es dauern würde. Aber daß sie wieder gehen würden, das stand fest. Warum sollte man sich nicht gegen diese Eindringlinge wenden, gegen diesen ständigen Einbruch von außen, die Fremden, die anders sprachen und andere Ausdrücke verwendeten, keine Schneeanzüge trugen, andere Stiefel und Schulmappen hatten als der Rest der Klasse? Man ärgerte sie und siehe da, das Ärgern zeigte Erfolg, binnen kurzer Zeit würde man sie vergrault haben, sie würden nicht mehr kommen. Einfach weg. Das erlebten die Kinder dieser Schule Tag für Tag, Jahr um Jahr. Die Frau oben lehnte sich beim Fensterputzen weit hinaus, das Ende des Simses wollte sie mit einer Bürste reinigen. Man achte darauf, daß in einer Klasse zur selben Zeit nicht mehr als drei Kinder aus dem Lager seien, sagte mir die Direktorin, als ich die Unterlagen und Zeugnisabschriften meiner Kinder dort vorlegte. In den letzten Jahren gehe es, schließlich kämen jetzt nicht mehr ganz so viele aus dem Ostblock. Aber schwierig sei es schon, gerade mit den Polen und den Russen. Ich verstünde schon, was sie meine, na, wir würden sehen. Damals hatte ich mir nichts weiter dabei gedacht und verstand noch immer wenig davon. Im Gegensatz zu meinen Kindern hatte ich mit den Menschen draußen, außerhalb des Lagers, wenig zu tun. Vielleicht mit den Verkäufern im Geschäft gegenüber. Mit den Verkäufern in Möbelhäusern, durch die ich an manchem Vormittag streifte, ohne auf der Suche nach etwas Bestimmtem zu sein. Inzwischen hatte ich längst bemerkt, daß keins meiner Kinder Freunde gewann oder auch nur zu einem Kindergeburtstag eingeladen wurde. Katja behauptete, es liege an der kleinen blonden Puppe, die sie nicht habe, wie sie ja auch nicht die richtige Kleidung habe und nicht wie mehrere Mädchen der Klasse zum Flötenunterricht in die nahegelegene evangelische Kirche gehe, wo sie doch nicht einmal eine Flöte hatte, von Gott ganz zu schweigen. Aleksej dagegen war eines Tages nach Hause gekommen und hatte beiläufig erzählt, sein Banknachbar Olivier habe ihm heute erklärt, warum er ihn nicht zum Geburtstag einladen könne: Aus zweierlei Gründen, zum einen brächten die Lagerkinder nie richtige Geschenke mit, wie auch, so ganz ohne Geld, zum anderen würden sich die anderen wundern, wenn er einen wie ihn einlade. Zum Trost hatte der Banknachbar Aleksej zwei Gummibärchen geschenkt. Dabei wäre ich sowieso nicht hingegangen, hatte Aleksej gesagt, wollte mir aber nicht verraten, warum nicht.

Oben im Zimmer saß Katja auf Aleksejs Bett und summte einen Schlager. Aleksej war eingeschlafen.

»Hast du gesehen, wie er hingeschubst wurde?« Ich kniete mich vor das Bett und streichelte die kleine Schulter meines Sohnes.

Katja hörte mit dem Summen nicht auf, sie sah mich nicht an und schüttelte den Kopf.

»Dann ist er vielleicht hingefallen.«

Sie summte und und zuckte mit den Achseln.

»Bitte sei still, Katja, hör auf, dieses Lied zu summen, ich kann das nicht mehr hören, überall, wo man ist, wird dieses Lied gespielt.«

»Ohrwurm, Mama.«

»Kann es nicht sein, daß er hingefallen ist?«

»Glaub ich nicht, die Kinder haben ja gejault und geschrien, alle standen im Kreis, und als ich mich durchgedrängelt hatte, hab ich gesehen, wie sie auf ihm draufstanden.«

»Auf ihm draufstanden?«

»Na, sie sind eben auf ihm rumgetrampelt.«

»Das sagst du so, so kühl, als ob das ganz normal ist. Rumgetrampelt, sagst du?«

»Mensch, Mama, reg dich doch nicht so auf, das bringt jetzt auch nichts.« Meine zehnjährige Tochter tat, als erlebe sie diese Situation jeden Tag und als gebe es keinen Grund zur Aufregung, wenn offenbar mehrere Kinder auf Aleksej rumtrampelten. Unwillkürlich mußte ich an Aleksejs mitleidigen Blick denken und ertappte mich bei der Vorstellung, daß sich seine Klassenkameraden von ihm provoziert fühlten. Ein Achtjähriger, der Zeitung las und den halben Tag über einem Buch hockte, das mußte auf Kinder seltsam wirken. Aleksej wußte das meiste besser als die Menschen um ihn herum. Darauf war er nicht stolz, aber er machte auch kein Geheimnis daraus, und so berichtigte er die Menschen. Da machte er gewiß keinen Unterschied zwischen Erwachsenen und Kindern, zwischen Verwandten und Fremden. Manchmal nannte ich ihn Besserwisser und Naseweis und neunmalklug. Aber dann lächelte er nur milde und nachgiebig. In Meinungsdingen berichtigte er niemanden.

»Ich hab Durst«, Aleksej öffnete die Augen.

»Leitungswasser, was anderes gibt's nicht, der Tee ist aus. Geh ihm bitte ein Glas holen, Katja.« Ich beugte mich über ihn und fühlte, ob er Fieber hatte, aber meine Hände waren so kalt, daß mir selbst das Metall des Bettes noch warm erschien.

»Nein, Mama, kein Wasser.«

»Gut, Katja, geh Brause kaufen, ausnahmsweise.«

»Nein, will ich nicht.« Katja blieb wie angewurzelt sitzen.

»Du willst keine Brause?«

»Ich will keine kaufen, Mama, ich will nicht in den Laden.«

»Jetzt kommt das schon wieder, Katja, stell dich bitte nicht so an. Siehst du nicht, daß es Aleksej schlecht geht. Der Arzt kommt gleich, jetzt geh und kauf Brause. Mein Portemonnaie liegt auf dem Tisch. Nimm eine Mark raus.«

»Nein.«

»Kannst du mir mal verraten, warum du dich seit ein paar Tagen so sträubst, da rüberzugehen?«

»Ich will nicht.«

Eine Sirene kam näher, sie wurde immer lauter. Ich stand auf und blickte hinaus. Zwischen den Wohnblöcken gab es keine Straße, nur Wege, der Krankenwagen war einfach über den Schnee auf der Wiese gefahren und hielt unten vor unserer Tür. Susanne setzte sich in ihrem Bett auf und rieb ihre Augen.

»Ist was passiert?«

»Nein, nichts«, anwortete ich und ging zur Wohnungstür, bevor das Klingeln alle aufschrecken würde. Die beiden Sanitäter kamen herein und ließen sich von Katja und mir erklären, was Aleksej passiert sein könnte.

»Schöner Unfall«, sagte der eine, bevor er einen Blick nach oben auf Susannes nackte Beine wagte und dann meinen Sohn auf die viel zu große Trage legte. Susanne sah schweigend von oben zu. Wir könnten gern nachkommen, sagten sie uns, nur sei im Krankenwagen kein Platz für uns beide. Sie gaben mir die Adresse und trugen mein Kind aus der Wohnung. Ich sah zu, wie sie ihn unten in den Wagen schoben. Dann packte ich seine Sachen, den Schlafanzug, die Zahnbürste, die Hausschuhe. Alles paßte in eine Tüte. Den Plüschesel, den ich ihm vor zwei Jahren in die Schultüte gesteckt hatte und der den ganzen Weg mitgekommen war, bis hierher ins Lager, nahm Katja unter den Arm.

»Meinst du, er hat Lust zu malen?« Katja wollte ihm die Buntstifte einpacken.

»Ich weiß nicht, vielleicht ist ihm zu schlecht dafür.«

»Wir könnten ihm Filzstifte kaufen.«

»Katja, wir müssen nicht ständig irgendwas kaufen, mach mich jetzt bitte nicht verrückt.«

»Meinst du, daß es schlimm ist?«

»Angenehm ist es bestimmt nicht. Eine Gehirnerschütterung, vermutlich, da liegt man einfach ein paar Tage in Ruhe.«

»Frierst du nicht?« fragte Katja und beobachtete, wie Susanne ihren Minirock anzog.

»Nein, eigentlich nicht«, sie rollte die Strümpfe auf, die ich seit Wochen fälschlich für eine Strumpfhose gehalten hatte, und befestigte sie unter dem Minirock.

»Ist dir die kaputtgegangen?«

»Wer?« Susanne schaute an sich herunter.

»Na, die Strumpfhose.«

»Quatsch, das ist keine Strumpfhose.«

»Was dann?«

»Strapse«, Susanne kicherte und zog den Reißverschluß ihres Stiefels zu.

»Ich jedenfalls würde frieren.« Katja sah mitleidig auf Susannes Beine. »Rauchst du?«

»Nein, eigentlich nicht. Also, selten.«

»Du riechst ganz doll nach Zigaretten.«

»Das sind die Anziehsachen«, Susanne lachte wieder und strich Katja über den Kopf. »Los, kümmer dich lieber um deinen Bruder.«

Im Krankenhaus sollten wir uns im Erdgeschoß in ein Wartezimmer setzen. Man wollte erst herausfinden, bei welcher Untersuchung und in welcher Abteilung sich Aleksej gerade befand. Eine ältere Frau saß auf der Bank vor dem Fenster und blätterte in einer Zeitschrift. Sie kam mir bekannt vor, ich beugte mich vor, um ihr Gesicht zu sehen, und erkannte Frau Jabłonowska, die Polin aus unserem Haus, die mir, wann immer ich sie im Treppenhaus oder im Waschhaus traf, ein Gespräch über meine ach so netten Kinder aufdrängen wollte. Sie blickte auf.

»Hallo.«

»Ach, hallo«, sie ließ die Zeitschrift auf ihren Pelzmantel sinken und sah uns verwundert an, dann schlug sie die Zeitschrift wieder auf und las oder betrachtete die schwarz-weißen Abbildungen. Ihr Vater war der wilde Tänzer, vielleicht war ihm etwas passiert, und sie wartete auf ihn. Bei den letzten Begegnungen hatte ich ihr das Wort abgeschnitten.

»Aleksej hat der Frau einen Zahn geschenkt«, flüsterte Katja mir zu, sie zeigte mit dem Finger neben sich und flüsterte so laut, daß es die Frau mit Sicherheit verstehen konnte.

»Einen Zahn?« Ohne ihrem Finger zu folgen, nahm ich Katja den Esel aus der anderen Hand und legte ihn zwischen uns auf die Bank. Die Frau atmete schwer. Katja stand auf und betrachtete die Bücher, die in einem niedrigen Regal standen. Sie suchte ein Buch aus dem Regal und brachte es mir.

»Liest du mir was vor?«

»Jetzt nicht. Lies doch selbst.« Ich sah auf die große Uhr, es war kurz nach halb eins. Katja nahm mir das Buch weg und hielt es einen Moment auf ihrem Schoß fest. »Im Bücherwagen sind die immer ausgeliehen«, sagte sie leise, aber ich antwortete ihr nicht. Dann stand sie auf und brachte es ins Regal zurück. Mit vorsichtigen Seitenblicken versuchte Frau Jabłonowska uns unbemerkt in Augenschein zu nehmen.

»Kannst du dir so ein Buch nicht von einem Mädchen aus der Klasse leihen?«

Katja zuckte mit den Achseln. »Ja, bestimmt«, sagte sie, gerade, als ich wußte, daß sie lügen müßte. Ich legte einen Arm um ihre schmale Schulter, sah wieder auf die Uhr und wippte mit dem Fuß auf und ab. Von irgendwoher erklang das Lied. Die hellbeige gestrichenen Wände gaben es wieder. Es hallte sonderbar. Erst bewegten sich die Stimmen wie Springseile, sie spotteten fast über die Trägheit in mir, die sich gegen das Lied zur Wehr setzte, das die Schwere bedrohte, fröhlich und sorglos, doch je öfter das Lied seine Melodie wiederholte, desto stärker rollten die Stimmen auf der Musik, eine Woge, als fühlten wir alle gemeinsam und säßen irgendwo an einem Wasser bei Babylon. Zum Teil wurde der Refrain von einem großen Chor gesummt, ein Windschwarm über einem Meer, eine Kulisse von unglaublicher Weite und Freiheit und Liebe, ich schluckte, so übel wurde mir plötzlich.

»Was machen Sie hier?«

Ich beugte mich vor, aber Frau Jabłonowska in ihrem Pelzmantel schien nicht bemerken zu wollen, daß ich mit ihr sprach.

»Entschuldigen Sie«, ich stand auf und setzte mich neben sie. »Wir sind uns doch kürzlich im Waschhaus begegnet. Ich hab Ihnen das Wort abgeschnitten und bin rausgegangen.«

»Ach?« Auf ihrem Schoß lag ein Nachrichtenmagazin mit einem winterlichen Bild vom Kreml. Das rotumrahmte Bild wirkte seltsam farblos, als habe der Schnee oder das grobe Korn des Abzugs ihm alle Schärfe und Farbe genommen. Die gelbe Titelschrift lautete: *Was ist im Ostblock los?* Sie schien die Zeitschrift nicht lesen zu wollen.

»Doch, ich bin mir sicher. Was bringt Sie hier ins Krankenhaus?«

Frau Jabłonowska sah mich lange an, sie atmete und atmete, der Pelzmantel schien einfach zu eng für ihren schweren Atem.

»Ich warte auf meinen Bruder. Sie machen ihn fertig, haben sie gesagt.«

»Dann war er krank und wird entlassen?« Ich lächelte, um ihr zu zeigen, daß ich keineswegs mehr abweisend sein würde.

»Das, also, sie machen ihn fertig, weil, mein Bruder ist letzte Nacht gestorben.«

»Oh«, ich betrachtete ihre fleckige Hand, die zitterte, und das Taschentuch darin. »Das tut mir leid.«

»Nein, nein. Sie können ja nichts dafür. Das ist schon gut. Er war sehr krank.«

»Haben Sie ihn gepflegt?«

»Nein, er mußte die letzten Monate hier liegen. Sie haben mich nicht angerufen. Wissen Sie. Ich bin heute morgen hergekommen. Seit vier Tagen warte ich auf ihren Anruf, jede Nacht, und jeden Morgen oder Nachmittag komme ich und sehe nach, ob er noch atmet. Heute war sein Zimmer leer.«

Eine strenge Mischung aus Fettgeruch und Parfum umgab sie. Ihr Schweißgeruch drang durch das Fell. Obwohl die hakenartigen Knöpfe am Mantel bis obenhin alle geschlossen waren. Sie öffnete den Mund, um leichter ausatmen zu können.

»Ich wollte bei ihm sein. Verstehen Sie das? Und dann stirbt er«, sie atmete durch, machte eine Pause, »einfach hinter meinem Rücken«, Frau Jabłonowska strich mit der Hand über ihren Pelz und zog einzelne Härchen heraus. »Sie hatten mir versprochen, daß sie mich anrufen.«

»Im Lager? Da gibt's doch keine Telefone.«

»Na, wenigstens die Zentrale. Aber sie haben's wohl vergessen. Vielleicht hatten sie soviel zu tun.«

»Und das?« Katja hielt mir ein Buch dicht vor die Augen. »Ist dir das vielleicht lieber?« fragte sie und rollte die Augen.

»Komm«, am Ärmel zog ich sie wieder neben mich auf die Bank, »setz dich hier neben mich und lies einfach ein bißchen, ja?« Dann wandte ich mich wieder Frau Jabłonowska zu. »Und jetzt wird Ihr Bruder – *fertig gemacht*?«

»Sie müssen ihm wohl die Hände über der Brust falten und das Kinn hochbinden, das macht man so, ja, bevor die Angehörigen gucken kommen.«

»Das Kinn hochbinden?«

»Sonst fällt es runter, und der Mund steht weit offen, wenn die Totenstarre einsetzt und die Verwandten kommen, dann würde der Kiefer aufklappen«, unvermittelt riß Frau Jabłonowska ihren Mund auf, »so.« Sie hatte goldene Zähne.

»Ah, ja.« Ich stellte mir einen toten Mann mit weit aufgerissenem Mund vor.

Sie klappte den Mund zu. »Warum sind Sie hier?«

Gerade wollte ich antworten, da ging die Tür auf. Die Schwester prüfte erst mich, dann Frau Jabłonowska, und schließlich fiel ihr Blick auf Katja, die wieder vor dem Bücherregal kniete. »Jabłonowska?«

Sie stand auf. Ihre Beine, die unten aus dem Pelzmantel ragten, wirkten spindeldürr gegen den massigen Körper. Sie steckten in klobigen Gummistiefeln, mit denen sie schlurfte, als seien sie viel zu groß. Sie legte die Zeitschrift hinter sich auf die Bank.

»Kommen Sie bitte?«

»Ja, ich komme, einen Augenblick. Darf ich noch einmal auf die Toilette?«

»Wenn's schnell geht, natürlich.«

Frau Jabłonowska folgte der Schwester auf den Gang.

Katja hatte sich ein neues Buch geholt und saß bewegungslos, das Buch auf den Knien, und las. Ich schaute über ihre Schulter. »Das ist bestimmt nicht besser.«

»Mama, du mußt es ja nicht lesen. Außerdem hat unser Vater das Buch schon gelesen.«

»Wie kommst du denn darauf?«

»Ich erinnere mich an den Umschlag.«

»Nach, was, nach mehreren Jahren willst du dich an den Umschlag erinnern? Wie soll er denn da rangekommen sein, an so ein Buch?«

Katja klappte das Buch zu. Eine bräunliche Zeichnung schmückte den Umschlag. Warum sollte Wassilij ein Kinderbuch gelesen haben, und dazu noch eins aus dem Westen? Immer öfter glaubte ich Katja beim Lügen zu ertappen.

»Ich war nicht schnell genug«, sagte Aleksej, als wir in das Krankenzimmer kamen. Ich ging zu seinem Bett und zog mir einen Stuhl heran.

»Siehst du, Mama, wenn er wenigstens Turnschuhe hätte.«

Katja beugte sich von der anderen Seite über ihren Bruder und legte die Hand auf seine Stirn, als sei sie die Mutter. »Rate mal, was«, sie öffnete den Reißverschluß ihres Anoraks und ließ den Esel herausgucken.

»Meinst du, ich muß tot sein, wie unser Vater?«

»Nein, mein Kleiner, bestimmt nicht.« Ich dachte an den Bericht, den mir der Arzt draußen auf dem Gang gegeben hatte und den ich unterschreiben mußte. Daß ich die Verantwortung für die Folgen der Untersuchungen trage, man zwar von einer Ungefährlichkeit ausgehe, aber bestimmte Folgen der Röntgenaufnahmen nicht ausschließen könne. Dabei hatten sie längst alle Untersuchungen vorgenommen, mir blieb gar nichts anderes übrig, als die Unterschrift zu leisten. Er hatte eine Gehirnerschütterung, eine Schädelprellung, mehrere andere Prellungen und eine gebrochene Rippe. Außerdem, darauf wies mich der Arzt gesondert hin, hätten sie festgestellt, daß er unterernährt sei. Bei seiner Größe sollte er mindestens sechsundzwanzig Kilo wiegen, das wären ja wohl einige Pfunde zuwenig. Darüber wollte der Arzt noch einmal in einem ausführlichen Gespräch mit mir reden, er hatte mich streng angesehen, als ließe ich meine Kinder hungern oder vernachlässigte sie.

»Weißt du, Mama, ich denk immer, unser Vater will wieder da sein und in mir leben.« Aleksejs Wangen waren rot und rauh. Die Augen wirkten glasig.

»In dir?«

»Ja, wo er doch jetzt nur noch eine Leiche und keinen lebendigen Körper mehr hat, glaube ich, vielleicht möchte er gerne in mir drin leben, in meinem Bauch.«

»Wie kommst du darauf?«

»Großmutter hat mal gesagt, daß er in uns weiterlebt.«

»Das ist anders gemeint. Großmutter findet, daß er in uns weiterlebt, wenn wir uns an ihn erinnern.«

»Ich weiß, wie Großmutter das gemeint hat. Aber das reicht nicht, Mama. Eine Seele will mehr.«

Jetzt glaubte Aleksej schon, etwas über den Willen von Seelen zu wissen. Ich schüttelte den Kopf und berührte seine Lippen, die trotz der inneren Verletzungen unnatürlich heil wirkten.

Der Arzt kam herein, er bat mich, mit ihm vor die Tür zu kommen. In seinem Sprechzimmer forderte er mich auf, in dem orangefarbenen Sessel Platz zu nehmen. Er bot mir Mandarinensirup mit Wasser an.

»Haben Ihre Patienten alle Einzelzimmer?« Ich schlug die Beine übereinander und wollte mich bedanken.

»Einzelzimmer? Nein, das wird nur für die ersten drei Tage sein, wegen der Ansteckungsgefahr.«

»Ansteckungsgefahr?«

»Sehen Sie mich bitte nicht so erschrocken an«, er lächelte großzügig und kostete noch einen Augenblick die Wirkung seiner Worte, dann beugte er sich vor, faltete die Hände auf der Schreibtischplatte und sagte: »Ihr Sohn hat Läuse, das dürfte Ihnen ja wohl nicht entgangen sein, wie? Der ganze Kopf voll, da müssen wir erst mal eine Kur machen.«

»Ach«, abrupt hielt ich inne und nahm meine Hand vom Kopf, sollte es doch jucken, ich würde es ertragen.

»Den Bericht haben Sie ja gelesen?«

Ich nickte.

»Ihr Sohn behauptet, er sei in der Schule verprügelt worden.«

Er musterte mich und erwartete offenbar eine Antwort.

»Ja?«

»Nun, wir fragen uns, ob das stimmt. Er macht einen recht verwirrten Eindruck. Die Schule hätte ihn so gar nicht nach Hause schicken dürfen. Was ich sagen will, vielleicht war er gar nicht in der Schule?«

»Nicht? Wo sollte er denn gewesen sein?«

»Bitte, regen Sie sich nicht auf, so ein Gespräch ist für uns auch nicht leicht. Wir haben es immer häufiger mit diesen Fällen zu tun. Mißhandlung, ja, das kommt in den besten Familien vor.«

»Wie bitte?«

»War er bei Ihnen zu Hause?«

»Nein, im Lager war er nicht. Nicht, daß ich wüßte.«

»Frau Senff, unsere Sanitäter haben ihn aus dem, warten Sie, Block B im Notaufnahmelager abgeholt. Sie wohnen doch dort?«

»Wir wohnen da, ja. Aber …«

»Ganz ruhig, Frau Senff, ja, ich bin nicht die Polizei. Wir haben hier auch eine Schweigepflicht. Es ist für uns einfach sehr unwahrscheinlich, sehen Sie, die Schwere der Verletzungen, Prellungen der Art, eine Rippe gebrochen, die punktartigen Verletzungen in den Armen und im Rücken, ganz offensichtlich von einem spitzen Gegenstand, Nadeln, ja, am besten heiße, sind beliebt«, während der Arzt sprach, schlürfte er merkwürdig durch die Zähne, als bereite es ihm unerhörte Lust und Qual, von diesen Dingen zu sprechen, »eine Gehirnerschütterung mit Schädelprellung, dafür muß man schon viel Kraft haben. Er braucht eine Brille und hat keine. Dazu seine Unterernährung.«

»Mir ist gar nicht aufgefallen, daß …«, ich überlegte, ob es vielleicht falsch war, zu sagen, was ich sagen wollte. Ich zündete mir eine Zigarette an.

»Nicht aufgefallen, daß ihr Sohn zu dünn ist, zu leicht? Heute hat doch jeder Mensch eine Waage.«

»Nein, Herr …, wie ist Ihr Name?«

»Doktor Bender. Würden Sie bitte Ihre Zigarette wieder ausmachen?«

»Herr Bender, im Lager gibt es keine Waagen, außer bei der medizinischen Untersuchung, und wer kommt denn auf die Idee, sein Kind zu wiegen. Ich meine, außer beim Kinderarzt. Ja, und bei den letzten Untersuchungen stimmte alles, zumindest hat da niemand von Unterernährung gesprochen.«

»Wir müssen in diesem Fall Ihre Aussage aufnehmen und aus Versicherungsgründen auch an die Kasse weiterleiten. Dort wird es mit großer Sicherheit zu einer Nachforschung auch in Richtung Schule kommen, denn entweder haben Sie Ihre Aufsichtspflicht vernachlässigt, oder die Schule.«

»Meine Kinder essen. Sie essen nicht viel, aber das tun wir alle nicht. Wenn Sie jeden Tag Ihr Essen in Portionen zugeteilt bekämen, verginge Ihnen auch der Appetit.«

»Nun werden Sie nicht persönlich, Frau Senff.«

»Sie wurden gerade persönlich.«

»Ja, wurde ich das? Nun, wie gesagt, die Versicherung wird sich darum kümmern. Es ist nicht an mir, die Entscheidung über die Herkunft der Verletzung zu tragen. Ich kann lediglich meine Vermutungen haben.«

»Ach, Ihre Vermutungen?«

»Frau Senff, bleiben wir sachlich. Das ist bestimmt nicht ganz einfach für Sie.«

»Nein, ist es nicht«, ich stand auf, »aber ich mische mich auch nicht in Ihr Familienleben.«

»Einmischung ist manchmal wichtig, Frau Senff«, er

schlürfte durch die Zähne und schluckte. Doktor Bender tat, als interessiere ihn nicht mehr, ob ich im Raum blieb oder nicht, er machte Notizen auf seinem Formular, goß sich einen Schluck Mandarinensirup ein, den er pur trank, und nahm schließlich den Telefonhörer ab, um etwas in den Hörer zu flüstern.

»Wichtig, wichtig«, sagte ich, aber er hob nicht einmal den Kopf in meine Richtung, getrost konnte ich vor mich hinreden, er ließ sich beim Einordnen seiner Formulare nicht stören, »bloß schön in der Rolle bleiben, nicht? Wie habt ihr's alle gut mit euren Rollen, nicht? Rollen auf Lebenszeit. Ja, kann man die irgendwo kaufen?« Die Tür ließ ich sperrangelweit offen und ging den Gang hinunter.

Katja lag auf Aleksejs Bett. Sie hatte sich quer über ihn gelegt, die Beine baumelten hinunter, und sie sang das Lied, das ich nicht mehr hören wollte.

»Bastard.« Katja setzte sich auf.

»Bastard?«

»Ja, Bastard, das haben so ein paar Jungs gerufen, als sie auf Aleksej rumtrampelten, Bastard, Bastard. Und natürlich Ostpocke.«

»Warum Bastard?«

»Weiß nicht«, sie zuckte mit den Schultern, »vielleicht, weil sie wissen, daß wir keinen Vater haben und daß ihr nicht verheiratet wart.«

»Ach was, woher sollen die so was wissen?«

»Na, die Lehrerin fragt doch immer: Was macht deine Mutter von Beruf, was macht dein Vater?«

»Und was hat das mit Heirat zu tun?«

»Na, ich hab dann gesagt, daß mein Vater tot ist.«

»Und?«

»Dann meinte die Lehrerin, also ist deine Mutter eine Witwe. Witwe, das hat sich irgendwie so böse angehört. Aber ich weiß doch, was eine Witwe ist. Das ist die alte Ehefrau von einem Mann, der stirbt. Und dann habe ich eben gesagt, daß du keine Witwe bist, weil ihr gar nicht verheiratet gewesen seid und du noch ganz jung bist, gar keine Witwe.«

»Na und? Das ist doch nicht so selten, heute. Unehelich. Was heißt das schon. Ich war auch unehelich, ja, meint ihr, meine Mutter konnte so einfach heiraten?«

»Und warum hat Großmutter nicht geheiratet?«

»Das war nicht erlaubt.«

»Warum nicht?«

»Das hab ich euch doch schon mal erzählt.«

»Erzähl das noch mal, Mama, bitte, bitte.«

»Sie durften nicht. Sie war Jüdin und er nicht.«

»Erzähl das noch mal, wie sie sich kennengelernt haben.«

»Nein, nicht jetzt.« Unsanft schob ich Katja zur Seite. »Du tust ihm noch weh, wenn du dich so auf ihn rauflegst.«

»Ich hab gar nicht mehr gelegen.«

»Komm mal her«, vorsichtig hob ich Aleksejs Arm an, natürlich war er leicht, Aleksejs Arme waren schon immer leicht, von Unterernährung hatte noch niemand gesprochen, erst streichelte ich Aleksejs Arm, dann schob ich die Ärmel hoch. »Was ist denn das?« Mit dem Finger strich ich über die winzigen blauschwarzen Punkte, zwei der Stellen hatten sich entzündet und sahen aus wie kleine Krater, mit winzigen Ringen aus getrocknetem Eiter um die Öffnung herum, in der durchsichtige Flüssigkeit stand.

»Nicht«, Aleksej versuchte, meine Hand wegzuschieben.

»Was ist das?«

Katja beugte sich über Aleksejs Arme und streichelte ihn.

»Warum antwortest du nicht?« Fast schrie ich ihn an.

Aleksej blickte müde und erschöpft an mir vorbei, er drehte sich auf die Seite und starrte auf das Kissen vor sich.

»Mama, frag ihn nicht so.« Strafend sah mich Katja an, als hätte ich etwas Unziemliches gefragt. »Das machen die in meiner Klasse auch mit einem Jungen. Die pieksen ihn im Unterricht mit dem Füller.«

»Die pieksen ihn mit dem Füller?«

»Na, so eben. Oder mit Bleistiften. Einmal hat ein Junge auch einen Zirkel genommen. Das hat die Lehrerin aber gesehen. Im Unterricht muß man ja leise sein, und dann traut sich der Junge nicht zu schreien, außerdem lachen sie sonst in der Pause über ihn und sagen, daß er ein Waschlappen ist, ein Weichei.«

»Ein Waschlappen?« Warum weinst du so leicht? Hatte mich Wassilij früher gefragt. Eine Antwort wußte ich nicht. Seit ich seinen Totenschein bekommen hatte, konnte ich nicht mehr weinen. Auch wenn mir danach war und ich fand, es wäre angebracht. Ich strich über die kleinen Punkte, von denen manche Kreise und Muster zu bilden schienen. »Das sind Tätowierungen«, ich schüttelte den Kopf.

»Die machen noch ganz andere Sachen«, sagte Katja, »zum Beispiel haben die Jungs ihm letztens nach dem Sport in seine Schuhe gepinkelt«, Katja kicherte, »die waren ganz naß.«

Ich schloß die Augen und fühlte, wie sich die kleinen Krater von der glatten Kinderhaut erhoben. »Brandmale«, sagte ich leise und dachte an Tiere, die gebrandmarkt werden.

»Oder dann, stell dir vor, du, Mama, stell dir vor, dieser Junge, ich glaube, der ist adoptiert, aber die nennen ihn immer Heimkind, der hat als einziges Kind außer mir nämlich auch nicht so eine dicke Federtasche. Statt dessen kommt er mit so einer Tasche mit Reißverschluß, und da haben sie ihm Hundekacke reingelegt«, Katja schüttelte sich und hörte auf zu kichern, »wie ekelig. Du, Mama?«

»Kannst du nicht mal aufhören, ununterbrochen zu reden?« Meine Augen waren schwer, Katja schien sich in Hochform zu fühlen.

»Aber nur eins, ja, nur eins noch, Mama, die haben mal dem Jungen mit Kugelschreiber auf die Jacke geschrieben: Ich bin doof. Und dann wollten sie auf meine Jacke auch was draufschreiben, und da bin ich weggerannt, so schnell, ja, so schnell wie ich können nicht mal die Jungs laufen.« Katja kicherte und kicherte.

»Sag mal, findest du das lustig?«

»Nein, gar nicht.«

Es gab Augenblicke, in denen ertrug ich Katjas unbedingten Wunsch nicht, ihre kindliche Fröhlichkeit mit mir zu teilen. Kindlich erschien sie mir, wo sie in Situationen aufbrach, in denen ich vor Erschöpfung auf der Stelle hätte einschlafen können und mir nichts sehnlicher wünschte, als zehn Minuten allein zu sein, vielleicht waren es sogar Augenblicke, in denen mir nach Weinen zumute war und in denen ich nicht weinte, weil ich nicht mehr konnte. Wenn ich sie zurückwies, schämte ich mich, zumal es kein Zufall war, daß sie mit immer größerer Beharrlichkeit lachte, je verzweifelter ich wurde.

»Du, Mama, soll ich mal einen Witz erzählen?«

»Nein, keinen Witz.« Ich stand auf, holte die mitgebrachten Sachen aus der Tüte und legte sie in das leere Fach des Schranks. Vor dem Bett lag der Esel. Meine Beine waren so müde, daß ich mich wieder auf das Bett setzte. Die Brille mußte Aleksej auf dem Schulhof verloren haben, gut, daß er jetzt schlief, ich würde ihn nicht wecken, um zu fragen, nur den Termin beim Augenarzt müßte ich verlegen. Wenn dieser Bender, der sich Doktor nannte, nicht in einer so anderen Welt lebte, hätte ich ihn bitten können, ob Aleksej nicht schon hier im Krankenhaus eine neue Brille angepaßt bekommen könnte. Wobei die Sehtests bei einer Gehirnerschütterung sicherlich schwer durchzuführen wären.

»Ich will dich doch nur trösten«, sagte Katja und schlang ihre dünnen Arme um meinen Hals.

Zuerst fühlte ich mich wie ein toter Berg, riesenhaft in den Armen meiner Tochter. Doch dann kribbelte innen etwas, Scham breitete sich aus, Lava kroch ins Gesicht und an den Händen erkaltete sie. Unbeweglich harrte ich in ihrer Umklammerung aus. Mir wollte einfach keine sinnvolle Handlung einfallen. Auch die Worte schienen nicht mehr zu sein als unnütze Geräusche.

An der Bushaltestelle saß Frau Jabłonowska in ihrem Pelz. Sie winkte, als sie uns kommen sah.

»Da haben wir wohl denselben Weg«, sprach ich sie an. Ihr Pelz wirkte stumpf. Unwillkürlich fragte ich mich, ob Läuse auch in so einem Pelz wohnen wollten, schließlich wurde er tagtäglich von innen gewärmt.

»Tut mir leid, nein, ich bin auf dem Weg zur Arbeit, Zwischenschicht.«

»Was machen Sie?«

»In einem Schnellrestaurant, das Essen. Ab nächste Woche darf ich vielleicht an die Kasse.« Stolz legte sie den Pelz über das Knie und hielt beide Kanten fest, damit er sich nicht wieder öffnete. Ihr Lächeln konnte man für das friedlich robuste Lächeln einer Bäuerin halten. Mir fiel ein, was ihr Vater hinter ihrem Rücken gesagt hatte: Sie sei Cellistin, eine schlechte. Zwischen ihren runden Knien mußte mal dieses Cello gestanden haben, das die Familie verkauft hatte, um den Bruder hier zu beerdigen. Frau Jabłonowskas stolzer Blick erschreckte mich.

»Das ist bestimmt anstrengend, was, den ganzen Tag ohne frische Luft und Tageslicht.«

»Ohne Tageslicht? Das ist mir noch gar nicht aufgefallen. Ohne Tageslicht.« Frau Jabłonowska strich über den stumpfen Pelz. »Aber es macht Spaß. So anstrengend ist es gar nicht.«

Ihre Robustheit erschien mir ausgedacht. Mit dem kleinen Finger wischte sie sich das Auge aus. Sie schwieg, und schon war es mir das Schweigen einer in sich ruhenden Frau, die ganz anders schien als ich und also gewiß keine quälenden Gedanken verscheuchen mußte. Daß Bäuerinnen ein Leben ohne Sorgen hatten, dessen war ich mir sicher. Von Cellistinnen wußte ich wenig. Mit dem Ringfinger wischte sie sich das andere Auge aus. Heute nacht war ihr Bruder gestorben. Jetzt läge er mit aufgeklapptem Kiefer, wenn sie ihn nicht fertig gemacht hätten. Die Augenblicke, in denen ich mir Wassilij tot vorstellte, waren immer seltener geworden. Verdreht waren seine Glieder, entstellt die dunklen Augen, die nicht mehr sahen, und in mir zerrte etwas. Die Kinder nötigten mich weiterzuleben. Zuerst empfand ich Widerwillen gegen das Weiterleben, dann Scham für mein Überleben. Schließlich spürte ich eines Tages zum ersten Mal die heimliche Freude über einen Augenblick Vergessen. Frau Jabłonowskas Schilderung vom offenen Kiefer ihres Bruders hatte mich Wassilij streifen lassen. Aber ich konnte ihn streifen, ohne zu verweilen. Überheblichkeit fühlte sich seltsam an, fremd am eigenen Körper, nicht zu mir gehörig. Eine Tarnkappe müßte man haben. Polnische Zigeuner, so wurden sie im Lager genannt, alle Polen. Es mußte an ihrer Lust zum Feiern liegen, weil sie sich innerhalb des Lagers häufig trafen und so unverschämt fröhlich sein konnten. Nächtelang sangen sie. Auch der Mann im Waschhaus hatte mir davon erzählt, daß er häufig nicht schlafen könne, weil die polnische Bande in seiner Wohnung die Nacht hindurch feiere. Das kränkt unsere ernsthafte deutsche Empfindsamkeit, hatte der kleine Mann zu mir gesagt und zu mir hinaufgeblickt. Ich wußte nicht, ob ich lachen sollte.

Der Bus kam, und wir stiegen ein. Zigeuner hatten nicht nur keine Wohnung, das waren auch Menschen ohne Land und ohne Beruf. Menschen, die außer an ihre Sippe an nichts und niemanden gebunden waren, freie Menschen, wie Wassilij gemeint hatte, Menschen ohne Rechte, wie ich ihm geantwortet hatte. Nur wollte niemand sein wie sie, niemand, außer Wassilij, der in besonders kindlichen Augenblicken behauptet hatte, er habe sich immer gewünscht, als Zigeuner geboren zu sein – leider sei ihm das nicht vergönnt, und da man Zigeuner nicht werden könne, müßte er zeitlebens unfrei bleiben. Ein bißchen dümmlich war mir sein Gedanke erschienen, dümmlich, wo er das eigene Sein und Werden einzig mit der Geburt verknüpfte, als glaube er an Schicksal – und dieser Glaube war mir an ihm so ungewohnt kindlich erschienen, daß ich ihn dafür gemocht hatte.

Erst vor wenigen Tagen war mir in der Arbeitsvermittlungsstelle eine Aushilfstätigkeit in einem Getränkemarkt angeboten worden. Ich hatte abgelehnt. Immerhin war ich Chemikerin und hatte schon ganz andere Sachen gearbeitet, wenigstens auf dem Friedhof hatte man mich arbeiten lassen, als ich von der Akademie der Wissenschaften die Mitteilung erhielt, man habe keine Verwendung mehr für mich. Immerhin frische Luft und Tageslicht. Der Friedhof in Weißensee wurde kaum begangen. Wer starb heute schon in Ost-Berlin als Jude? Efeu und große Rhododendronbäume. Ein feuchter Schatten. Baumstämme aus Sandstein, an denen Flechten lebten. Inschrift und Namen. Dazu nur das eigene Raunen im Kopf, kein Geschwätz und keine Befehle. Doch der Mann von der Arbeitsvermittlungsstelle sagte, er glaube mir gerne, daß ich Chemikerin gewesen sei, dabei sah er mir tief in die Augen und lange auf die Brust, nur sei ich laut seinen Unterlagen nicht vermittlungsfähig. Wo ich denn meine Kinder den ganzen Tag unterbringen wolle. Und überhaupt, nach so langer Zeit, die ich nicht mehr in dem Beruf gearbeitet hätte, dazu die unterschiedliche Forschungslage beider Länder, *und bei dem Flüchtlingsstatus – B-Ausweis – hatten Sie keine Zwangslage, nein, keinen richtigen Gewissenskonflikt?* Sein Blick bog sich förmlich entlang meines Ausschnitts. – Also, was immer ich mal gewesen sei, seine Hand wurde unter der Tischplatte unruhig, als Chemikerin könne er mich bestimmt nicht vermitteln. Nein, sagte ich ihm im Gegenzug, in einem Getränkemarkt für nicht mal tausendzweihundert Mark im Monat brutto, was immer das netto sein mochte, würde ich gewiß nicht arbeiten. Auch wenn mir der Mann noch so sehr beteuerte, daß es kein schlechter Lohn sei, dank der Berlin-Zulage sogar gut, und ich hörte, wie er seine überflüssige Spucke schluckte. Wofür sei die ganze westliche Freiheit da, wenn nicht zur Entscheidung. Da schlüpfe ich in fremde Schuhe und in ein zugeteiltes Zimmer mit meinen Kindern, in die Betten unzähliger Vorgänger und in die lagereigene Bettwäsche, aber in ein fremdes Leben schlüpfe ich nicht, kein zweites Mal, kein drittes und kein viertes. Dagegen schien mir diese Frau Jabłonowska, die, auf dem Weg zur Arbeit, hier stolz ihren Pelzmantel hochschlug, damit ich neben ihr Platz nähme, so ungebrochen und eins mit sich, daß ich plötzlich sicher war, auch wenn ich an das Wort Zigeuner nicht glaubte, es könne in Polen keine Schnellrestaurants gegeben haben. Merkwürdig schweigsam schien mir Frau Jabłonowska. *Im Innern hört sie Musik*, hatte mir Aleksej gesagt, als ich die Kinder damals am ersten Sonntag im Lager aus ihrer nach Kohl und Schweineschmalz riechenden Wohnung zog und sie sich sträubten, weil sie die halbvollen Colagläser nicht stehen lassen wollten. Kürzlich im Waschhaus hätte ich ihr am liebsten den Mund verboten. *Was für ein kleines Kleidchen*, hatte sie mit feuchten Augen gesagt und eins von Katjas Kleidern in die Hände genommen, als handele es sich um ein kostbares Seidengewand. Sie plauderte über die Wohlerzogenheit meiner beiden Kinder und schwieg über ihren schrulligen Vater und ihre Vergangenheit als Cellistin, die vielleicht nur eine Erfindung ihres Vaters war und ihr selbst gänzlich unbekannt. Ihr Geplapper hatte mich dermaßen erschlagen, daß mir kein anderer Ausweg möglich schien, als mitten in einem ihrer nicht enden wollenden Sätze meine Wäsche zu nehmen und ohne ein Wort des Abschieds das Waschhaus zu verlassen. Übel nahm sie mir diese letzte Begegnung offenbar nicht, und doch war ihre ganze Herzlichkeit und Zuwendung heute wie weggeblasen. Allein ließ sie mich mit meinen Spekulationen um ihr Dasein. Krystyna Jabłonowska verabschiedete sich, sie mußte umsteigen, und Katja sprang auf den Platz neben mir.

Zurück im Lager ging ich mit Katja den Weg an unserem Block entlang, bis auf einmal eine Flasche vor uns baumelte. Wir blieben stehen und sahen hinauf. Im offenen Fenster hockte der kleine Mann.

»Bitte, greifen Sie nur zu, bitte sehr.« Er zog an seiner Zigarette und schnipste sie in hohem Bogen davon. Die Flasche tanzte auf und ab. Katja riß sich von meiner Hand los und untersuchte die Flasche.

»Nicht. Komm«, flüsterte ich Katja in der Hoffnung zu, sie könnte ihre Neugier vergessen.

»Das geht schon, warte«, sie zupfte und zog, bis sich der Knoten um den Hals der Flasche löste. Als Katja den Kopf in den Nacken legte, konnte ich ihn nicht länger schneiden und sah ebenfalls hinauf.

»Nur zu, nur zu.« Er machte eine eindeutige Handbewegung, damit ich mich der Flaschenpost annähme. »Warum tragen Sie Ihr Sommerkleid nicht mehr?«

»Im Winter?« Ich sah zu ihm hinauf.

»Sie haben es auch im Herbst getragen.«

Dieser kleine Mann verfolgte mich. Immer häufiger und aufdringlicher wurde sein Erscheinen, als verwende er seinen ganzen Ehrgeiz darauf, mich keine Sekunde aus den Augen zu lassen. Seit Tagen entdeckte ich ihn überall, entweder lief er hinter mir, kreuzte wie zufällig meinen Weg, oder er saß im Waschhaus, wenn ich kam. Katja hielt mir die Flasche entgegen, und ich riß sie förmlich an mich. Manchmal beobachtete ich, wie er vor unserem Block auf und ab ging, so als warte er, daß ich einen Fuß aus dem Haus setzte. Die Schriftrolle fiel leicht aus der Öffnung.

»Was steht drauf?« Katja wollte mir die Schriftrolle aus der Hand nehmen. Ich gab ihr die leere Flasche.

»Egal, komm«, ich hielt die Schriftrolle fest und steckte die Hand in die Jackentasche.

»Bestimmt ein Verehrer, Mama.«

»Kann sein«, wir stiegen die Treppe hinauf. Ich legte die kleine Papierrolle oben auf den Kleiderschrank und beschloß, sie nicht zu öffnen. Die Menschen, die nach uns in dem Zimmer wohnten und den Schrank benutzten, die sollten erfahren, was der Zwerg geschrieben hatte, ich würde es nicht lesen.

Einmal hatte ich beim Pförtner nach Post fragen wollen, ich war sicher, daß ein Brief meiner Mutter kommen mußte, aus dem hervorging, wann mein Onkel aus Paris käme, schließlich hatte er seinen Besuch angekündigt, und noch wußte ich nicht, wann das sein würde. Es regnete in Strömen. Da stand der kleine Mann am Pförtner und blätterte in einem dicken Telefonbuch und wollte schier nicht bemerken, daß hinter ihm jemand stand und wartete und fror. Er steckte sich eine Zigarette an der anderen an, und erst als ich ihn auf die Schulter tippte, trat er zur Seite. Ich fragte den Pförtner nach Post, aber der hatte keinen einzigen Brief für mich. Enttäuscht trat ich den Rückweg in unser Zimmer an, am ersten Wohnblock vorbei, am zweiten, und schon bemerkte ich, wie er neben mir herlief. Er begann ein Gespräch. Daß er mich schon länger beobachte, obwohl es sonst gar nicht seine Art sei, denn er mache sich nichts aus Frauen, ganz und gar nichts. Nur mich beobachte er. Ich solle nicht lachen, er würde mich gern kennenlernen, weil ich so ein hübsches Kleid trüge, das so gar nicht zu dem Regen passe. Aber seine Worte waren so dringlich, seine Hoffnung so unerweichlich, daß mir nicht zum Lachen war. Nur ein Vorwand, meinte ich, sei seine Geschichte vom Kleid, der ihn mir näherbringen sollte, das fürchtete ich, und begegnete dem bestimmt bettelnden Blick nicht. Beim Gehen lief er immer wieder eine Schrittlänge voraus, stolperte fast, als sei es schwierig, meine Geschwindigkeit zu halten, dabei stieß er ein ums andere Mal mit der Schulter gegen meine Brust. Und auch das, schien mir, war nichts als der etwas tumbe Versuch einer Annäherung. Ein Verlierer sei er, beteuerte er, ein Schwächling, nicht einmal die Flucht sei ihm geglückt. Dann aber sei er wie durch ein Wunder freigekommen, doch er glaube nicht, daß der Staat von allein auf die Idee gekommen sei, ihn zu kaufen. Vermutlich hätten sie ihn als Gratisgabe nehmen müssen, als sie einen anderen wollten. Ich nickte, aber das machte ihn nicht zufrieden. Auch ich, sagte er, sei ihm anfangs unwirklich erschienen, eine Märchenprinzessin. Seine Augen leuchteten. Drei Nüsse für Aschenbrödel, den Film müßte ich kennen. Wieder stieß er wie zufällig gegen meine Brust. Jetzt sehe er mich schon anders, menschlicher, aber ich brauchte mich nicht zu sorgen, er könne mit Frauen nichts anfangen, er habe es versucht, es gehe nicht. Ich glaubte ihm nicht, daß er es versucht hatte, nur daß es nicht ging, hielt ich für möglich.

Selbst die Geschichte über eine Frau, die ihn verlassen hatte, wollte ich nicht hören. Mir fehlte die Geduld, diesem getriebenen Mann ein Ohr zu schenken. Doch er benötigte kein Zeichen von Aufmerksamkeit, um vor sich hin zu sprechen. Wie sie gemeinsam am Strand gewesen seien, hörte ich ihn erzählen und vermutete, daß es sich um jene eine Frau handelte. Ich wollte nicht nachfragen, weil ich fürchtete, sein Gerede noch zu verlängern. Wie sie in ihrem Strandkorb gesessen habe, ganz allein, aufs Meer geschaut habe sie und wollte dabei nicht gestört werden. Während er sich vor ihr im

Sand gewälzt habe wie ein Hund und, wenn überhaupt, dann nur einen geringschätzenden Blick von ihr erwischte. Vielleicht sei es der Schreck gewesen, das tiefe Entsetzen, weshalb das seine einzige bildhafte Erinnerung an die sieben Jahre sei. Das müsse ich mir mal vorstellen, nach sieben Jahren sei sie einfach gegangen.

Ich wollte mir nichts vorstellen, ich hatte mich mitten im Satz von ihm verabschiedet, mitten im Ausrufezeichen hatte ich ihn stehenlassen, auch im Fragezeichen, hatte gesagt, hier wohne ich, und war in meinem Hauseingang verschwunden.

Nach einer Woche im Krankenhaus hatte Aleksej zwei Pfund abgenommen und lag in einem Zimmer mit vier anderen Jungen.

»Sind wir hier richtig, gibt es hier einen Aleksej Senff?«

Wir drei sahen auf und entdeckten in der Tür eine große schlanke Gestalt. Aus ängstlichen Augen blickte die Frau in die Runde, prüfte jedes Gesicht, bis sie an unseren hängen blieb. Sie zog einen kleinen Jungen hinter sich her.

»Das hier ist mein Sohn Olivier, er möchte sich gern entschuldigen. Olivier. Olivier, sag Entschuldigung.« Olivier wurde hinter dem Rücken der Mutter vorgezerrt und sah interessiert an die Decke. »Hörst du, Olivier? Muß erst dein Vater mit dir …?« Olivier wollte mit dem Fuß aufstampfen und stieß versehentlich mit seinem Stiefel gegen mein Stuhlbein.

»Entschuldigen Sie den Aufzug. Wir sind heute so in Eile.« Die Mutter gab mir nicht die Hand. Mutter und Sohn trugen Reiterhosen. Die Frau zog einen dünnen Lederhandschuh aus. »Wir hatten ja keine Ahnung, mein Gott, wenn uns nicht die Lehrerin am Freitag angerufen hätte. Am Wochenende hatten wir Besuch, und jetzt das noch. Olivier, entschuldige dich. Hier.« Olivier hob seine Hand etwas und erwartete wohl, daß ich sie ihm abnahm. Alles, was ich zu fassen kriegte, waren seine kühlen Fingerspitzen, die er eilig zurückzog, als habe er Angst, sich anzustecken. Ostpocken, dachte ich. Er steckte die Hände in die Jackentaschen und wandte sich von uns ab. Seine Mutter holte aus ihrer Tasche ein in Glanzpapier eingeschlagenes Päckchen mit einer großen, silbrigen Schleife. Sie drückte ihrem Sohn das Päckchen in die Hand. Wie eine soeben entsicherte Bombe warf der es auf Aleksejs Bett, dann machte er auf dem Absatz kehrt und ging mit kurzen, festen Schritten in Richtung Tür. Die Frau schüttelte den Kopf, sie trug eine Brille mit großen, getönten Gläsern, durch die ihre Augen lächelten. Zugleich vermied sie es, mir in die Augen zu sehen. Mit keinem Wort wandte sie sich an Aleksej und Katja. Sie lächelte ihr Knie an. »Ach, diese Kinder, nicht? Da kann man machen, was man will. Eben noch Klassenbester, und jetzt wird er auffällig.« Liebevoll sah sie ihrem Sohn nach, der gerade die Tür hinter sich schloß. »Aber was will man machen, nicht?« Sie zog den Handschuh wieder an. »Wie gesagt, Frau Senff, es tut Olivier sehr leid. So etwas ist schrecklich, nicht, wenn das Telefon klingelt und man geht nichtsahnend an den Apparat.« Keinen Blick verschwendete die Frau an Aleksej und Katja, sie nahm das Päckchen von Aleksejs Decke und zupfte an der silbrigen Schleife. »Die Lehrerin hat gleich gesagt, daß er nicht der einzige war. Nicht, aber Sorgen macht man sich doch.« Erleichtert atmete die Frau auf und schob das Päckchen auf die Decke zurück. Sie hob von unten ihr Haar an, das gerade auf eine Länge geschnitten war. Mit der Fingerspitze tupfte sie sich ihre Mundwinkel, links und rechts, als fürchte sie, der glänzende Lippenstift sei verschmiert. »Ist ja zum Glück nichts Schlimmeres passiert. Sehen Sie, Olivier hat immer wieder beteuert, daß er nicht schuld ist und ein anderer Junge die Kinder angeführt hat. Aber ich sage, entschuldigen muß er sich trotzdem.« Ein fast trauriger Ausdruck eroberte ihr Gesicht, erneut tupfte sie sich die Mundwinkel. »Schließlich ist er doch gut erzogen«, sie lachte und zog das seidene Tuch fester um ihren Hals, »wenigstens sorgen wir für das Beste.« Winkend entfernte sie sich in Richtung Tür.

Hans Pischke begegnet Nelly Senff im Waschhaus

Am Boden der Trommel klebte noch ein dunkles Stück Stoff. Ich langte in die Maschine, um den Strumpf herauszuholen, und wrang ihn aus, bevor ich ihn zu den anderen Sachen in den Korb legte und hinüber zur Schleuder trug. Zuerst sammelte ich die Flusen aus der Schleuder. Die Luft im Waschhaus stand, fast hatte ich das Gefühl, Flusen zu atmen, warme, dichte Flusen, feuchte. Stück für Stück legte ich meine Wäsche in die Schleuder. Als ich aufschaute, blickte ich in schwarze Augen, und Blut schoß mir ins Gesicht. Ich verfolgte, wie sie hinüber zum Waschbecken ging, tanzend, und den Hahn öffnete. Sie drehte und wendete eine kleine Hose, hielt sie unter den Wasserstrahl und verrieb Waschpulver auf dem Knie der Hose. Dann schloß sie den Hahn. Mein Mund war trocken, ich schob die Zunge vor und zurück. Ihr Haar sah seidig aus und doch war es nichts als Glanz, und Glanz war nichts. Menschen wie sie hatten es gut, sie konnten kleine Hosen waschen und mußten sich nicht fragen, warum.

»Was ist?« Sie fragte laut und drehte sich plötzlich zu mir.

Erschrocken sah ich über meine Schulter, aber niemand außer uns beiden war im Waschhaus.

»Nichts, entschuldigen Sie.« Ich wandte mich zur Seite, damit sie meine Röte nicht sah.

»Warum nichts? Du beobachtest mich.«

»Nein, wirklich, ich habe nur in Ihre Richtung geschaut, in deine.«

Um ihren Hals baumelte eine dünne Kette mit einem eiförmigen runden Anhänger, der an ein Amulett erinnerte. Ihre silberne runde Brille war beschlagen. Die Frau, die noch vor wenigen Wochen ein Sommerkleid getragen hatte und die ich mal in einem Anfall von Sehnsucht ihres Wegs begleitet hatte, um mich ihr anzuvertrauen, zuckte mit den Schultern und rieb den Stoff der kleinen Hose.

Ein Kleidungsstück nach dem anderen legte ich in die Schleuder. Zufällig hatte ich mal gehört, wie zwei Frauen sich über sie unterhielten. Sie sagten, sie habe keinen Mann, und sie müßten ihre Männer vor ihr verstecken. Dabei sah sie ganz harmlos aus. Vielleicht war sie ihrem Mann davongelaufen. Eine Träne rann über ihre Wange, sie hinterließ eine Spur und fiel ab.

»Entschuldige.«

»Ja?« Sie knetete den Stoff und schien nicht gestört werden zu wollen. »Was ist?« Jetzt sah sie doch auf, und ihre schwarzen Augen glänzten.

»Warum weinst du?«

»Wie kommst du dazu, mich so was zu fragen? Wir kennen uns gar nicht.« Das Hosenknäuel in der Hand, fuhr sie sich mit dem Unterarm übers Gesicht und verwischte die Spur der Träne.

»Manchmal sehen wir uns im Vorbeigehen«, sagte ich und merkte, daß ihr das als Rechtfertigung erscheinen mußte und nicht genügen konnte. »Ich frage nur, weil da eine Träne auf deiner Wange war.«

»Ich weine nicht. Ich wasche, und das Waschpulver brennt mir in den Augen.«

Ich drückte den Deckel der Schleuder zu. Die Schleuder begann nur langsam zu rotieren. Sie ruckelte auf der Stelle.

»Hast du vielleicht ein anderes Waschpulver?« Die Frau lächelte mich an.

»Ein anderes Waschpulver? Tut mir leid, nein. Ich benutze auch nur das«, ich zeigte auf den Karton. Das Waschpulver wurde im Lager ausgegeben. Wollte man ein anderes, mußte man aus dem Lager hinaus in das Geschäft auf der anderen Straßenseite. Man mußte den Pförtner und seine rot-weiße Schranke passieren. Sie nickte enttäuscht.

»Rauchen wir eine?« Sie legte die Hose auf das Waschbrett. »Du sprichst selten mit Menschen, was?« Sie leckte sich mit der Zunge über die Lippen.

»Warum?«

»Weil du so unvermittelt fragst. So was fragt man doch nicht.« Sie lachte. Mit dem Lachen wollte sie mir wohl verzeihen. »Selbst wenn es gestimmt hätte, daß ich weine. Gerade dann nicht.«

»So.« Ich zog den Rauch der Zigarette ein und schmeckte die Süße am Gaumen, ein angenehm widerlicher Beigeschmack, den nur Zigaretten aus dem Westen hatten.

Jetzt kann ich alles sagen, dachte ich und sagte: »Du hast keinen Mann.«

»Warum fragst du das?« Sie kniff ihre Augen zusammen und musterte mich von oben.

»Ich frage nicht, ich weiß es. Die Leute erzählen sich Dinge übereinander.«

»Welche Leute?«

»Die Leute hier im Lager.«

»Ach«, sie drehte mir wieder den Rücken zu und spülte, die Zigarette im Mundwinkel, die Hose unter dem Hahn aus.

»Nelly«, sie sah über die Schulter zu mir und streckte mir ihre nasse Hand entgegen.

»Du hast wieder eine Träne am Lid.«

»Der Rauch«, lachte sie, sie fuhr mit dem Finger unter ihre Brille und strich das Auge aus.

»Ich sehe schon, Gründe gibt es jede Menge.« Sie hielt mir ihre Hand hin und wartete. Ich scheute mich zuzugreifen und zugleich konnte ich es kaum erwarten. Verletzen wollte ich sie nicht. »Hans.«

»Was für ein Händedruck.« In ihren Augen entdeckte ich Abscheu.

»Was für einer?«

»Eben. Keiner.« Sie blinzelte und fächerte mit der Hand den Rauch weg.

Als sie sich zum Wasserhahn umdrehte, wischte ich mir die Hand an der Hose ab.

»Hast du meine Flaschenpost geöffnet?«

»Deine Flaschenpost?« Verwundert blickte sie mich an, dann hellte sich das Gesicht auf, als falle ihr jetzt ein, daß ich vor einigen Tagen eine Flasche aus dem Fenster gelassen hatte, nach der erst ihre Tochter und dann sie geangelt hatte. »Ach, das.«

»Und?«

»Ich hab's nicht gelesen, noch nicht.« Sie lachte. »Du warst das auch mit dem Parfum, hab ich recht?«

»Welches Parfum?«

»Du hast mir ein Parfum beim Pförtner hinterlegt. Und die Blumen vor ein paar Tagen, die an meiner Zimmertür hingen. Die sind von dir. Hab ich recht? Verlieb dich bloß nicht.«

»Keine Sorge, ich kann nicht lieben.«

Fragend betrachtete sie mich.

»Keine Sorge, ich kann nicht lieben!« Laut sagte ich das, um gegen das laute Schleudern anzukommen. Doch ihr Blick war noch immer liebesgewiß und entsprechend ungläubig. Ich drückte auf den Öffner der Schleuder, der Deckel sprang auf, und mit wenigen Rucken kam die Schleuder zum Stehen.

»So schlimm?« Sie schien mich nicht ernst nehmen zu wollen.

»Nein«, ich mußte lächeln, beugte mich vor und griff in die Schleuder. »Du täuschst dich. Schlimm ist das nicht.«

»Wenn du in die Trommel flüsterst, verstehe ich kein Wort.«

»Schlimm ist das nicht«, ich richtete mich auf und drückte das Hemd aus.

»Wie du deine Wäsche anfaßt. Man könnte meinen, du hältst da etwas Zerbrechliches.« Voll Spott zeigte sie auf meine Hände.

»So?«

»Ja.«

»Und ist Wäsche nicht etwas Kostbares?« Ich bückte mich und legte die Wäsche in den Korb.

»Wie man's nimmt«, sie zuckte mit den Achseln und nahm auf der Bank Platz. »Komm, setz dich neben mich.« Obwohl meine Wäsche fertig war und ich gehen konnte, setzte ich mich neben sie, und da sie schwieg und ich nicht wußte, was ich sagen sollte, sagte ich: »Stell dir vor, ich müßte neue Kleider kaufen, nur weil ich die Wäsche nicht sorgfältig genug behandelt habe.«

»Und? Du müßtest neue kaufen.«

»Dafür müßte ich am Pförtner vorbeigehen.«

»Dafür müßtest du allerdings am Pförtner vorbei.« Lauernd sah mich Nelly von der Seite an.

»Das habe ich schon seit etwa dreizehn Monaten nicht getan.« Ich lachte, mir fiel ein, daß es nicht zum Blumenboten paßte. Schließlich gab es kein Geschäft auf dem Gelände, und woher hätte der Blumenbote die Blumen haben sollen, wenn nicht von draußen.

»Du spinnst.«

Um ihren Zweifeln recht zu geben, lachte ich, obwohl es falsch klang, aber das würde sie nicht bemerken können. Trotzdem sagte ich: »Weder Parfum noch Blumen, tut mir leid.« Ich schüttelte den Kopf und staunte über die Gewißheit, mit der sie mich im Verdacht hatte. Je mehr ich es abstritt, desto sicherer schien sie zu sein. Ein wenig freute mich ihre Gewißheit, sie schmeichelte mir.

Nelly lachte, als ertappe sie mich beim Lügen. »Na, ich danke dir jedenfalls. Aber nimm meine Warnung ernst. Du verausgabst dich vergeblich.«

»Was man mir zutraut«, sagte ich leise und noch ungläubig vor mich hin. Tatsächlich konnte sie meine Flaschenpost nicht geöffnet haben, und augenblicklich wünschte ich mir nichts sehnlicher, als daß sie sie nie öffnen würde und ich den leeren Zettel nie in die Flasche geschoben hätte, ihn zumindest aber noch in meinem Besitz wüßte. Die Vorstellung, sie zu lieben, gefiel mir, daß sie mir Liebe zutraute, machte mich für diesen Augenblick leicht und froh. Welche Blumen wohl vor ihrer Tür gehangen hatten? Und wie entschied man sich für Blumen für eine Frau? Ich beneidete ihren Verehrer. Selbst ein Parfum konnte er auswählen, während ich hier ihre Zigaretten rauchte und mit seinen Federn geschmückt wurde.

»Zuletzt hatte ich mal einen Zellengenossen, der von mir geliebt werden wollte«, sagte ich.

Nelly bot mir eine zweite Zigarette an, die ich annahm, als sei ich ein anderer, einer, der jeden Tag mit einer Frau wie Nelly plauderte, Blumen verschenkte, liebte und lachte.

»Warst du im Gefängnis?«

»Aber ich konnte nicht, verstehst du. Dabei war er wirklich angenehm. Nicht wie die, mit denen ich hier im Lager wohnen muß.«

»Einen Mann zu lieben erfordert vielleicht etwas anderes.« Sie lächelte.

»Warum?«

»Nur so. Als Mann, meine ich. Weshalb warst du im Gefängnis?«

»Nichts Aufregendes.«

»Als du mich einmal nach Hause verfolgt hast, hast du etwas von einer mißglückten Flucht erzählt.«

»Eine lächerliche Geschichte.«

»Lange?«

»Weiß ich nicht mehr.«

Ungläubig sah sie mich an.

»Vier Jahre vielleicht.«

Sie schwieg einen Augenblick, vielleicht überlegte sie, was vier Jahre bedeuteten. Nachdenklich tippte sie mit der Fußspitze gegen ihre Waschmaschine. »Du möchtest mich gerne anfassen, stimmt's?«

»Weil ich im Gefängnis war?« fragte ich schneller, als ich es dachte, und gewann Zeit für den Schreck und das Bild von ihr, das vor meinen Augen zerfiel, als sei sie aus Asche. Grau erschien sie mir, und berechnend. Ein graues Häuflein, längst geschmeckt und längst verbrannt.

»Tut mir leid. Seit wir hier miteinander sprechen …« Ich hielt inne und überlegte, ob ich sie unnötig kränkte, wenn ich ihr gestand, daß ich in keiner Sekunde daran gedacht hatte, sie zu berühren.

»Schon gut«, sagte sie, als wüßte sie, was ich sagen wollte. Sie wickelte sich eine Haarsträhne um den Finger und stieß sich mit dem Fuß von ihrer Waschmaschine ab. Unsere Bank rückte ein Stück nach hinten. »Der Vater meiner Kinder ist vor gut drei Jahren verschwunden. Du bist ihm nicht zufällig begegnet?«

»Verschwunden?«

»Tot, sagen die einen. Die anderen glauben den einen nicht. Ich weiß es nicht. Ich kann ihn mir tot vorstellen, und lebendig. Ich glaube nichts.« Mit der Hand griff sie nach dem eiförmigen kleinen Anhänger ihrer Kette und ließ ihn durch ihre Finger gleiten.

»Wie heißt er?«

»Wassilij. Aber was ist schon ein Name? Batalow, Wassilij Batalow.«

»Russe?«

»Wahrscheinlich.«

»Du scheinst ihn ja gut gekannt zu haben.«

Sie wollte meine Skepsis nicht bemerken. »Gut genug«, sie klappte das altmodische Amulett auf und zeigte mir ein Foto.

Ich warf einen flüchtigen Blick auf das winzige schwarzweiße Foto im Amulett, das dicht vor ihren Brüsten in ihrer Hand lag. Das Gefühl von Leichtigkeit ließ nach, wie die Vorstellung, sie lieben zu können. Anerkennend nickte ich. »Er war groß, hab ich recht?«

»Groß genug.« Nelly hielt mir das Foto noch immer hin, aber ich griff nicht zu. »Was ist? Kennst du ihn?«

»Warum sollte ich ihn kennen?«

»Na, aus dem Gefängnis vielleicht.«

»Die meiste Zeit bin ich allein gewesen.« Ich warf einen zweiten Blick auf das Foto. »Jetzt kommt er mir bekannt vor.« Nelly klappte das Amulett zu und ließ es in ihren Ausschnitt zwischen die Brüste gleiten. »Ach, du spinnst. Wenn du das dritte Mal hinsiehst, bist du dir sicher, und beim vierten Hinsehen war er dein Zellengenosse. Stimmt's?«

»Kann sein«, ertappt nickte ich. Tatsächlich verstärkte sich beim mehrmaligen Anblick von Fotos der Eindruck, man kenne die Person. Gerade, weil es auf Fotos keine Bewegungen gab und weil sich der Fotografierte in den Gedanken des Betrachters unwillkürlich bewegte, und waren es nur Sekunden, die man weggesehen und weggedacht hatte. Wann immer mir die Staatssicherheit oder ein westlicher Geheimdienst Fotos vorgelegt hatte – irgendwann waren mir die Personen bekannt vorgekommen. »Vermißt du ihn?«

Angestrengt blickte sie auf die Waschmaschine, ihre Lippen bewegten sich, suchten nach dem richtigen Wort, einem Anfang, dann schlug sie die Augen nieder und stand auf. »Deine Wäsche ist fertig, was?« Sie warf einen Blick auf meinen vollen Korb, der neben unserer Bank stand. »Dann will ich dich nicht aufhalten.«

Du hältst mich nicht auf, hätte ich sagen können, aber dazu fühlte ich mich zu schwer, und auch die Fröhlichkeit, die ich aus ihrer Gewißheit, ich hätte mich verliebt, gewonnen hatte, war verschwunden. Ich stand ebenfalls auf und nahm meinen Korb. Sie hielt mich nicht auf, sagte kein Wort, auf das ich hätte antworten können, und so stieß ich die Tür auf.

»Bis bald«, sagte ich im Rausgehen, aber sie hatte es wohl nicht gehört. Die kalte Luft traf mein Gesicht.

Eine Sirene hallte über das Gelände, und vom Pförtner her kam ein Feuerwehrauto auf mich zu gefahren. Vor meinem Hausblock stand bereits ein Krankenwagen und streute sein blaues, unruhiges Licht auf die Menschen. In der Dämmerung waren die Gesichter fast unkenntlich. Das Blaulicht flackerte auf den Hauswänden. Ich lief schneller, vorbei an den ersten zwei Aufgängen. Menschen bildeten Trauben und spähten nach oben. Ihren Blicken folgte ich nicht. Den Wäschekorb voran, zwängte ich mich durch die Menge, die Menschen standen dicht an dicht. Ich erkannte Nellys Kinder, sie hielten sich an den Händen. »Platz, machen Sie Platz, bitte, Achtung, gehen Sie zur Seite«, klang es aus einem Megafon. Die Menschen rückten, aber bewegten sich kaum von der Stelle. Hell lachte hinter mir eine Frau auf. »Die schuldet mir noch 'nen Zehner.« »Na, den kannste jetzt vergessen«, hörte ich einen Mann antworten.

Die Leiter eines Feuerwehrwagens wurde ausgefahren. Zwischen Dämmerung und Blaulicht schienen sich die Bilder gegenseitig zu zerstückeln. Kaum ein Ganzes konnte ich zusammenfügen. Plötzlich griff eine Hand nach meiner, ich schlug sie weg. Als ich mich umdrehte, sah ich Angst in Nellys Gesicht. Sie war mir gefolgt, den Wäschekorb unterm Arm. So dicht, wie sie neben mir stand, erschien sie mir einen ganzen Kopf größer. Ihr Atem war nah.

»Deine Kinder stehen da drüben«, sagte ich zu ihr und wies über die Köpfe hinweg in die Richtung, wo ich ihre Kinder vermutete. Nelly nickte und machte kehrt, sie versuchte, sich den Weg zu ihren Kindern zu bahnen.

Unten in meinem Aufgang drängten sich die Bewohner so dicht, daß ich Mühe hatte einzutreten. Die Treppe nach oben war frei, ich atmete durch. Noch bevor ich in meinem

Zimmer das Licht anschaltete, sah ich durch das Fenster den Feuerwehrmann, der nur wenige Meter entfernt auf seiner Leiter stand und wild gestikulierend seinen Kollegen unten etwas verständlich machen wollte. Ich blieb in der Tür stehen, traute mich weder, das Licht anzumachen, noch, zum Fenster zu treten, um die Vorhänge zu schließen. Im Baum hing ein weißes Tuch, ein Stück Stoff, ein Nachthemd. Daraus ihr Kopf. Das blaue Licht flackerte über die Wände des Zimmers. Auf Augenhöhe mit dem Feuerwehrmann sah ich, wie er das weiße Nachthemd über seine Schulter legte, sich an dem Seil, das sie sicherlich fest verknotet hatte, zu schaffen machte, und vorsichtig mit dem Körper die Leiter hinabstieg. Ich wartete, bis sein Helm und das weiße Stück Stoff verschwunden waren. Auch ohne genau hingesehen zu haben, wußte ich, daß es die alte Frau war, die zeit meines Aufenthalts das Zimmer in der Wohnung genau über mir bewohnt hatte. Auch sie hatte den Sprung aus dem Lager hinaus in die Freiheit nicht geschafft, so schien es. Oder vielleicht doch. Ich beneidete sie.

Krystyna Jabłonowska überlegt
es sich anders

Eine Portion Pommes frites nach der anderen schüttete ich in die Fettpfanne, sah zu, wie die Stäbchen tanzten und das Fett brodelte, Blasen schlug, bis die Stäbchen bräunten und die nächste Portion folgte. Meine Augen klebten vom Fett. Die Zeit wollte nicht vergehen. Einmal versuchte ich, die Haare wieder unter die Haube zu stopfen, da wurden die Pommes frites schwarz, bevor ich das Sieb hob.

»Schneller«, rief die Kassiererin, »du mußt schneller sein.« Ungeduldig trommelte sie auf die Kasse. Ihre Stirn glänzte. Manchmal fragte ich mich, warum sie so getrieben war, schließlich arbeiteten wir nicht im Akkord. Vielleicht bekam sie eine Umsatzbeteiligung. Vor einigen Tagen war mir der Gedanke gekommen, es vermehre nicht fremdes Geld, sondern ihr eigenes, wenn ich in kürzerer Zeit mehr Kartoffelstäbchen brächte. Dringend mußte ich auf die Toilette, traute mich aber nicht zu fragen.

»Schneller, he, hast du mich nicht verstanden?«

Ich drehte mich um und nickte ihr zu. Sosehr ich mich bemühte und so schnell ich auch war, ihre Zeit rannte und meine verging nicht.

»Zu schlapp«, sagte sie und schüttete mir eine Portion in die Fettpfanne zurück. »Hör mal, die Kunden beschweren sich. Weißt du nicht, was Arbeit ist?« Die Kassiererin fragte, ohne eine Antwort zu erwarten. Ohnehin glaubte sie, ich verstünde kaum Deutsch, wie sie auch mein Deutsch nicht verstehen wollte. Ich hatte aufgehört, ihr zu antworten.

»Darf ich zur Toilette?«

»Was willst du?« Verständnislos musterte sie mich. Sie legte eine Hand hinters Ohr, »sprich deutlich, wenn du mit mir sprichst, deutsch und deutlich.«

»Zur Toilette, darf ich?«

»Muß das jetzt sein?« Die Kassiererin zeigte auf die Schlange vor ihrer Theke und ich schüttete noch mehr Pommes frites in die Fettpfanne und drehte die Würstchen, legte neue nach, holte das Taschentuch aus der Schürzentasche und versuchte, die Nase zu schnauben, die geschwollen war und vom Fettdunst verstopft schien. Ich preßte die Schenkel zusammen, damit kein Unglück passierte. Mein Gesicht brannte. Die Hitze ließ sich nicht verkleinern, schwer war die Luft, die Menschen um mich herum bewegten sich wie in Zeitlupe, als wäre die Hitze so groß, flimmerten sie vor meinen Augen. Auch der Zeiger der Uhr schien vom Fett träge geworden.

»Mit Darm«, rief die Kassiererin, als wiederhole sie es zum zehnten Mal, was sogar möglich war.

»Mit Darm, das kapierst du nicht, was?«

Ich prüfte die Würste, die alle nackt waren und keinen Darm hatten. Zur Kühltruhe mußte ich und konnte kaum noch laufen, vier Schritte nach hinten, Wurst mit Darm, vier Schritte nach vorn, fünf ohne Darm, zehn mit, und alles Curry. Das Pulver juckte in der Nase. Mehr noch aber störte mich der Juckreiz am unteren Rücken, wo meine Hände kaum hinlangten und auch keine Zeit und Erlaubnis erhielten, mich zu kraulen und zu besänftigen. Die Würste platzten auf, eine nach der anderen. Mein Vater hatte am Arm eine Narbe, so lang und aufgeplatzt, als sei sie nie verheilt. Wenn er mich anbrüllte, behauptete er, ich sei schuld, ich hätte ihm die Narbe zugefügt. Als Zwölfjährige sei ich mit meinem Cello über die Straße gegangen, wir waren auf dem Weg zum Warschauer Konservatorium, wo ich vorspielen sollte. Blindes Huhn, ich, hätte wohl die Straßenbahn nicht gesehen. Da er nur wenige Meter hinter mir lief, habe er dem Cello einen ordentlichen Stoß versetzt, damit es nicht unter den Rädern lande. Und das habe er nun davon, einen aufgerissenen Arm. Ich drehte die Würste und strich mit der Zange über die Haut, damit sie schneller platzte. Wenn man oben ansetzte und in einer bestimmten Geschwindigkeit zum anderen Ende strich, konnte es passieren, daß die Wurst nur einen einzigen und mehr oder weniger geraden Riß erhielt.

»Zwei Schaschlik«, die Kassiererin schaute über meine Schulter. »Sag bloß, du hast kein Schaschlik aufgelegt?« Sie seufzte und griff über meine Arme hinweg, grabschte mit ihren roten Händen zwei Schaschlikspieße, um sie auf den Rost zu werfen, ein Stück Fleisch fiel ab und plumpste in die Fettpfanne. Fett spritzte auf meinen Arm. Die Kassiererin stöhnte. Sonate für Cello und Piano in g-moll, am Tag, als Jerzy starb und ich zu spät kam, weil man mich im Lager nicht hatte benachrichtigen können, war ich auf dem Weg zur Arbeit eine Station früher ausgestiegen und in einen Schallplattenladen gegangen. Ich hatte sie mir angehört. Wie diese Jaqueline Du Pré würde ich nie spielen können. Aber zum ersten Mal verstand ich, warum Jerzy so begeistert gewesen war.

Das Schnellrestaurant schien plötzlich leergefegt, nur ein Gast stand noch vor ihrer Kasse und wartete auf seine zwei

Schaschlikspieße. »So sind die aus dem Osten, alle gleich. Egal woher. Ja. Da behauptet eine, sie hätte Erfahrung, von wegen.« Die Kassierin hatte sich eine Zigarette angesteckt und wies in meine Richtung. Damit kein Unglück passierte, stand ich leicht vornübergeneigt mit überkreuzten Beinen und drehte die Spieße. Der Mann nippte an seiner Bierflasche. Die Kassiererin bemühte sich nicht mal, leise zu klagen, sie glaubte wohl, ich verstünde sie nicht. »Die wissen einfach nicht, was Arbeit ist, ja. Das kann man denen hundertmal erklären. Die kapieren's nicht.« Der Mann antwortete etwas, das ich nicht verstand. Sie lachte und stimmte ihm zu.

Die Spieße waren fertig, Paprika, Curry und Ketchup. Ich schob den Pappteller zu ihr hinüber, als die Schwingtür aufging und Petra hereinkam.

»Schichtwechsel. Umziehen«, sagte die Kassiererin zu mir. Mit kleinen Schritten lief ich zur Toilettentür. Kaum saß ich, wurde die Klinke runtergedrückt. Durch die dünne Tür hörte ich von draußen etwas wie »Ach so« und »Stunden«. Im Kopf rechnete ich aus, was ich bisher gespart hatte, und beschloß, ab heute nicht nur fünfzehn, sondern die gesamten zweiunddreißig Mark Tageslohn zu sparen. Auf diese Weise sollte ich das Cello vom Antiquitätenhändler in zwei Wochen mitnehmen können.

In der kleinen Besenkammer zog sich Petra ein T-Shirt über den Kopf. Ihre Brüste waren rund wie die von jungen Mädchen in Wäschekatalogen. Erschrocken drehte sie sich zu mir um: »Hab dich gar nicht gehört.«

Die Kassiererin kam zu uns. »Fehlt wieder was«, sagte sie über meinen Kopf hinweg zu Petra.

»Viel?«

»Immerhin, fast zwölf Mark. Und das an einem Tag wie

heute.« Vor Wut spuckte sie beim Sprechen. Sie zählte noch einmal die Scheine und blätterte sie wie zum Beweis vor unseren Augen auf das schmale Schränkchen. Zwischendurch leckte sie ihre Fingerspitzen an. Sie nahm das Kleingeld und stapelte es in abgezählten Türmen neben den Scheinen. »Na ja, zehn dreiundzwanzig«, sagte sie zu Petra, dann blickte sie auf mich: »Du klaust doch nicht?«

Ich schüttelte den Kopf, überlegte, was ich sagen könnte.

»Beklauen laß ich mich nicht, kapiert? Ich nehme den Schlüssel ja immer mit, wenn ich mal verschwinden muß.« Ihr Blick ging von mir zu Petra und wieder zu mir zurück. Dann sah sie Petra an: »Ich muß es ihr abziehen. Soweit kommt's noch, daß ich an einem Tag wie heute draufzahle. Die soll nicht denken, daß sie so davonkommt. Ja, nicht mal umdrehen darf man sich, hinterrücks, wie die sind.«

»Vielleicht hast du falsch rausgegeben?« Leise sagte Petra das, wie nebenbei.

»Ich?«

»Passiert doch.«

»Mir nicht, meine Liebe, nicht nach fünfundzwanzig Jahren, das kannst du mir glauben.« Die Kassiererin warf noch einen strafenden Blick auf mich und ging ohne ein weiteres Wort nach vorne zur Kasse. Dort begrüßte sie Herta, ihre Ablöse.

»Mach dir nichts draus«, sagte Petra zu mir, als sie den Kittel zuknöpfte. Ihr linkes Auge zwinkerte, und ich war mir nicht sicher, ob Petra das absichtlich machte. Jedesmal fragte ich mich, ob es ein nervöses Augenzucken war oder für mich bestimmt. Sie nahm einen kleinen Spiegel aus der Tasche und zog ihre Lippen nach, preßte und rollte sie übereinander. »Wenn du mich fragst, steckt die sich das Geld immer in die eigene Tasche.« Petra hatte schmale Lippen, die sie oben herzförmig übermalte. Jetzt holte sie einen etwas dunkleren Lippenstift hervor und malte mit ihm nur die Unterlippe an. »Würde ich auch machen, als Kassiererin.« Über die Augen tupfte Petra weißen Lidschatten und warf noch einen Blick in ihren kleinen Spiegel, bevor sie ihn zuklappte.»Ich steige um.«

»Was willst du machen?«

»Vertreterin. Siehst du den Lippenstift hier? Den gibt es in normalen Geschäften gar nicht. Exklusiv. Dafür lade ich meine Freundinnen nach Hause ein, stelle ein paar Salzstangen hin und biete ihnen Cola an. Alles auf Rechnung, versteht sich.« Sie steckte sich einen Kaugummi in den Mund und hielt mir die Packung entgegen. Ich nahm einen Kaugummi heraus, obwohl ich Kaugummis nicht mochte.

»Hübsche Farbe«, ich nickte ihr zu.

»Könntest du bestimmt auch machen«, Petra holte eine Dose hervor und puderte sich Nase, Stirn und Kinn.

»Ach nein. Danke. Unsere Wohnung ist zu klein.« Ich mußte an meinen Vater denken, der im Lager auf seinem Bett lag und hoffte, eines Tages käme eine Nelly oder ein Wunder hereingeschneit. Abends, wenn ich von der Arbeit kam, hielt er mir vor, er würde wegen mir hier versauern. Wegen meiner blöden Idee, meinen Bruder im Westen behandeln zu lassen, wo er doch trotzdem gestorben sei. Gestern abend hatte er zum ersten Mal gesagt, Jerzy sei wegen mir gestorben, er habe einfach den Umzug nicht vertragen. Ich hatte darauf nicht geantwortet. *Wären wir in Stettin geblieben, dann würde er noch leben.* In den letzten Wochen hatte ich aufgehört, meinem Vater zu antworten, ich ließ ihn reden, und es kam aufs selbe raus. Ihn werde ich auch noch auf dem Gewissen haben, da sei er sich schon jetzt sicher. Nur vorsichtig kaute ich, damit meine Plomben nicht herausfielen. Der Kaugummi schmeckte nach Erdbeer und war so groß, daß ich das Gefühl hatte, an ihm zu ersticken.

»Das habe ich auch erst gedacht, in meiner Wohnung kann ich das nicht machen. Da hat der Chef zu mir gesagt, keine Wohnung ist zu klein. Außer der Knast«, sie lachte. »Wo's eng wird, ist es doch gemütlich, und die Waren sehen nach mehr aus. Wenn nur die Stimmung gut ist.«

»Wollt ihr noch Kaffee trinken oder was? Jetzt aber dalli, dalli.« Die Kassiererin schaute mahnend zu uns nach hinten und sprach weiter mit Herta. Dalli. Ich stellte mir Petras gute Stimmung vor und hätte gewünscht, ich könnte noch länger hier sitzenbleiben und ihr zuhören. Von Tag zu Tag verspürte ich weniger Lust, zu meinem Vater ins Lager zu gehen. Sollte das mein Zuhause sein? Petra wohnte im Norden, in einer der Neubausiedlungen der Stadt. Die Wohnungen dort waren erschwinglich und mit allem ausgerüstet, Warmwasser, Heizung, Einbauküche. Ein Fahrstuhl fuhr in jedem Haus. In den Wohnungen lag Teppichboden, und der Müll rutschte von der Küche direkt in den Keller. Sogar Klingelanlagen, über die man sprechen konnte, sollte es dort geben. Warum nicht eine kleine Wohnung, wie Petra sie hatte? Ich müßte das Cello gar nicht erst in das Lager bringen und den Blicken meines Vaters aussetzen, sondern würde es geradewegs vom Antiquitätenhändler in die kleine Wohnung tragen und mich an einer Musikschule verdingen.

»Und für Stimmung kann ich sorgen. Ehrlich.« Petra klappte die Puderdose zu.

Ich nahm die Haube vom Kopf. Petra hielt meinen Arm fest. »Aber nicht weitersagen, verstehst du?«

Ich nickte.

»Die müssen nichts davon wissen. Bis ich den Vertrag unterschrieben habe, kündige ich noch nicht.«

»Keine Sorge«, sagte ich und zog meinen Kittel aus.

»Und noch was«, sie griff wieder meinen Arm. Ich hängte die Schürze an den Haken und nahm meinen Pelz, den ich in einer großen Kunststofftüte aufbewahrte, damit er nicht allzuviel von dem Fett annahm.

»Ja?«

»Ist vielleicht 'n bißchen peinlich, aber wo wir schon so'n richtiges Vertrauen haben, Jabłonowska, benutzt du kein Deo?«

»Kein was?«

»Deo. Deodorant.« Das T hinten sprach sie scharf und deutlich. »Kennst du nicht? So Spray, damit man nicht nach Schweiß riecht. Weißt du, wenn man den ganzen Tag arbeitet und dann auf so engem Raum. Na ja, ich wollt's ja nur mal gesagt haben, nicht?« Sie öffnete ihre Haarspange, stellte sich vor den kleinen Spiegel, der neben der Garderobe angebracht war, und schüttelte ihr Haar. Sie bemerkte, wie ich sie beobachtete, und zwinkerte. Schönes Haar hatte sie, rotblond, nur am Haaransatz sah man das Dunkle nachwachsen. Aus ihrer Tasche holte sie eine Dose und sprühte sich etwas in die Haare. Ob es duftete, konnte ich nicht sagen. Vom Fett war meine Nase taub.

»Was ist? Mach den Mund zu, sonst kommt 'ne Fliege rein.« Sie lachte mich an, und ich schloß den Mund.

»Bist doch nicht böse, was, Jabłonowska?« Sie band ihre Haare zum Pferdeschwanz, was nicht zu ihrem Alter paßte.

»Nein.«

»Wird's bald, da hinten?« Herta hatte die Kasse übernommen.

»Ist Vertrauenssache, nicht.« Geschickt schlüpfte Petra in eine dicke rosa Schneejacke. Ein weißer Kranz aus Kunstpelz schmiegte sich um ihren Hals. »Gestern gekauft. Wie seh ich aus?«

An russische Kinder mußte ich denken, aber ich sagte: »Wie ein Christkind, wie eine Mischung aus Christkind und Eskimo.«

Petra nickte zufrieden, zog die Jacke wieder aus und hängte sie an den Haken: »Ich muß jetzt.« Sie schob mich vor sich her, an den Geräten, der Kasse und der Theke vorbei.

»Auf Wiedersehen.«

Außer Petra, die nur flüchtig aufschaute und zwinkerte, antwortete mir niemand.

Wenn zwei sich draußen treffen

»So ein Zufall, sind Sie nicht Frau Senff?« Die Angesprochene drehte sich um, schlaff und leer hing ihr eine Tasche von der Schulter. Sie kniff die Augen zusammen und musterte mich, um herauszufinden, wer ich war.

»Sie wohnen in Marienfelde, hab ich recht? Im Lager.« Mit einer Hand stützte ich mich auf meinen Wagen und lächelte.

»Wer sind Sie?« Auf ihren Brillengläsern saßen winzige Tropfen.

»John. John Bird. Ich arbeite bei der amerikanischen Sichtungsstelle, wir haben vor ungefähr zwei Monaten ein Gespräch miteinander gehabt.«

»Was haben Sie?«

»Wir. Ich sagte, wir hatten ein Gespräch. Erinnern Sie sich nicht? Es ging um Ihre Fluchtmotive.«

»Tut mir leid.« Sie schulterte die leere Tasche und schickte sich an, ihren Weg durch den Sprühnebel fortzusetzen.

»Warten Sie, ich wollte Sie nicht überfallen. Kann ich Sie ein Stück mitnehmen?«

»Danke, nein.« Ihr Husten klang trocken und rauh.

»Kommen Sie, wir trinken einen Kaffee. Hier vorne gibt's ein Lokal.«

Zu meiner Überraschung lächelte sie und sagte: »Warum nicht.«

Wir gingen ins Lokal, sie setzte sich auf eine der gepolsterten Bänke, die mit rotem Samt überzogen waren, und ich konnte in dem großen, schon erblindenden Spiegel hinter ihrem Kopf das vormittags fast leere Lokal überblicken. Ein paar Zeitungsleser saßen mit Kaffeegetränken, die auf kleinen silbernen Tabletts neben winzigen und nie leeren Wassergläsern standen, jeweils einzeln an den Tischen und rauchten Pfeife oder filterlose französische Zigaretten. Nelly umwickelte ihren Finger mit einer Haarsträhne und wartete, daß ich mich ihr gegenübersetzte.

»Wollen Sie nicht Ihre Jacke ausziehen?«

Umständlich zog sie im Sitzen die Jacke aus, die dünn und völlig durchnäßt war. Darunter kam eine weite Bluse aus hauchzartem Stoff zum Vorschein. Daß sie keinen Büstenhalter trug, war unübersehbar. Ich brachte ihre Jacke zur Garderobe, einen fast vertrauten Geruch verströmte der feuchte Stoff, und kam zurück, als sie sich mit einer Schachtel Streichhölzer wieder auf die Bank setzte und eine Zigarette anzündete. Im Spiegel konnte ich das freundliche und ausdauernde Nicken eines älteren Herrn hinter mir erkennen, der ihr offenbar die Streichhölzer geschenkt hatte.

»Sie haben angefangen zu rauchen?«

»Warum angefangen?« Sie wedelte das Hölzchen und ließ es in den Aschenbecher fallen.

»Bei unserem Gespräch vor zwei Monaten haben Sie noch nicht geraucht.«

»Daran erinnere ich mich nicht. Ich fange auch gerade erst an«, sie versuchte gar nicht erst das Gähnen zu unterdrücken, »vielleicht nicht unbedingt vor meinen Kindern, das Zimmer ist schnell zugequalmt.« Ihre Zigarette glühte, ich sah ihren Atem in der Glut.

»Sie sind jung.« Das stellte ich fest, ich fragte es nicht.

Noch war ich mir nicht sicher, ob ich ihr sagen würde, daß ich sie eben auf der Straße für eine kindliche Hure gehalten hatte, hatte halten müssen, weil sie diesen Bürgersteig entlanggegangen war, ihr Schritt ein hüpfender und schwingender, gekonnter noch als der des Mädchens, das vor ihr gelaufen war und das ich schon häufig auf der Kurfürstenstraße hatte laufen sehen. In ihrem Schritt lag eine Kraft, die unverhofft ein Mädchen versprach, das Spaß haben würde und nicht nur für ein kleines Päckchen Heroin oder wegen des großen Burschen mit Felljacke, der aus dem Wagen um die Ecke ihre Geschäfte verfolgen würde, einen Mastino auf dem Rücksitz, den Mund öffnen und die Zunge sehen ließe. Die Bemerkung über ihre Jugend schien ihr zu gefallen. Zwischen drei Fingern ließ sie die Streichholzschachtel spielen. In ihren Augen konnte ich ein flüchtiges Lächeln erkennen.

»Das denken Sie.«

»Nein, das weiß ich. Nicht mehr genau, aber Sie waren noch nicht mal dreißig.«

»Wer weiß«, ihr Lächeln zog eine schmale Grenze, weniger eine Mauer, eher ein Springseil, das mich aufforderte hinüberzuhüpfen. Die Streichhölzer in der Schachtel zwischen ihren Fingern machten ein leises Geräusch. Dann hielt sie die Finger still, als erwarte sie meine nächste Frage.

»Was machen Ihre beiden Kinder? Sie gehen zur Schule, hab ich recht?«

»Im Augenblick, ja. Mein Sohn war zehn Tage im Krankenhaus. Aber seit zwei Wochen geht er wieder hin.«

»Was Schlimmes?«

»Haben Sie keine Kinder?«

»Leider nein.«

»Aber verheiratet sind Sie?«

»Wollen Sie jetzt *mich* verhören?«

»Wer spricht von Verhör? Ich sehe Ihren Ring und denke mir, Sie sehen aus wie ein verheirateter Mann.«

Wieder hörte ich das Geräusch der aneinanderfallenden Streichhölzer. Wenn ich sie fragte, ob sie hier auf der Kurfürstenstraße ein kleines zusätzliches Geld verdiente, würde sie mit der Frage antworten, ob ich hier häufiger verkehrte, dessen war ich mir sicher. So zögerte ich und fragte: »Wie sieht denn ein verheirateter Mann aus?«

»Es gibt verheiratete Männer, die sind auf der Pirsch. Das läßt sich leicht an ihrem Gang erkennen und daran, wie sie Frauen ansehen.«

»Und wie sehen solche verheirateten Männer Frauen an?«

»Neugierig, mit einer gewissen Sicherheit ihrer selbst und einer ganz selbstverständlichen Überlegenheit, hungrig und zugleich schon ein Leben lang gesättigt. Gierig und trotzdem ohne wahres Risiko in den Augen. Ganz so, als wären sie ein König mit großem Appetit, der sich nachts in die Schloßküche schleicht und dort Töpfe und Tiegel öffnet, um mit dem Finger in seine selbst ausgesuchten und erwählten Speisen zu langen, zu kosten, was schmeckt, und es hastig zu verschlingen, um sich auf diese Weise von Topf zu Tiegel durch die Nacht zu fressen, bevor ihm am nächsten Tag wie jeden Tag der Tisch gedeckt wird.«

Der Kaffee wurde gebracht, ich legte ein Stück Zucker auf den Löffel, ließ Kaffee hineinlaufen und sah zu, wie sich der Zucker braun färbte. Ich steckte den Löffel in den Mund. »So einer bin ich, meinen Sie?«

Furchtlos verfolgte sie, wie der Zucker in meinem Mund verschwand, dann ging ihr Blick aus dem Fenster, und schon fürchtete ich um ihre Aufmerksamkeit, als sie sagte: »Kirsch-bäume. Wie seltsam. Kirschbäume mitten in der Stadt und mitten im Winter.«

Diesem Blick folgte ich nicht, ich wollte sie festhalten, dort, wo wir eben noch gewesen waren, also sah ich sie war-tend an. Sie hatte meine Frage noch nicht beantwortet.

»Dazu sind Sie ein Mann mit einem merkwürdigen Beruf, Sie arbeiten für Ihre Regierung, an einer entscheidenden Stelle, im Geheimwesen, auf der Suche nach Wahrheit und möglichst in Tuchfühlung zum möglichen Feind. In gewis-ser Weise könnten Sie wohl glauben, Sie seien Teil der Regie-rung, das zeugt von Machthunger und dem unbedingten Willen, sich einer größeren Sache unterzuordnen. Wahr-scheinlich liegt die Herausforderung im alltäglichen Bezwin-gen des Machthungers, damit der sich nicht von der Sache löst.«

»Sie meinen, ich bin ein König in der Schloßküche?«

»Ein verheirateter Mann.«

»Was würden Sie sagen, wenn ich Sie fragte, ob Sie mir in ein nahes Hotel folgen würden?«

»Kirschbäume im Winter sind so schwarz und alt, daß ihre Blüten im Frühling vor allem wegen dem Kontrast so schön aussehen.« Nicht die Kirschbäume sah sie an, sie sah mich an.

»Kommen Sie mit?«

»Warum nicht.«

Die Münzen klirrten auf dem kleinen silbernen Tablett, das mir der Kellner zuschob. Über dem Arm trug er ihre Jacke und meinen Mantel.

Sprühnebel war unbeständig. Ihr Geruch, süß und spitz. Ich hob den Mantel und hielt ihn wie einen Schirm, bis wir die wenigen Schritte zum Auto gegangen waren.

Die Zimmer im Hotel waren winzig, kaum einen Schritt vor den anderen konnte man setzen. Ihre Ohren glühten, und sie atmete schnell. Weich war ihre Haut. Erst danach zog ich sie ganz aus und trug sie die wenigen Zentimeter zum Bett. Auf dem Bauch blieb sie liegen und wollte die Decke nicht, die ich ihr anbot. Schon im Oktober hatte ich mich gewundert, daß sie nicht fror, in ihrem geblümten Sommerkleid und den bräunlichen Strumpfhosen. Unter dem dunklen Haar streckte sich lang und weiß ihr Hals, ich strich über die Schultern, den Rücken hinunter, bis zur Kniekehle, wo ein schwarzes Mal ein Land zeichnete. Mit der Fingerkuppe fuhr ich die Grenze entlang, bis sie das Bein anwinkelte und das Land in seiner Kehle verschwand.

»Warum verstecken Sie die schwarze Haut?«

»Sie gefällt mir nicht.«

»Sehen Sie mal, wieviel ich davon hab«, ich nahm ihre Hand und führte sie zu meinen Schultern.

»Das ist was anderes.« Ihre Hand blieb kühl in meiner, als gehöre sie nicht ihr und als wäre jede Regung und Berührung noch vor wenigen Minuten die einer anderen gewesen.

»So groß sind die Unterschiede nicht. Mensch und Mensch. Haut und Haut. Farbe und Farbe.« Salzig schmeckte ihre Farbe, silbern war ihre Haut. Ihr Geruch, süß und spitz, leicht säuerlich, zog mich an, die Kühle ihrer Haut und das Silber, das nicht zu schmecken, nur zu sehen war, ließen mich frieren und stießen mich zurück. Das schien ihr nichts auszumachen. Ich richtete mich auf und legte meine Hand auf ihre Brust.

Aufmerksam sah sie mich an. Während ihr Körper in der Kühle versunken war, schienen ihre Gedanken nicht ruhen zu wollen. »Und trotzdem kommt Ihre Hand immer von

oben. Fürchten Sie nicht die Langeweile und den Über-
druß?«

»Warum kommt sie von oben?« Meine Hand schob ich unter ihre und trug sie dicht über meiner Brust.

»Uns gegenüber. Sie sind derjenige, wenigstens ein Teil
und also Körperteil dessen, eines Staates, der entscheidet, ob
wir bleiben dürfen und als was.«

Um ihren Hals lag eine feine silberne Kette. Mit dem Zeigefinger zog ich an der Kette und wollte nach der kleinen Ku-
gel greifen, die an ihrem Hals zum Vorschein kam, doch sie
schob meine Hand weg.

»Ist das ein Wir einer Gruppe?« Ich packte ihre Hand und
ließ sie mein Gesicht fühlen, die Wangenknochen, die Nase
und die kurzen Haare.

»Nein, das ist ein Wir Vereinzelter. Flüchtlinge, Übersiedler, Aussiedler. Zu jedem kommt eine Hand von oben und
hebt ihn auf oder winkt ihm zu.« Träge regte sich ihre Hand in
meiner, wachte auf und machte sich auf den Weg, ihre kleine
Hand fühlte ich am Rücken und am Po, sie würde immer zu
klein sein, um auch nur eine Backe zu fassen. Von allen Seiten
kamen ihre Hände, sie berührten meine Narben, die tauben
Stellen, sie berührten die Haut dazwischen, mal strichen sie
nur und faßten nicht, mal faßten sie zu, jede ihrer Hände.

»Sie kommen mit Eigenschaften, und wir schauen, welche
das sind. Es ist doch ein Unterschied, ob Sie verfolgt worden
sind oder nicht.« Nicht zum ersten Mal, seit ich ihr vorhin auf
der Straße begegnet war, mußte ich an Batalow denken, dessen Gegenwart ich so deutlich spürte, als verstecke er sich
hinter dem Vorhang oder spiegele sich statt meiner in ihren
Augen.

»Schauen. Nein, ein Schauen ist das nicht, eher ein Prüfen,

ob die Eigenschaften passen, die zu entdecken sind.« Ihre Stimme war rauh, und ihre Augen spiegelten, keinen noch so vagen Blick vergönnten sie mir ins Innere.

»Und, passen sie?«

Nelly lächelte nicht, ihr Blick fiel zwischen uns.

Die Fototapete zeigte viel Blau, Palmen einer Südseeinsel. Fast war ich sicher, daß nirgendwo in Knoxville eine Fototapete an der Wand hing, nur in Deutschland schien mir das möglich. Wann immer ich die Richtung wechselte, fiel mein Blick auf das schmale, etwas schiefe Fenster, das in irgendeinen Hinterhof hätte blicken lassen, wenn nicht die rosa Rüschen davorgehangen hätten. Das alte Bett ächzte. Rausfallen konnte man nicht so leicht, weil es sich wie eine Schale nach innen bog und uns barg. Kein weiches, nachgiebiges Nest. Eine Nußschale im Ozean. Mit Kurs auf eine Südseeinsel. Nellys Geruch ließ nicht nach, dabei war die Stunde im Zimmer bald um. Ich ertappte mich, wie ich hoffte, daß die nächsten nicht unmittelbar im Anschluß kämen und unbefugt in ihren Geruch tauchten.

»Wenn man Sie so ansieht, könnte man vergessen, wo Sie leben und wo Sie herkommen.« Ihre Wange war warm, einen Augenblick ließ ich meine Lippen auf ihr ruhen. Für getrieben könnte sie mich halten, für einen nie zu sättigenden König. König Nimmersatt. »Wer Sie sind«, ergänzte ich und flüsterte dabei.

Nur kurz lehnte ich mich zurück, nur, um sie noch genauer sehen und berühren zu können, da sagte sie: »Ich nicht.«

»Sie sind nicht Sie?«

»Nein. Doch. Nein«, sie rieb ihre Nase in den Schweiß meiner Brust, in ihren Augen glaubte ich Ekel zu erkennen, »ich kann mich nicht vergessen.«

Meine Arme wollten ihr antworten. Das Blau rückte in die Ferne und die Palme schien zum Greifen nah. Auf so einer Südseeinsel konnte sich Batalow aufhalten, er würde sich ducken und in seiner Einsamkeit lediglich Laute einer Comicfigur von sich geben. Krssssztzsch, wenn er das Fleisch einer Kokosnuß frißt, oder zschscht, wenn er in die Banane beißt, und er würde warten, bis sie käme, und sie käme, auf verschlungenen und doch absehbaren Wegen, wie es sich im Märchen gehört, und erlöste ihn von seinen Comiclauten. Aber noch war Batalow nicht zu sehen, statt dessen sah ich im Spiegel, wie meine Hände ihre Brüste packten und sich ihr Mund öffnete, von dem ich mir nicht sicher sein konnte, ob es Lust oder Schmerz war, der ihn verzerrte, und im Zweifel verzerrte ihn der Spiegel. Keine Antwort blieben meine Arme schuldig.

Als ich sie ankleidete und ihr die Brille erst putzte und dann aufsetzte, fragte sie, ob ich meine Frau auch ankleiden würde. Und ich fragte sie zurück, warum sie nicht bei Freunden wohnte, sondern im Lager.

»Wollen Sie wieder Namen wissen?« Ihre Stimme klang scharf und sanft zugleich. »Wirkliche Freunde habe ich hier im Westen nicht. Erst recht keine, bei denen ich so ohne weiteres mit zwei Kindern wohnen könnte.«

Ich spürte ihren Blick auf meinem Oberkörper, auf den Narben, die sie eben noch berührt hatte. Der Dorn meiner Gürtelschnalle fiel mit einem leisen und dumpfen Geräusch auf den Plüschboden. Als ich mich bückte, knarrte der Holzboden unter dem Plüsch. Ich hob den Dorn auf, aber er ließ sich nicht mehr befestigen.

»Sie wissen, daß es gefährlich ist, sich im Lager Freunde zu machen.«

Sie hatte sich auf das Bett gesetzt und beobachtete meinen Versuch, den Gürtel ohne Dorn zu schließen.

»Es gibt da Spione. Seit Jahrzehnten schleust die Staatssicherheit ihre Leute dort ein. Im letzten Jahr gab es einen Entführungsversuch. Was gibt es da zu lachen?«

Nelly hielt sich die Hand vor den Mund und gluckste in die Hand.

»Auch russische Organisationen strecken die Finger nach ihren verlorenen Schäfchen aus.«

Sie prustete in ihre Hand. »Wie ernst Sie Ihre Sache nehmen.«

»Sie ist ernst, ich muß sie nicht ernst nehmen«, langsam störte mich ihr Lachen. Mit dem Ende des Gürtels zog ich eine Schlaufe.

Ihr Lachen, das mich schon Ende Oktober an ein junges Mädchen erinnert hatte, wurde in meinen Ohren zu dem eines Kindes, und schließlich klang es mehr nach Kobold als nach Mensch.

»Und wer sagt Ihnen, daß ich keine Spionin bin?«

»Damit rechne ich.«

Erstaunt sah sie auf. Ihr Gesicht war glatt, als habe es nie gelacht. »Sie rechnen damit?«

»Als eine der Unbekannten rechne ich auch damit. Anders könnte ich nicht arbeiten.«

»Wollen Sie sagen, Sie arbeiten gerade? Wir schlafen miteinander, und das ist Ihre Arbeit?«

»Nein, aber meine Arbeit gehört zu meiner Identität. In keinem Augenblick meines Lebens könnte ich aufhören, die Verantwortung zu empfinden. Also rechne ich jederzeit mit einer Unbekannten wie Ihnen.«

Der Radiowecker sprang an. *Let the words of our mouth and*

the meditation of our heart, be acceptable in thy sight here to-night.

Mit einem Griff zog ich die Krawatte fest.

»Kann man das nicht abstellen?« Nelly klopfte mit der flachen Hand auf den Radiowecker. Es half nichts. Sie schlug mit der Faust drauf, und der Radiowecker schwieg.

Die schmale Treppe ging ich vor ihr runter und drückte der Wirtin ein Trinkgeld in die Hand. Spröde war ihr Dank, kaum hörbar, sie kehrte uns den Rücken zu, nahm frische Bettwäsche aus einem Regal und stieg die Stufen hinauf.

Die vorbeifahrenden Autos spritzten Regenwasser auf, ich öffnete Nelly Senff die Wagentür. »Was für ein falsches Lied«, sagte sie, als ich mich neben sie in den Wagen setzte.

»Warum regen Sie sich so über ein Lied auf?«

»Ich rege mich nicht auf. Wer von denen hat schon um Zion geweint. So ein Lied verspottet uns.« Ihr Atem stand weiß zwischen uns.

»Uns? Die Gruppe, die keine Gruppe ist, sondern aus Vereinzelten besteht?«

Sie antwortete nicht. Während der Fahrt behielt sie die Hände in den Jackentaschen.

»Es zieht sich weiter zu«, sagte ich an einer Kreuzung. Sie schürzte die Lippen, dann stülpte sie sie nach innen, bis sie über den Zähnen spannten, daß es aussah, als habe sie keinen Mund und als sei die blasse Hautfalte an seiner Stelle frisch von innen verklammert.

Als wir unter den S-Bahn-Brücken durchfuhren, unternahm ich einen neuen Versuch, ihr Schweigen zu brechen. »Der Präsident genießt seit ein paar Wochen eine ganz unverhoffte Popularität. Außenpolitische Aktivitäten haben ja schon Kennedy einen Stimmungswandel unter den Wählern beschert. Und wie's aussieht, wird dem Präsidenten Camp David das Amt retten. Schade nur, daß die Wahlbeteiligung bei uns so gering ist.«

Nelly sah stumpf vor sich hin und spielte mit einer Haarsträhne. Sie wandte den Kopf leicht. Das Gasometer verschwand fast im Nebel.

Erst als wir an dem kleinen Schild *Marienfelde* vorbeifuhren, nahm sie die Hände aus den Jackentaschen und sprach. »Bei Ihrem Präsidenten muß ich immer an einen Kater denken, an einen gestiefelten Kater.«

»Woher können Sie Englisch?«

»Ich kann kein Englisch«, wieder vergrub sie die Hände in den Jackentaschen.

»Doch. Und das finde ich ungewöhnlich für jemanden von drüben.«

»Nein.«

»Sie haben den Text des Liedes verstanden.«

Sie schwieg und ließ die Lippen nicht locker.

»Schon damals, als wir das Gespräch hatten, kam mir das so vor.«

Plötzlich prustete Nelly. »Die Spionin«, sie lachte, »die heimlich Englisch spricht.«

Mit Geduld ließ ich sie auslachen, bremste schließlich und bog in eine Seitenstraße ein. »Wir sind da.«

»Noch nicht ganz.«

»Wir werden nicht zusammen den Pförtner passieren.«

»Nein, das wäre wohl für Ihr Ansehen schädlich. Arbeiten Sie jetzt?« In ihrem Blick waren zugleich Spott und Ernst, der womöglich nur gespielt war.

»In einer halben Stunde, ja.« Ich stellte den Motor aus und blieb sitzen.

»Wir haben als Wissenschaftler ein Grundwissen in Englisch bekommen, zumindest in meiner Abteilung war das so. Nicht jeder, aber ich gehörte dazu. Schließlich mußten wir westliche Veröffentlichungen lesen können.« Als glaube sie nicht allein ihren Worten, nickte sie.

»Sie haben gar nicht so lange als Wissenschaftlerin gearbeitet. Und so ein fachliches Grundwissen soll reichen, um Texte der Alltagssprache zu verstehen?«

»Jetzt sehen Sie mich sehr skeptisch an, John Bird. Glauben Sie das nicht?« Ihre Augen funkelten. Ernst nahm sie mich nicht.

»Ich weiß nicht.«

»Glaube hat mit Wissen nichts zu tun«, Nelly lachte, und ich erinnerte mich an ihre Glaubenserklärungen, mit denen sie im Oktober Harold und mich unterhalten hatte.

»Deshalb sage ich, ich weiß nicht«, sagte ich und dachte daran, daß ich am Abend ein Gespräch mit dem CIA führen würde, ein Gespräch, von dem ich hoffte, daß es mich aus dem Lager holen und auf eine Position versetzen würde, die meine Arbeit und meinen Einsatz würdigte.

»Was wollen Sie von mir?«

Unvermittelt kam ihre Frage, und ich zögerte einen Augenblick, ob ich ihr antworten sollte. Sie würde sich denken müssen, daß unsere Ermittlungen selten über das Aufnahmeverfahren hinausgingen. Was sollte ich von ihr schon wollen? Nützlich hätten wir ihr im Oktober sein können, inzwischen war es Dezember geworden, ihr Aufnahmeverfahren galt als abgeschlossen, und sie lebte im Lager. Da war unser guter Wille nicht mehr zuständig. Noch immer sah sie mich an, blaß und kühl, ihre großen braunen Augen waren trotz der langen Wimpern nicht verschleiert. Dem kastanienbraunen Haar fehlte jegliche Frisur, kräftig und schwer lag es auf ihren Schultern und schimmerte im durchbrechenden Sonnenlicht rötlich. In Erwartung meiner Antwort schienen die Augen erstarrt, kein Wimpernschlag unterbrach ihren Blick.

»Weinen Sie nie?«

»Soll ich weinen, ist es das, was Sie von mir wollen?«

»Ich frage mich nur, warum Sie nicht weinen.«

»Das frage ich mich nicht.«

Draußen lief eine Frau mit einem kleinen weißen Hund vorbei, der Hund trug ein rotes Cape, das über den Rücken reichte und am Bauch festgeschnallt war, gewiß sollte es ihn vor Kälte und Regen schützen. Ich nahm die Zigarettenschachtel aus meiner Hemdtasche und bot Nelly eine an. Sie holte die Streichhölzer aus ihrer Tasche und kam meinem Feuerzeug zuvor. Durch die Glut sog sie Luft ein, deren Sauerstoff schon verbrannte, bevor er ihren Mund erreichen würde.

»Ihre Tränen sind aufgebraucht, hab ich recht?«

»Wenn Sie so wollen«, Rauch quoll aus ihrem Mund. Sanft wölbten sich ihre Lippen vor. »Ich glaube, Sie sind nicht an Tränen interessiert. Das einzige, was Sie erzeugen und sehen wollen, ist Demut«, sie lächelte.

Die Autoscheiben beschlugen, nur noch schemenhaft war zu erkennen, wenn draußen jemand vorbeiging. Dem CIA wollte ich sagen, ich sei bereit, schon vor dem ersten Studium sei ich bereit gewesen, während der Ausbildung und dem zweiten Studium, in jeder Sekunde meines Lebens habe ich mich bereit gefühlt, würde ich denken und wollte sagen: Schon lange bin ich bereit, und reif. Was für mich zählt, ist unsere Freiheit, und die Bedingungen werde ich bewahren und schaffen. Sicherheit. Darum geht es. Die große Idee war es, für die ich vor sechs Jahren meine Honigbiene tagelang ununterbrochen über die Felder geflogen hatte, begleitet von vielen Kameraden, obwohl ich wie sie ein Jahr zuvor die *Pentagon Papers* hatte lesen müssen, vielleicht flogen wir, weil uns alles andere wie die Aufgabe unserer Identität erschienen wäre, auch wenn das zum erstenmal in unserer Geschichte nicht zum Sieg führte, zwar hinterließ mein Flug eine Schneise, eine Narbe in der Landschaft, darüber dichte schmutzige Wolken, doch am Weihnachtstag stürzte ich in der Nähe von Haiphong ab. Ich würde ihnen sagen, daß ich willens war, hinzugehen, wo immer sie mich hinschickten, in noch so aussichtslose Unternehmen, und würde nicht gestehen, daß ich darauf brannte, ihre Aufträge entgegenzunehmen, und daß ich hatte weinen müssen, als ich vor wenigen Tagen den Film *Deer Hunter* gesehen hatte, sagen wollte ich, daß ich mein Land schützen würde. Meine Frau wäre dabei kein Hinderungsgrund, nein, das war sie noch nie gewesen.

»Warum werden diese Untersuchungen gemacht?« Nelly zog an ihrer Zigarette und blies sich den Rauch in den Schoß.

»Welche Untersuchungen?«

»Die medizinischen. In der ersten Woche. Warum müssen die Ankommenden in Quarantäne, und wozu werden ihre Körperspuren in kleinen Röhrchen festgehalten, wofür muß man Blutproben und Stuhlproben abgeben, warum werden die Körper untersucht und vermessen? Welchem Zweck dienen diese Dinge, wenn nicht der Demütigung?« Wann immer Nelly die Worte Demut und Demütigung verwendete, schien sie lächeln zu müssen.

»Die Untersuchungen werden zur Sicherheit gemacht. Aufgrund der politischen Insellage der Stadt wird das Einschleppen von Krankheitserregern befürchtet, Epidemien könnten sich in den Lagern und über die ganze Stadt ausbreiten.«

»Das ist nicht Ihr Ernst!« Sie lachte und schluckte, drückte die Zigarette aus, schluckte und lachte.

»So lustig ist das nicht, irgendwo in Rußland werden Pokkenviren kultiviert, die machen Experimente«, mich durchfuhr plötzlich die Ahnung, daß die Öffentlichkeit von diesen Experimenten nichts wußte und ich einen Bruchteil Geheimwissen ausgeplaudert haben könnte, »stellen Sie sich nur vor, einer käme mit Tuberkulose. Würden wir die Blutproben nicht nehmen, im Zweifel keine Röntgenaufnahmen machen und den Ankömmling so lange gesondert unterbringen. Binnen kurzer Zeit könnte er das ganze Lager infiziert haben. Die Kinder würden mit dem Erreger in ihre Schulen gehen, diejenigen, die arbeiten, brächten die Krankheit in die Stadt.«

Sie öffnete meinen Mantel, schob das Revers des Jacketts zur Seite und legte die Hand auf meine Brust. Wollte sie meine Haut fühlen, meinen Herzschlag? Ihre Hand wanderte zur linken Seite, mein Herz schlug unter ihrer Hand für die Freiheit und die Sicherheit und die Unabhängigkeit, soviel wußte ich noch. Und doch erregte diese kühle Hand noch etwas anderes. Lust, vielleicht, die Lust, eine Gefahr zu bezwingen, das Verlangen, sie zu überwältigen, meine Kraft an ihr zu messen. Sie zog die Zigarettenschachtel aus meiner Hemdtasche und lächelte, wie sie lächelte, wenn sie Demut sagte. Ich hielt ihr mein Feuerzeug entgegen. Die Flamme war klein. Sie nahm mir das Feuerzeug aus der Hand und gab sich selbst Feuer.

Mit den Fingern fuhr ich durch ihre Haare und berührte den Hals, der, weiß und warm, nur das Äußerste ihres Inner sten war, ein Stück Haut zu der Überzeugung, es sei Demut, die ich von ihr verlangte.

»Was ich von Ihnen wie auch von anderen Menschen verlange, ist lediglich die Demut vor der Unabhängigkeit und Freiheit, die Sie erfahren dürfen, sobald Sie dem Ostblock entkommen sind«, sagte ich, und sagte es mit Ironie in der Stimme, deren Falschheit sie hoffentlich überhören würde, da ich die Ironie für diese Behauptung soeben erst erfunden hatte, um sie nichts Eindeutiges, geschweige denn etwas Wahres von mir wissen zu lassen. Aber sie sah mich an, ohne zu ahnen, daß ich für den Auftrag brannte, den ich empfangen würde, nachdem man mich heute abend im Gespräch für würdig befunden und engagiert haben würde. Diesem Auftrag, so fand ich, wurde ich schon in diesem Wagen gerecht, in dem die beschlagenen Scheiben und die fehlende Sicht in die Außenwelt, aber auch der Außenwelt auf mich und mein Tun nichts daran änderten, daß ich den unbedingten Zielen meiner Regierung treu ergeben, wenn nicht erlegen war und sie derart verinnerlicht hatte, daß ich das Verschmelzen von Freiheit und Sicherheit und Unabhängigkeit wie ein Brennen spürte. Und das Brennen, der kurze Schmerz, den ihre Zähne verursachten, gaben mir die Ahnung ein, ich verkörpere selbst die Freiheit. Und vor der Freiheit durfte sie Demut zeigen, also ließ ich ihren Kopf in meinem Schoß und ihren Mund an der Freiheit, fuhr mit den Fingern durch ihre Haare den Hals entlang, spürte ihre Wirbel und dachte an die Freiheitsstatue, an sonst gar nichts.

Nicht mal, als sie aufsah und lächelte, wie sie lächelte, wenn sie das Wort Demut sagte, war mir danach, ihr Lächeln zu erwidern. Demut konnte nur ernsthaft empfangen werden, und ich war zu allem bereit. Eine Maske wurde ihr Lächeln, die abzunehmen ich mir nicht die Mühe machte. In sieben Minuten fing mein Dienst an, wenn sie ihren Hintern endlich aus meinem Wagen bewegen und meinetwegen die letzten Meter zum Lager zu Fuß zurücktraben würde, dann schaffte ich es noch, mit dem Wagen einen Parkplatz zu finden und rechtzeitig oben im Büro anzukommen. Aber statt auszusteigen, strich sie mit einem Finger über meine Stirn.

»Woher ist die?«

»Ein andermal«, sagte ich, lehnte mich vor, griff über sie hinweg und öffnete ihre Tür, damit sie aussteigen konnte. Wenn ich ihr sagte, daß ich keine Ahnung hätte und nur wußte, daß meine Honigbiene abgeschossen worden war, mein Schleudersitz zwar funktioniert hatte, das Gedächtnis aber eine ganze Weile nicht, würde sie wahrscheinlich höhnisch zur Antwort geben: 1972? Da sind wir über die offenen Grenzen nach Polen, in ein Land, das nach dem großen Streik so revolutionär war wie kein anderes. Sie würde mir von amerikanischen Filmen erzählen, die sie dort gesehen hatte, und davon, wie sie den Himmel über den Masuren bewunderte.

Tatsächlich stieg sie aus und sagte, während sie sich noch einmal zu mir umdrehte: »Jedem seine Heldentaten.«

An den beschlagenen Scheiben hatten sich feine Rinnsale gebildet, die das Milchglas maserten. Es war möglich, daß sie kaum Zeitungen gelesen und es in ihrer Welt keinerlei Informationen darüber gegeben hatte, wie wenig wir hatten Helden werden können in diesem Krieg. Weil ich nichts anderes fand, wischte ich die Scheiben mit dem Ärmel meines Mantels ab. Zwar blieb die Sicht etwas verzerrt, aber es genügte, um zu starten. Obwohl ich schnell fuhr und sofort einen Parkplatz fand, passierte ich den Pförtner gerade, als sie nach ihrer Post fragte. Sie drehte sich nicht einmal nach mir um. Deshalb konnte ich es mir nicht verkneifen, wenige Meter vom Eingang entfernt auf sie zu warten und ihr zu sagen: »Sie haben damals behauptet, es gebe keinen sichereren Ort als ein kommunistisches Land mit einer Mauer. Leider muß ich Ihnen sagen, daß Sie sich täuschen, Sie, oder meinetwegen Ihre Mutter, die das behauptet haben soll. Die Sicherheit wird nicht durch eine einfache Mauer gewährleistet. Nur der Schießbefehl sorgt für Sicherheit.«

Befremdet sah sie mich an und schien mich nicht zu erkennen, dann wandte sie sich ab, als sei ich ein Irrer, der auf der Straße steht und laut vor sich hinredet, Passanten anruft, ohne auf Antwort zu warten, und setzte mit ihrem hüpfenden Schritt, der mich erst vor zwei Stunden an der Kurfürstenstraße aufmerksam hatte hinsehen lassen, ihren Weg fort.

Eine schwere Hand klopfte mir auf die Schulter. »John, du wirst doch nicht mit Lagerbewohnerinnen Gespräche anfangen?« Rick hielt mir seine Schachtel Zigaretten hin, und ich nahm eine. »Kennst du die?« Sein Gasfeuerzeug war leer.

»Sollte ich?« Mein Feuerzeug konnte ich nicht finden, vermutlich hatte Nelly es eingesteckt.

»Nein, hübsche Frau, ist mir auch schon aufgefallen.« Er fand Streichhölzer, und ich hielt die Hände um meine Zigarette, damit der Wind die Flamme nicht ausblies.

»Geht so.« Wir liefen den Torweg entlang und über den Parkplatz zu unserer Dienststelle. »Ich hab sie nach der Uhrzeit gefragt, weil meine stehengeblieben ist.« Zur Bekräftigung klopfte ich auf meine Omega, »aber hier scheint keiner deutsch zu verstehen.«

»Versuch's doch mal auf Englisch«, lachend hielt mir Rick

die Tür auf. Mir schoß durch den Kopf, daß sein Vorschlag eine Andeutung sein könnte, vielleicht kannte er Nelly näher und ich war nicht der einzige, der wußte, daß sie Englisch sprach. Doch dann beschloß ich, daß er sie wohl kaum kennen konnte, zu viele Menschen lebten hier, und mit keinem hatte einer von uns je näher zu tun, das beschloß ich, und mit einem gewissen Genuß, der sich fast verboten, zumindest pervers anfühlte, atmete ich den Geruch des Hausflurs ein und spürte die Entspannung, die sich in mir ausbreitete. Jeden Morgen, und an Tagen wie heute erst mittags, wenn ich die Dienststelle betrat, löste allein das Übertreten der Schwelle in mir ein wohliges und angenehm betäubendes Gefühl aus. Zu der Wohligkeit gehörte der miefige Geruch, nur vordergründig war es kalter und frischer Rauch, darunter lag eine Mischung aus männlichem Urin, da offenbar die Toiletten nicht ausreichend gereinigt wurden, und Schweiß, wie er in Mänteln längst verstorbener Menschen hängt, aber auch in den Achselstoffen der modernen Hemden aus Polyester, die wir alle trugen. Obwohl niemand hier seine Schuhe wechselte oder auch nur öffnete, kam auf der zweiten Etage ein stechender Geruch nach Buttersäure hinzu.

Auf dem Stuhl im Gesprächszimmer saß eine Frau von etwa vierzig Jahren, ihre Haare waren mit Henna gefärbt, die Hose aus silbernem Kunstleder hatte einen weiten Schlag. Aus den Unterlagen konnte ich sehen, daß sie unter hohem Risiko geflohen war. Es würden eher Standardfragen sein, die ich ihr stellen müßte.

»Sie heißen?«

»Grit Mehring. Geboren in Chemnitz, zuletzt wohnhaft in der Dimitroffstraße 64 in Berlin«, sie schlug die Beine übereinander und sah mich provozierend an.

»Danke, wann und wo Sie geboren sind, sehe ich in meiner Akte«, ich blätterte und fand die Skizze, die diese Frau auf unseren Befehl hin vom Fluchtort angefertigt hatte. Ich mied ihren Blick und stellte mir vor, wie sie in diesem Aufzug durch Nacht und Nebel geflohen sein wollte – das rote Haar wie ein Leuchtfeuer um den Kopf, und auch ein silberner Stoff strahlt im Scheinwerferlicht.

»Können Sie mir kurz und knapp schildern, wie und wo Sie die Grenze übertreten haben?«

»Übertreten«, sie lachte höhnisch auf, »übertreten habe ich gar nichts, geschwommen bin ich, durch den Teltowkanal.«

»Sie wußten, daß dort Schießbefehl besteht?«

»Und wie ich das wußte, aber ich hatte auch meine Informationen, an welcher Stelle die Scheinwerfer kaum auftreffen, wo das Ufer einen Sprung erlaubt.«

»Alles voller Minen.«

»Das brauchen Sie mir nicht zu erklären«, mit erhobenem Kopf und entsprechend halb geschlossenen Augen sah sie mir entgegen.

»In Ihrer Erklärung hier lese ich, daß Sie in Ostberlin verfolgt worden sind. Wie ist das zu verstehen?«

»Ach, das wissen Sie nicht?«

»Wir wollen es von Ihnen wissen.«

Sie krümmte sich und vergrub ihr Gesicht. Der CIA hatte alle meine Zeugnisse angefordert, und ich war sicher, daß sie einen guten Eindruck bekommen würden. Zur gleichen Zeit saß vielleicht jemand in der Argentinischen Allee und traf letzte Vorbereitungen für das Interview mit mir. Ich gab Lynn einen Wink, damit sie aufstand und dem Flüchtling ein Taschentuch reichte. Das Schneuzen dauerte einige Minuten.

»Sind Sie soweit?« Meine Geduld ließ zu wünschen übrig, in Gedanken war ich beim heutigen Abend, als mir plötzlich einfiel, daß Eunice morgen Geburtstag hatte.

»Warum rümpfen Sie die Nase?« fragte die Frau, Unsicherheit lag in ihrer Stimme. Der eben noch stolze Ausdruck hatte sich seit dem Vergraben ihres Gesichtes in sein Gegenteil verwandelt. Mit großen Augen, fast unterwürfig sah sie mich an und harrte meiner Antwort. Warum mußte ich nur hin und wieder die Nase rümpfen, ohne es zu bemerken? Schon manchmal hatten mich Menschen darauf hingewiesen, und selten erkannte ich an eindeutigen, entschuldigenden und beleidigten Reaktionen meines Gegenübers, daß ich sie wieder gerümpft haben mußte. Eunice hätte mir etwas sagen können. Nicht, daß sie mich warnen müßte, und natürlich war sie nicht verpflichtet, mich an ihren Geburtstag zu erinnern, aber im konsequenten Verschweigen ihres Geburtstages glaubte ich eine gewisse Boshaftigkeit zu erkennen, die ich in letzter Zeit häufig an ihr bemerkte. Die Zigarettenschachtel in meiner Hemdtasche war fast plattgedrückt, ich kniff mit beiden Fingern in den Filter und zog die letzte Zigarette heraus. Zweifellos bereitete es Eunice Genugtuung, mir meine Nachlässigkeit vorzuführen, und während sie selbst den Haushalt vernachlässigte, Gras rauchte und die Telefonrechnung in die Höhe trieb, taugten für diesen Zweck am besten eigens geschaffene große Luftlöcher, die aus meinen Versäumnissen ihr gegenüber zu folgen schienen. Den Rauch blies ich zu kleinen Ringen.

»Könnte ich eine haben, bitte?« Der hennarote Flüchtling zeigte auf meine Zigaretten. Ein Vorteil dieses Arbeitsplatzes war der nie endende Vorrat an Zigaretten. Lynn reichte mir ein neues Päckchen Camel, und ich öffnete das Silberpapier, stand auf und hielt der Frau die Zigarette hin. Mit zitternder Hand griff sie nach der Zigarette und bog sie beim Herausziehen derart, daß sie zu brechen drohte. Ich reichte ihr Feuer.

»Danke vielmals, vielen Dank.« Ihre Haare sahen fettig aus, als habe sie sie seit Wochen nicht gewaschen. Vielleicht durften die Flüchtlinge in den ersten Tagen ihrer Ankunft nicht duschen, oder aber sie hatte ihre Haare schlichtweg vergessen.

»Also. Am besten, Sie schildern mal diese Verfolgungen.« Ich setzte mich wieder hinter meinen Schreibtisch und versuchte einen aufmerksamen Blick. Kürzlich hatte Eunice zu mir gesagt, sie habe jetzt einen Flug gebucht und werde schon im Februar mit ihrer Freundin das Tattoostudio eröffnen. Kaum hatte ich geantwortet, das sei eine hervorragende Idee, auch wenn ich nicht fände, daß Berlin-Zehlendorf ein geeigneter Ort dafür sei, war Eunice laut geworden. Ich müsse ihr zuhören. Habe sie nicht gerade erst gesagt, sie habe einen Flug gebucht? Nicht hier wolle sie ein Tattoostudio eröffnen, sondern zu Hause in den Staaten. Ich hatte wohl genickt und ertappte mich dabei, wie allein die Vorstellung, sie nicht mehr in unserem Haus anzutreffen, nicht mehr allabendlich ihre ausgeweideten Tiere und geflügelten Wölfe beachten, ja, sehen zu müssen, große Entspannung in mir auslöste. Als ich aufgestanden war, um aus dem Zimmer zu gehen, hatte ich sie in meinem Rücken sagen hören, daß ich zu den Menschen gehörte, die ihren Nächsten einfach nicht mehr wirklich sehen würden, eine gewisse altersbedingte Weitsichtigkeit habe mich befallen, wie sie die meisten Menschen mit zunehmendem Alter befalle, und diese Weitsichtigkeit führe dazu, daß ich das Allernächste, nämlich sie, einfach nicht mehr sähe, und wenn, dann sicherlich nur verschwommen. In der Tür hatte ich mich nach ihr umgedreht. Hinter ihrem um aufrichtige Empörung bemühten Gesichtsausdruck glaubte ich eine diebische Freude zu erkennen. Eunice ereiferte sich an solchen Winzigkeiten, als befänden wir uns in einem Wettstreit um die Unschuld am Scheitern unserer Ehe.

»Schikanen. Schikanen trifft es wohl besser«, die Rothaarige inhalierte den Rauch. Ich warf einen Blick in die Akte vor mir. Grit Mehring, das war ihr Name.

»Das fing ja schon vor zehn Jahren an. Ach, wahrscheinlich viel früher, aber damals bemerkte ich es. Da haben sie mir die Firma auf den Hals gehetzt.«

»Die Firma?«

»Na, den Ausdruck kennen Sie doch bestimmt. Die Staatssicherheit, die Firma eben«, Grit Mehring stützte den Arm aufs Knie und ihr Kinn in die Hand mit der Zigarette. So konnte sie bequem an der Zigarette ziehen, ohne sich gerade auf ihrem Stuhl halten zu müssen.

»Wie haben Sie das bemerkt?«

»Na, es war ganz offensichtlich. In meiner Nachbarwohnung lebte ein älteres Ehepaar, meine Briefe wurden geöffnet, und eines Tages erwischte ich die Frau, wie sie vor den Briefkästen stand und eilig einen Brief zusammenknüllte. Den Brief fand ich später in der Mülltonne.«

»Das allein waren die Repressalien, denen Sie ausgesetzt gewesen sein wollen?«

Die Rothaarige schluchzte auf, zog aber tapfer an ihrer Zigarette, wischte sich die Tränen aus den Augen und fuhr fort: »Später habe ich durch den Türspion gesehen, wie sie vor meiner Haustür standen und lauschten, wenn ich Besuch hatte. Dann bekam ich keine Zulassung zum Jura-Studium, und meine Tochter durfte trotz guter Zensuren kein Abitur machen.«

Während die Protokollantin tippte, machte ich mir, um in der Aufmerksamkeit nicht nachzulassen, mit dem Kugelschreiber Notizen. Fälle wie ihren gab es Dutzende.

»Und als ich nachfragte, warum es da nur negative Bescheide gab, tja, da stellte mir die Firma Gegenfragen, wie lange ich mit wem befreundet sei, teilweise konnten sie mir lückenlos Gespräche wiedergeben.«

»Und die ganze Zeit haben Sie in der Dimitroffstraße Tür an Tür mit diesem Ehepaar gelebt.«

»Nein, dumm sind die ja nicht. Eines Tages wurde das Ehepaar ausgetauscht und statt dessen kam ein junger, alleinstehender Mann. Ich sage Ihnen, das war schon deshalb auffällig, weil er allein eine Vier-Raum-Wohnung bewohnte. Da wird man doch mißtrauisch. Die Kommunale Wohnungsverwaltung bemüht sich in der Regel schon um Gerechtigkeit bei der Wohnungsvergabe.«

»Sie meinen, der neue Nachbar war ebenfalls ein Spitzel?«

»Da bin ich sicher. Der hat sich erst an meine Tochter rangemacht und sie dann ausgehorcht.«

»Wie alt war Ihre Tochter damals?«

»Das ist gar nicht so lange her, vier Jahre vielleicht, da war sie fünfzehn.«

»Wo ist Ihre Tochter jetzt?«

»Sie wollte drüben bleiben. Hatte gerade einen Freund. Sie können sich ja denken, daß man nicht so ohne weiteres zu zweit flüchtet.«

»Was meinen Sie mit rangemacht?«

»Na, er hat eben ein Verhältnis mit ihr angefangen. Sie hatte eine Abtreibung. Minderjährig. Ich brauche Ihnen ja wohl nicht zu sagen, was das für eine Mutter bedeutet. Ja, und dann habe ich ihn erwischt, wie er meinen Schrank durchwühlt. Fragen Sie mich nicht, warum meine Tochter den überhaupt noch in unsere Wohnung gelassen hat. Aber ich mußte ja tagsüber arbeiten, bis ich mich mal hatte krankschreiben lassen und einfach schon um zehn Uhr morgens wieder in der Tür stand.«

»Er könnte einfach neugierig gewesen sein.«

»Nein, der war nicht einfach neugierig. Der war außerdem noch blöd. Als es endlich vorbei war, hat sie mir ja erzählt, meine Tochter, daß er versucht hat, sie anzuwerben.«

Fragend sah ich die Rothaarige an.

»Für die Firma natürlich.«

»Und dieser Mann wohnt da noch immer?«

»Ach was, keine Ahnung, wo der jetzt steckt, weggezogen ist der. Und das hätte ich ihm auch geraten. So eine Schweinerei.«

Ich warf einen Blick in die Akte.

»Wollen Sie seinen Namen wissen?«

»Moment, Moment. Immer der Reihe nach. Wer zog dann in Ihre Nachbarwohnung?«

»Eine Familie mit drei Kindern. Aber ich sage Ihnen was, die waren auch dabei. Sicher bin ich mir nicht, aber fast sicher.«

»Wann haben Sie beschlossen zu fliehen?« Um den Redefluß der Rothaarigen nicht zu unterbrechen, hielt ich ihr wortlos eine Zigarette und Feuer hin. Miss Killeybegs brachte Kaffee, und Lynn reichte uns die Tassen.

»Das war schon um die Zeit, aber Sie wissen ja, so ein Entschluß braucht, bis er reif ist. Und meine Tochter war doch noch nicht volljährig. Ich hatte ja keine Perspektive, ja. Das

Studium durfte ich nicht machen, und als Technische Zeichnerin wollte mich keiner einstellen. Ja, das sind alles Schikanen. Ich kenne Hunderte, die in der Zeit Arbeit gekriegt haben. Und ich sag mal, besser waren die nicht. Nur mich haben sie immer wieder abgelehnt, ohne Begründung. Irgendwann haben sie mich als Briefträgerin eingeteilt. Das ist doch kein Leben?« Sie zog an ihrer Zigarette und wartete geduldig, bis ich aufhörte, mit dem Kugelschreiber auf dem Blatt vor mir zu schreiben. Es war nicht so, daß ich der Protokollantin nicht vertraute, nur durfte ich nicht den Faden verlieren und schrieb die Eckdaten mit, um im Zweifelsfall genauer nachfragen zu können.

»Könnte ich vielleicht noch eine haben?« Sie deutete auf die Zigaretten.

»Selbstverständlich«, ich stand auf und brachte ihr eine. Als ich ihr das Feuerzeug hinhielt, lächelte sie mich unsicher von unten her an.

»Keine Sorge«, sagte ich, als ich zu meinem Schreibtisch zurückging, »in Fällen wie Ihrem wird das Aufnahmeverfahren schnell gehen.« Erleichtert hörte ich sie in meinem Rücken aufatmen.

»Sie können gleich gehen, Frau …«, wieder mußte ich einen Blick in meine Akte werfen. »Frau Mehring. Wenn Sie uns vielleicht noch den einen oder anderen Arbeitgeber nennen können, der Sie seinerzeit als – Sie sagten Technische Zeichnerin? –, der Sie als Technische Zeichnerin abgelehnt hat? Jetzt können Sie mir die Namen nennen. Sie erinnern sich doch auch noch an die Namen der Nachbarn, die mutmaßlich für die Staatssicherheit arbeiteten?«

»Mutmaßlich? Ganz sicher. Und ganz sicher tun sie das noch immer. Also, das Ehepaar, die hießen Zimmermann,

Dorle und Ernst Zimmermann. Die wohnten bis etwa vierundsiebzig da. Dann kam, im Sommer war das, glaub ich, der junge Mann. Dem seinen Namen würde ich ja am liebsten vergessen. Na, der hat damals einen richtigen Keil zwischen mich und meine Tochter getrieben. Ja, die sind sich zu nichts zu fein.«

»Der Name?«

»Pischke, Hans Pischke.«

»Und die Familie, wie hieß die?«

»Maurers, er hieß Karl-Heinz und sie Gertrud, oder war es Gerlind? Nein, ich glaube Gertrud. Die sind mit ihren drei Gören vor fast einem Jahr eingezogen.«

Häufig stellte ich bei den Verhörten eine große Erleichterung fest, die sich in ihren Gesichtern und der gesamten Körperhaltung zeigte, wenn sie endlich sagen konnten, worunter sie seit Jahren litten und worüber sie zu schweigen verdammt waren, bis sie sich bei uns in Sicherheit fühlten und auspackten. Trotzdem waren sie froh, wenn das Gespräch beendet wurde und sie endlich den Stempel unserer Dienststelle auf ihren Laufzettel bekamen. Grit Mehring gehörte zu einer anderen Sorte. Sie blieb angespannt sitzen und schien kein Interesse an einem Ende des Verhörs zu haben.

»Gegen diese Familie Maurer haben Sie aber keinerlei Beweise?«

»Nein, tut mir leid, ich vermute es nur. Da hat man die wahrscheinlich ganz umsonst hinziehen lassen, jetzt, wo ich weg bin.« Sie fuhr sich durch die roten Haare. Ein Lächeln flog über ihr Gesicht, als empfinde sie Schadenfreude für die vergeblichen Unternehmungen der Staatssicherheit. Unwillkürlich und absichtslos erwiderte ich ihr Lächeln.

»Und die Arbeitgeber, die Sie damals ablehnten?«

»Das ist ja auch schon eine Weile her. Bestimmt sechs Jahre. Seit sechs Jahren habe ich nicht mehr in meinem Beruf gearbeitet, können Sie sich das vorstellen? Briefe austragen«, sie zischte abfällig durch die Zähne.

»Wenn Ihnen da noch was einfällt, melden Sie sich bei uns?« Ihr Aktenordner war schmal, viel gab es da nicht zu wollen, die Namen reichten, und ein paar Fragezeichen blieben immer stehen. Ich klappte den Ordner zu und stand auf.

»Werden Sie erst mal im Lager bleiben oder haben Sie Freunde?« fragte ich und reichte ihr meine Hand.

»Ein bißchen werde ich wohl bleiben müssen, aber dann kann ich bestimmt bei Freunden unterkommen.« Sie folgte mir auf den Gang, und Lynn schloß die Tür hinter uns.

»Eine Frage noch: Ihre Hose, sind Sie damit geflüchtet?«
Erstaunt sah sie an sich herab. »Warum?«

»Ganz schön auffällig, so eine Farbe, die wird doch schnell von Scheinwerfern gesichtet.«

Fast platzend war ihr Lachen. »Ach so. Nein, also solche Hosen haben wir drüben sowieso nicht gekriegt. Meine Hose war völlig zerrissen, als ich gestern ankam. Erst wollte man mich ja noch ins Krankenhaus bringen, Verdacht auf Unterkühlung. Wer schwimmt schon im Dezember durch den Teltowkanal? Aber mir geht's gut, wirklich. So gut wie noch nie.«

»Na dann«, ich drehte mich um, aber da sie sie mir entgegenstreckte, sah ich mich veranlaßt, noch einmal ihre knochige lange Hand zu nehmen.

»Die Hose kommt aus Ihrer Altkleiderkammer. Schau, was? Hat wohl schon Monate da gelegen und keiner wollte sie. Gar nicht schlecht, oder?«

Als sei die Altkleiderkammer unsere. Ich ließ ihre Hand

los, nickte und dachte bei mir: Schlecht nicht, nur unpassend. Und ungeschickt, weil entlarvend. Sieht aus, als wolle sie ihre Jugend nachholen. Bei dem Gedanken krampfte sich etwas in mir zusammen, und ich ermahnte mich, als guter Mensch, der sich stets im Auftrag der guten Sache sehen wollte, nicht in dieser Weise über diese Leute zu denken. Aber so verhielt es sich vielleicht mit dem ungelebten Leben, den verlorenen Jahren, die viele Flüchtlinge im Gepäck hatten.

»Viel Glück heute abend«, Lynn ging im Mantel an mir vorbei und hielt den Daumen hoch, sie hatte Feierabend. Von dem bevorstehenden Gespräch hatte ich ihr erzählt, in der Regel gab es dort Anweisungen, manchmal Rügen und selten Belobigungen. Aber von meinen Hoffnungen und davon, daß ich bereits alle Zeugnisse zum CIA hatte schicken dürfen, darüber schwieg ich. Es war nicht gut, Kollegen einzuweihen, so vertraut man sich sonst auch war, und mit Lynn ging ich jeden Freitag zum Bowlen, erst vor wenigen Monaten hatten sie und ihr Mann, der ebenfalls für unseren Nachrichtendienst arbeitete, mich und Eunice zum Abendessen eingeladen. Selbst zum Schießen ging ich gelegentlich mit ihr. Immerhin wußte man nicht, auf welche Position sie einen setzen würden und ob die Beschäftigung dort nicht schon wegen des Auftrages höchste Geheimhaltung verlangte.

Im Winter ging das Licht in unserer Dienststelle nie aus, tags wurde es draußen kaum noch hell, und nachts ließ man die Lampen zur Sicherheit brennen, obwohl der Nachtdienst keineswegs alle Räume belegte. Draußen dämmerte es, meine Uhr zeigte kurz vor vier. Schlechter Beobachter, dieser Rick, dachte ich und klopfte auf meine Omega. Als bliebe eine Omega jemals stehen. Die Neonröhren gaben ein sachliches Licht. Lynn behauptete, das Licht sei kühl, als sachlich empfand ich es. Ich schob den Vorhang ein Stück zur Seite und beobachtete, wie zwei Kinder einen großen schwarzen Vogel fangen wollten. Offenbar hinkte er und konnte nicht wegfliegen. Obwohl die Kinder ihre Arme ausbreiteten und immer wieder versuchten, ihn in die Enge zu treiben – mal hüpfte er unter einen Busch, dann wieder an der Hauswand entlang –, hatten sie offenbar Scheu, ihn zu packen. Er war größer als eine Krähe, aber ich konnte mir nicht vorstellen, daß sich ausgerechnet hierher ein Rabe verirren sollte. Eine Frau kam hinzu und machte Handzeichen, offenbar mißfiel ihr, daß die Kinder den Vogel jagten. An ihrer Jacke erkannte ich sie. Sie trug dieselbe Hose wie vorhin. Daß Nelly Mutter zweier Kinder war, fiel mir erst jetzt wieder ein. Immerzu war mir Wassilij Batalow durch den Kopf gegangen, weniger die Tatsache, daß er sie berührt und geliebt haben mußte, als die Frage, wer er wohl gewesen war und ob er wohl noch immer war, ohne ihr Wissen vielleicht, vielleicht mit ihrem, ohne unser Wissen und trotz unseres Verdachtes. Vielleicht sogar ohne sein eigenes Wissen. Man durfte in solchen Fällen keine Möglichkeit ausschließen. Und diese beiden Kinder waren wohl nicht nur ihre, sondern auch seine. Die Mutter unterhielt sich mit einem kleinen Mann, während die Kinder hinter ihrem Rücken das lahme Tier scheuchten.

Dieser Fall gehörte zu meinen unrühmlichen, und ich würde ihn heute abend gewiß nicht erwähnen, es sei denn, sie sprachen mich darauf an. Zwar könnte ich mich darauf berufen, daß zuletzt Fleischman die Vernehmung geführt hatte, immerhin einer ihrer besten Leute, aber so ganz überzeugten solche Verweise nicht. Wäre da nicht Nellys Geruch gewesen, vielleicht hätte ich unser Zusammentreffen tatsächlich inszeniert und als Arbeit verstanden. So passierte es mir, wie mir auch andere Dinge passierten, die aber nicht voll solcher Möglichkeiten steckten. Verantwortung bedeutete etwas anderes, Verantwortung bedeutete, immer einen Schritt weiter und immer noch einen Gedanken voraus zu sein. Und doch würde ich das eigene Maß von Verantwortung nie erfüllen, darin bestand meine Moral, und mein Ehrgeiz entsprang daraus. Nur stellte ich nicht ohne Bedauern fest, daß ich stets selbst die Striche auf dem Maß festlegte und es demnach keine genauere Überprüfung, keine objektive Schätzung gab, nur der CIA konnte mich mit einem Ruf bestätigen und mit dem Ausbleiben des Rufes strafen.

Hinter mir ging die Tür auf, und ein mir flüchtig bekannter Mitarbeiter der Sichtungsstelle, für die ich schon bald nicht mehr arbeiten würde, zumindest nicht als Angehöriger unseres Nachrichtendienstes, sah mich erschrocken und zugleich hörig an.

»Bitte?«

»Ich hoffe, Sie stehen gut.« Offenbar hatte er etwas Wichtiges auf dem Herzen und konnte vor Aufregung seine Zunge kaum zügeln.

»Wie?«

»Gerade kam ein Anruf.«

»Und?« Der CIA würde mich gewiß nicht über das Telefon rufen, höchstens, wenn sie den Termin verlegen oder gar absagen wollten. Aber daß der CIA mich hier und zwei Stunden vor dem vereinbarten Zeitpunkt noch anrief, um was auch immer zu klären, war ausgeschlossen, dafür funktionierten alle Stränge der Organisation zu perfekt und reibungslos, dessen glaubte ich mich sicher. Im Bruchteil einer Sekunde verwarf ich die Idee und gelangte zurück in die Wirklichkeit, die mich ganz sicher in ihren Armen hielt.

»Meine Frau, hab ich recht? Sie hatten das Vergnügen, mit meiner Frau zu sprechen. Und was konnte ihr so wichtig sein, mich hier anzurufen?«

»Nein, Mr. Bird, Ihre Frau war es nicht. Wir haben die Namen der Befragung von Frau Grit Mehring weitergegeben und gerade einen Anruf der Lagerleitung erhalten. Einer der genannten Mitarbeiter der Staatssicherheit hält sich im Westen auf. Und raten Sie, wo?« Der mir nur flüchtig bekannte und noch sehr junge Mitarbeiter der Sichtungsstelle schnappte nach Luft.

Nelly Senff flieht vor Doktor Rothe

Ich hatte gerade eine Seite umgeblättert, als ich plötzlich ein Knarren hinter mir hörte. Susanne war von ihrer Nacht nicht zurückgekehrt, und so drehte ich mich in der Erwartung um, sie zu sehen. Für die Kinder war es noch viel zu früh, sie würden erst in einer guten Stunde aus der Schule kommen. Dicht hinter mir stand ein großer Mann in blauem Anzug. Mantel und Hut trug er über dem Arm.

»Senff, richtig? Ihr Name ist Senff.« Er trat zur Seite, damit ich ihn besser sehen konnte.

»Sie hätten klingeln können.«

»Die Klingel scheint nicht zu funktionieren. Die Wohnungstür war nicht abgeschlossen. Und da mein Klopfen nicht beantwortet wurde«, er sah mich an, als erwartete er, daß ich seinen Satz beendete. »Störe ich Sie?«

»Kommt drauf an.« Ich klemmte einen Finger zwischen die Seiten meines Buches.

Das Kinn war glatt rasiert, aber er trug einen Schnurrbart, dessen Enden leicht nach oben zeigten. Der Mann sprach leise und preßte die Worte hinaus, als koste es ihn große Anstrengung, so langsam und leise zu sprechen. Nur feine Linien lagen in seinem Gesicht, Linien, die weder Alter noch Erfahrung verrieten, eher mochten sie eine zufällige Spur von Jahren sein. Das Haar schien vorzeitig ergraut, fast weiß war es, obwohl ich ihn erst auf Mitte Vierzig schätzte.

»Darf ich?« Mit dem Hut deutete er auf den freien Stuhl.

»Bitte.«

»Die sind für Sie«, er hielt mir eine Schachtel Pralinen entgegen. Ich zögerte, sie ihm abzunehmen.

»Warum Pralinen?«

»Mein Name ist Rothe, Doktor Rothe. Sicherlich haben Sie schon von mir gehört.« Mantel und Hut hielt er auf dem Schoß fest, die Pralinen legte er vor sich auf den Tisch.

»Sollte ich?«

»Nun, ich komme hin und wieder hier ins Lager. Der eine oder andere dürfte mich kennen.« Seine kunstvolle Pause sollte mir wohl Zeit lassen, mich zu erinnern, doch ich spürte nichts als seine Erwartung. »Man sagt schon, ich hätte eine gewisse Berühmtheit. Die Organisation, deren Mitglied ich bin und in deren Auftrag ich zu Ihnen komme, heißt Bärenclub. Sie denken vielleicht an den Berliner Bären. Aber wir sind eine weltweite Organisation. Wir arbeiten in Südafrika und in Thailand, in Süd-Korea, Deutschland und in Amerika.«

»Was machen Sie?«

Das Lächeln um seine Mundwinkel verriet keinen Stolz. Eitelkeit im Mantel der Milde war es. Er genoß meine Ahnungslosigkeit über seine Person und zögerte den Augenblick hinaus, bevor er mich aufklärte. »Greifen Sie doch zu.« Im Handumdrehen öffnete er die Schachtel Pralinen und schob sie über den Tisch. Er lächelte, spöttisch und überlegen.

»Warum Pralinen?«

»Warum Pralinen? Sie müssen sich fragen, was Ihnen

diese Aufmerksamkeit beschert und womit Sie die verdient haben.« Sein Lächeln war unerträglich. »Keine Sorge, sie sind nicht vergiftet.«

»Ha ha.«

»Sie verstehen wohl keinen Spaß?«

Was machte diesen Rothe nur so mitleidig, so großzügig und selbstgewiß? Was wollte er? Ich sah ihn an und fragte mich, ob ich ihn kennen müßte, ob mir sein Gesicht vertraut erschien und er vielleicht mit einem dieser Geheimdienste zu tun haben konnte.

»Die feiern wohl wieder, was?« Er deutete in Richtung Tür und meinte offenbar die Musik, die aus einer der Nachbarwohnungen herüberdrang. Fast schien mir, als habe ein anderer diesen Satz gesagt, so wenig paßte er zu seinem vornehmen Auftritt.

»Wer?«

»Schon gut. Sie haben polnische Mitbewohner, nicht wahr?« Der Mann lehnte sich zurück, und der Stuhl unter ihm ächzte. Er schien zu klein für den Mann. »Wir wissen über die Konflikte, die dieses Zusammenleben hier im Lager hervorruft, bestens Bescheid. Die einen leben so, die anderen so. Für uns sind sie alle gleich. Unsere Ziele sind ganz unterschiedlicher Art. Sofern Sie das wünschen, kann ich Ihnen gern einzelne Aspekte erläutern.« Mit einem Räuspern bückte er sich und angelte nach dem Hut, der ihm vom Knie gefallen war. Sein Kopf berührte mein Bein. Als er wieder aufsah, war sein Gesicht feuerrot. »Entschuldigen Sie«, er strich sich über die Stirn. »Wir helfen Menschen in Not. Menschen wie Ihnen, Opfern menschenfeindlicher und unwürdiger Systeme, die aus Diktaturen kommen. Menschen, die verfolgt wurden, die wie Sie Zuflucht hier im Westen su-

chen, kranken Menschen, die wie Sie schützende Arme erwarten dürfen, aber selbst solchen, die in Deutschland ein
Asyl wollen.« Er zog ein Taschentuch aus dem Jackett und
wischte sich über die glänzende Stirn. Das unbewegte Lächeln gab der mechanisch klingenden Aufzählung etwas
Unwirkliches. Noch immer war sein Gesicht rot, nur um die
Nase leuchtete ein weißes Dreieck. »Dabei spielen Herkunft
und religiöse Gesinnung für uns nicht die geringste Rolle.
Nur die Repressionen und das Leid, das Sie ertragen mußten. Wichtig ist die Not, in der wir Menschen auffinden.«

»Sie meinen, ich sei krank?«

»Nein, Sie sind es vielleicht nicht, hoffentlich, noch nicht.
Aber vielleicht denken Sie nicht nur an sich. Es gibt Menschen, die krank sind und dank unserer Organisation Hilfe
erhalten. Wissen Sie, wie viele Menschen in diesem Augenblick gefoltert werden, Hunger leiden und schlicht zu Unrecht ihrer Freiheit beraubt sind? Denken Sie an Ihre
Freunde, die Sie drüben zurücklassen mußten. Sind die frei?
Der Bärenclub hilft. Dafür haben wir schon Preise und Ehrungen empfangen.«

»Sie meinen, Sic machen ein Geschäft mit dem Leid? Sie
fühlen sich groß an der Qual anderer?«

»Warum so bitter? Nicht die Qual der anderen läßt uns
groß fühlen, sondern die Mittel und die Hilfe, die wir anbieten können.« Satt und zufrieden sah dieser Rothe aus, wie er
sich wieder nach hinten lehnte und den Stuhl unter sich ächzen ließ. Mit dem Taschentuch tupfte er seine Schläfen ab.
Zu Clubs rotteten sie sich zusammen. Woher die Leute dieser Generation hier in Deutschland ihr Geld hatten, mit dem
sie so scheinbar großzügig und freizügig entschieden, wem
sie halfen und wem nicht, Einschätzungen darüber trafen,

wer ihrer Güte würdig war – darüber mußte ich nachdenken. Feine Schweißperlen hingen im Schurrbart des Mannes und zitterten mit jedem Atemzug. Nur schwer holte er Luft. Gerade wollte ich sagen: Sie haben immer auf der richtigen Seite gestanden, nicht?, als er mit einem Ruck vom Stuhl aufsprang.

»Hätten Sie ein Glas Wasser für mich?«

In der Küche suchte ich nach einem sauberen Glas. Das Wasser kam seit heute morgen bräunlich aus der Leitung. Ich dachte an die Warnung von John Bird, daß es im Lager jede Menge Spitzel gebe. Warum sollte er nicht in einer Doppelrolle, als Abgesandter eines Clubs und zugleich im Auftrag der Staatssicherheit, hier erscheinen, mit Pralinen?

Als ich ins Zimmer zurückkam, stand er mit dem Rücken zu mir über den Tisch gebeugt. Ich stellte das Glas Wasser vor ihn und entdeckte im selben Augenblick einen spitzen Gegenstand, den er in den zitternden Händen hielt.

»Sie müssen mich entschuldigen«, er richtete sich auf und verschwand eilig aus dem Zimmer. Ich hörte, wie er die Toilettentür verschloß. Offenbar kannte er sich bestens in der Wohnung aus, zumindest hatte er es nicht nötig gehabt, nach der Toilette zu suchen. Der Gegenstand in seinen Händen war spitz, und etwas an ihm hatte metallisch geglänzt, die Form erinnerte an eine Spritze, aber so, wie er die Hände darum hielt, konnte ich mir nicht sicher sein. An der Pralinenschachtel klebte noch das Preisschild. Neben ihr lag ein schwarzes Lederetui mit den goldgeprägten Initialen *W. B.* Das Etui kam mir bekannt vor. Aber die Erinnerung blieb aus. Das Etui war leer. Offenbar bewahrte der Mann, der sich Doktor Rothe nannte, den spitzen Gegenstand darin auf. Die Zeitungen hier waren voll von Berichten über Heroin und deren Benutzer, die sich wohl keineswegs in bestimmte Klassen unterteilen ließen. Auch Krankheiten fielen mir ein, die für sein plötzliches Verschwinden mit der Spritze verantwortlich sein konnten. Ich sah auf die Uhr. Es kam mir vor, als sei er schon seit zehn Minuten auf der Toilette. Und da ich keinerlei Geräusche von dort hörte, überlegte ich, ob es ratsam war, nach ihm zu schauen. Die Musik aus der Nachbarwohnung war verstummt. Niemand außer ihm und mir befand sich in der Wohnung. Sein Mantel war auf den Boden gerutscht, der Hut lag auf dem Stuhl. Mein Blick fiel auf eine schmale Aktentasche, die am Tischbein lehnte. Leise stand ich auf, bückte mich und öffnete die Schnappverschlüsse. In der Tasche steckte eine dünne Mappe aus Leder mit einem Reißverschluß. Noch immer war vom Flur her kein Laut zu hören. Ich zog die Mappe hervor, vorsichtig öffnete ich den Reißverschluß. Ein Blatt rutschte aus ihrem Innern und glitt über den Boden. Mit Tinte standen verschiedene Namen auf dem Blatt. Jerzy Jabłonowski war durchgestrichen und ein Kreuz mit Datum darüber geschrieben. Ein Pfeil führte von Jabłonowski zu meinem Namen. *Nelly Senff, ledig, zwei Kinder, promovierte Chemikerin, bis April 76 an der Akademie der Wissenschaften tätig, Ausreiseantrag, danach als Ungelernte auf dem Friedhof, Verdacht auf Doppelspionage.* Mehrere, mit Maschine eng beschriebene Seiten klemmten in der Mappe. Vom Flur her hörte ich ein Knacken, sah auf, aber es war wieder still und niemand zu sehen. Hastig überflog ich die Zeilen. Einzelne Worte las ich, *Republik, Semitenverein* und *Verfassung*, hier stand *Sicherheit* und dort *falsche Angaben*, überall las ich das Wort *Fräulein*. Ich versuchte, einen Sinn zu entziffern. Die Kürzel *LW, IM* und *WB* zerstückelten den Text. *Eliminierung* und *Objekt* waren unterstrichen. Ein metallisches Geräusch ließ mich erschrecken, ich mußte an den spitzen Gegenstand denken, mit dem er verschwunden war und der ihm vielleicht gar nicht selbst diente, sondern der für mich bestimmt war, eine kleine Waffe, ein Gerät zur Überwachung, und doch konnte ich den Blick nicht von den Buchstaben wenden, hielt die Blätter fest in der Hand, als wären sie nunmehr das einzige, was mir Klarheit über die Identität dieses Rothe vermitteln könnte. Verschiedene Namen tauchten auf, *Ziegler*, *Mayer* und schließlich las ich *Batalow*.

»Ihren Namen hat mir eine Frau Jabłonowska empfohlen. Leider ist ihr Bruder bereits verstorben, und es sieht aus, als brauche sie keine Hilfe mehr.« Seine Stimme schien noch leiser als zuvor, und die rote Farbe war aus seinem Gesicht verschwunden. Erschrocken ließ ich die Mappe zurück in die Tasche gleiten. Seine Gestalt füllte die Tür ganz und gar aus, und da sich der Tisch zwischen uns befand, konnte ich nicht sehen, ob der Gegenstand noch in seinen Händen lag, wie auch er hoffentlich seine Mappe nicht in meinen erkannt hatte. Seine Augen funkelten. »Da können wir nicht mehr viel helfen. Helfen wollen wir jetzt Ihnen.« Langsam preßte er Wort für Wort über die Lippen, und ich meinte, in seiner Stimme eine Drohung zu erkennen.

»Ich habe Sie gar nicht kommen gehört«, stotterte ich und stand auf.

»Helfen wollen wir jetzt Ihnen«, wiederholte er mit Nachdruck. Abfällig und zugleich anzüglich sah er an mir herab.

»Was für eine Hilfe soll das sein? Wobei?«

Daß der Mann einen rechtmäßigen Titel hatte, bezweifelte ich. Vielmehr hatte er diesen Doktor wie einen gekauften Adelstitel ausgesprochen, wie einen Namenszusatz, der mehr auf seine Wirkung zielte, als von einer Ursache kündete. Er machte einen Schritt auf mich zu, und ich wich unvermittelt einen zurück.

»Fräulein Senff, wir wissen, in was für einer schrecklichen und ungewohnten Situation Sie hier mit Ihren Kindern leben. Vermutlich empfinden Sie Ihre Umgebung als unwürdig und vielleicht sogar als ausweglos.«

»Keineswegs. Ungewohnt ist sie, aber nicht schrecklich und unwürdig.« Ich verschränkte die Arme und spürte das Fensterbrett in meinem Rücken, weiter zurückweichen konnte ich nicht.

»Immerhin war es meine freie Entscheidung, hierher zu kommen. Was wollen Sie?«

»Keine Angst, Fräulein Senff. Setzen Sie sich doch wieder. Daß Sie mißtrauisch sind, kann Ihnen keiner übelnehmen, Fräulein. Nach allem, was Sie durchgemacht haben.« Sein Lächeln und die leise Stimme machten mich wahnsinnig.

»Was ich durchgemacht habe? Werden Sie nicht unverschämt, Herr Rothe.«

»Doktor Rothe, ich bitte darum, Doktor. Und unverschämt möchte ich ganz gewiß nicht sein. Fräulein Senff.« Er rollte das Wort Fräulein wie einen Code oder Decknamen. Möglicherweise hatte man mir in den Akten der Staatssicherheit den Namen Fräulein gegeben. Das Atmen fiel schwer, zuviel Luft hatte sich in meinem Brustkorb angesammelt, ich wußte nicht mehr, wohin damit.

»Im Gegenteil, helfen wollen wir Ihnen.« Langsam sprach er seinen Satz zu Ende, mit Genuß.

Einen Augenblick zögerte ich, ihm zu entgegnen, daß er auch mich Doktor nennen könne. Aber das Bestehen auf dem Titel machte ihn in meinen Augen lächerlich, ließ ihn mit seinem weißen Haar und dem Hut, mit dem er sich hin und wieder über das Knie strich, das schier unerschütterliche Lächeln im Gesicht, offen und vornehm zugleich, wie ein Kind im Kostüm eines Alten erscheinen. Keinen Titel würde ich gegen seinen stellen, das Gespräch nicht um eine Silbe verlängern.

»Ich habe einen Scheck für Sie, eine schöne Summe.« Er drehte die Hände, und ich versuchte zu erkennen, ob er den spitzen Gegenstand noch immer darin hielt. Vielleicht hatte er ihn auf der Toilette deponiert oder ihn griffbereit in der Westentasche versteckt. »Und denken Sie daran, wir wollen Sie bei der Suche nach einer Wohnung und der Einrichtung dieser Wohnung unterstützen. Helfen wollen wir, damit Sie wieder auf die Beine kommen. Darf ich fragen, was Sie von Beruf machen?«

»Nichts. Hören Sie, ich arbeite nicht.«

»Sehen Sie«, ein Triumph ließ die kleinen hellen Augen aufflackern. *Chemikerin*, hatte in seiner Akte gestanden, *bis April 76 an der Akademie der Wissenschaften tätig, Ausreiseantrag, danach als Ungelernte auf dem Friedhof.* »Vielleicht können wir Ihnen auch da helfen. Aber setzen Sie sich doch.«

»Ich möchte Ihre Hilfe nicht, habe ich mich unklar ausgedrückt?«

»Ganz ruhig, Fräulein Senff. Denken Sie an Ihre Kinder und daran, welche Kleider sie tragen, was sie essen, welche Adresse sie nennen, wenn sie nach dem Wohnort gefragt werden. Ich nehme an, Sie tragen Ihre Verantwortung als Mutter gern und nach bestem Wissen und Gewissen.« Noch einen Schritt machte er auf mich zu, und ich rutschte, das Fensterbrett im Rücken, ein Stück zur Seite. »Glauben Sie nicht, daß Ihre Kinder es als Demütigung erleben, durch eine Schranke nach Hause und wieder hinaus ins Freie zu treten?«

»Hören Sie auf mit meinen Kindern. Meine Kinder gehen Sie nichts an.« Das eigene Schreien hallte mir am Trommelfell wider, doch der Mann zeigte sich davon unbeeindruckt. Leise sagte ich: »Was wissen Sie schon von Demütigung« und machte einen Schritt vorwärts, um mich erschöpft auf den Stuhl zu setzen.

»Fräulein Senff, Weihnachten steht vor der Tür. Können Sie sich vorstellen, daß Sie vielleicht schon das nächste Familienfest in Ihren eigenen vier Wänden ausrichten werden?«

»Danke, nein. Wenn Sie jetzt vielleicht gehen wollen? Ich habe zu tun.« Vor mir auf dem Tisch lag das Buch. Es erschien mir, als hätte ich es vor Jahren dort hingelegt. Ich schlug mein Buch auf und deutete an, daß ich mit dem Lesen fortführe, wenn er nur endlich wieder ginge.

»Es fällt nicht allen Menschen leicht, Hilfe anzunehmen. Ihre Weigerung, Fräulein Senff, und Ihr darin zum Ausdruck gelangender Stolz, das alles mag seine Gründe haben – und doch fürchte ich, Fräulein Senff, Sie werden Ihre Situation auf diese Weise nicht ändern.« Mit langsamen Schritten ging er hinter mir her. »Wir meinen es gut.« Plötzlich schnellte seine Hand vor, und ich schreckte zurück. Doch dann schob er die Pralinenschachtel noch näher zu mir: »Möchten Sie nicht?«

Ich schüttelte den Kopf. Mit seinen langen Fingern griff er geschickt eine Praline und legte sie sich auf die Zunge, dort lag sie für den Bruchteil einer Sekunde und verschwand schließlich mit einem Plopp in seinem Mund. Ohne mich aus den Augen zu lassen, kaute er langsam und genüßlich. Die Mauer und der Pförtner gelten unserer Sicherheit, wurde gesagt. Dennoch gab es Gerüchte über Entführungen. Doch wie sollte er mich betäubt aus der Wohnung schleppen, die

Treppe hinunter und am Pförtner vorbei? Er setzte sich wie selbstverständlich auf die Tischkante und hielt mir die Schachtel Pralinen unter die Nase. Das Gold blendete. Der bittersüße Geruch ließ mich würgen.

»Denken Sie, vielleicht wollen Sie für uns arbeiten. Wir könnten uns gut verstehen, Sie und ich«, sagte er und lächelte. Vielleicht war es Ironie, die ihn so lächeln ließ. Er nahm eine zweite Praline aus der Schachtel, legte sie auf seine Zunge und ließ mich nicht aus den Augen.

»Ich bin kein Opfer, Herr Doktor Rothe. Auch wenn Sie Ihre Güte, Ihre Hilfe und Ihren Scheck noch so gern loswerden möchten.«

»Sie irren, es geht hier nicht um mich. Stellen Sie sich nicht dumm. Wir wollen Ihnen helfen, Fräulein Senff. Vielleicht fällt es nach allem, was Sie durchgemacht haben, schwer, zu erkennen, wie gut es einer mit Ihnen meint.«

»Wie bitte?«

»Sie trauen Ihren Ohren nicht, aber wir meinen es gut. Sie sind ein durchaus schwieriger, und wenn ich das sagen darf, auch mitleiderweckender Fall. Alleinstehend, zwei Kinder, ohne Wohnung und Anstellung. Jung sind Sie – da gibt es doch noch Perspektiven, Senff«, er hob leicht die Stimme, als habe er gelernt, daß ein Anheben der Stimme dem Gesagten Dringlichkeit und Dramatik verlieh, »Sie sind ein interessanter Fall für uns. Ihr Flüchtlingsstatus …«

»Auch der geht Sie nichts an.«

Ich versuchte, die Zeichen in meinem Buch zu entziffern, *Weißglühhitze*, las ich, Weißglut, dachte ich, und ordnete die Buchstaben, nicht für ihren Autor, für mich, *es soll Ihnen kein Haar gekrümmt werden, ich bin aus der Weißglühhitze heraus*, ihm nicht, ich, noch nicht heraus bin ich, dachte ich und hätte er nicht das offene Lächeln im Gesicht, stoisch wie ein Blöder, ich wäre ihm wohl längst an die Kehle gesprungen und hätte ihm alle noch so weißen und kurzen Haare gekrümmt, bis sie gebrochen wären, und wollte sagen, am besten suchen Sie sich einen anderen Fall, ich bin es nicht. Als er anhob: »Wir haben Sie ausgewählt und gefunden, Senff, auch wenn Sie mich nicht gerade freundlich begrüßen. Sie sind unsere Frau.« Er legte eine Hand auf meine Schulter, fest, als sei er entschlossen, mich nicht mehr loszulassen.

Nein, wollte ich sagen, doch sosehr ich mich bemühte, meine Lippen formten nur das Wort, meine Stimme versagte.

»Ich weiß mehr über Sie, als Sie glauben«, seine Fingerkuppen drückten auf Schulterblatt und Schlüsselbein. Ich hörte sein Schlucken, sah den halbgeöffneten Mund und spürte, wie sein Daumen über meinem Schlüsselbein rieb. Seine Hosen waren gebügelt. Mir fiel erst jetzt auf, daß der Reißverschluß seiner Hose offenstand. Anscheinend hatte er auf der Toilette vergessen, ihn zu schließen.

Während ich auf seine Hose starrte, dachte ich an das Wort Fräulein und an die Spritze und sein Anliegen, mir zu helfen.

»Kommen Sie mit«, seine Fingerkuppen drückten auf Schulterblatt und Schlüsselbein. »Kommen Sie.«

Es klingelte. Ich sprang auf und stürzte zur Tür. Draußen stand Frau Jabłonowska mit einem mir fremden Mann.

Sollten sie ihm zur Hilfe kommen wollen? Ohne Zögern drängte ich mich an ihnen vorbei und lief die Treppe hinunter. Ich hörte sie etwas sagen, und wie um ihre Worte nicht zu vergessen, sprach ich sie wieder und wieder vor mich hin. Als ich unten über die Freifläche zwischen den Häuserblöcken lief, flüsterte ich »Ich wollte« und hatte schon den Rest ihres Satzes vergessen.

Ziellos ging ich zwischen den Häuserblöcken entlang und stieß an die Mauer, die das Lager umschloß. Ich kehrte um, lief zwischen zwei anderen Blöcken Richtung Mauer und machte wieder kehrt. Zum Pförtner wollte ich keinesfalls. Es wäre nur allzu leicht, mich dort abzufangen. Wohin mich meine Schritte auch führten, wieder und wieder landete ich in einer Sackgasse. Wo kein Wohnblock war, war Mauer. Die Wolken hingen dicht über den Häusern. Einzelne Tropfen fielen, schwer und dick. Alle Türen von Haus P waren verschlossen. Ich überlegte, ob heute ein Feiertag sein konnte, vielleicht einer, den ich noch nicht kannte. Aber dann wären meine Kinder nicht in der Schule. Meine Kinder. Der Regen wurde stärker, und ich lief zu unserem Block zurück.

»Ich nehme ihn in mein Bett«, hörte ich Aleksej schon von der Wohnungstür.

»Nein, er kommt in meins«, widersprach Katja.

Von Doktor Rothe und Frau Jabłonowska war nichts zu sehen.

»Wir müssen den Raben hochholen, Mama. Draußen erfriert er.«

»Er sieht nicht mehr so hübsch aus, sein Gefieder ist ganz stumpf und struppig geworden. Ich glaube, es geht ihm schlecht da unten«, Aleksej nahm seine Schulmappe vom Rücken, »sehr schlecht.«

»Ist jemand hier gewesen?« fragte ich.

»Wer sollte denn hier gewesen sein?« fragte Aleksej.

»Ihr Verehrer vielleicht«, Katja verdrehte die Augen und kicherte. »Der Rabe verhungert, bevor er erfriert. Wir müssen uns um ihn kümmern«, Aleksej sah mich ernst an. Jede

Form von Tierhaltung war im Lager verboten. Da hätten wir gleich die Katze mit rübernehmen können. *Helfen wollen wir jetzt Ihnen.* Schließlich ist ein Rabe kein Haustier, und er würde noch in unserem Zimmer sterben, wenn ich ihn ließe. Aber Katja und Aleksej waren sich einig. Dem Raben müsse geholfen werden. Er könne in seinem Bett ein Nest für ihn bauen, schlug Aleksej vor. Daß es ihm im Bett viel zu warm sei, wollte er mir nicht glauben. Dort wäre er gut versteckt, falls jemand die Zimmer kontrollierte, entgegnete Aleksej. Das hielt ich für einen Irrtum, spätestens die Bettwäsche würde einen sonderbaren Genossen verraten. *Fräulein.*

»Bitte, bitte, bitte«, sagte Katja und versprach unaufgefordert, sie würden sich dann alle beide auch nichts zu Weihnachten wünschen, gar nichts, nicht einmal an die Aufkleber, die als erstes ihren Wunschzettel anführten, brauchte ich dann zu denken. Dabei waren mir gerade die Aufkleber gut erschienen, weil alle folgenden Wünsche bis hin zum Minirock weit über das von der Leitung zur Verfügung gestellte Geld hinausgingen.

Was aber keiner verbieten könne, erklärte Aleksej, wäre, wenn wir den Raben auf dem Fensterbrett pflegten und fütterten. Dort sei der Rabe und die Nahrung, mit der er ihn füttern wolle, vor den gefräßigen und schnelleren Krähen sicher. *Sie werden Ihre Situation nicht auf diese Weise ändern.*

Da ich beobachtet hatte, welche Schwierigkeiten Katja und Aleksej hatten, des Raben habhaft zu werden, machte ich ihnen einen Vorschlag. Sie konnten versuchen und unternehmen, was immer in ihrer Macht stand, um den Raben auf das Fensterbrett zu locken, aber ins Haus dürfe er unter keinen Umständen. Die beiden nickten und klatschten in die Hände, als hätten sie etwas gewonnen, nur war ich mir sicher, daß es nicht eintreten würde, weil der Rabe offensichtlich einen gebrochenen Flügel hatte und gewiß keine fünf Meter zu unserem Fensterbrett hinaufflattern konnte.

Gespannt saßen die beiden am Fenster und betrachteten ihre ausgestreuten Körner. Ab und an schoben sie eins der Körnchen vom Fensterbrett, wohl in der Hoffnung, der schwarze Vogel würde bemerken, daß ihn hier oben die Sicherung seiner Existenz erwartete. Ein Spatz kam, ein zweiter. Die Kinder wedelten mit Händen und Armen, aber die kleinen Vielfresser ließen sich nicht vertreiben. Hüpfte der Rabe unten auf dem Boden mal aus ihrem Blickfeld, rannten die Kinder die Treppe hinunter und sahen nach, ob es ihm noch gutging, und brachten ihm Körner, die er verschmähte, die die Krähen aber fraßen.

Nach kurzer Zeit beschloß Aleksej, daß man das Vorgehen ändern müsse. Er wollte aus dem Büchereiwagen ein Buch ausleihen. *Denken Sie an Ihre Kinder.* Vom Fenster aus behielt ich ihn im Auge. Geduldig stand er vor der verschlossenen Tür und wartete, bis die Dame wiederkam, die offenbar zur Toilette verschwunden war. Ich öffnete das Fenster und winkte ihm zu und rief in die Kälte, ob er nicht friere. *Ich nehme an, Sie tragen Ihre Verantwortung als Mutter gern.* Aber er drehte sich um, als höre oder kenne er mich nicht. Unter dem Vorwand, Einkäufe machen zu wollen, zog ich meine Jacke an. *Mitleiderweckender Fall.* Katja saß über ihren Hausaufgaben, sah nicht auf und schob wie zufällig ihren Wunschzettel über den Tisch, sie sagte nichts und wartete einfach, daß ich ihn nahm.

»Wo ist Susanne?« fragte sie, als ich die Zimmertür öffnete.

»Weiß nicht, das frag ich mich auch.«

»Sonst schläft sie um die Zeit. So lange war sie noch nie weg.«

»Sie wird ihre Gründe haben.«

»Darf sie das?«

»Wenn sie Gründe hat. Ich bin gleich wieder da.«

Draußen knackte die Erde unter meinen Füßen, ich überquerte die Freifläche, die nur noch spärlich mit schwarzem Gras bedeckt war. Es dämmerte. Ich schüttelte mich, ohne zu frieren. Die Tür zum Büchereiwagen stand offen, innen brannte Licht. Aleksej würde die Bibliothekarin nach einem Buch über Raben fragen. Von wegen mitleiderweckender Fall. *Wir meinen es gut.* Als müßte es einer gut mit mir meinen. Jemand, der es gut meinte, würde mir solche Worte ersparen, er dächte sie nicht einmal. Auf dem Weg bog ich nach rechts und ging hinüber zum Block D. Beim zweiten Aufgang öffnete ich die Tür und nahm die Stufen hinauf, von denen ich vermutete, daß sie zu Hans führten.

Ein etwas älterer Mann in Unterhose und Unterhemd öffnete mir die Wohnungstür. Ob Hans da sei, fragte ich.

»Keine Ahnung, wollen Sie nachsehen?« Die Bierflasche in seiner Hand drohte auszulaufen. Er hielt mir die Tür auf, und ich zögerte einen Augenblick.

»In welchem Zimmer wohnt er?«

»Hier vorne gleich.« Er beobachtete mich, als wolle er warten, bis ich die Tür geöffnet hatte. Ein kleines Kind weinte.

Er nahm einen kräftigen Schluck. »Nichts Dolles«, sagte er, »weint eben mal, so'n Balg.« Unter dem Weinen des Kindes hörte ich das einer Frau, aber die schien er nicht zu hören. Ich drückte die Klinke, die Tür blieb geschlossen. *Sie werden Ihre Situation auf diese Weise nicht ändern.* Noch einmal drückte ich die Klinke, aber sie gab nicht nach.

»Tja, dann«, er machte einen Schritt auf mich zu, nur wenige Zentimeter und sein Bierbauch stieße an meine Jacke. Sein warmer Bieratem traf in mein Gesicht. »Sonst noch was?«

»Nein«, unwillkürlich machte ich einen Schritt rückwärts, und er setzte nach.

»Sie können auch reinkommen.« Schwer war seine Zunge und fast berührte er mit der Flasche meinen Arm.

»Danke, grüßen Sie ihn einfach von Nelly.«

»Wird gemacht«, plötzlich klang seine Stimme laut und gehorsam, er schlug die nackten Hacken aneinander und hielt mir zum Schwur die Flasche entgegen.

Menschen wie Ihnen, Opfern menschenfeindlicher und unwürdiger Systeme.

Erleichterung durchfloß mich, kaum hatte ich das Treppenhaus betreten und lief die Stufen herab. Auf dem nächsten Absatz stand Hans vor mir. Jedesmal, wenn ich ihn sah, war Hans noch kleiner, als ich ihn in Erinnerung hatte. Ich trat zur Seite, damit er nicht auf den Stufen unter mir stehen müßte. Mein Blick ging nach oben, wo in der offenen Tür der Mann in seiner Unterwäsche stand und die Bierflasche zum Gruß erhob.

Hans folgte meinem Blick nach oben. »Was machst du hier? Kennt ihr euch?«

»Nein, ich wollte zu dir, aber du warst nicht da.«

»Dann komm.« Er lief mir voraus und schien von meinem Besuch keineswegs überrascht.

Ohne Begrüßung ging er an dem Mitbewohner vorbei und schloß die Tür zu seinem halben Zimmer auf.

»Komm, setz dich hier neben mich.« Hans klopfte auf die Matratze. Als wäre es selbstverständlich, daß wir in seinem

Bett gemeinsam Platz nahmen, folgte ich seiner Aufforderung und genoß die Vertrautheit und Wärme seines Blickes.

»Kennst du einen Doktor Rothe?«

»Sollte ich?«

»Einen Bärenclub?«

»Tut mir leid.«

Ich sah Hans an. Obwohl er schon so lange im Lager wohnte, schien auch er noch nie von dem Mann mit der gewissen Berühmtheit gehört zu haben.

»Ich hab heute mittag Besuch gehabt.«

»Von einem Doktor Rothe?« Hans zog seine Schuhe aus.

»Vielleicht. Zumindest wollten er und sein Bärenklub mir helfen.«

»Dir helfen?«

»Ja«, erleichtert lachte ich auf. »Dabei will ich gar keine Hilfe.«

»Wobei auch?«

Ich zuckte mit den Schultern. »Bloß nicht mehr daran denken.«

In seinen Blick schien sich Unsicherheit zu mischen, eine Unsicherheit, die wohl der unverhofften Nähe meiner Person galt, dem zum Greifen nahen Körper. Ich streckte meine Hand nach ihm aus und strich ihm über die Wange. Seine Wange war rauh. Die Lippen waren weich, ich strich nur einmal darüber. Mit einer seltsamen Gelassenheit empfing er die Berührung. Er regte sich nicht.

Wir haben Sie ausgewählt und gefunden, dachte ich und sagte: »Kennst du das? Manchmal habe ich Angst.« Meine Hand folgte der schmalen Schulter, strich den Arm entlang und nahm seine Hand, die locker auf dem Oberschenkel lag. Die Hand war eiskalt. Er antwortete nicht. An seinen Händedruck mußte ich denken, der keiner war. »Einfach so, ohne zu wissen, wovor.«

Wie notwendig löste er seine Hand aus meiner. »Möchtest du etwas, Wasser oder Nescafé?«

»Beides.«

Hans kam mit zwei Tassen zurück, in einer war Wasser, in der anderen Kaffeepulver, er stellte beides vor mich auf den Boden. Er drückte den Stecker des Tauchsieders in die Steckdose und setzte sich wieder neben mich in das Etagenbett.

»Hast du oft Besuch?«

»Von draußen meinst du? Nie. Du?«

Hans deutete mit dem Kopf eine Verneinung an.

»Letzte Woche war mein Onkel für ein paar Tage in Berlin. Er hatte geschäftlich hier zu tun und wollte, daß ich ihn im Hotel besuche. Kempinski am Kurfürstendamm. Aber mein Sohn war krank, und ich kam nicht weg.«

»Warum ist er nicht hergekommen?«

»Hierher?« Ich zuckte mit den Schultern und überlegte. »Ich habe ihn nicht gefragt. Ehrlich gesagt, wollte ich ihm den Anblick ersparen. Er kommt aus Paris.«

»Und? Ein Onkel aus Paris verträgt den Anblick eines Lagers nicht?«

»Doch, vielleicht hätte er den Anblick vertragen. Aber ich nicht. Er ist ins Exil gegangen und hat seine Vorstellung von den Deutschen und ihren Lagern. Ich wollte nicht, daß er mich hier sieht.«

Hans nickte, als verstehe er, was ich meinte.

»Ich hätte ihn nicht wirklich empfangen können, verstehst du? Wie soll ich hier Gastgeberin sein. Ich hätte nicht mal was kochen können.«

»Kochen?«

»Klingt blöd, aber wenn ich daran denke, fällt mir auf, wieviel ich sonst gekocht habe und wie sehr das Kochen für mich etwas mit Zuhausesein zu tun hat. Klar, manchmal hat es mich auch gestört, mit Kindern machst du's ja nicht immer freiwillig. Aber hier, wo es nur eine funktionierende Herdplatte gibt und eine kaputte, wo ein großer Topf ohne passenden Deckel und ein Milchtopf im Schrank stehen, da fehlt es mir.« An Frau Jabłonowska mußte ich denken und an ihren Kohlgeruch in der Wohnung, als ich sie zum ersten Mal aufsuchte. Offenbar hatte sie weniger Schwierigkeiten als ich, nur mit einem einzigen Topf zu kochen. Vielleicht war sie auch so schlau gewesen, sich vom Begrüßungsgeld Töpfe zu kaufen oder gar welche aus Polen mitzubringen.

»Eßt ihr in der Kantine?«

»Die Kinder schon, manchmal. Ich setze mich dann zu ihnen und leiste ihnen Gesellschaft, aber ich kann das nicht. Ich kann da nicht essen. Verschlägt mir einfach den Appetit. Vielleicht fühle ich mich unmündig, in so einer Kantine, in dieser Essensabfertigung und Ausgabe. Da bin ich vollkommen nutzlos und schäme mich fast. Vor meinen Kindern. Wie ein Gefängnis fühlt sich das an.«

»Gefängnis?«

»Wenn du nur noch ißt, was dir einer vorsetzt, und einfach nicht mehr in der Lage bist, selbst zu entscheiden, was du wie kochst, und deine Kinder essen nicht mehr an deinem Tisch das Essen, das du für sie besorgt und zubereitet hast. Dann schaffst du ihnen kein Zuhause mehr, vielleicht noch ideell, praktisch nicht mehr.«

»Essen nicht viele Kinder woanders? In der Schule, im Kindergarten?«

»Schon, aber meistens sorgen die Eltern für das Frühstück

271

und das Abendbrot – und fast immer gehen sie arbeiten, wenn die Kinder woanders essen. Also sorgen sie für ihr Essen, wenigstens indirekt.«

Nervös kratzte sich Hans im Gesicht. Anscheinend war ihm der Gedanke an Kinder und Kochen mehr als fremd.

»Gefängnis, hast du gesagt?«

Ich nickte. Mir fiel ein, daß Hans diese Bevormundung seit ungefähr sechs Jahren aushielt, erst im Gefängnis, dann im Lager. Aber er ließ sich nichts anmerken, außer dem Kratzen, das auch eine schlechte Angewohnheit sein konnte. Fast ungerührt hörte er mir zu, als kenne er das von mir beschriebene Gefühl nicht oder sei schon längst darüber hinweg, als finde man sich eines Tages damit ab, daß man in den einfachsten Dingen keine Verantwortung trug und keine Möglichkeit zur Entscheidung hatte.

»Und sonst, kennst du niemanden im Westen?«

»Nein«, ich schüttelte den Kopf. Am liebsten hätte ich seine Hand festgehalten, damit er sich nicht mehr kratzte. Ich ertappte mich dabei, wie ich überlegte, ob meine Antwort wahr sei. »Und du?«

»Wer, ich?« Hans kratzte sich im Gesicht, bis die Wange rot war. »Nein. Also doch. Eine entfernte Cousine. Birgit. Sie hat mich mal besucht. Und mein Halbbruder. Mein Vater ist direkt nach Kriegsende in den Westen gegangen und hat eine neue Familie gegründet. Er ist schon lange tot. Der Halbbruder lebt in München. Ich hab ihn in den ersten Tagen mal angerufen. Er hat gemeint, daß er sehr viel arbeitet, und hat gleich gefragt, was ich will. Ich hab ihm gesagt, daß ich nichts Bestimmtes will, ich wollte mich nur mal melden. Vielleicht könne man sich mal kennenlernen. Er hat dann sehr schnell gesagt, er könne nichts für mich tun.« Hans kratzte wieder an seiner Wange, und ein winziger Tropfen Blut quoll aus einer Erhebung. »Als ob ich ihn um etwas gebeten hätte. Frag mich nicht, warum ich ihn überhaupt angerufen habe.«

»Aus demselben Grund vielleicht, warum ich das Kochen vermisse. Du rufst jemanden an und stellst eine Verbindung her. Wenn du jemanden kennst und ihr euch getroffen hättet, wärst du ein Stück mehr da, ein Stück angekommen.«

»Zu Hause meinst du?« Skeptisch sah mich Hans an. »Ich weiß nicht, klingt sehr nach ...«

»Wonach?«

»Ach, wenn ich die Frauen im Waschhaus höre oder mal eine Zeitung lese, die rumliegt, dann habe ich den Eindruck, alle Welt erklärt sich alles Mögliche und möglichst psychologisch, in der Hoffnung, das sei dann tiefgründig oder wahr. Es ist keins von beidem. Fürs Leben taugen diese Erklärungen nicht.« Hans sah mich an und ich war mir nicht sicher, ob er realistisch oder bitter und selbstmitleidig war. »Was ist das für eine Geschichte mit dem Vater deiner Kinder? Glaubst du wirklich, er ist verschwunden?«

»Darüber möchte ich nicht sprechen.« Ich lehnte mich gegen den Bettpfosten. Schon einmal hatte er mich ausgefragt. In seinem Gesicht glaubte ich Mitgefühl zu erkennen. Womöglich dachte er, es habe in Wirklichkeit nur eine vermeintlich schwierige Trennung gegeben, und diese Vorstellung fühlte sich vertrauter an. Mit einer betrogenen Frau konnte er mitfühlen. Er hatte aufgehört, sich zu kratzen. In seinen Augen lag nur noch die Herzenswärme eines Menschen, der plötzlich kein Mann mehr zu sein schien, nur noch Zuhörer und Empfänger meines Unglücks. Warum sollte ich ihn erschrecken und seine Träne, die gleich das Lid verlassen würde und seinem Mitgefühl für alles ihm Denkbare entsprang, mit einer Geschichte von Tod und Ungewißheit lächerlich machen?

Alle Nähe und Vertrautheit zwischen uns war plötzlich abhanden gekommen.

Was sollte ihm, dem ich gerade erst ein paarmal begegnet war, dessen sehnsuchtsvoller Blick mich schon mehr als einmal taub gelassen, wenn nicht angeekelt hatte, mein Leben und der Verlust eines Menschen, den ich liebte, bedeuten?

Seine Hand war ruhig und locker auf seinem Oberschenkel liegengeblieben, mit keiner Geste schien er mich umarmen zu wollen.

Er strömte einen muffigen Geruch aus, nach Kleidern, die zu lange im Schrank gelegen hatten. Trotzdem wollte ich ihn berühren und den Abstand zwischen uns verringern. Ich wollte nicht sprechen, nur vergessen wollte ich, berühren und darüber vergessen. Vergessen wollte ich das *Fräulein*, die goldgeprägten Initialen *W. B.*, die Möglichkeit, daß sich ein angeblicher Doktor Rothe im Besitz eines Etuis befand, das mich an eines erinnerte, das ich vor Jahren in Wassilijs Wohnung gesehen hatte, ebenfalls leer, ein Etui, das seine Initialen trug und zufällig, aber auch nicht zufällig vor mir auf den Tisch gelegt worden sein könnte.

»Willst du's nicht doch erzählen?«

Die Naivität, die ich in Hans' Gesicht zu erkennen glaubte, rührte mich. Ich wollte weinen. Dann wollte ich ihn küssen. Ich ließ beides.

Unbedingte Aufmerksamkeit konnte viel Platz zwischen zwei Menschen einnehmen, einen so großen, daß sie nicht zueinander kommen konnten.

»Warum fragst du? Es sagt euch doch nichts.«

»Euch?« Seine Finger krümmten sich fast unmerklich.

»Euch Menschen, hier, die ihn nicht kennen, euch Menschen im Westen.«

»Wir sind hier im Lager, nicht im Westen.« Hans verschränkte die Arme. »Du hast vielleicht den Osten verlassen und ich das Gefängnis dort. Aber wo bist du gelandet? Ist dir nicht aufgefallen, daß wir in einem Lager wohnen mit einer Mauer drumherum, in einer Stadt mit einer Mauer drumherum, mitten in einem Land mit einer Mauer drumherum. Du meinst, hier drinnen, im Innern der Mauer, ist der goldene Westen, die große Freiheit?«

Hans klang bitter, nicht ironisch. Für Ironie hatte nur ein Rothe Sinn. Das Wasser im Tauchsieder kochte schon seit geraumer Zeit, aber Hans rührte sich nicht. Was war schon eine verlorene Liebe, was war schon der Tod, wenn sie zur Waffe wurden, zur Begründung, einen Menschen zu verletzen? Hans hatte den Blick von mir abgewandt. Gerne hätte ich einen Arm um ihn gelegt und mich entschuldigt, aber sowenig ich seine Worte mochte, so wenig schien er meine Berührungen ertragen zu wollen.

»Sie wollen mir eine Tochter schicken.«

»Eine Tochter?«

»Sie sagen, es sei meine.«

Fragend sah ich Hans an.

»Ich kenne sie nicht. Sie nennen das Familienzusammenführung.«

»Gewaltsam?«

»Das Mädchen ist bei seiner Großmutter aufgewachsen. Offenbar ist die Großmutter im letzten Jahr gestorben, und jetzt lebt das Mädchen in einem Heim.«

»Und die Mutter?«

Hans machte eine abfällige Bewegung, vielleicht war es auch eine traurige. »Die Frau hat das Kind vor zehn Jahren bei ihrer Mutter abgestellt und ist nicht mehr aufgetaucht.«

»Nicht mehr aufgetaucht«, ich schüttelte den Kopf und versuchte mir vorzustellen, was das heißen sollte.

»Das klingt seltsam, ich weiß. Niemand hat herausfinden können, was mit ihr passiert ist oder wo sie sich versteckt.«

»War das bei uns möglich, ja? Abtauchen?«

»Offiziell nicht. Natürlich nicht. Aber wer verschwand nicht alles. Flucht. Gefängnisse. Dein Wassilij ist doch auch verschwunden, Beerdigung hin, Beerdigung her. Ich hab die Frau kaum gekannt. Selbst hier verschwinden doch jedes Jahr einige Menschen. Spurlos.«

»Und wie sind die auf dich gekommen?«

»Wie wohl? Irgendwo gibt es eine Unterhaltsvereinbarung für das Kind. Jetzt nennen sie's Vaterschaftsanerkennung. Hier, beim Aufnahmeverfahren, haben die mich nach Kindern gefragt. Ich weiß nicht, wer das in die Wege geleitet hat. Es muß ja einen Antrag gegeben haben.«

»Vielleicht wollte man sie im Heim nicht mehr. Sind ja Kosten.«

»Ich kann mir eher vorstellen, die Regierungen haben sich darüber verständigt, daß das Kind noch einen Vater hat. Vielleicht hat sie auch gesagt, daß sie rüber wollte.«

»Einfach so?«

»Sie müßte jetzt vierzehn sein. Mit vierzehn dürfen Kinder entscheiden, was sie wollen.«

»Und jetzt kommt sie?«

»Jetzt kommt sie.«

In der Dämmerung des Zimmers schien mir, als kneife Hans die Augen zusammen, als hätte er Sand im Auge. Doch die Träne, die ich vorhin glaubte gesehen zu haben und von der ich dachte, sie gelte mir und seinem Mitgefühl mit mir, war spurlos verschwunden. Aufrecht lehnte er sich an den Bettpfosten, und so saßen wir jeder mit seinen Gedanken an seinem Bettpfosten.

»Weißt du, was die Leute sagen? Die ist eine Hure.« Wahrscheinlich sah mich Hans ohne ein Blinzeln an.

»Ein vierzehnjähriges Mädchen, wer sagt das?«

»Nicht sie, nicht das Mädchen. Über dich sagen sie das.«

»Warum über mich?«

»Wer weiß«, es schien ihn nicht zu interessieren. Hans stand auf und fragte mich, ob ich den Nescafé noch haben wolle, aber ich lehnte ab. Er zog den Stecker aus der Dose.

»Ich dachte, du seist jünger.«

»Schlimm?«

»Nein, nur seltsam.« Die Vorstellung, daß eine Mutter ihr vierjähriges Kind absetzt und verschwindet, beunruhigte mich. Um nicht zu schweigen, sagte ich: »Vielleicht hat sie einen Mann im Westen geliebt, wollte fliehen und wurde erschossen.«

Hans setzte sich wieder neben mich. Er schwieg. Jede Idee dazu war ihm vermutlich schon unzählige Male durch den Kopf gegangen, bis er wohl eines Tages dazu übergegangen war, nicht mehr darüber nachzudenken, weil man nicht denken kann, was man nicht weiß. Eine unglaubliche Müdigkeit überkam mich.

»Wann kommt sie?«

»Zu Weihnachten.« Er lachte durch die Zähne, und es war ein Fauchen, was ich hörte. »Ein wildfremdes vierzehnjähriges Mädchen. Sie wird wohl hier unten im Bett schlafen sollen, und ich oben.« Hans lachte, er lachte wie ein Verrückter und zog die Luft beim Lachen ein, anstatt sie auszuatmen.

»Komm, wir legen uns einen Moment hin«, sagte ich und dachte nur daran, mich auszustrecken.

Nebeneinander hatte man kaum Platz in so einem Bett. So schmal Hans auch war, unsere Arme lagen übereinander und mein eines Bein fiel immer wieder aus dem Bett. Der Regen prasselte an die Fensterscheibe. Hans lachte nicht mehr. Er lag neben mir und dachte wohl an seine Tochter. Sicherlich hatte er noch nie in seinem Leben für einen anderen Menschen gekocht oder ein Zuhause geschaffen. Vielleicht wartete er auch. Auf die Ankunft der Tochter. Auf ein Wort von mir und eine Geste. Auf ein unvorhersehbares Ereignis. Ich lauschte dem Regen. Hans atmete tief, es klang wie ein Seufzen. Sein muffiger Geruch war nicht mehr der eines unentdeckten Liebhabers, sondern der eines besseren Freundes.

»Deine Haare kitzeln«, sagte Hans.

Möglicherweise standen die Initialen *W. B.* nicht für Wassilijs Namen, sondern für die Organisation, in der Rothe arbeitete. »Bärenclub«, sagte ich leise und lachte, »Abteilung Weißer Bär.«

Hans wurde es offenbar ungemütlich, er drehte sich auf die Seite, um mehr Platz zu haben. »Bärenclub. Ist das nicht so ein Verein von reichen Leuten?«

»Ich weiß es nicht.«

»Doch, ich glaube, mir hat schon mal jemand davon erzählt.« Hans stützte sich auf seinen Arm und sah über mich hinweg, als sei ich keine Frau.

»Ich muß los.«

»Warte«, Hans versuchte meinen Arm festzuhalten, aber ich stand auf.

Hans' Strümpfe hatten Löcher. Im Dämmerlicht konnte ich seine weißen Zehen sehen. Er stand auf und brachte mich an die Zimmertür.

»Halb sechs und stockdunkel.« Hans langte mit dem Arm zum Schalter. Das Licht machte ihn blaß.

Mitleiderweckender Fall klang plötzlich ganz anders in meinen Ohren. Ich machte einen Umweg zum Waschhaus und wollte sehen, ob meine Wäsche von heute morgen noch da war. Der Duft von gebügelter Wäsche stieg mir in die Nase, angenehm roch es, fast verbrannt. Frau Jabłonowska stand an einer der hinteren Maschinen. Sie sang ein Lied und packte ein gebügeltes Wäschestück nach dem anderen in einen kleinen ledernen Koffer.

»Sie hatten es aber eilig vorhin«, sagte sie, als ich mich neben sie stellte.

»Haben Sie mir nicht mal erzählt, Sie hätten in einer Reinigungsfirma gearbeitet?«

»Ja, das habe ich, aber nicht lange. Jetzt bin ich in einem Schnellrestaurant. Wenn Sie mich fragen, dann war das Saubermachen besser. Da hört man nicht ständig Befehle. Zwar verdient man weniger, aber der Kopf gehört mir.«

»Ha. Das sind ja Ansichten«, mischte sich eine Frau ein, die am Waschtisch stand und sich zu uns umdrehte. Sie trug einen Dutt mit Haarnetz darüber. »Mein Kopf gehört mir. Mein Bauch gehört mir. Besser, es gäbe gar nicht solche Frauenarbeiten. Ja. Wie lange haben die sich bei uns den Mund fusselig geredet, weil sie menschenunwürdige Arbeit abschaffen wollen. Ja, und während die einen vom Reden nicht genug kriegen, sind wir andern in den Schichtdienst.«

»Darf ich mal?« Eine rothaarige Frau langte mit dem Arm vor mich und griff nach dem Waschpulver.

Die Tür ging auf, und Hans setzte einen Schritt herein. Als er mich sah, drehte er sich um und verschwand wieder.

»Na, und der darf nichts verpassen«, fuhr die Frau mit Dutt am Waschtisch fort, »daß der 'n Spitzel von der Stasi ist, hat mich ja gleich gar nicht gewundert. Der kam mir von Anfang an so merkwürdig vor, wie der hier um die Ecken schleicht und sich zum Inventar gemacht hat.«

Mir schoß das Blut in den Kopf, ich hustete und drehte mich zur Wand. Der Husten wollte nicht aufhören, krampfte meine Brustmuskeln zusammen, das Zwerchfell, die Rippenhaut wollte reißen, nichts schien sich seines Platzes in meinem Körper mehr sicher. Frau Jabłonowska klopfte mir auf den Rücken. »Ich war vorhin bei Ihnen, weil«, doch mein Husten unterbrach sie, und ihr Klopfen wurde zu einem Streicheln, sie streichelte mir über den Rücken.

»Was haben Sie gesagt, wie lange nistet der hier schon? Zwei Jahre?« Die Frau mit dem Dutt ging zu der Rothaarigen, die in der Ecke stand und ein seltsam silbern glänzendes Stück Stoff unter den Wasserhahn hielt. »Was? Zwei Jahre, die kleine Wanze?«

Die Rothaarige nickte.

»Hört ihr? Hört ihr das? Na, bin mal gespannt, wie lange noch.«

»Später«, brachte ich zwischen dem Husten hervor. Was immer sie bei mir gewollt hatte, ihre Erklärung dafür mußte warten. Ich ließ Frau Jabłonowska mit den beiden Frauen stehen und stolperte aus der Tür.

Mir war, als hustete ich mir die Lunge aus dem Leib. Hatte Hans mich nicht gefragt, was mit dem Vater meiner Kinder sei? Natürlich konnte es sein, daß er für die Staatssicherheit arbeitete und eingeschleust worden war, um mich und andere auszuhorchen. Deshalb schien er mich zu verfolgen und gaukelte mit seiner Flaschenpost und der zaghaften Freundlichkeit ein Interesse an meiner Person vor, das in Wirklichkeit nur meiner Funktion galt. Kein Wunder, daß er behauptete, noch nie etwas vom Bärenclub gehört zu haben, zumindest nichts anderes als Harmlosigkeiten. Schließlich war es möglich, daß er mit Rothe Hand in Hand arbeitete. Ich ging am Pförtner vorbei und fragte nach Post. Er hielt mir ein kleines Geschenk entgegen und lächelte. Sein Blick war so lang und unnachgiebig, daß mir kurz der Gedanke kam, er selbst könnte der heimliche Verehrer sein, der mir die Blumen und das Parfum zukommen ließ. Doch dann sah er wieder auf seine Papiere und machte Notizen und trank einen Schluck Kaffee und verhielt sich wie ein Pförtner, der seinen Pflichten nachging und nichts sonst. Nur schwer konnte ich mir vorstellen, daß Hans die Geschichte mit seiner Tochter erfunden hatte. Hatte er nicht erzählt, er habe das Lager seit vielen Monaten nicht verlassen? Hatte ihm dieses Geständnis nicht als Alibi dafür gegolten, daß er mir weder Blumen noch Parfum schenken konnte? Ich dachte an seine kalte Hand und den fehlenden Händedruck und daran, wie er eben nur kurz den Kopf zur Tür des Waschhauses hereingesteckt hatte, um sich gleich wieder davonzumachen, als fürchte er etwas.

Mein Einkaufszettel war kurz. Noch zwei Wochen waren es bis Weihnachten, und ich hatte in diesen zwei Wochen kaum etwas anderes zu erledigen, als für die Kinder ein Geschenk zu besorgen. Nach der Reinigungsfirma würde ich Frau Jabłonowska ein anderes Mal fragen. Dieser Herr Lüttich von der Arbeitsvermittlungsstelle war bereit, mir jeden Job in seiner Kartei zu vermitteln. Nur für eine Chemikerin, die im Osten studiert und seit fast drei Jahren nicht mehr gearbeitet hatte, gab es bislang nichts. Ich mußte daran denken, wie oft seine Hand unter der Tischplatte verschwand, wenn ich ihm gegenüber an seinem Schreibtisch saß und er kaum die Zeit hatte, einen Blick in seinen Karteikasten zu werfen, ohne mich aus den Augen zu lassen, die Selbstgedrehten zu rauchen und die Hand unter der Tischplatte hervorholen zu müssen, da dürfte es an Reinigungsarbeiten nicht mangeln. Seine Hand war feucht, wenn er mich verabschiedete. Kein einziges Mal verzichtete er darauf, mir zu sagen, daß ich doch einfach morgen oder die Tage wieder vorbeikommen solle. Jeden Tag könne sich was ergeben. Die Aufkleber für Katja konnte ich gleich gegenüber vom Pförtner auf der anderen Straßenseite im Zeitungsladen bekommen. Aus dem dichten, schmutzig orangen Himmel nieselte es nur noch. Wirklich dunkel wurde die Stadt bei Wolken in keiner noch so mondlosen Nacht. Die Autos auf der Marienfelder Allee standen im Stau. Vorne wurde die Straße erweitert, und eine Baustellenampel hielt den Verkehr auf. Ich schlängelte mich durch die Autos und die Abgase, die rot zwischen den Rücklichtern dampften, und entdeckte gerade noch rechtzeitig die kräftige Gestalt von John Bird hinter dem erleuchteten Schaufenster. Vermutlich hatte er Pause oder Feierabend und kaufte sich eine Fernsehzeitung. Auf dem Absatz machte ich kehrt und zwängte mich wieder zwischen Stoßstangen und Auspuffrohren über die Straße. In der Telefonzelle roch es nach kaltem Rauch und Urin.

»Ich bin's, Nelly.«

»Ich dachte schon, dich gibt's gar nicht mehr.«

»Na ja, ich schulde dir ja noch Geld, da fällt ein Anruf schwer.«

»Mir nicht.« Sein Lachen klang hämisch.

»Dann eben der Organisation.«

»Zehntausend sind kein Pappenstiel. Waren aber ein Sonderpreis, das ist dir klar?«

»Meinst du, so was vergesse ich?« Wie konnte er nur annehmen, daß ich mir meiner Schuld nicht bewußt war? Ich spielte mit der Hand an der Gabel und wollte sie gerade runterdrücken, als ich im Hörer ein Klicken und ein leichtes Zischen vernahm. Gerd atmete tief ein und hielt wohl den Rauch in der Lunge.

»Was ist, wollen wir uns treffen?«

»Weiß nicht, ich hab ganz schön viel um die Ohren. Wohnungssuche«, log ich, »Arbeitssuche«, nicht ganz, »die Kinder zur Schule bringen und abholen«, aber ein bißchen.

»Bist du immer noch im Lager?«

»Immer noch, ja.«

»Willst du mich nicht mal besuchen? Die Adresse hast du noch, oder? Ich zahl dir 'n Taxi und du kommst her. Wie wär's?«

»Danke, Gerd. Ich wollte dich eigentlich nur fragen, ob du einen Buchladen kennst, der gebrauchte Bücher verkauft.«

»Ach, da gibt's 'ne Menge bei mir in der Gegend, am Winterfeldplatz und in der Hauptstraße. Suchst du was Bestimmtes?«

»Pipi Langstrumpf.«

»Sag bloß, das haben deine Kinder nicht schon.«

»Was?«

»Na, die kennt doch jedes Kind.«

»Wir hatten mal eins. Aber jetzt will er ein anderes.« In meiner Jackentasche fühlte ich die glatte Hülle der Kassette. Wie sollte die Mutter von Olivier ahnen, daß es im Lager keinen Rekorder gab. Trotzdem war die Kassette Aleksejs ganzer Stolz, er freute sich seitdem auf den dritten Teil von Pipi Langstrumpf, obwohl er nicht mal den ersten kannte.

»Also ich würde mich freuen. Heute paßt es bei mir eh nicht, ich muß gleich zur Gruppe«, er nahm einen Zug von seiner Zigarette, »interessiert dich vielleicht auch, Atomkraft und so. Wir treffen uns jede Woche und diskutieren.«

»Was?«

»Sag mal, ist die Leitung so schlecht? Wir treffen uns und diskutieren, hab ich gesagt. Atomkraft. Letztens haben wir aber auch 'nen ganzen Abend über Beziehungsprobleme gesprochen, na ja, was eben so ansteht. Oder über die Arbeitslosigkeit. Eine Million, ist doch 'n Hammer, was? Der Kanzler sagt, wenn wir die fünf Prozent überschreiten, sieht er schwarz.«

»Ach so?«

»Und da haben wir eben diskutiert, weil, das betrifft uns ja theoretisch alle. Wir sind nicht dagegen, aber wenn jetzt die Arbeiterklasse …«

»Gerd, entschuldige, ich sehe gerade, daß mein Bus kommt. Mach's gut, ja?«

»… das macht's ja auch nicht einfacher. Warte mal, Nelly? He, warte.« Ich hängte auf und trat aus der Zelle. Mein Atem stand vor mir. Langsam ging ich zur Bushaltestelle. Der Plan war fast unleserlich. Sollte die letzte Zahl eine fünf sein, käme der Bus in dreizehn Minuten. Vielleicht brauchte er durch den Stau länger.

Vor vier Wochen hatte ich für Weihnachten ein Visum beantragt. Die Kinder lagen mir seit Wochen in den Ohren, wie schön sie die Weihnachtsfeste mit meinem Bruder und meiner Schwester und deren Kindern fänden. Selbst wenn meine Mutter sich seit Jahren weigerte, nicht etwa, weil der christliche Brauch gegen ihr Empfinden verstieß, sondern weil sie schlicht die Geschenke und den Überfluß verabscheute, der sich ihr an diesem Fest darzubieten drohte. Sie schimpfte über die Verschwendung und verbrachte Heiligabende immer bei ihrer Mutter, die jedes Jahr eine zweite Köchin bestellte und Freunde einlud, auch jetzt noch, trotz ihrer neunzig Jahre. Der Erzählung nach waren es Gelage, bei denen wir mit unseren Kindern nur störten. Das Visum war ohne nähere Angabe von Gründen abgelehnt worden. Zwar hatte ich von Fällen gehört, in denen Besuche schon einen Monat nach der Ausreise gestattet wurden, aber die Entscheidungen der Regierung schienen willkürlich getroffen zu werden. Womöglich fürchtete sie, ich würde dableiben, und sie hätte dann nicht gewußt, wohin mit mir. Nach fünfundzwanzig Minuten Wartezeit beschloß ich, daß der Bus heute abend nicht mehr kommen würde. Die Geschäfte hätten jetzt ohnehin geschlossen. So überquerte ich die Straße und ging auf die rot-weiße Schranke zu.

Die Ablehnung des Visums hatte ich im Aschenbecher verbrannt und verschwieg Katja und Aleksej die Nachricht. Ihre Vorfreude, schien mir, war wichtiger, auch wenn ich noch nicht wußte, wie und wann ich ihre Erwartung am besten umlenken konnte.

Als ich in die Wohnung kam, spürte ich einen kalten Luftzug. Die Tür zu unserem Zimmer stand sperrangelweit offen. An der Wand über der Heizung klebten dicke braune und schwarze Würmer, die sich bei näherem Hinsehen als Schnecken entpuppten und zwischen Fensterbrett und Heizung offenbar einen Weg nach draußen suchten, den es für sie nicht gab. Auch andere, sehr viel kleinere Würmer entdeckte ich dazwischen, wie Maden sahen sie aus, kleine

285

weiße Mehlwürmer. Auf dem Tisch stand ein schwarzer Vogel und hielt den Kopf seitlich geneigt, um mich besser sehen zu können. Aus seinem Schnabel ragte das kurze Ende eines Mehlwurmes. Die Federn sahen struppig aus, anders als die eines Raben, dachte ich. Das Licht brannte, weit konnten die Kinder nicht sein. Das Zimmer war ausgekühlt, auf dem Fensterbrett lagen Rosinen, auf einer Untertasse klebte eine weiße Masse, die eher an Quark als an Schnee erinnerte, ich schloß das Fenster.

Aus der Küche hörte ich Stimmen, das Kichern von Katja und ein ungeduldiges »jetzt hört doch mal zu« von Aleksej. Die Kinder saßen auf der Arbeitsfläche vor dem Fenster, und Aleksej las laut aus einem Buch vor: »Von den Bauern sehr gefürchtet. Noch im letzten Jahrhundert wurden in Mecklenburg Raben auf Mutterkuhweiden beobachtet, die sich nicht nur auf die Nachgeburten stürzten, sondern bei Geburtsstillstand auf das Geschlecht der Mutterkuh einhackten und so ihr Fressen an dem im Geburtskanal steckengebliebenen Kalb suchten.« Susanne öffnete die Küchenschränke und stellte einzelne Nahrungsmittel vor sich auf den Herd, sie lachte und forderte ihn auf weiterzulesen.

Ich verschränkte die Arme. Ich wartete darauf, daß die drei meine Anwesenheit bemerken würden.

»Nimmst du auch dein Bett mit?« fragte Katja.

»Quatsch, da schläft doch eure Mutter drin, wie sollte ich das Bett mitnehmen. Außerdem gehört es dem Lager.«

»Und wo schläfst du dann?«

»Mal sehen, bestimmt in einem Himmelbett mit einem großen Baldachin.«

»Der Kolkrabe ist mit seinen vierundsechzig Zentimetern unser größter Singvogel. Bei guter Thermik sieht man ihn oft paarweise in großen Höhen kreisen. Bereits im Spätwinter beginnt seine Balz, bei der er akrobatische Kunststücke im Flug zeigt.« Aleksej ließ sich von Katja und Susanne nicht unterbrechen.

Susanne packte die ausgesuchten Nahrungsmittel in eine Tüte und drehte sich zu mir um.

»Ach, da bist du ja.«

»Und du, wo warst du den ganzen Tag?«

»Deine Kinder haben sich schon gewundert. Na, Weihnachtseinkäufe können ja lange dauern«, Susanne half Aleksej von der Arbeitsplatte runter und lachte fast hysterisch. Während die Kinder uns voraus ins Zimmer gingen, um nach dem Raben zu schauen, flüsterte sie mir zu: »Hatte ein finales Gespräch mit der Leitung.« Sie lachte, als triebe ein Motor sie an. »Die sind wohl dahintergekommen, daß ich nachts nicht in der Brotfabrik arbeite.« Sie wischte sich Tränen aus den Augen. Verständnislos schüttelte ich den Kopf.

»Da haben die drei Monate gebraucht, das muß man sich mal vorstellen. *Ihr nächtlicher Ausgang war nur für diesen Zweck erlaubt*, hat der eine gesagt, und ein anderer sagte, er wolle gar nicht wissen, wo ich mich immer rumtreibe, aber ganz offensichtlich hätte ich eine andere Bleibe gefunden, und in die sollte ich jetzt auch mal schleunigst abhauen. Wo ich doch hier wie eine Made im Speck lebe. Die Vorteile des Lagers seien für andere Leute als solche wie mich gedacht. So nicht, Mädchen, hat der eine immer wieder gesagt, als ob ich ein unerzogenes Kind wäre und aus der Schule fliege. Wirklich, die haben sie doch nicht mehr alle.« Wir waren im Zimmer angelangt. Susanne zog ihre gepackte Reisetasche vom Bett. »*Keine Nacht länger*«, lachte sie und hob drohend den Zeigefinger.

»Und wohin gehst du jetzt?«

»Mal ehrlich, Nelly, es gibt bequemere Betten als die hier, was?« Unvermittelt mußte ich an Hans' Worte denken. *Die ist eine Hure.* Susannes Lachen, platzend, frei und die Wärter verspottend, war das einer Verbündeten.

»Viel Glück.« Meine Stimme klang trocken, fast mißgünstig, so daß ich etwas Freundlicheres hinzufügen wollte. Ich nahm sie in den Arm und drückte sie an mich.

»Laß mal, schon gut«, sie schneuzte sich, und einen Moment lang war ich unsicher, ob sie nicht doch weinte. »Ihr denkt an mich?«

»Klar doch«, Katja schlang ihre Arme um Susannes Hüften, bis sich Susanne losmachte und die Zimmertür öffnete. Vielleicht wünschte sich Katja den Minirock, weil sie Susanne verehrte. Aleksej hielt dem Raben eine Schnecke abwechselnd vor jedes Auge, bis er den Kopf nach links drehte, zuschnappte und unwillig prüfte, was ihm dargeboten wurde. »Dabei sind Raben heilige Tiere«, sagte Aleksej und hielt einen Mehlwurm hoch, »das stand auch in dem Buch. In anderen Kulturen werden sie als Glücksboten verehrt. Göttervögel.«

»Und bleibt nicht zu lange.« Susanne schloß die Zimmertür hinter sich.

Hans Pischke drückt mit der Linken zu

Ihr Name sei Doreen. Den vierzehnten Geburtstag habe sie im September gehabt. Man werde sie am Montag bringen, und so seien wir am Dienstag wieder vereinigt, zu unserem ersten gemeinsamen Weihnachtsfest im Westen.

Der Mann in der Lagerleitung hatte mir seine große und warme Hand gereicht und gratuliert. Auf diese Augenblicke, hatte er gesagt, sei er stolz.

Eilig hatte ich es, aus seinem Büro zu kommen, eilig, seinen Blick zu vergessen. In meinem Zimmer ging ich auf und ab.

Die Vermehrung von Menschen sollte verboten werden. Wie ein Krake umklammerte das Geschlecht den Erdball, bedeckte ihn mit seinen Spuren, mit dem Schleim von Geburt und Zerfall, schob seine Tentakeln voran und voran und saugte sich an jedes Ding. Scheinbar verstreute sich etwas, dann ballte es sich, und doch wuchs und wuchs und wuchs es, unaufhaltsam und bedingungslos. Einzig der Säugling nebenan wollte nicht wachsen. Schreien wollte er, sonst nichts.

Die alte Frau hatte es richtig gemacht. Sie hatte das Seil in den Baum geworfen und sich fallen lassen. An die Entsorgung ihres Leichnams hatte sie wohl nicht mehr denken wollen. Möglicherweise hatte ihr die Vorstellung eines letzten Auftritts gefallen. Ein Auftritt, wie ihn vielleicht die Menschen suchten, die sich von der Golden-Gate-Brücke ins

Meer stürzten. Manche kamen von weit hergereist, nur um sich dort umzubringen. Keiner von ihnen stürzte sich nach Westen, der untergehenden Sonne entgegen, in den offenen Pazifik, keiner kehrte den Menschen den Rücken zu. Sie sprangen ausschließlich in die von Städten umwachsene Bay, auf deren Wellen Tausende wachsamer Augen ruhten. Vielleicht hatten sie Alcatraz vor Augen, vielleicht den Himmel oder einen vertrauten Menschen. Doch in welches Wasser hätte die alte Frau springen sollen, von welcher Brücke, aus welcher Höhe? Das Lager bot nichts als die freien Schluchten zwischen den Blöcken, da hatte es ein Seil sein müssen, das ihr Sicherheit bot.

Sollte ich Fragen haben, könne ich diese Nummer wählen. Der Mann in der Lagerleitung hatte gesagt, es handele sich um die Nummer des Heims, in dem sie untergebracht sei. Fragen hatte ich keine. Nur wollte ich sagen, daß sie nicht zu kommen brauche, nicht kommen solle, nicht kommen dürfe. Aber wem sollte ich das sagen? Ich kannte sie nicht. Den Zettel mit der Nummer drehte ich in der Hand. Ich riß mir ein Haar aus und versuchte, es in die Zimmertür zu klemmen.

Doch es hielt nicht. Offenbar hatte sich die Tür in den letzten Wochen verzogen. Sie vertrug den Winter und seine Heizungsluft nicht. Ich nahm ein Streichholz und halbierte es, drückte es soweit in die Spalte, bis es kaum noch zu sehen war, und machte mich auf.

Die Treppe lief ich hinunter.

Verschwunden, hatte Nelly gesagt, sei der Vater ihrer Kinder. Der Schmerz mochte verantwortlich dafür sein, daß sie so alterslos und unberührt aussah. Ihre Fröhlichkeit wirkte anstößig, nur die Mundwinkel verrieten den Schmerz. Sie war traurig und nicht schön.

Schön war mir die Mutter dieses Mädchens erschienen, das meine Tochter sein sollte. Sie hatte nichts Fröhliches an sich gehabt, nichts, was einen Schmerz hatte verbergen müssen. Immer etwas traurig, so hatte sie gewirkt, und mit ihren wehmütigen Augen in die Welt und auf mich geblickt. Die Traurigkeit ihrer Augen und ihres ganzen Mundes war so rätselhaft und schön, weil sie keinen Grund erkennen ließ. Ich stellte ihr Fragen, aber auch wenn sie danach aussah, in ihrem Leben gab es kein Leid. Sie war nicht verzweifelt und erst recht nicht zerstört, nur wehmütig. Eines Tages, und der Tag kam schnell, zog mich ihre Wehmut nicht mehr an, sondern ekelte mich. Ihre Wehmut entsprang dem inneren Wohlstand, der nichts zu wünschen übrigließ. Zum Abschied hatte ich ihr gesagt, Melancholie ist etwas, das man sich leisten können muß, und sie konnte es offensichtlich. War das schon vierzehn Jahre her? Es war vor fünfzehn Jahren. Daß das Kind von mir sei, teilte sie mir schriftlich einige Monate später mit. Ich hatte mich zum Unterhalt verpflichten und zu einer Vaterschaft bekennen sollen, die ich bis heute bezweifelte.

An einem der ersten Tage im Westen war ich durch die Stadt gelaufen, ziellos hatte ich jedes Geschäft betreten und nachgesehen, was es zu kaufen gab. In der Budapester Straße entdeckte ich ein Geschäft mit Bildern, rahmenlose Hochglanzbilder, Picasso und Mick Jagger, Sonnenuntergänge und junge Katzen in Körbchen. Der Verkäufer sagte, er habe noch ganz andere Dinge, die mich vielleicht mehr interessierten, und zeigte mir großformatige Bilder von Motorrädern und spärlich bekleideten Frauen und Männern. Als ich mich auch da nicht empfänglich zeigte, verwies er mich auf einen Ständer mit Bildern, die eher fürs Herz seien, wie er sagte.

Fürs Herz waren die Gesichter von Mädchen gezeichnet, der Hintergrund schimmerte violett und blau, die Mädchen hatten riesige Augen und Münder und auf einer Wange trugen sie eine große schillernde Träne. Erschrocken verließ ich das Geschäft. Noch nie hatte mich ein Foto oder Gemälde dermaßen an die Mutter meiner Tochter erinnert wie diese Bilder.

Eine solche Schönheit strahlte Nelly nicht aus. Einer solchen Schönheit hätte ich mich kein zweites Mal genähert. Nelly hatte einen Mantel über ihre Verzweiflung und ihren Schmerz gelegt, und dieser Mantel verhüllte ihre Gestalt.

Der Himmel riß an einer Stelle auf, die Sonne ließ das Grau als Wand erscheinen, ein gelbes Grau. Am Ausgang fragte ich nach Post. Der Pförtner reichte mir zwei Briefe, und ich spürte seinen Blick in meinem Rücken, als wisse er ganz genau, daß ich zum erstenmal seit Monaten das Gelände verließ.

An der Telefonzelle vor dem Lager warteten drei Menschen. Sie standen in einer Schlange, und ich stellte mich an. Ich öffnete den ersten Brief. Er stammte von einer Firma Schielow, *Ihr Fachmann für Alarmanlagen*, und ähnelte im Wortlaut den unzähligen anderen Briefen, die ich vorher erhalten hatte: *Sehr geehrter Herr Pischke, mit großem Bedauern müssen wir Ihnen mitteilen, daß Sie für unsere freie Stelle als Elektriker nicht in Frage kommen.* Der folgende Satz erschien mir seltsam. *Da in unserer Firma der direkte Kontakt zum Kunden notwendig ist und Vertrauen und Sicherheit die Basis unseres Erfolgs sind, sehen wir uns leider nicht in der Lage, Sie zu beschäftigen.* Ganz und gar ungewöhnlich aber war der letzte Satz. *Wir müssen Ihnen diese Absage ganz sicher nicht im Hinblick auf Ihr polizeiliches Führungszeugnis erteilen, sondern vor allem, weil Ihre berufliche Praxis als Elektriker offensichtlich mehr als fünfzehn Jahre zurückliegt.* Allein der Nachdruck, mit dem das Argument ausgeschlossen wurde, ließ es für mich unübersehbar werden. Die zweimalige und insgesamt gut vierjährige Haftstrafe machte ihm ganz sicher zu schaffen. Wo stand schon, aus welchem Grund einer gesessen hatte? Und letztlich gab es keinen Grund, der die Tatsache zunichte machte.

Da konnte Lenins Kopf noch so rot gewesen sein. Daß ich es bis zur Grenze, aber keinen Zentimeter weiter geschafft hatte, lag fast allein an der Wachsamkeit der Volkspolizei.

Eine Frau trat aus der Telefonzelle, und einer der Wartenden schlüpfte hinein. Zwei Männer kamen vom Pförtner her und stellten sich nach mir in die Schlange.

Der zweite Brief enthielt einen handbeschriebenen Zettel. *Kleine miese Wanze, mach, daß du vom Acker kommst, bevor wir dich zufällig zertreten.* Der Brief trug keinen Absender, keine Marke klebte darauf. Offensichtlich war er persönlich beim Pförtner abgegeben worden. Ich zerriß den Brief Stück für Stück. *Verschwunden*, hatte Nelly gesagt, sei der Vater ihrer Kinder. Was er konnte, würde auch ich können. Es gab unterschiedliche Möglichkeiten des Verschwindens. Aber um sich selbst nicht mehr ertragen zu müssen, nur eine.

Den Strick hatte ich der alten Nachbarin besorgt. Ein junger Mann wie ich, hatte sie gemeint, wisse doch ganz sicher, woher man ein festes Seil bekomme, und mir einen Zehner in die Hand drücken wollen. Aber für solche Dienste ließ ich mich nicht bezahlen. Das Seil fand ich im Heizungskeller. Es war zwei Zentimeter dick, was ihr dünn erschien. Sie hielt das Seil in den Händen und schien es zu wiegen. Dann wich die Enttäuschung einer merkwürdigen Zärtlichkeit, und sie streichelte das Seil. Sie müsse es gut knoten und schlingen können, erklärte ich ihr und wollte ihr zeigen, wie ich es meinte, aber sie ließ es sich nicht mehr aus der Hand nehmen. Auf ihre Frage, ob denn so ein Seil auch nicht reiße, hatte ich zuversichtlich den Kopf geschüttelt. Darauf könne sie sich getrost verlassen. Das hatte sie gekonnt.

Am nächsten Tag, man sah noch die Spuren der Feuerwehr im Schnee vor dem Block, brachte ich eine Mülltüte runter. Obenauf in der Tonne lagen gebügelte Nachthemden aus festem Leinenstoff mit weißer, handgeklöppelter Spitze. Ich legte die Nachthemden beiseite und entdeckte zusammengerollte Strümpfe, große Unterhosen sowie ein Nähkästchen mit Inhalt und mußte denken, daß sich ihre anderen Kleider wohl schon in der Altkleidersammlung befanden. Für diese Überbleibsel ihres Hausrats fand die Lagerleitung keine Verwendung. Sie wurden auf den Müll gebracht und der Vergangenheit übergeben. Unter einer kunsthandwerklich gemalten Landschaft in Aquarell, Meer mit Dünen und hölzernem Pier, lagen eine Waschtasche, zwei Fotografien in Bilderrahmen, deren Glas noch heil war, und eine Keksdose, die schon einige Beulen hatte. Die Fotografien zeigten einen Mann in Uniform und denselben Mann im Frack mit Frau und kleiner Tochter. Ich nahm die Keksdose und steckte sie unter meine Jacke. Oben im Zimmer öffnete ich sie. Zwischen handbestickten Tüchern und Deckchen lagen gepreßte Veilchen und welke Rosenblätter, aber auch ein Brief, den eine Mutter an ihren Sohn geschrieben hatte. Eine Fotografie auf Pappe fand ich, sie zeigte ein fülliges nacktes Mädchen, das sich nur dürftig mit einem dunklen Tierfell bedeckte. Es war ein altes Mädchen, weil die Fotografie alt war, alt, wie vielleicht meine Mutter, alt, wie die Frau, der ich den

Strick besorgt hatte. Und doch mußte ich an die Tochter denken, die man mir überbringen wollte. Ohne es zu wollen, überlegte ich, wie das Mädchen, das meine Tochter sein sollte, aussehen mochte. Ich fürchtete, daß sie die Schönheit ihrer Mutter haben konnte. Noch mehr fürchtete ich, sie nicht zu erkennen.

Wer konnte schon ein Interesse daran gehabt haben, sie freizukaufen? Es war denkbar, daß die Regierung eine andere Person freikaufen wollte und im Gegenzug von der Regierung auf der anderen Seite nicht nur einen Bus voll kleiner und großer Verbrecher entgegennehmen mußte, was üblich war, sondern ein paar Kinder geliefert bekam, für die man drüben keine Verwendung hatte. Das Mädchen konnte straffällig geworden sein, sie konnte krank und unfolgsam sein, und schließlich war es nicht ausgeschlossen, daß sie den Wunsch geäußert hatte, nach einem angefangenen Leben bei ihrer Mutter, einem abgebrochenen im Haus ihrer Großmutter und einem vorübergehenden im Heim nun endlich das Leben an der Seite eines ihr unbekannten, aber immerhin im Westen lebenden Vaters zu verbringen. Übelnehmen konnte ich es ihr nicht, aber noch weniger konnte ich ihr solch ein Leben bieten.

Die Schlange der Wartenden vor der Telefonzelle hatte sich aufgelöst, die Männer und Frauen standen im Kreis und sprachen miteinander. Als die Tür zur Zelle aufging, blieb ich auf meinem Platz und wartete. Vordrängeln wollte ich mich nicht. In meiner Hand war der Zettel mit der Nummer des Kinderheims feucht geworden, die blaue Tinte war verschmiert, und die Ziffern ließen sich kaum noch lesen.

Aus der Jackentasche holte ich ein Taschentuch und wischte meine Hände ab. Ich rieb, aber die blaue Farbe ließ sich nicht lösen, sie schien sich zu vermehren, und auch das bestickte Taschentuch nahm die Farbe an. Obwohl die Rosenblätter schon welk waren, strömten sie den Geruch einer alten Frau aus, der ich ein Seil besorgt hatte, mit dem sie sich in den Baum gestürzt hatte, geradewegs vor mein Fenster. Ihr Tod besänftigte mich und ließ das Rauschen in meinem Ohr nicht mehr wie die ferne Brandung eines Ozeans klingen, sondern wie ein Plätschern, das liebliche Plätschern jenes nördlichen Meeres, das ich auf ihrem kunsthandwerklichen Aquarell wiedererkannt zu haben glaubte. Die Ostsee rauschte in meinem Ohr, ihre Wellen schlugen sanft an die Ufer meines Trommelfells und tränkten das Ohr, bis es blubberte und schließlich ploppte, dann setzte Stille ein.

Die Menschen vor der Telefonzelle traten von einem Bein aufs andere. Ihr Kreis war dichter geworden. Die Telefonzelle blieb leer. Offenbar hatten diese Menschen das Warten aufgegeben. Die dicke Eisschicht auf dem Pflaster zwang mich, langsam einen Fuß vor den anderen zu setzen. Einen Meter vor der Zelle hielt ich inne und drehte mich um, einer der im Kreis Stehenden hatte meinen Weg zur Zelle beobachtet. Er wandte mir den Rücken zu. Die Stille in meinem Ohr ließ nach, ich glaubte sie flüstern und raunen zu hören, abwechselnd warfen sie mir scheele Blicke zu. Ihre Schultern stießen aneinander. Das Flüstern hörte nicht auf, und die Tür zur Telefonzelle stand offen.

»Was ist, wollen Sie nicht telefonieren?« rief einer herüber.

Ein Rascheln ging durch die Mäntel. Oder war es nur in meinem Ohr? Das Säuseln und Kraschpern, das Rascheln und Wispern. Einer blickte über die Schulter zu mir und machte eine Bewegung mit dem Kopf, die ich als Aufforderung verstand. Mit einem Satz schlüpfte ich in die Zelle.

Beim Wählen hörte ich das Rattern in der Leitung und dann eine Weile lang gar nichts. Mein Herz klopfte im Ohr und an die Muschel. Das Besetztzeichen ertönte. Ich versuchte es wieder und wartete nach der Vorwahl. Ich versuchte es so lange gegen das Besetztzeichen, bis die Vorwahl freigegeben wurde und ich die restlichen Ziffern wählen konnte. Wieder hörte ich eine Weile gar nichts, ein Knistern in der Leitung, ein Knacken, ein Flüstern. Vielleicht kam das Flüstern von draußen oder es hatte sich in meinem Ohr verfangen und war nichts als Gaukelei.

Plötzlich hörte ich das vertraute Klingelzeichen. Mein Herz raste.

Es wurde abgehoben. Eine männliche Stimme sagte etwas, was ich nicht verstand.

Aus unerfindlichem Grund hatte ich mit einer Frauenstimme gerechnet und konnte mir nicht vorstellen, daß dieser Mann zum Kinderheim gehörte.

»Hallo?«

Manchmal schaltete sich die Staatssicherheit in die Leitung.

»Hallo?« Ungeduldig wurde am anderen Ende nachgefragt.

Schnell hängte ich auf. Ich drehte mich um und sah zu den Menschen, die noch immer im Kreis standen und hin und wieder in meine Richtung schauten, als warteten sie nun doch. Ich wählte von neuem. Wieder ertönte ein Klingelzeichen, und diesmal meldete sich eine Frau.

Noch bevor ich etwas sagen konnte, hörte ich es in der Leitung klicken. Das Signal für die Unterbrechung ertönte. Das Geld fiel durch. Den Hörer in der Hand steckte ich noch einmal Münzen in den Apparat. Ich wählte bis zur vorletzten

Nummer, dann drückte ich auf die Gabel und sammelte die Münzen aus der Lade. Draußen hatten sich noch mehr Leute versammelt. Schon beim ersten Schritt aus der Zelle rutschte ich aus, verlor den Boden unter den Füßen und schlug der Länge nach auf das Eis. Ein Fuß trat mir in die Rippen, ein zweiter in den Bauch.

»Abschaum«, hörte ich, und »Wanze«. Mit Mühe gelang es mir, auf alle viere zu kommen, als mich ein Schlag in den Nacken traf. »Verräter.« Mit der Stirn stieß ich auf das Eis. Die Kälte fühlte sich gut an, trotzdem versuchte ich, mich aufzurichten. »Arschloch«, das Gesicht einer Frau erschien über mir, ihre Backen waren prall und sie spuckte mir mitten ins Gesicht. »Verschwinde, du mieses Stück Dreck, du verdammtes Arschloch, Verräter.« Sie schien einen unendlichen Vorrat von Spucke in ihrem Körper zu haben, wie in Zeitlupe sah ich ihren Mund auf und zu gehen, Flüssigkeit trat aus, verformte sich in der Luft zwischen ihrem und meinem Gesicht, zog sich in die Länge, löste Luftblasen und faltete sich zusammen, die Gebilde dehnten und streckten sich, sie flogen näher, eine Spuckmaschine war die Frau, und es klatschte mir ins Gesicht. »Stasi-Schwein.« Ein Tritt traf mein Kreuz, und der Schmerz zog sich durch den Rücken, den Nacken hinauf bis in den Kopf, ich verbrannte von innen, es knackte, und mir war, als hörte ich Holz brechen. Das Rückgrat brach nach hinten, der Schmerz war heiß, bis er glühte, verglühte. Jemand nahm den Fuß von meiner Hand, von meinen Fingern, die ich nicht mehr bewegen konnte.

Wie eine Kellerassel hatte ich mich zusammengerollt und dachte, mein Panzer mag hart genug sein, aber auch weich. Nur gut, daß ich den Schmerz nicht mehr fühlte, aus so wenig anderem als Schmerz bestand ich. Die Stimmen entfernten sich. Erst etwas Warmes spürte ich wieder und versuchte zu erkennen, was es war. Ein Mann stand noch neben mir, ich hörte, wie er von einem anderen fortgerufen wurde. Das Warme drang durch die Hose und den Pullover auf die Haut und floß über mein Gesicht. Ich glaubte zu erkennen, wie der Mann seinen Schwanz in die Hose stopfte, sich umdrehte und davonging. Sicher war ich mir nicht. So blieb ich liegen und wartete, was ich spüren würde. Aber da war nichts.

Das Denken ließ nicht nach. Ich versuchte, Einzelheiten zu registrieren, um wach zu bleiben. Das Warme wurde eiskalt.

Vor meinen Augen blieben vier kleine Stiefel stehen. Ein Gesicht schob sich vor meines.

»Was machen Sie da?« Neugierig sah mich das Mädchen an.

»Der ist tot«, sagte das andere Kind und stupste mit einem Stiefel gegen meine Schulter.

»Dann müssen wir jemanden holen.« Das Mädchen blickte weiter in mein Gesicht. Ich wollte ihnen sagen, daß sie niemanden holen mußten, daß ich gleich hier wohnte und es bestimmt allein nach Hause schaffte, aber meine Zunge war schwer, das Mädchen schrie auf. »Er hat sich bewegt, er hat sich bewegt!«

Eine Frau mit einem Hund kam näher. Ich spürte die Hundenase im Gesicht. Eine Zunge leckte über meine Lippen, doch sosehr sich die Frau bemühte, ihren Hund zurückzurufen, er ließ sich nicht abhalten und schien stärker als sie. Sie kam, bückte sich, leinte ihn an und zog ihn fort.

Gummistiefel blieben stehen, ein kleiner Koffer wurde abgestellt, und ein feuchter Pelz streifte mein Gesicht. »Kommen Sie, stehen Sie auf.« Die ältere Frau mit polnischem Akzent reichte mir eine Hand. Ich stützte mich auf und stand, gebückt zwar, aber ich stand mit beiden Füßen auf dem Boden, fühlte keinen Schmerz, nur kalt und warm und den Boden unter meinen Sohlen und das Geräusch, das in meinen Ohren säuselte, wie Blätter in einem Birkenwäldchen. Die Frau war nicht größer als ich. Der rechte Arm gehorchte nicht, ich hielt ihr meine Linke hin. Ich bedankte mich, aber sie winkte ab und lächelte nur verstohlen. Sie nahm ihren ledernen Koffer und überquerte die Straße. Seltsam kleine Füße und Schritte trugen den mächtigen Pelz, doch sie schwankte nicht, sie trippelte. An der Bushaltestelle setzte sie sich, hob den Koffer auf ihren Schoß und wartete.

Der Hörer war noch warm, es konnte nicht allzulange her sein, daß ihn jemand in der Hand gehalten hatte. Meine lahme Zunge würde mir gehorchen. Ah, sagte ich laut, während ich wählte. Gut, daß Telefonzellen so klein waren, man konnte sich bequem gegen die Wand lehnen und hatte wenig Möglichkeiten umzufallen. Ich hielt den Hörer mit der Linken fest, die Rechte konnte nichts greifen.

»Hallo?«

»Mein Name ist Pischke, Hans Pischke.«

»Ja?«

»Pischke.«

»Ja, hallo, spricht da wer?«

Die Zunge schwoll an, sie wurde so dick, daß sie den Mundraum ganz ausfüllte.

Eine Weile lauschte ich noch dem Tuten in der Leitung. Vielleicht fiel es meinem Arm auch nur zu schwer, den Hörer hinüber auf die Gabel zu hängen. Etwas roch faulig. Mit der Schulter stieß ich die Tür auf und ließ den Hörer fallen, er knallte gegen die Wand unter dem Telefon, aber ich setzte meinen Weg fort. Der Boden unter meinen Sohlen war rutschig. Mit dem Handrücken der Linken wischte ich mir übers Gesicht, faulige Nässe, die Spucke der Frau war rötlich und klebte. Zum ersten Mal, seit ich denken konnte, fiel mir ein, wie ich ein kleiner Junge gewesen war und meine Mutter mir mit der Zunge die Rotznase abgeleckt hatte. Anscheinend hatten wir keine Taschentücher besessen. Der faulige Geruch haftete an mir wie eine Erinnerung.

Hätte jeder Mensch dasselbe Ehrgefühl in bezug auf das Leben anderer wie die alte Frau, die mich um ein Seil gebeten und sich in den Baum gehängt hatte, auf ihr eigenes Leben, ich hätte diesen Weg nicht gehen müssen, nicht noch einmal am Pförtner vorbei, nicht aus den Augen der Kinder und Frauen und fort von den Hundeschnauzen. Aber sie waren Dilettanten, diese Leute, begannen ihr Werk an mir und führten es nicht zu Ende, ließen mich lebend liegen. Gewissenlose Anfänger. Das Säuseln in meinem Ohr schwoll an, es sprudelte und schäumte. Einen Fuß vor den anderen setzte ich, blieb stehen, weil die Sehne spannte. Nicht einmal ein Bein hatten sie mir ausgerissen, oder auch nur gebrochen. Sie hatten mich nicht töten und erlösen wollen, nur quälen wollten sie mich. Keine Anfänger waren sie, gewissenlose Einheizer. Verachtung überkam mich. Doch ich war das Aufbäumen leid. Die Verachtung wich Enttäuschung und Übelkeit. Wer verwirrt und anmaßend genug war, um in mir einen Spitzel der Staatssicherheit zu erkennen, der war gewiß nicht in der Lage, meinem Atem Erlösung zu verschaffen. Einheizer brauchten die Rotte und kamen nicht aus ihr hervor. Nur schwer fiel das Atmen, und wenn sich die Luft innen gegen die Rippen drückte, spürte ich erstmals wieder so etwas wie Schmerz.

Kollektive Verwirrung mündete nur zu leicht in Verschwörung, die richtete sich willkürlich gegen Ding und Wesen, und es mochte nichts als ein Zufall gewesen sein, der ausgerechnet mich zur Zielscheibe der Verwirrung und zu ihrem Gegenstand gemacht hatte.

Der Pförtner hob seinen Kopf nicht, als ich vorbeiging.

Eine große Frau stand mir im Weg. Entsetzt schlug sie die Hand vor den Mund. »Mein Gott, was haben Sie denn gemacht?« Ich machte einen Bogen um sie, wie um alle diese Frauen, die mich im Waschhaus und vor den Amtszimmern ansprachen, durch Nacht und Nebel verfolgten sie mich, ihre gütigen Augen lauerten mir auf.

»Warten Sie«, hörte ich sie rufen, aber ich wartete nicht, keinen Augenblick mehr würde ich zögern, meine Geduld war erschöpft.

Das Streichholz klemmte nicht mehr in der Türspalte, vielleicht war es auch erst beim Öffnen der Tür runtergefallen, mit der Linken hob ich es vom Linoleum auf und steckte es in die Hosentasche. Aus dem Bad holte ich eine Schüssel mit Wasser und schloß die Tür hinter mir ab. Am Montag sollte sie kommen. Ihr Name sei Doreen. Das sollte eine Freude sein. Mich schüttelte es. Ich zog alle Kleider aus, ob naß oder trocken, ich faltete sie zusammen und legte sie auf das Bett. Den Schlafanzug zog ich an und darüber den gestreiften Morgenmantel. Während ich das Gesicht ins lauwarme Wasser tauchte und mit der linken Hand nach den Augenbrauen tastete, die Nase rieb und die Augen zur Entspannung in ihren Höhlen rollte, hing der rechte Arm neben mir. Der Säugling schrie. Ich trocknete das Gesicht mit einem der handbestickten Tücher, sie dufteten nach Rosen und Veilchen und der alten Nachbarin.

Ich tupfte die Augenlider und Brauen. Einmal, vor langer Zeit, hatte ich die Idee gehabt, ich könnte die Welt ändern, in dem Gedanken hatte ich mich groß gefühlt, zumindest als ein Teil der Welt. Vorsichtig tastete ich über die Nasenflügel. An das Siegen hatte ich geglaubt und an die persönliche Freiheit. Doch wer siegte, blieb übrig. Danach war mir heute nicht mehr. Wie das Mädchen aussah, das meine Tochter sein sollte, konnte ich mir nicht vorstellen, ich wollte es nicht. Ich würde keinem fremden Mädchen die Tür öffnen und mir Fragen stellen lassen. Niemandem würde ich je von meiner mißglückten Flucht erzählen. Nichts mehr wollte ich mitteilen, nichts mehr wissen. Erst recht nicht, wem daran gelegen haben konnte, sie und mich auszulösen. Letztendlich hatte ich selbst mich vielleicht in einem der Busse mit Langzeithäftlingen befunden, die als Dreingabe mit einer gewollten und geliebten, wenigstens aber gewünschten und verlangten Person in den Westen gebracht worden waren, dem Bus voller Häftlinge, den der Westen einfach dazunehmen mußte, um den einen zu bekommen, den sie wollten.

Das Wasser war kalt geworden. Mehrere Stunden mußten vergangen sein, noch immer wusch und trocknete ich mein Gesicht, reinigte meinen Körper, damit das ursprünglich Warme und später Kalte von meiner Haut verschwand. Das Ticken meiner Armbanduhr ließ mich aufschauen, ich hatte sie mit den Kleidern aufs Bett gelegt. Ich saß in Schlafanzug und Morgenmantel über die Schüssel gebeugt und tauchte den Waschlappen ins Wasser.

»Aufmachen!« Jemand rüttelte an meiner Tür. Der Säugling schrie. »Mach sofort die Tür auf, sonst ist es deine Schuld.« Nichts würde meine Schuld sein, nur schuld an meinem Leben war ich, auch wenn mein Nachbar noch so lange an der Tür rüttelte, ich hielt den Zipfel des Handtuchs in die Ohrmuschel und ließ ihn Wasser aufsaugen.

Mit einem metallischen Knacken sprang die Tür auf, und der Kindsvater stolperte, den Säugling auf dem Arm, die Frau an der Hand, in den Raum. Etwas fiel zu Boden. Er mußte das Schloß aufgebrochen haben. Eine Sekunde lang hielt der Säugling den Atem an, dann schrie er von neuem los.

»Hier, Milch steht in der Küche.« Der angezogene, aber noch immer bierbäuchige Nachbar drückte mir das Kind auf den Schoß. »Wir sind in einer Stunde zurück, spätestens in zweien.« Bevor ich ihm folgen konnte, zerrte er seine Frau hinter sich aus der Wohnung und rannte die Treppe hinunter. Zu dem Rauschen in meinen Ohren gesellte sich ein Klopfen, es klopfte und klopfte und klopfte. Kaum war die Tür ins Schloß gefallen, hörte der Säugling mit dem Schreien auf. Er war erschreckend leicht, mit der Linken zog ich ihn in die Luft, dann lehnte ich ihn vorsichtig wieder auf meinen Schoß. Wohin mit ihm? Sobald ich ihn auf den Boden oder auf das Bett setzte, ließ er sich zur Seite oder nach hinten fallen, um von neuem zu schreien. Kaum saß er auf meinem Schoß, war er still und beobachtete mich. Nur das Ticken der Uhr war zu hören, kein Rauschen, kein Klicken und Knacken, nicht einmal ein Säuseln klang im Ohr. Meine Armbanduhr lag noch immer auf den sorgfältig gefalteten Kleidern. Ich hob den Säugling vor mich auf den Tisch. Vorsichtig streckte ich den linken Arm aus und erreichte mit den Fingerspitzen die Uhr. Der Säugling überwachte jede meiner Bewegungen – würde ich eine falsche machen, finge er an zu schreien.

Es war zehn nach acht, eine ungeschlafene Nacht war kürzer als eine geschlafene, bald würde Tageslicht durch die Vorhänge dringen. Ein Ort fiel mir ein, an den ich den Säugling bringen konnte. Ich zog meine Kleider an, warf die Jacke über und ging mit dem Säugling zwischen den Häusern entlang. Genau wußte ich nicht, in welcher Wohnung Nelly wohnte, nur den Aufgang glaubte ich zu erkennen.

Nach einigen Minuten ging die Haustür auf, und eine Frau kam heraus. »Was machen Sie mit dem Kind? Es wird erfrieren.«

Ich drängte mich an ihr vorbei ins Haus. Tatsächlich, der Säugling trug nichts auf dem Leib außer dem Hemdchen und dem Strampler, keine Jacke, keine Mütze, keine Schuhe. Wobei er Schuhe vielleicht noch gar nicht brauchen konnte. Das Licht im Hausflur erlosch. Ich lehnte mich an die Wand vor die Heizung und hielt still. Solange der Säugling nicht schrie, war alles gut. Oben ging eine Tür auf, Licht wurde angemacht und schwere Schritte kamen die Treppe runter. Der Mann würdigte mich keines Blickes, er wollte einfach nur vorbeigehen.

»Entschuldigen Sie, kennen Sie eine junge Frau, die hier mit ihren beiden Kindern wohnt?«

»Nelly? Die wohnt im zweiten, links.« Er öffnete die Haustür und verschwand. Er konnte bei ihr gewesen sein.

Im zweiten Stock drückte ich mit dem Ellenbogen auf die Klingel. Sie machte ein schnarrendes Geräusch, genau wie meine und wahrscheinlich alle anderen Klingeln im Lager.

Eine fremde Frau öffnete die Tür.

»Verzeihung, ich dachte, wohnt hier nicht eine …«

»Nelly? Die wohnt hier.« Sie zeigte auf eine Zimmertür und ließ mich in den Flur treten. »Na, wen haben wir denn da? Der ist aber süß, der Kleine. Und ähnlich sieht er Ihnen.« Die Frau folgte mir bis vor Nellys Tür. Sie wartete, daß ich klopfte, doch der rechte Arm gehorchte noch immer nicht, und im linken hielt ich den Säugling, ich stieß mit dem Fuß gegen das Holz, und die Frau verschwand kopfschüttelnd hinter einer angelehnten Tür. Sie würde lauschen. Noch einmal mußte ich mit dem Fuß klopfen. Von drinnen glaubte ich, Stimmen zu vernehmen, vielleicht hatte Nelly ein Radio. Inzwischen war es nach halb neun, und ihre Kinder mußten längst in der Schule sein. Gerade als ich zum dritten Mal das Bein hob, um zu klopfen, wurde die Tür einen Spalt weit geöffnet. Nellys Gesicht erschien.

»Was willst du denn hier?«

»Der Säugling meiner Nachbarn.« Ich streckte ihr den Säugling entgegen, der rechte Arm hing schlaff neben meinem Körper.

»Hast du dich geprügelt?« Sie langte mit dem Arm durch den Türspalt und berührte meine Lippen und flüchtig die Augenbrauen.

»Kannst du ihn bitte nehmen?« Ich drückte den Säugling gegen den Türspalt.

»Was?« Erstaunt sah sie mich an, und der Ausschnitt ihres Gesichts im Türspalt wurde schmaler.

»Laß mich rein, bitte.«

»Tut mir leid, aber gerade ist es schlecht.«

»Bitte.«

»Nein«, sie drückte die Tür noch weiter zu, und ich konnte nur mehr eine Hälfte ihres Gesichts sehen.

»Ganz kurz.« Es schien, als beeindrucke sie der Säugling nicht im geringsten.

»Merkst du nicht, daß es nicht geht? Ich bin nackt, ich will dir jetzt nicht aufmachen.« Vertraulich sah mich ihr eines Auge an, es zwinkerte, wie um mir etwas zu sagen. Die Tür klappte zu. Auch die andere Tür, hinter der ihre Wohnungsgenossin verschwunden war, wurde geschlossen. Im fast dunklen Flur tastete ich nach dem Lichtschalter.

Es ging mich nichts an, was Nelly morgens um halb neun trieb, während ihre Kinder in der Schule waren und Schreiben und Rechnen übten, und warum sie sich nackt hinter ihrer Tür verbarg und mich nicht einlassen wollte. Womöglich war sie krank und fühlte sich nicht gut. Sie hustete häufig, und ihr Husten klang rauh.

Bevor ich aus dem Haus trat, versuchte ich, den Säugling unter meiner Jacke zu verstecken. Aber der Säugling streckte sich und bog den Rücken durch. Er schrie. Von der Wärme und Dunkelheit meiner Jacke hielt er nichts. So lief ich über die kleinen Eisbrocken und brachte den Säugling zurück in die Wohnung. Dort legte ich ihn auf mein Bett und ließ ihn schreien.

Warum sollte ich mich von einem Säugling bei meinen notwendigen Verrichtungen stören lassen? Sorgfältig faltete ich mit der Linken die bestickten Tücher zusammen und achtete darauf, daß Ecke auf Ecke lag, bevor ich an ihnen roch und sie in die Keksdose zurücklegte. Nur die benutzten Tücher nahm ich mit in die Küche und weichte sie in kaltem Wasser ein, drückte sie und zog eins nach dem anderen aus dem Waschbecken. Häßliches Geknitter durchwirkte den ehemals so glatten Stoff. Genügend Zeit hatte ich nicht, mit den Tüchern hinüber zum Waschhaus zu gehen und sie dort zu bügeln. Ihr Anblick beunruhigte mich so sehr, daß ich sie, wenn auch umständlich mit der Linken, in eine Tüte stopfte und in den Mülleimer fallen ließ. Die Packung Knäckebrot stand im Schrank, wo sie stehen sollte, keine unbefugte Hand hatte sich über Nacht daran zu schaffen gemacht, und mit einem Gefühl von Genugtuung stellte ich fest, daß die letzte

Scheibe gerade noch für eine Mahlzeit ausreichte. Die leere Packung faltete ich zusammen und warf sie in den Müll.

Kaum öffnete ich die Zimmertür, wandte mir der noch immer auf dem Rücken liegende Säugling sein Gesicht zu und verfolgte jede meiner Bewegungen im Raum. Abschlie-ßen ließ sich die Tür nicht mehr, der Nachbar hatte mit der gewaltsamen Öffnung das Schloß zerstört. Ich schob das Messer rechts neben das Frühstücksbrettchen, genau parallel und mit einem Fingerbreit Abstand, die Schneide zeigte nach innen.

Das Wasser siedete. Gegenüber von meinem Gedeck ord-nete ich Handspiegel, Seife und den abgenutzten Pinsel. Den Rasierer und zwei Klingen legte ich neben die kleine Schale mit Wasser. Die große Schüssel säuberte ich, bis die linke Hand erlahmte, weil sie die allein zu bewältigenden Tätigkei-ten nicht gewohnt war. Mit dem Kochen des Wassers drang auch das Geschrei des Kindes in mein Ohr. Ein Säugling war es nicht mehr, seit ich in seine Augen gesehen und erkannt hatte, wie gierig und fordernd es seine Umgebung absuchte, hielt ich es für einen schon größeren Menschen, ein Kind, mit den Ansprüchen eines Menschen, das nicht schrie, weil es schreien konnte, sondern weil es schreien wollte. Das heiße Wasser ließ den Nescafé schäumen.

»Hat sie die ganze Zeit geweint?« Der Vater des Kindes hatte geklopft und war eingetreten, bevor ich den Tauchsie-der absetzen und ihm die Tür öffnen konnte.

»Wer?«

»Die Kleine, wer sonst.« Er hob das Kind vom Bett und schüttelte den Kopf, als sei es eine Seltenheit, daß das Kind schrie. Er drückte das Kind wie ein lang vermißtes Körper-teil an sich.

»Das Kind hat vielleicht Hunger, aber mein Knäckebrot ist bis auf diese Scheibe alle.«

Er drehte sich zu seiner Frau um, die im Türrahmen stehengeblieben war. Mit meinem Taschentuch wischte ich den Griff des Rasierers ab, allerdings blieb mein einhändiger Druck zu gering, um ihn auch in den Rillen zu reinigen.

»Passen Sie bloß auf«, sagte der Mann, er drohte mir mit dem Finger. »Da ist was im Gange. An Ihrer Stelle würde ich machen, daß ich wegkomme.« Seine Drohung geriet zur Warnung, und ich glaubte darin die Bestätigung meiner Ahnung zu erkennen, er wollte einen Gesellschafter warnen, einen Komplizen, um dessen Kopf es ihm leid täte, nicht, weil er sich mir persönlich nahe fühlte, sondern weil ich womöglich in seinen Augen derselben Vereinigung angehörte wie er. Jemand mußte ihm zugeflüstert haben, daß man mich für ein Mitglied der Staatssicherheit hielt.

Er streichelte den Kopf des Kindes. »Lassen Sie sich bloß nicht zuviel Zeit, noch stehen die nicht vor der Tür.« Unruhig kaute er auf einem Streichholz und schob es mit den Zähnen von einem Mundwinkel in den anderen. Vielleicht hatte das Streichholz mal in meiner Tür geklemmt. In dem zerschlagenen und grobschlächtigen Gesicht entdeckte ich Funken von Angst und rückte seine Hinweise, die Drohung und die Warnung zurecht, bis es paßte und er mir eine Aufforderung erteilte, eine ängstliche Bitte zurief, aus Furcht, das Boot, in dem er saß, könnte kippen, falls einer darin umgebracht oder herausgerissen wurde. Ein Kentern leistete man sich ungern, zumal mit einem Kind auf dem Arm und einer Frau im Zimmer, die wahrscheinlich alles tun würde, um nicht in den Rettungsring zu fallen, möglichst untergehen würde sie, schnell und leise.

»Wenn Sie mich jetzt in Frieden lassen – ich habe etwas zu tun.« Die linke Hand hatte ich auf die Türklinke gelegt und wartete, daß er den letzten Schritt rückwärts machte.

Er nickte mir zu und ging. Ein Zimmer mit einer geschlossenen Tür, in dem ich allein war, lockte mir wohlige Schauer über den Rücken. Ich schob den Vorhang zur Seite, öffnete das Fenster und setzte mich in den Rahmen. Die erste Zigarette machte angenehm schwindelig. Unten jagten die Krähen einen etwas größeren schwarzen Vogel, der offenbar nicht mehr fliegen konnte. Sie hüpften dicht an ihn heran und hackten mit ihren Schnäbeln in die gefrorene Erde, und als fühlte er sich von ihren Bewegungen bedroht, hüpfte er seitlich, um sich in Sicherheit zu bringen. Sie setzten ihm nach. Ich drückte die Zigarette auf dem Fensterbrett aus und ließ den Stummel liegen. Einzelne Schneeflocken tanzten vor dem Fenster. Ich zog den Stuhl zurück und setzte mich zum Frühstück. Die Geräusche in meinem Ohr versuchte ich zu einer Musik zu ordnen. Ein Spatz setzte sich aufs Fensterbrett und untersuchte den Zigarettenstummel. Das Fenster klappte zu. Erschrocken flog er auf, mit einem Flügel streifte er die Scheibe. Die Flocken wurden größer, der Schnee fiel stärker und dichter, und dumpf klang das Krächzen der schwarzgrauen Vögel. Die Vorstellung, nicht mehr auf eine Hoffnung, geschweige denn eine Erlösung zu warten, erfüllte mich mit großer Ruhe. Es würde kein Klicken und Schnappen mehr in den Ohren geben, kein Türenöffnen und -schließen, kein Kommen und kein Gehen mehr.

Ein zweiter Spatz kam geflogen, pickte den Zigarettenstummel im Flug auf und ließ ihn kurz darauf fallen. So säuberte sich ein Fensterbrett von ganz allein.

Den letzten Schluck Kaffee ließ ich in der Tasse, brachte

das Geschirr in die Küche und spülte es ab. Der Schlüssel ließ sich noch im Schloß drehen, doch abschließen konnte ich die Zimmertür nicht mehr. Das Kind nebenan schrie, und alles schien wie immer. Ein Luftzug ließ meine Tür klappern. Auf und zu, auf und zu. Ich konnte schlecht in jedes Zimmer gehen und die Fenster schließen. Meines war undicht, schon seit ich hier wohnte. Wenn es regnete, lief ein schmales Rinnsal vom äußersten rechten Ende des Fensterbrettes aus die Wand entlang, neben der Heizung bis auf den Boden. Auf und zu klapperte die Tür, kaum hoffte ich nach längeren Pausen, es sei das letzte Klappern gewesen, kam ein neues. Verrückt wurde man da. Verrückter als vom Kindergeschrei, an dessen Regelmäßigkeit ich mich inzwischen gewöhnt hatte. Nur mit Mühe ließ sich der Kleiderschrank einarmig vor die Tür rücken. Dreck, vielleicht von Jahrzehnten und von Hunderten von Bewohnern, die vor mir das kleine halbe Zimmer behaust hatten, klebte am Boden, deutlich konnte man den Umriß des Schrankes erkennen, wo das Linoleum noch ein kräftiges und unverletztes Grau aufwies. Vor dem Fenster trieb Schnee, so daß man kaum noch etwas vom gegenüberliegenden Block sah. Der Tauchsieder trieb feinste Luftbläschen nach oben. Sein Glühen erleuchtete den Topf von innen, und ich hielt meine Hand über den Topf, bewegte die kalte Linke, beugte jeden Finger einzeln und alle zusammen. Weiß wurde das Wasser, als schäumte es innerlich und zöge sich zusammen. Die Hitze drängte das Wasser. An winzigen Stellen wölbte sich die Oberfläche, bog sich, platzte auf, brach und warf Blasen. Ich zog den Stecker und füllte das kochende Wasser in die große Schüssel und setzte mich an den Tisch und begann mit der morgendlichen Rasur. Keinen einzigen Tag konnte ich unrasiert beginnen, schon der Gedanke daran ließ meine Haut jucken. Der Mann, der politische Ideen zu den eigenen und die eigenen zu politischen Ideen gemacht hatte: Wie aufregend ihm das Klettern an Lenins bronzenem Umhang, an seiner Rüstung bis in den hohlen Kern hinein erschienen war und wie sehr er sich in dieser Aufregung gespürt, sich vollständig gefühlt hatte, dieser Mann schien mir ein anderer zu sein. Fremd war ich mir geworden, wo sich der Tag nicht in Ritualen messen ließ, die Stunden nicht in Ritualen vergingen. Die Klinge schabte über die Haut. Dieser Fremde mochte eine Tochter mit Namen Doreen haben. Glatt fühlte sich die Haut an meinem Kinn an, es hatte ein anderer die Gedanken an tschechische Märchenprinzessinnen, die in einer anderen Welt zu leben versprachen und in ihr bleiben würden, beging man nur keinen Fehler im Umgang mit ihnen, glatt auch die Haut über dem Mund, und die nächtlich wiederkehrenden Träume von Frauen, die im Strandkorb am Meer saßen und meine Mutter hätten sein können, wenn sie nicht Vogelspuren hinterließen, und glatt der Hals, ein anderer, der mal aus meinen Augen geblickt und sich meiner Rituale bedient hatte. Niemals würde dieser andere mehr Einlaß finden, und die Erinnerung an seine Gedanken blieben zwar die eines Vertrauten, aber zeichneten doch nur Vergangenheit nach. Wie schmerzlos ein Mensch gebrochene Knochen in sich aufbewahren konnte, wußte ich erst seit dem gestrigen Abend und dank der Einheizer. Obwohl sich über Nacht ein Körperempfinden eingestellt hatte, fühlte ich keinen Schmerz. Verschwunden, ohne eitle Hoffnung auf Wiederkehr. Die schmutzige Klinge spülte ich im Wasser der kleinen Schüssel aus, legte den Rasierer, den Pinsel und die Seife in eine gerade Reihe darüber. Der Spiegel war etwas beschlagen, aber noch konnte ich das Gesicht des Mannes sehen, der ich fast nicht mehr war. Das Wasser in der großen Schüssel hatte Handwärme erreicht. Mit der Rechten konnte ich nichts tun, sie wollte sich nicht bewegen, die Klinge fiel mir wieder und wieder aus der Hand und glitt in die Schüssel. Nur mit der Linken konnte ich zudrücken und schneiden und beobachtete aus den Augen des Mannes, wie sich rote Fäden durch das Wasser in der Schüssel zogen, Spuren von Tusche, bis das Wasser ganz errötet war. Ein warmer Schwindel erklomm mich. Mit dem Mund nahm ich die Rasierklinge, zwischen den Zähnen hielt ich sie fest und drückte sie in die Haut, innen stieß sich die Zunge, rieb sich, bis auch die Haut am linken Handgelenk nachgab, sich öffnete und es brannte, als sie neben der Rechten ins Wasser rutschte – ein fröhliches und sachtes Kribbeln im körperwarmen Wasser. Alles Ich wurde Vergangenheit, so klar war das Brennen und das Löschen im bald körperkalten Wasser, und es strömte das Brennen in aller Ruhe aus.

Nelly Senff will Ja sagen

In der Kantine gab es Gans für alle. Ein Stück Fleisch mit Soße. Rotkohl und Klößen, soviel man wollte.

Unten vor dem Block gingen zwei Polizisten den Weg entlang, in ihrer Mitte führten sie die Frau mit feuerrotem Haar und silberglänzender Hose. Ihnen folgte in geringem Abstand John Bird, den Kopf dicht zwischen den Schultern und nach vorn geneigt, als sei es ihm unangenehm, noch immer auf den Wegen des Lagers zu gehen. Er lächelte, vielleicht freute er sich über den Fang.

Seit dem Vormittag saß Władysław Jabłonowski an einem der langen Tische in der Kantine, er rührte in einer Tasse Kaffee, obwohl er weder Zucker noch Milch nahm.

»Ach, Nelly, da sind Sie ja«, sagte er, als ich mittags kurz hineinging, um Butter zu holen. Es schien ganz, als warte er dort, seit er mich vor Monaten einmal zum Tanz aufgefordert hatte. Als hätten wir eine Verabredung und ich sei lediglich zwei Minuten zu spät erschienen.

»Ich hole nur Butter. Meine Kinder warten oben auf mich.«

Er nickte unbestimmt und seufzte.

»Sehen wir uns bei der Feier heute abend?«

Ratlos sah mich der alte Mann an. Er beobachtete, wie einige Frauen den Saal schmückten. Sie stellten die Leitern auf die Tische, stiegen hinauf und hängten Girlanden zwischen die Lampen.

»Wo ist Ihre Tochter?« fragte ich ihn.

»Weg.«

»Weg?«

»Auf und davon. Als sie abends um zehn noch immer nicht zurück war, habe ich unters Bett geschaut. Aber da war nichts.«

»Hätte sie unter dem Bett sein sollen?« Ich mußte lachen.

»Ihre Gummistiefel waren weg und unser Koffer auch.«

»Und wo ist sie hin?«

Władysław Jabłonowski rührte in seinem Kaffee, er schien nachzudenken. Aber dann sagte er: »Keine Ahnung. Ich werde sie bestimmt nicht suchen.«

Ich setzte mich neben ihn und fragte weiter. In den folgenden Tagen seien verschiedene Abgesandte der Lageraufsicht und anderer Behörden zu ihm gekommen, sie stellten ihm Fragen. Władysław Jabłonowski konnte sie nicht beantworten, erzählte aber von seinem Hunger, schließlich wußte er nicht, wo er das Essen besorgen sollte, er kannte die Kantine noch nicht. Auch von Verdauungsbeschwerden sprach er. Er sei nicht zu verstehen, sagten die Männer und schoben es auf seine polnische Herkunft. Nur eine Frau, die ihn wohl beim Sprechen angesehen hatte, verlangte, er solle bitte schön den Mund einmal richtig öffnen. Nicht etwa einen Schrei des Entsetzens habe sie ausgestoßen, vielmehr forderte sie mit ruhiger Stimme die Herren auf, doch mal einen Blick in Jabłonowskis Mund zu werfen. Dort fehlten Zähne, und die Frau sagte, sie werde einem Zahnarzt Bescheid sagen. Es sei kein Wunder, daß er Verdauungsbeschwerden habe.

Władysław Jabłonowski vermißte seine Tochter nicht.

Statt ihrer kam nun seit einigen Tagen eine junge Frau von einer Eingliederungsstelle, die sich nach seinem Wohl erkundigte. Sie erklärte ihm, wofür die Essensmarken gut waren, und stellte sich mit ihm gemeinsam bei der Kleiderkammer an. Man wolle sehen, ob er noch für sich alleine sorgen könne, sagte sie ihm und erwähnte ein Altenheim, in dem viele nette Menschen lebten. Sie suchte ihm eine Hose und ein Jackett aus und forderte ihn auf, am nächsten Tag in die Kantine zu kommen. Er hatte gar nicht gewußt, daß schon Weihnachten war. Und weil er vergessen hatte, wann er in die Kantine kommen sollte, saß er jetzt schon seit elf Uhr an dem langen Tisch.

Er sah zu, wie Menschen kamen, sich Suppenteller holten und aßen. Einer fragte nach der Gans, aber die sollte es erst zur gemeinsamen Feier um sechs geben. Später traf ein Mann mit Kartons ein. Die Frauen packten große Stanniolsterne aus, Zweige und Kerzen. Auf die Tische legten sie Gestecke aus Tannenzweigen und lackierten Hagebutten. Wenn sie auf die Leiter stiegen, um die Girlanden aufzuhängen, pfiff Władysław Jabłonowski leise vor sich hin. Ich beobachtete, wie er eine Flasche Wodka aus der Jackettasche zog und den letzten Schluck aus der Flasche in die Tasse goß. Er rührte den Kaffee um, leise pfeifend. Die Frauen kümmerten sich nicht um ihn, sie ließen ihn sitzen und in seiner Tasse rühren. Hin und wieder warfen sie einen Blick auf die große Uhr, die an der Wand hing. Über die Lautsprecher schallte Musik, und eine der Frauen sang fast jedes Lied mit. Władysław Jabłonowski lächelte, sein Lächeln wirkte stumpfsinnig und hörte nicht mehr auf. Er dachte wohl daran, wie er mit Cilly Auerbach getanzt hatte, und vielleicht fiel ihm auch unser Tanz ein. Aber er blieb sitzen und forderte keine der Frauen auf.

Ein Mann kam herein, er wünschte den Frauen ein schönes Fest und dankte ihnen für ihre Hilfe an so einem Tag. Die Frauen zogen ihre Mäntel über. Er verteilte kleine Tüten an die Helferinnen und sagte, sie sollten sich jetzt nur beeilen, nach Hause zu ihren Familien zu kommen.

»Na dann«, sagte ich zu Władysław Jabłonowski, »bis heute abend.«

Ich holte die Butter. Vor mir in der Schlange stand eine Frau, die offenbar dem im Lager amtierenden Pfarrer half, sie betreute Kinder, machte Botengänge für ihn und bügelte seine Wäsche. Sie erzählte einer anderen Frau, daß ein Mann aus Block D vom Krankenhaus wieder zurück ins Lager gebracht worden sei. Die Pulsadern konnten sich nicht ausreichend geöffnet haben, er hatte sie quer statt der Länge nach aufgeschnitten. Der Blutverlust hatte eine Bewußtlosigkeit verursacht. So fanden ihn die Polizisten, die mit ihm über Grit Mehring sprechen wollten und unter Gewaltanwendung seine Zimmertür öffnen mußten, weil er wohl einen Schrank davorgeschoben hatte, auf dem Boden liegend in seltsamer Verrenkung. Man brachte ihn ins Krankenhaus, und der Pfarrer ließ es sich nicht nehmen, ihn drei Tage später persönlich dort abzuholen. Dabei habe sie, die Frau, ihn begleiten sollen, wie sie ihn manchmal bei auswärtigen Tätigkeiten begleitete. Der Mann hatte den Pfarrer nicht sehen wollen, wie er im Grunde nichts sehen wollte, und seine Enttäuschung darüber, daß es nicht schwarz geblieben war, mit einem eisernen Schweigen zum Ausdruck gebracht. Der Pfarrer hatte zu Hans gesagt, er habe Erfahrung mit diesen Situationen, er legte ihm seine Hand auf den Kopf und redete auf ihn ein. Mit seinem VW-Bus brachte der Pfarrer diesen Pischke ins Lager zurück. Den ganzen Weg vom Krankenhaus bis ins Lager redete er auf ihn ein und versicherte ihm, wie schön das Leben sei. Er sagte auch, daß Hans nun nicht länger allein bleibe, seine Tochter sei am Morgen eingetroffen und er, der Pfarrer, werde beide den Tag über in seiner Amtswohnung behalten, dort gebe es Tee und Gebäck, und am Abend gingen alle gemeinsam hinüber in die Kantine, wo er die Weihnachtsfeier gestalten werde. Hans habe auf dem Beifahrersitz gesessen und geschwiegen.

Es hatte den Tag über in dichten Flocken geschneit, nichts davon war liegengeblieben.

Ich machte den Kindern ein Butterbrot mit Salz und kroch zu ihnen in die untere Etage des Bettes, sie hatten sich gewünscht, daß ich ihnen wie jedes Jahr die Schneekönigin vorlese. Es wurde dunkel.

Später nahm ich Katja und Aleksej an die Hand und ging mit ihnen zur Kantine. In den erleuchteten Fenstern hingen große Weihnachtssterne, sie schimmerten rötlich, einer blinkte, offenbar war der Kontakt nicht in Ordnung. Eine Frau, die vermutlich zur Lagerleitung gehörte, stand in der Tür und begrüßte jeden Ankömmling, Frauen und Männern gab sie die Hand, Kindern legte sie die Hand auf den Kopf. Zwei junge Männer standen ihr zur Seite und beantworteten Fragen, wo man sich setzen dürfe und wann es das Essen gebe. Die Teller mit bunten Papiertüten zogen die Augen der Kinder auf sich. Immer wieder sah ich eine kleine Hand, die eine der Tüten untersuchte, sich aber nicht traute, sie zu nehmen. Das Neonlicht wachte kalt über die versammelten Menschen. Darunter wandelte der Pfarrer und faßte jede Hand, die er zu fassen bekam, mit seinen weißen Händen, umschloß und wog sie, während er unaufhörlich eine Frohe Weihnacht wünschte. Seine Frau ordnete am vorderen Saalende Kinder in einem Grüppchen und versuchte möglichst ebenso viele Hände zu schütteln wie ihr Mann. An einem der langen Tische saß in der hintersten Ecke am Fenster Hans. Ich entdeckte ihn sofort, er drehte sich eine Zigarette. Er hatte den Kopf geneigt und seine Geheimratsecken leuchteten weiß. Unwillkürlich spürte ich das Bedürfnis, *Ja* zu ihm zu sagen, ihm ein *Ja* entgegenzurufen, durch den ganzen Saal. Aber er hatte mich nicht gefragt, und ich dachte mir, daß er keine Frage stellen würde, die ich so beantworten konnte. Über die Lautsprecher waren leise Weihnachtslieder zu hören. Mit den Kindern an der Hand drängte ich mich an den Menschen vorbei und setzte mich Hans gegenüber an den Tisch.

»Wie geht's?«

»Es geht.« Ohne mich anzusehen, leckte er das Papier an und klebte die Zigarette zu.

»Möchtest du eine?« Hans hielt mir die Zigarette über den Tisch.

»Nein, ich rauche nur manchmal. Heute nicht.«

Neben Hans saß ein Mädchen mit einem großflächigen, etwas aufgequollenen Gesicht. Hans zündete sich die Zigarette an. Das helle Hemd mit den schmalen Streifen, dessen Stoff so dünn war, daß sich deutlich das Trägerhemd darunter abzeichnete, unterstrich seine Blässe und die schweren bläulichen Tränensäcke.

»Du siehst schlecht aus.« Ich legte meinen Arm über den Tisch und streckte die Hand aus, ich hoffte, seine zu erreichen. Aber Hans rauchte mit beiden Händen. Auf den Tischen standen alle paar Meter Pappteller, in denen auf grünen Servietten fächerförmig Spekulatius und bunte Tütchen angeordnet waren. Eine Ordnung, die es zumindest an unserem Tisch unmöglich zu machen schien, einen einzelnen Keks daraus zu nehmen und zu essen. Hans, dessen Körper sich nach vorne über den Tisch krümmte, wo der viel zu große Kopf zwischen seinen Schultern saß, hatte die Ellenbogen aufgestellt und umfaßte mit beiden Händen die Zigarette. Abstoßend und zärtlich sah es aus. Ein Insekt, das Honig aus einem Blütenkelch sog. Erst in seinen Lungen schien der Honig eine Verwandlung zu vollziehen, als gelblicher, dichter Rauch quoll er aus den Nasenlöchern. Die Manschetten seines Hemdes wirkten ausgestopft. Am linken Handgelenk lugte ein Stück Mullbinde vor. Zwei Frauen gingen um die Tische herum und schenkten Glühwein in Pappbechern aus.

Immer wieder drehten sich Katja und Aleksej nach vorne um, wo die Pfarrersfrau die kleine Gruppe von Kindern der Größe nach geordnet in zwei Reihen aufgestellt hatte. Aleksej lehnte den Kopf an meine Schulter, und ich nahm ihn in den Arm. Einen kurzen Blick warf Hans auf Aleksej und Aleksej auf Hans, dann drückte Hans seine Zigarette aus und drehte sich eine neue.

Wieder hielt er mir die Zigarette entgegen, und ich schüttelte den Kopf. Er nahm Streichhölzer und riß zwei an, bevor das dritte brannte.

»Aber ich«, sagte das aschblonde Mädchen mit dem großflächigen Gesicht neben ihm und streckte die Hand aus. Er ließ sie die Zigarette nehmen und schob, ohne sie anzusehen, den Streichholzbrief über den Tisch. Ihr Pony war gerade geschnitten wie mit einem Lineal. Hans zupfte den Tabak aus dem Päckchen und rollte ihn im Papier zwischen seinen gelben Fingern.

»Deine Tochter?« fragte ich.

Hans nickte. »Doreen.«

Doreen war ganz mit dem Rauchen ihrer Zigarette beschäftigt und traute sich offenbar nicht, mich und ihren Vater anzusehen.

»Hallo, Doreen.«

Keines Blickes würdigte mich Doreen, sie wandte den Kopf und versuchte den Rauch möglichst lange in der Lunge zu halten.

»Man hat sie heute verhaftet, aber das weißt du bestimmt«, sagte ich zu Hans.

»Wen?«

»Diese angebliche Grit Mehring. War bestimmt nicht ihr richtiger Name.«

Hans zuckte mit den Schultern, als wisse er nicht, von wem ich sprach, und als sei es ihm auch egal.

»Die Frau soll bei dir im Block gewohnt haben. Sie hat das Gerücht über dich verbreitet.« Aleksej schmiegte sich noch fester in meinen Arm.

Hans nahm in aller Ruhe zwei Züge von seiner Zigarette, bevor sein Blick in den Aschenbecher fiel. »Welches Gerücht?«

»Du weißt, welches.« Ich fragte mich, ob Hans tatsächlich nicht wußte, wen und was ich meinte. Er schien sich zu schämen, weniger für den Verdacht, der gegen ihn in der Welt war, auch wenn sich die Verhaftung dieser Frau ebenso schnell herumsprach wie zuvor das Gerücht, das sie verbreitet hatte. Vielmehr schien es ihm unangenehm zu sein, daß er hier saß, daß er sehen und gesehen werden mußte. Ich unterdrückte den Husten, bis meine Augen in Wasser standen und ich ihn nur noch verschwommen sah. Leise und deutlich sagte ich: »Hans, das ist Rufmord. Vorsätzlicher. Ganz sicher ist sie selbst bei der Staatssicherheit.«

Hans verzog keine Miene, er rauchte seine Zigarette, bis sie so kurz war, daß sie seine Finger zu verbrennen schien, dann drückte er sie aus. Sein Dasein war ihm unangenehm. Aber wie sollte ich ihn dafür trösten? Er drückte Spucke durch die Vorderzähne und verzog dabei den Mund, als ekele er sich. Ich stand auf und strich ihm über die Haare. Er drehte den Kopf unter meiner Hand weg.

»Laß ihn, Mama, er will das nicht.« Aleksej zog mich wieder auf die Bank. Er flüsterte mir ins Ohr. »Er will nicht hier sein, merkst du das nicht?« Ich strich meinem Sohn über den Mund, damit er nicht weitersprach, und gab ihm einen Kuß auf die Stirn.

Das Neonlicht an der Decke ging aus, die Weihnachtslieder aus den Lautsprechern verstummten. Nur die Lichterketten und Weihnachtssterne in den Fenstern leuchteten. Selbst um die Lautsprecher hatte man Lichterketten gehängt.

»Vom Himmel hoch, da komm ich her«, begann ein Chor von Kindern. Niemand im Saal sang mit. Die Menschen wandten sich auf ihren Stühlen in Richtung der Kinder. Auch wir drehten uns auf der Bank um und mußten Hans und seiner Tochter den Rücken zukehren.

»Zu Hause haben wir echte Kerzen«, sagte Katja, sie nahm meinen anderen Arm.

»Zu Hause«, wiederholte ich.

Der Chor endete, das Publikum klatschte wie auf Befehl, das Deckenlicht ging wieder an. Statt eines Weihnachtsmannes erschien ein Herr im Anzug mit einem Sack über der Schulter, gefolgt von einer Frau, die hochhackige Schuhe, Kostüm und auf dem Kopf eine rote Zipfelmütze trug. Der Herr im Anzug stellte den Sack ab. Die Lagerleiterin pustete ins Mikrofon und stellte die beiden als Abgesandte des

Weihnachtsmanns vor, Herr Doktor Rothe und seine Frau. Die beiden faßten sich an den Händen und verneigten sich kurz. Hinter mir hörte ich ein Flüstern, das klang wie »Verräterin«, ich drehte mich vorsichtig um, Hans sah auf den Tisch vor sich, und es war nicht klar, ob er etwas gesagt hatte. Gerade als ich meinen Kopf wieder nach vorne wenden wollte, sagte er: »So nennen sie dich doch auch.« Ich war mir nicht sicher, ob er tatsächlich »Verräterin« gesagt hatte, auch schien es nicht so, als rede er zu jemand Bestimmtem. Ich zögerte. Davon wollte ich mich nicht angesprochen fühlen.

»Der Bärenclub ist gewiß jedem hier im Notaufnahmelager ein Begriff. Ich möchte Ihnen gerne meine Frau vorstellen. Meine Frau hat sich letzte Woche entschlossen, ab Anfang des Jahres ehrenamtlich für Sie da zu sein. Zehn Stunden wöchentlich wird sie sich um Ihre Sorgen und Nöte kümmern.« Die bekannte Stimme tönte durch das Mikrofon, als wäre er Ansager auf einem Rummel. Mit großzügiger Geste zeigte Doktor Rothe auf die Frau neben sich, und vereinzelt wurde im vorderen Teil des Saals geklatscht.

Katja stieß mir ihren Ellenbogen in die Seite: »Ist das nicht die Mutter von diesem Olivier?«

»Pssst.« In meinem Rücken hörte ich ein Murmeln. Ich drückte beide Kinder an mich.

Er wolle nur kurz ein paar Zahlen nennen, um die freudige Botschaft zu untermauern, wie vielen Menschen in Not seine Organisation in diesem Jahr habe helfen können.

Die Lagerleitung klatschte, der Pfarrer klatschte, und die Helferinnen klatschten. Auch einige der Lagerbewohner klatschten. Über die Schulter wagte ich einen Blick und bemerkte, wie Hans mit beiden Händen seine Zigarette umschloß. Nach jeder Zahl machte Doktor Rothe eine bedeutungsschwangere Pause und wartete auf den Applaus. Bei jedem Applaus winkte er dankend mit einem Strahlen im Gesicht ab. Ich wandte meinen Kopf nach links, wo Władysław Jabłonowski auf seinem angestammten Platz saß und in der Kaffeetasse rührte. Wieder zog er eine Flasche hervor, sie war halbvoll. Er goß sich nach und rührte und trank. Was hatte seine Tochter mir noch sagen wollen, als ich sie das letzte Mal sah? Sie hatte vor meiner Tür gestanden und ihren Satz mit *Ich wollte* begonnen.

»Allein für die behinderten Kinder in Bangkok haben wir eine Summe von zwanzigtausend Dollar ausgegeben.« Pause. Die vorderen Reihen applaudierten.

»Ganz zu schweigen von der Suppenküche in Mexiko-Stadt, achttausend Dollar und insgesamt vierzehn freiwillige Helfer.« Applaus.

»Das sind wir doch alle, Verräter«, hörte ich klar und deutlich Hans in meinem Rücken. Keinen Zentimeter wandte ich den Kopf. Doktor Rothe fuhr sich mit der flachen Hand über das Revers.

»Und das, meine Damen und Herren, war nur eine bescheidene Auswahl unserer Einsätze.« Er wartete den Applaus ab, hob dankend und beschwichtigend die Arme. »Jetzt möchte ich das Wort meiner lieben Gattin übergeben und Ihnen allen ein schönes Weihnachtsfest wünschen.« Pause. Applaus. Seine Frau sprach ins Mikrofon, aber ihre Stimme flüsterte ohne Verstärkung. Lauter, lauter, rief man ihr aus den vorderen Reihen zu. Ihre makellosen Beine schillerten in einer perlmuttfarbenen Strumpfhose. Mit dem Finger klopfte sie gegen das Mikrofon. Sie lachte, und ihr ganzes Gesicht bestand nur noch aus Mund und strahlend weißen Zähnen. Nach einer kurzen Beratung mit dem Pfarrer beugte sich Doktor Rothe zu seiner Frau und sagte ihr etwas, was sie offensichtlich nicht verstand. Sie zog die Augenbrauen zusammen. Plötzlich knallte Doktor Rothes laute und unfreundliche Stimme über das Mikrofon: »*Anmachen*, Sylvia.« Pause. Im Saal wurde verhalten gelacht.

Frau Rothe entschuldigte sich. Ob für das Mikrofon, sich selbst oder ihren Mann, war nicht ganz klar. Sie erklärte, ihr sei das Glück zuteil, ein Leben an seiner Seite führen zu dürfen, der so viel Vorbildliches im Leben leiste und sein ganzes Engagement ehrenamtlich für Menschen in Not einsetze. Wieder versagte ihr Mikrofon, und ein Helfer stellte es zur Seite. Er gab Frau Rothe zu verstehen, daß das Mikrofon nicht in Ordnung sei, und wies sie an, das ihres Mannes zu benutzen. Schüchtern trat sie neben ihren Mann. Aus seinem Mikrofon klang ihre Stimme ganz anders, unerwartet weich und sanft. Selbst mit seinem privaten Vermögen sei er großzügig, ihr lieber Mann.

Hinter mir hörte ich ein böses Lachen, jemand zischte durch die Zähne, und dann erkannte ich Hans' Stimme. Lauter als notwendig sagte er: »Großzügig mit seinem privaten Vermögen, pfff, wer sitzt schon dreißig Jahre nach dem Krieg auf einem Vermögen und muß nicht mal arbeiten. Für die Maßanzüge reicht's ja wohl noch.« Sein böses Lachen verstummte, ohne daß sich einer zu ihm umdrehte. Mit ihren perlmuttfarbenen Nägeln befühlte Frau Rothe ihre feste Haarwelle. Nur gut, daß sie so weit von uns entfernt stand. Sie wolle jetzt jedes Kind im Saal nach vorne bitten. Es dürfe ein kurzes Weihnachtsgedicht aufsagen und bekomme eins dieser wunderhübschen kleinen Geschenke aus dem Sack.

Die Kinder stürzten nach vorn. Als hätten sie die Aufstellung geübt, bildeten sie eine ordentliche Schlange und sagten eins nach dem anderen ein Gedicht auf. Manche Kinder sangen ein kurzes Lied. Katja und Aleksej schubsten sich gegenseitig durch die Reihe, um anzukommen, aber nicht als erste. Doreen wartete noch eine Weile und ging dann mit schwerfälligen Schritten wenige Meter vor, sie blieb die letzte in der langen Schlange, die bis ans hintere Ende des Saals reichte.

Als Katja an die Reihe kam, stotterte sie.

»Na, was möchtest du uns Schönes sagen?« Frau Rothe beugte sich zu Katja runter und hielt ihr das Mikrofon dichter vor den Mund.

»Lieber guter Weihnachtsmann …« Katja machte eine Pause und erhielt von einem einzigen Bewunderer in der Kantine Applaus, er saß dicht bei uns, fast in meinem Rücken, Hans, dem die Zigarette im Mundwinkel klebte und der die Arme über den Kopf reckte und klatschte, laut und einsam.

»Na, und wie geht das Gedicht weiter, Kleine?« Frau Rothe versuchte ihre Ungeduld zu verbergen.

Ich rutschte auf der Bank hin und her.

»Weiß ich nicht mehr«, Katja wandte sich zur Seite, wo Doktor Rothe mit dem Pfarrer stand, beide blickten sie erwartungsvoll an.

»Dann möchtest du bestimmt ein hübsches Lied singen, was?« Frau Rothe richtete sich auf und hielt das Mikrofon von oben vor Katjas Mund.

»Ich kann kein Lied.«

»Gar keins?« Ungläubig verstellte Frau Rothe ihre Stimme. Katja schüttelte den Kopf, langsam, sie sah an die Decke, und ihr Gesicht war wie ausgemalt vom Neonlicht.

»O du fröhliche«, Frau Rothe sang die erste Zeile und wartete, daß Katja weitersänge, aber die schüttelte heftig den Kopf.

»Wenn das so ist, dann muß wohl die Rute helfen«, mischte sich Doktor Rothe über die Schulter seiner Frau ein.

Katja knautschte mit den Händen ihr Gesicht zusammen, sie blies die Wangen auf und kniff die Augen zusammen. Sie sah aus, als wolle sie eine pantomimische Vorstellung geben. Ins Mikrofon sang sie: »Hänsel und Gretel verliefen sich im Wald, da war es finster und auch so bitterkalt, sie kamen an ein Häuschen von Pfefferkuchen fein, wer mag in die-hie-sem Häuschen wohl gern sein?« Atemlos blickte Katja geradeaus. Niemand klatschte. Im Saal war es mucksmäu-schenstill. »Schieb, schieb in den Ofen rein«, halb sang sie, halb sagte sie es.

Doktor Rothe sah unruhig auf seine Armbanduhr. »Das reicht, Mädel, das reicht.« Er griff in den Sack und reichte sei-ner Frau eins der kleinen Päckchen, das sie Katja gab. Katja nahm ihr mit der einen Hand das Geschenk ab, mit der ande-ren umklammerte sie Frau Rothes Hand mit dem Mikrofon. Sie sang: »Den Hänsel wollt sie braten, o Gretel welche Not, da lachten beide und schlugen die Hexe tot.« Ich konnte deut-lich hören, wie sie aufatmete, ungelenk machte sie einen Knicks.

Ich drehte mich zu Hans um, der dicht unterhalb meiner Augen geradewegs durch mich hindurchsah. Trotzdem schob ich meinen Arm über den Tisch. Mit den Fingern lock-te ich ihn, aber er wollte mich nicht bemerken, er saugte an seiner Zigarette und wandte den Kopf zur Seite, um sich nicht mitten ins Gesicht sehen lassen zu müssen. Plötzlich warf er den Kopf nach vorne und starrte mich an. Es war ein zögernder Applaus, den der Saal Katja schenkte.

»Na, das war ja …, wie soll ich sagen? Das war aber ent-zückend«, eilig lachte Frau Rothe.

»Ganz reizend«, ergänzte Doktor Rothe. »Jetzt müssen wir uns aber beeilen, Kinder. Du bist der nächste in der Reihe? Kannst du denn ein ganz kurzes Gedicht?«

Hans sah mich traurig an und sagte leise, aber deutlich: »Bist du keine?«

»Was, keine?«

»Verräterin.«

»Was meinst du damit?«

»Sind wir das nicht? Du, ich, die da drüben. Egal, ob übergesiedelt, ausgebürgert, geflohen. Wir sind nicht dageblieben, wir haben nicht vor Ort und Stelle gekämpft.«

»Warum sollten wir kämpfen?«

Hans schüttelte traurig den Kopf. Er schien zu bedauern, daß ich ihm nicht folgen konnte. »Wer es ernst meint, der flieht nicht, der bleibt, nicht wahr?« Hans lachte auf, böse, zynisch klang sein Lachen, und ich sah, wie er an der Mullbinde seines rechten Handgelenks zupfte. Bis hierher hatte ich gedacht, ich könnte ihm folgen, wollte es aber nicht. Doch spätestens mit diesem schwarzen Lachen schien er sich selbst zu verraten, ein Verräter seiner selbst zu werden, seines Wunsches, nicht mehr da zu sein, und der Ernsthaftigkeit und Unbedingtheit, die in diesem Wunsch lag. Hans lachte, und seine Augen blickten zwar auf mich, schienen mich aber nicht mehr zu sehen. Mit einem Zug trank er den Glühwein aus und versenkte seinen Blick in den Becher, das schwarze Lachen war verstummt.

Hinter mir hörte ich Aleksej beginnen. »Freude, schöner Götterfunken, Tochter aus Elysium«, gemessen am Lied von der Glocke hielt er es wohl für ein kurzes Gedicht.

Um Hans vor meinem Blick zu schützen, wandte ich mich wieder nach vorne um. Władysław Jabłonowski schien im

Sitzen über seinem Kaffee eingeschlafen zu sein. Der Kopf lag auf seiner Brust, sein Atem ging ruhig und gleichmäßig. *Ich wollte mich verabschieden*, das hatte seine Tochter vor einigen Tagen zu mir gesagt. Katja trat mit ihrem Geschenk den Rückweg an. Doktor Rothe und seine Frau schenkten ihre Aufmerksamkeit Aleksej.

Freude trinken alle Wesen
an den Brüsten der Natur,
Alle Guten, alle Bösen
Folgen ihrer Rosenspur.
Küsse gab sie uns und Reben,
einen Freund, geprüft im Tod.
Wollust ward dem Wurm gegeben,
und der Cherub steht vor Gott.

Als Frau Rothe das Wort »Wollust« aus dem Mund des kleinen Jungen hörte, brach sie unwillkürlich in lautes Gelächter aus. Nach dem Gott glaubte oder beschloß Doktor Rothe, daß hier das kurze Gedicht zu Ende sein müsse.

»Vielen Dank, vielen Dank, kleiner Mann«, sagte er und drückte Aleksej ein Geschenk in den Arm. Er packte ihn an den Schultern und schob ihn von der Bühne hinunter auf seinen Rückweg.

»So, Kinder, viel Zeit haben wir nicht mehr. Wir wollen ja nicht den ganzen Abend Gedichte hören, nicht?« Er lachte. Diesmal wartete er nicht auf den Applaus, sondern holte schon das nächste Päckchen aus dem Sack und drückte es einem Mädchen für seinen Zweizeiler in die Hand. Schnell fertigten die beiden die letzten Kinder ab. Doreen brauchte kein Gedicht mehr aufzusagen. Bevor sie den Mund aufmachen konnte, gab der Pfarrer ihr ein Päckchen, während Doktor Rothe schon seiner Frau in den Mantel half und sich von der Leitung, dem Pfarrer und ein paar anderen verabschiedete. Doreen hielt das Geschenk, als sei es zerbrechlich. Sie stolperte und schlug der Länge nach hin. Vielleicht war sie über die Lichterkette gestolpert, sie riß den Weihnachtsbaum mit sich. Das Licht flackerte kurz, dann erloschen sämtliche Lichterketten und Sterne im Saal. Nur das Neonlicht brannte, und während sich ein paar Frauen um das Mädchen scharten, um ihm die Hand zu reichen, verschwand Doktor Rothe mit seiner Frau aus der Tür. Wenig später ging die Festbeleuchtung wieder an. Jemand mußte die Sicherung ausgewechselt haben. Die Helferinnen hatten Mühe, den Weihnachtsbaum aufzurichten. Einige Weihnachtskugeln waren zerbrochen. Die Lichterkette am Baum blieb dunkel.

Ich beobachtete, wie Doreen die Hände des Pfarrers und seiner Frau abwehrte, sie ließ die beiden zurück und bahnte sich einen Weg zu den Essenswagen. Dort hatten sich die Helferinnen aufgestellt und verteilten Gans mit Rotkohl und Klößen an die Menschen. Die Messer und Gabeln klapperten. Geredet wurde wenig. Ich flüsterte zu Hans: »Willst du auch was?« Aber Hans schwieg. Nur darin war ihm seine Tochter ähnlich. Allein im Sitzen überragte sie ihn um einen Kopf. Sie hatte sich den Teller volladen lassen und schlang die Klöße fast im Ganzen in sich hinein. Erst jetzt roch es nach verschmortem Kunststoff. Ich schob mich an Schultern und Stimmen vorbei, niemandem schien der schwelende Geruch aufzufallen. Die Enden der Schlangen erneuerten sich unaufhörlich, ich gab es auf, selbst zu einem Ende zu werden. Unschlüssig blickte ich mich um. Der Weihnachtsbaum schien zu rauchen. Ich ging näher heran. Es knisterte. Etwas leuchtete und sprühte. Funken tanzten um den Baum. Verbranntes stob auf, leicht, schwebte glühend nach oben und erlosch. Immer neue Glut löste sich vom Baum und taumelte sanft über die Köpfe der Menschen hinweg. Es roch nach Nadeln. Wie in Zeitlupe sah ich, daß die Pfarrersfrau einen Schritt auf den Baum zu machte, dann zwei Schritte rückwärts setzte. Sie ruderte mit den Armen und erwischte eine der Helferinnen, die sie weiter vom brennenden Baum wegzog. Bewegung kam in die Menschentrauben, die eben noch in ordentlichen Schlangen vor den Essenswagen gestanden und gewartet hatten. Allein die Kinder schrien, eher freudig und aufgeregt als panisch. Die Erwachsenen bildeten einen Kreis um das Feuer und sahen stumm zu, wie aus den Funken Flammen wuchsen. Das Knistern wurde ein Flattern und Rauschen.

Nur einmal gelang es mir, durch die dicht an dicht stehenden Menschen einen Blick in die hinterste Ecke das Saals zu werfen, Hans hatte die Hände vor dem Mund gefaltet, vielleicht lachte er, seine dunklen Augen warfen den Lichtschein wider.

Für ihre kritischen Anregungen danke ich Daniela Schmidt, Rebekka Göpfert und Steffi Recknagel.

Danken möchte ich Jutta, Iwona, Inge und Mahire vom Pestalozzi-Fröbel-Haus. Ohne ihre liebevolle Arbeit mit den Kindern wäre meine Arbeit nicht möglich gewesen.

Klaus und Lotte Wolf danke ich für ihre Unterstützung.

Julia Franck im dtv

»Julia Francks Erzählen besitzt eine sinnliche Wahr-
nehmungskraft mit zuweilen apokalyptischen Ausmaßen.«
Sophia Willems in der ›Westdeutschen Zeitung‹

Liebediener
Roman
ISBN 3-423-12904-2

Von ihrer Kellerwohnung aus kann Beyla gerade noch das rote
ausparkende Auto sehen. Aber warum sieht der Fahrer die Frau
nicht, die dahinter erschrocken ausweicht und so unter die Räder
der Straßenbahn gerät? Die Tote entpuppt sich als ihre Nachbarin
Charlotte. Als Charlottes Tante ihr deren Wohnung überlässt, findet Beyla sich mitten im Leben ihrer toten Vorgängerin wieder:
Aus dem Küchenfenster kann sie nun Albert beobachten, der
unter ihr wohnt... »Womöglich *die* Liebesgeschichte der neunzi-
ger Jahre!« (Süddeutsche Zeitung)

Bauchlandung
Geschichten zum Anfassen
ISBN 3-423-12972-7

Es klingelt. »Das wird Paul sein. Vielleicht ist ihm eingefallen, dass
er meine Lippen vermisst und meine Hände.« Doch vor der Tür
steht Emily, die beste Freundin und... die Freundin von Paul. –
Wunderbare Geschichten voll Sinnlichkeit und Erotik, weiblicher
Gefühle und Lust, geschrieben mit einem ungeniert voyeuristi-
schen Blick, der eiskalt wirkt und gleichzeitig erhitzt.

Lagerfeuer
Roman
ISBN 3-423-13303-1

»Du hast vielleicht den Osten verlassen, aber wo bist du gelandet?
Du meinst, hier drinnen, im Innern der Mauer, ist der goldene
Westen, die große Freiheit?« Notaufnahmelager Marienfelde,
Nadelöhr zwischen den beiden deutschen Staaten und zwischen den
Blöcken des Kalten Krieges: Vier Menschen an einem Ort der
Ungewissheit und des Übergangs, dort, wo sich Lebensgeschichten
entscheiden. »›Lagerfeuer‹ ist spannend wie ein Thriller, vor allem
aber: ein Sprachkunstwerk.« (Neue Zürcher Zeitung)

Bitte besuchen Sie uns im Internet: www.dtv.de